Research Series on
Modern Chinese Literary
Genealogy

中国现当代文学谱系研究丛书

主编 / 刘勇 李怡 李浴洋

中国新文学的
精神谱系

刘勇 李春雨 / 著

文化艺术出版社
Culture and Art Publishing House

图书在版编目（CIP）数据

中国新文学的精神谱系 / 刘勇, 李春雨著. -- 北京：文化艺术出版社, 2024.9. -- ISBN 978-7-5039-7710-7

Ⅰ.I206.6

中国国家版本馆CIP数据核字第2024GJ6737号

中国新文学的精神谱系

著　　者	刘　勇　李春雨
责任编辑	丰雪飞
责任校对	董　斌
书籍设计	李　响
出版发行	文化艺术出版社
地　　址	北京市东城区东四八条52号（100700）
网　　址	www.caaph.com
电子邮箱	s@caaph.com
电　　话	（010）84057666（总编室）　84057667（办公室）
	（010）84057696—84057699（发行部）
传　　真	（010）84057660（总编室）　84057670（办公室）
	（010）84057690（发行部）
经　　销	新华书店
印　　刷	国英印务有限公司
版　　次	2024年9月第1版
印　　次	2024年9月第1次印刷
开　　本	710毫米×1000毫米　1 / 16
印　　张	25
字　　数	220千字
书　　号	ISBN 978-7-5039-7710-7
定　　价	88.00元

版权所有，侵权必究。如有印装错误，随时调换。

"中国现当代文学谱系研究丛书"编委会

策　　划　　北京师范大学文学院
　　　　　　北京师范大学鲁迅研究中心

主　　编　　刘　勇　李　怡　李浴洋

编　　委　　刘　勇　李　怡　张清华　黄开发　陈　晖　沈庆利　张　莉
　　　　　　张国龙　梁振华　谭五昌　熊修雨　林分份　白惠元　姜　肖
　　　　　　李浴洋　肖　汉　陶梦真　刘一昕　李春雨　刘旭东　张　悦

助理编委　　汤　晶　解楚冰　乔　宇　陈蓉玥

"中国现当代文学谱系研究丛书"
总序

1928年，时任清华大学中国文学系主任杨振声发表了题为《新文学的将来》的演说。他在演说中提出——

> 文学是代表国家、民族的情感、思想、生活的内容。史家所记，不过是表面的现象，而文学家却有深入于生活内容的能力。文学家也不但能记述内容，并且能提高情感、思想、生活的内容。如坦特，如托尔斯泰，如歌德，他们都能改造一国的灵魂。所以一个民族的上进或衰落，文学家有很大的权衡。文学家能改变人性，能补天公的缺憾，就今日的中国说，文学家应当提高中国民族的情感、思想、生活，使她日即于光明。

此时距离"文学革命"，仅过去十年时光。作为"五四"一代作家，杨振声在演说中表达的是对于方兴未艾的"新文学"的殷切期待。如今，"新文学"已经走过百年历程。世纪回眸，陈独秀、胡适、鲁迅、周作人等前驱开辟的道路，早就在丰富的实践中成为一种"常识"。"新文学"的历史无负杨振声的嘱托。

当然，从最初的"尝试"走到今天的"常识"，其间的路途并不平坦，更非顺畅。此中既有"新文学"发生与发展本身必须跨越的关卡，也需要面对与"五四"之后的时代风云同频共振带来的挑战。在这一过程中，"新文学"的理想激扬过，也落寞过；曾经作为主流而显赫，也一度成为潜流而边缘；始终坚守自身的价值立场，但也或主动或被动地调整着前进的步伐。不过无论如何，"新文学"还是在百年风云中站稳了脚跟，竖起了旗帜，在"提高中国民族的情感、思想、生活，使她日即于光明"的征程中形成了与传统文化既有联结又有区别的现代文明的"新传统"，与"国家、民族的情感、思想、生活的内容"打成一片。

"新文学"从历史中穿行而来的过程，便是"新文学"的种子落地生根的过程，也是其在观念、制度、风格与气象上不断自我建设的过程。"新文学"从来不是一成不变的，但其内核、本质、意涵与边界却也在探索与辩难中日益明确与积淀。

因此，看待、理解与研究"新文学"，也就内在地要求一种历史的眼光、开放的精神、多元的视野与谱系的方法。而当杨振声演说《新文学的将来》时，他事实上也开启了更为自觉地从事"新文学"研究的传统。1929年，为落实与杨振声一道确立的"注重新旧文学的贯通与中外文学的融会"的清华国文系建系方向，朱自清开设"中国新文学研究"课程。此举被王瑶先生认为是"最早用历史总结的态度来系统研究新文学的成果"，影响深远。

回溯百年"新文学"研究史，也包括中国现当代文学学科史，正如王瑶先生所言，"如果我们用历史的观点看问题"，朱自清的筚路蓝缕"显示着前驱者开拓的足迹"。而朱自清奠立的"用历史总结的态度来系统研究新文学"的方法，正是现当代文学研究最为重要的学术经验。此后一代又一代学人的前赴后继,便都是在杨振声与朱自清的延长线上展开工作。我们策划"中国现当代文学谱系研究丛书",也是如此。

当年,朱自清的"中国新文学研究"课程不仅在清华讲授,还曾经到北京师范大学与北平大学女子学院等校开设。而后两者都是今日北京师范大学的前身。"新文学"研究的传统在北师大百年的教育史与学术史上薪火相传,代不乏人。以北师大学人为主体的"中国现当代文学谱系研究丛书"致力于站在新的历史与学术起点上继往开来,守正出新。

丛书中的十卷著作尽管各有关怀,但也有相近的问题意识,那便是都关注"新文学"在"改造一国的灵魂"中发挥的作用,以及在这一过程中对于"新文学"的锻造。"新文学"的核心价值是从"立人"精神出发,追求"改造中国人及其社会",以建立"人国",并且寄托对于人类命运的终极关怀。因此,"新文学"确立了以"人的文学"为基础的价值谱系,启蒙、民主、科学、解放是其最为重要的理念。而"新文学"对于"人的解放"的要求又是与国家的独立和富强以及人类一切被压迫民族的解放关联在一起的。所以,"新文学"对于个体的承担不会导向"精致的利己主义","感时忧国"的精神也包含了对于民粹主义的反思。"新文学"是一种自信但不自大的文学,是一种稳健但不封闭的文学。开放与交流的"拿来主义"态度是"新文学"的立身之本,与"无穷的远方,无数的人们"的血肉联系则是"新文学"的源头活水。"新文学"是一种真正的"脚踏大地"同时"仰望星空"的文学。对于"新文学"价值谱系的清理,既是一项学术研究的课题,更是一种精神砥砺的需要。

而从"新文学"传统中生长出来的"新文学"研究,同样有其价值谱系。王瑶先生强调,"研究问题要有历史感"。严家炎先生也曾经指出,"中国现代文学史的研究,首先要尊重事实,从历史实际出发"。这是对于学科品质与独立品格的根本保证。历史的态度与谱系的方法是中国现当代文学研究的正道与前路，这是前辈学者留给我们的最为重要的经验。而对于"新文学"研究而言，不仅有价值谱系、知识谱系、方法谱系，更有思想谱系、文化谱系、精神谱系。樊骏先生就注意到，在以王瑶为代表的学科先辈身上，同时兼备"两个精神谱系"："一是西方传统中的'普罗米修斯—但丁—浮士德—马克思'，一是中国、东方传统中的'屈原—鲁迅'。"他们"都是这存在着内在联系的两大精神谱系，在现代中国学术界的自觉的继承人"。钱理群先生认为，"新文学"研究的传统正是"精神传统与学术传统"合而为一的。这也就决定了当我们以历史的态度与谱系的方法研究中国现当代文学时，不仅是在进行学术创造，也是在精神提升。而这显然是与"新文学"的价值立场一致的。我们可喜地看到，这也正是丛书中的各卷作者不约而同的选择。

北京师范大学文学院高度支持丛书的编辑出版。而从《中国现代文学编年史》开始，我们就与文化艺术出版社确立了良好的合作关系。"中国现当代文学谱系研究丛书"作为师大中国现当代文学学科与师大鲁迅研究中心的最新成果，期待得到学界同人的赐教指正。我们也希望有识之士可以和我们一道共同推进中国现当代文学研究的发展与繁荣。

刘勇　李怡　李浴洋
"中国现当代文学谱系研究丛书"编委会

2023 年 5 月 20 日

目 录

001　绪　论　"人"是"五四"新文学的核心思考
004　一、人的发现与启蒙
010　二、人的觉醒与自信
022　三、人的高扬与反思

037　第一章　历史的长河流淌到了这里
039　一、五四：千载难逢的一点
045　二、五四"新文学""现代文学"
051　三、五四新文学的思想渊源
065　四、五四新文学的精神取向

083　第二章　世界的大潮汇集到了这里
085　一、走出国门是一代人的选择
102　二、中外文化深度交融的意义
116　三、开放观念形成的新格局
128　四、以"现代中国"融入"世界版图"

139　第三章　立人意识与反思精神

141　一、为什么是鲁迅？为什么在日本？

150　二、个体自省与"国民性"反思

161　三、"从来如此，便对么？"

172　四、个人命运与人类命运的双重反思

185　第四章　启蒙使命与担当精神

187　一、中国自古就没有纯文学

195　二、自觉的底色：几代人的责任

209　三、社会思潮与文学思潮的联动

218　四、对人类根本问题的追问

229　第五章　继承传统与创新精神

231　一、从文白之争到文白并存

245　二、既古典又现代的多元审美

255　三、既乡土又城市的双重内涵

265　四、既中国又世界的开阔视野

285　第六章　多元底色与包容精神

287　一、蓬勃而起的地域文化

296　二、彼此影响的社团流派

309　三、海纳百川的创作姿态

324　四、多维关系的文学论争

341　结　语　五四精神谱系的延续与发展

343　一、五四精神没有走远

349　二、五四新文学构筑了新的传统

355　三、五四品格的当代赓续

373　四、五四精神：一个自觉时代的开启

386　后　记

绪 论
"人"是"五四"新文学的核心思考

"五四"是中国历史上千载难逢的一个节点，这个节点可以理解为几年、十年，至多不过30年。总之，相对于中国几千年的文学长河，它是一个很短的时段。但它却是一个思想创造的黄金时代，它奠定了现代中国的思想基础，推动了传统中国向现代中国的转型。五四新文化运动是一场气势磅礴的伟大的思想解放运动，推动着1917年以来的文学革命向着深广的领域发展，将中国文学的现代转型与中国近现代波澜壮阔的社会变革紧密结合在一起。如果用一个坐标系代表中国文学的时空发展，纵坐标意味着时间上从古到今，横坐标意味着空间上从中到外，而五四新文学恰好处在两个坐标轴的交汇点上，彻底的、大规模的古今碰撞与中外交流集中发生于五四这点上，使之成为时空交汇的中国历史重大转折的"原点"，这恰恰是五四新文学最独特、最有价值之处。在几千年中国文学漫长的历史发展中，现代文学仅仅30年，短暂到就是历史的一瞬间，相比较先秦两汉、魏晋南北朝，相比较唐宋元明清等动辄几百年的文学史段落，现代文学30年只是毫不起眼的一个片段。但是一段历史的价值，不是以时间的长短决定的，而是以它的内涵与特质决定的，其中最为关键的因素，就是看它对历史有没有改变，改变了多少。今天，无论如何，人们都会有一个基本的共识，那就是五四改变了中国几千年历史的走向，正是这短暂的一瞬、这不起眼的片段，彻底转变了中国文学的发展路径，推动了中国文学乃至中国社会的现代转型。

　　以五四为中心的中国现代文学，关联着、涉及到、反映了中国现代以及近代、当代的社会历史发展。更重要的是，它体现了这一历史时期中国人的思想史、精神史以及在此基础上形成的变革史，体现了人与时代、社会的行为方式，包括解读时代与社会的思维方式。我们解读任何一个作家，在根本上都是去解读人与文的关系。不理解中国现代文学，就很难理解现代人与现代社会。中国现代文学的发展不仅与中国传统文学相互依存，而且与世界文学相互交织。中国现代文学既是中国文学的发展阶段，也是世界文学发展的重要组成部分。它广泛吸收了世界范围内的精神资源，呈现了世界文学思潮的翻涌与变化。

在社会各个层面的革命背景下，包括政治革命、思想革命、伦理革命、文学革命等，人的发现、人的启蒙、人的觉醒、人的自信、人的高扬、人的反思六个方面全面塑造和构成了中国现代文学精神谱系的多重含义，并将其融入中国现代化的进程，促成悠久厚重的中国文化浴火重生。现代文学几乎所有作家的创作中都体现着这样的精神思想——对人的思考。鲁迅没有一篇小说是希望被人用来欣赏他的艺术技巧是多么有新意；朱自清没有一篇散文是为了让大家欣赏他的语言风格有多么晶莹剔透；曹禺又有哪一个剧本是要告诉大家剧本该怎么写？都没有！现代文学的一切创作都是为了强烈地表达出它要思考的东西，而不是小说的技巧、诗歌的形态、散文的风味、剧本的结构。中国现代文学中对"人"的思考，构成了一幅在青春中国时代震古烁今的伟大思想革命的图景。

一、人的发现与启蒙

对"人的发现"，是不同文明由传统社会走向现代社会无法回避的思潮。"人的发现"，要解决人的权利与尊严问题，在哲学层面实现对人的本质的认识。晚清"西学东渐"及五四新文化运动之下的"人的发现"，最大的障碍是以血缘关系为核心的宗法制、以宗法制为核心的君主专制。宋明以来，中国社会巩固并强化了这些制度，越往近现代发展，"人的发现"就越是成为中国社会必须面对的重要问题。中国现代文学对"人的发现"，其最大的思想贡献正是在于发现了人的启蒙过程中的各种障碍，从而批判它，进而解放人。

五四是"一点难求、巨星满天"的时代，在古今中外纵横交错的原点上，五四写下了"人"这一核心关切的对象，在中国历史上首次将"人"大写在时代的问题中！五四的坐标建立在纵横交错的两条线上，从古代到今天，这是纵。中国的古代文学向现代文学是逐渐转变的，是一点一点慢慢转变的，但是在现代文学这个时间，就是所谓的1917年到1949年，突然发生了根本的变化。中国文学和文化与世界文化的交流对撞，这是横。在现代文学30年左右的时间，中国文学和世界文学大规模地碰撞，第一次出现了全面、系统、深刻的交融。古今中外，纵横交错集中在这一点，这一点就是现代文学，就是五四新文学。由于这是一个特殊的时代环境，千载难逢的时代环境，所以它出现了满天巨星，短短30年时间，出现了这么多的著名作家，从五四先驱胡适、陈独秀、刘半农到鲁迅；然后是茅盾代表的所谓现实主义作家群，茅盾、叶圣陶一直到冰心、朱自清；郭沫若代表的所谓浪漫主义创作群体，郭沫若、郁达夫、成仿吾等；还有散文为主的语丝作家群，鲁迅、周作人、林语堂等；还有诗人徐志摩、闻一多、梁实秋等人为代表的新月作家群；还有现代派诗人戴望舒、艾青、何其芳；还有所谓京派、海派作家，沈从文、林徽因、废名、萧乾、刘呐鸥、穆时英、施蛰存以及在上海的大批左翼作家……这些作家先后肩负起五四新文化的使命。这一代人最注重创新，同时又最注重传承；最强调立本，同时又最强调开放；最苛求自由，又最勇于承担责任；最深刻地批判社会，又最无情地解剖自己。他们将中国历史的症结与现实的苦难汇聚到对中国"人"的思考上，在五四这个特定的节点，现代作家以"发现人"为书写动力，在创作中最大限度考虑个体意识的独立，在五四这一点上，各种文化基因与传统被重新审视，现代文学激活了古老中国几千年文化中的个体意识。

现代文学以开放的胸襟，一直保持着与国外文化的多方交流，以此来观照中国人自身，发现中国人的生存现状、思想状态和前途命运。作为文化与文学上空前开放的年代，五四是令人难忘且无法重复的。由五四新文化运动开始到整个20世纪上半叶，浪漫主义、批判现实主义、社会主义现实主义、象征主义、现代主义、左翼文学、无产阶级革命文学……西方几百年间的各种文学思潮在中国逐一走过；五四最初的一批重要而有影响的作家几乎都有着留学国外的人生经历，留日、留欧、留美、留苏……他们是走出国门的一代，是走向世界的一代，不仅将自己的眼光和视野触及世界各国，并且身体力行地将世界各国的文化带回中国。他们通过各种渠道翻译外国文学作品、介绍外国文学作家、移植外国文学理论，为中国文学的变革提供了新的蓝图。

现代文学以"发现人"的目光，注视中国人生存的苦难、命运的变化。以"发现人"再造光明的文学、新的人和新的中国。近代以来，由于中国国势艰危，志士仁人上下求索，救国无门，终于想通过文学之革新，以达强国新民之目的。五四诞生的中国现代文学，是忧患与绝望中寻求希望与热情的文学，是面对绝路而寻求出路的文学。现代文学的开始是发现人，在严重的家国忧思、巨大无边的黑暗中，朝着通透光明的前方前进，现代作家们要掀开这沉重的一页，扛起黑暗的闸门，他们要创造光明。现代文学绝不是轻松愉快的，它充满了历史的伤痕和民族的血泪，古老中国失落的感伤、新中国的昂扬与热情是它的底色，在现实的困顿中重新确立人的位置，将人从天的束缚中独立出来，从宗法的束缚中独立出来，是它首要的使命。代表一个时代的诗人郭沫若，写女神再生，写凤凰涅槃，要在诗歌中打破一切束缚人发展的枷锁,永生的凤凰哀叹着"五百年来的眼泪倾泻如瀑。五百年来的眼泪淋漓如烛",它们质问:"我们年轻时候的新鲜哪儿去了?我们年轻时候的甘美哪儿去了?我们年轻时候的光华哪儿去了?我们年轻时候的欢爱哪儿去了?"①这是对人自我意识、民族的独立意识的强烈呼唤,是对中华大地古老文明的热切呼唤!它呼唤一种对人的重新发现,只有先从宏大的时间和壮阔的历史中发现了作为个体的人,才能启蒙他,让他觉醒,高扬人的价值,从而确立整个民族自信的文化姿态。

"人的发现"是在五四特殊历史节点的精神核心,它与现代中国的思想解放和文化启蒙紧密结合,在很长一段时间里承担起中国社会转型的历史任务,并不断引发先进知识分子更为深入的思考,促使他们提出"启蒙"的口号。启蒙思想早在晚清时期就已经有所萌芽,但因诸多社会历史条件尚不充分,"启蒙"往往承载着知识分子的政治理想,而五四开启的社会转型进一步将"启蒙"立足于"人"本身,"人的启蒙"紧随"人的发现"开启了五四新文化的起点,并贯穿了现代文学的始终。

晚清时期的开启民智承载着救国救民的政治使命。中国近代的启蒙思想发端于晚清。戊戌变法失败后,一些晚清知识分子仍然在探索救国救民之道,他们普遍将目光转向思想层面的革新。梁启超对西方启蒙思想家的学说进行了研究,他认识到政治制度变革的成功,其背后往往有更为强大的思想文化的支撑,即国民素质,或者说是"国民性"。因此,梁启超提出"新民"之说,从公德、国家思想、进取冒险、权利思想、自由、自治、进步、义务思想等多个方面阐明了"新民"所应具备的现代精神。但是以梁启超为代表的

---

① 郭沫若:《凤凰涅槃》,载广西民族学院中文系现代文学教研组编辑《中国现代文学作品选讲》,内部资料,1978年,第29页。

晚清一代知识分子，他们倡导启蒙的根本目标在于政治制度的完善，梁启超坚定地认为"苟有新民，何患无新制度，无新政府，无新国家"①。

五四提出"伦理的觉悟"则彰显了人的觉醒与文明的自觉。自鸦片战争以后，中国国门被迫打开，西方文明输入，中国社会变革经历了几个阶段。从洋务运动开始，晚清知识分子主张从器物层面学习西方，"中学为体，西学为用"，以发展经济、军事"自强"。甲午战争的失败宣告了器物"觉悟"的失败。中华民族遂将变革的眼光转向政治制度，发动戊戌变法、清末新政，然而直到辛亥革命之后，共和政体建立，多数国民仍然不知道国家为何物，国民意识的自觉、思想人格的醒悟，仍与封建统治时期无所差别。因而陈独秀断论："伦理的觉悟，为吾人最后觉悟之最后觉悟。"②陈独秀从伦理的觉悟倡导民众的启蒙，与梁启超等晚清知识分子的启蒙有着根本不同的立场。西方国家"举一切伦理、道德、政治、法律、社会之所向往，国家之所祈求，拥护个人之自由权利与幸福而已"③。出发点和立足点在于"人"，在于人的自由与权利。

事实上，"人"的文学首先呼唤的是一种"人"的启蒙。五四是高举着"人的文学"的旗帜走上历史舞台的，这里的"人的文学"，绝不仅仅是周作人写的那篇文章，不仅仅是他提出的一个口号，而是整整五四一代人共同的心声与呼唤！首先是要有个人意识的发现和自我意识的觉醒，才能在这个基础上走向更广阔人类层面的人道主义思想。周作人反复强调："我说的人

---

① 梁启超：《新民说》，商务印书馆2016年版，第4页。
② 陈独秀：《吾人最后之觉悟》，《独秀文存·论文（上）》，首都经济贸易大学出版社2018年版，第32页。
③ 陈独秀：《东西民族根本思想之差异》，《独秀文存·论文（上）》，首都经济贸易大学出版社2018年版，第22页。

道主义，是从个人做起。要讲人道，爱人类，便须先使自己有人的资格，占得人的位置。耶稣说，'爱邻如己'。如不先知自爱，怎能'如己'的爱别人呢？"①爱人，先要爱自己，这是五四时期的一个基本思考。

以鲁迅为代表的现代文学创作的根本出发点是为了改造民族的思想，改造中国人的精神面貌，"人的启蒙"成为贯穿现代文学始终的使命，不论派别，不论群体，不论时代社会变化。在鲁迅笔下，启蒙是一种觉醒的时代意识，它以理性为基础，以自由为标志，以人性为旨归，鲁迅的启蒙思想表现在对民族意识的探索，表现在对传统文化的批判以及对人性主体的提升等方方面面，其写作的动机和深层的内驱力，就是要通过文学对中国人进行思想启蒙，改造整个民族的精神面貌。鲁迅小说的主人公阿Q、祥林嫂、华老栓、闰土等，他们共同的精神核心就是失去了自我的意识，祥林嫂"只有那眼珠间或一轮，还可以表示她是一个活物"，这在鲁迅笔下是一种典型的经历过苦难、绝望，而走向麻木、失语的形象，以这种存在的卑怯和沉沦的状态刺激人的精神，唤醒人的意识。

除了通过批判、揭露直接刺激人的精神，现代作家还特别注重思考"人应该是什么"。《骆驼祥子》出版后，曾经有许多读者问过老舍，你一定要给祥子这样的结局吗？祥子的结局不能更好一点吗？老舍回答，我不能给祥子更好的结局，祥子只能是这种悲惨的命运。整部作品，老舍有一个强烈的观念，就是在当时的时代环境下，祥子作为一个个体，与这个社会的抗争，只能以毁灭而告终。祥子个人奋斗的道路是绝对走不通的。这其实就回到了"人应该是什么"的问题。冰心在作品中高扬"有了爱就有了一切"，她笔下的很多人用爱来拯救别人，很多人也被爱所拯救。实际上，当时的中国社会

---

① 周作人：《人的文学》，《新青年》1918年第5卷第6号。

有那么多爱吗？爱真的能够拯救一切吗？冰心自己是非常清楚的。只不过冰心坚定地相信一条：人应该有爱，应该用爱来拯救世界，"有了爱就有了一切"，尽管这是一种高度理想化的信念，但这也是现代作家笔下人性启蒙的重要内容。

五四时期人的启蒙，深刻影响了新文学的发生发展。"人"成为新文学创作的重要理念，给新文学带来了崭新面貌。"新文学"之"新"，一个很重要的方面就是对人的态度和看法，五四对人的启蒙站在人性、人道的立场，在此基础上看人、写人，正因为如此，五四与晚清乃至以前的启蒙有着本质的不同。

二、人的觉醒与自信

如果说"人的启蒙"是五四的出发点，那么这个出发点通向的目的地就是"人的觉醒"。为什么而启蒙？五四一代人想通过启蒙实现什么样的效果？鲁迅的"立人"、陈独秀笔下"最后觉悟之觉悟"的国民想象、李大钊想要再造的"青春之我"、胡适心目中的"新人格"究竟意指的是什么？它们最终指向的都是"人的觉醒"，是对中国人的启蒙，是对新文学主体的现代化想象，所涵盖的内容大致包括以下几个层面：

第一层面，"个人之人"的觉醒。五四发起之时，想要冲破封建礼教的牢笼，就不得不依靠个性解放，肯定个人的价值，促进个人的觉醒，鲁迅在《伤逝》中借子君之口大喊出"我是我自己的，他们谁也没有干涉我的权利"①，这表达了鲁迅对当时社会自觉的个性意识与主体意识的呼唤。"个体"不再因只能存在于"群体"当中，不再单纯在家族、民族、社会、国家中获得意义，而作为每一个"我"，个体的存在得到尊重，个体的尊严得到彰显，这让新文学拥有了全新的面貌。五四时期留下了很多"个人化"的书写，郭沫若的新诗以一种创造性的个性热烈地追求着个性解放，以火山喷发式的情感张扬个体的价值。《天狗》这首仅仅29行的诗歌中出现了39个"我"字，诗人高呼着："我是一条天狗呀！我把月来吞了，我把日来吞了，我把一切的星球来吞了，我把全宇宙来吞了。我便是我了！"② 在这里"我"是一种自我确认，一种自我彰显，一种自我高扬。这种对自我的崇尚，对自我力量的认可，是几千年文学史上没有出现过的崭新面貌。郁达夫最有影响的"自叙传"式的小说，也是传统文学中不曾有过的大胆形式，它在艺术形式上受到日本"私小说"的启发，尤其是刻画了游离时代之外的"零余者"，以最大胆最真诚的方式袒露出个体内心的隐秘，无所畏惧地将自我的"私语"呈现在文本中。《银灰色的死》《南迁》《沉沦》里的主人公，前所未有地把自己真实而透明的心灵赤裸裸地展示在了世人的面前，把自我的焦虑、隐秘的内心完全吐露出来，这完全冲破了传统小说的情节式写作，完全突破了传统文学的写作框架，建构起了以个人情绪、袒露个人内心世界的个人化写作。

我们以往对五四一个最基本的理解，就是五四将个人从家庭、社会、伦理中解放出来。但是，我们要继续追问的是，这种对个人的关注，深层的动因究竟来自哪里？为何在五四这一点上，如此集中地放大个人的价值？这首先体现在五四一代人对"人"的自然生命力的发掘和认可。陈独秀大声疾呼

---

① 鲁迅：《伤逝》，载鲁迅先生纪念委员会编《鲁迅全集》（第2卷），光华书店1948年版，第278页。
② 郭沫若：《天狗》，《郭沫若全集·文学编》（第1卷），人民文学出版社1982年版，第54页。

要将"兽性主义"作为中国教育的根本方针:"兽性之特长谓何?曰意志顽狠。善斗不屈也。曰体魄强健。力抗自然也。曰信赖本能。不依他为活也。曰顺性率真。不饰伪自文也。皙种之人。殖民事业遍于大地。唯此兽性故。日本称霸亚洲。唯此兽性故。"①在《人的文学》中,周作人对"人"的定义"不是世间所谓'天地之性最贵',或'圆颅方趾'的人。乃是说,'从动物进化的人类'"②。周作人在进化论的基础上,表达了对自然、生命本身的高度推崇,同时也提出"人"要在进化的基础上,表达"人"的价值、尊严和个性。鲁迅也不止一次地表达着对自然兽性的召唤、对生命原始力量的推崇:"生命不怕死,在死的面前笑着跳着,跨过了灭亡的人们向前进。"③"野牛成为家牛,野猪成为猪,狼成为狗,野性是消失了,但只足使牧人喜欢,于本身并无好处。人不过是人,不再夹杂着别的东西,当然再好没有了。倘不得已,我以为还不如带些兽性……"④在鲁迅冷峻笔调的背后,包裹着的始终是一腔对生命本身的激情和力量,这种来自生命本身的原始力量和自然人性,在传统社会被压抑了几千年,终于在五四这一历史关头得到了释放。

第二层面,"社会之人"的觉醒。如果只是把人的文学理解为个人的解放和个性的张扬,就大大地局限了"人的文学"的意义,也矮化了五四的精神意义。我们绝不能将五四看作一场"个人化"的运动,一场对人的本能和自然生命力的释放,人的觉醒是"人的文学"的诉求点,但"人的觉醒"不是"人的文学"的最终目的,五四一代知识分子,始终是把个人与中华民族的兴

---

① 陈独秀:《今日之教育方针》,《青年杂志》1915年第1卷第2号。
② 周作人:《人的文学》,载钟叔河编订《周作人散文全集》(第2卷),广西师范大学出版社2009年版,第86页。
③ 鲁迅:《生命的路》,《鲁迅全集》(第1卷),人民文学出版社1981年版,第368页。
④ 鲁迅:《略论中国人的脸》,载鲁迅先生纪念委员会编纂《鲁迅全集》(第3卷),中国人民解放军战士出版社1973年版,第400页。

衰紧密结合，个人的发展势必要投入历史的滚滚潮流之中。郭沫若这么浪漫，他也有《请看今日之蒋介石》这样的政论文章，郁达夫再如何私语、如何个人，他也有《广州事情》这样犀利的批判。高度浪漫，但又高度关注现实；高度关注个性，又高度回归社会性。这两点的融合才是五四最大的特点。这一点，我们在郁达夫对现代散文的理解上也能看到，郁达夫曾这样谈到现代散文的特点："现代的散文之最大特征，是每一个作家的每一篇散文里所表现的个性，比从前的任何散文都来得强"，这是郁达夫对散文个性的强调，但马上他又说现代散文"作者处处不忘自我，也处处不忘自然与社会。就是最纯粹的诗人的抒情散文里，写到了风花雪月，也总要点出人与人的关系，或人与社会的关系来，以抒怀抱；一粒沙里见世界，半瓣花上说人情，就是现代的散文的特征之一"。① 而作为"人的文学"的直接倡导者，周作人也从来没有真正摒弃过文学的"载道功能"。即便在进入 20 世纪二三十年代之后，他宣称要退守自己的园地，要"闭户读书"，要写"闲适"的小品文，但就在《自己的园地》中，他也这样写道："总之艺术是独立的，却又原来是人性的，所以既不必使他隔离人生，又不必使他服侍人生，只任他成为浑然的人生的艺术便好了。"② 周作人在这里对文学人性的强调，是不能"隔离人生"的，文学不必服侍人生，文学本身就是一种浑然的人生。

  周作人的《人的文学》作为五四新文学的一个重要标志，与胡适的《文学改良刍议》、陈独秀的《文学革命论》、鲁迅的《狂人日记》等"纲领性"文献一样，在张扬人的个性、文学的解放方面具有长久深远的意义和影响。

---

① 郁达夫：《中国新文学大系·散文二集·导言》，载赵家璧主编，郁达夫编选《中国新文学大系》(第7集)，良友图书印刷公司 1935 年版，第 5、9 页。
② 周作人：《自己的园地》，载钟叔河编《周作人散文全集》(第 2 卷)，广西师范大学出版社 2009 年版，第 510 页。

但是长期以来，我们对这个问题的认识和理解是否全面、准确？这是值得反思的。尤其是在当下，"人"的话题再次被推到大众视野的中心，促使我们重新思考"人的文学"究竟包含什么样的内涵。一方面从事实上看，周作人所谓的"人的文学"，从来都不是只强调个人性张扬、人性解放的文学，它是一个包含了个人性、自然性和社会性的复杂思想体系，是从"自然"生命里发现"个人"，从"个人"觉醒达成"社会"的启蒙的逻辑命题。另一方面从理论上看，"人的文学"的概念也不应该被狭隘到仅仅对"个人性"的理解。没有对社会人性的深刻洞察，又何谈对个人人性的了解？不理解自然生命的价值，我们又如何真正理解人的价值？从历史到五四再到今天，"人的文学"的概念从来都不只是个人性的凸显，而是个人性、自然性与社会性三个层面的共同融合，这才是五四留给我们真正的伟大命题。今天看来，新文学确实以不同于传统文学的全新面貌横空出世，但这种"新"依然是相对性的，它并没有改变中国自古以来文学的根本本质，那就是文学不可能离开社会性，不可能离开时代性，更不能离开人和人类而存在，其实这一点到今天也没有改变，也不可能改变。

第三层面，"世界之人"的觉醒。五四新文学的发生、发展及其呈现出来的特质，既是中国几千年传统文学自然发展的必然结果，更是世界性文化及文学相互渗透、撞击和融合的产物。五四一代人对中国人人性的凝视，对中国人理想人性的呼唤，始终有着世界性的视野。尽管五四新文学自身的民族文化基因是极其深厚的，但是它同样鲜明地显现出一种难以回避的世界性。在五四一代人的论述中，世界主义是一个重要的潮流，面对着世界化的趋势，五四作家们越来越意识到人不仅是个人的，不仅是国家的，还是世界的，每个个体都是人类的一部分。中国的现代化，是在被迫卷入弱肉强食的世界竞争体系中催发的，直到这时候，人们才意识到，我们面临的是一个"物竞天择,适者生存"的"世界"。中国不再是唯我独尊的天朝,而是世界各个国家中的一员。也就是说,五四的"个体意识"是在"世界意识"的背景下萌发的。蔡元培就曾这样表示过国家主义和人道主义之间的关系:"所谓国民者,亦同时为全世界人类之一分子。苟倡绝对的国家主义,而置人道主义于不顾,则虽以德意志之强而终不免于失败,况其他乎?愿《国民杂志》勿提倡极端利己的国家主义。"[①] 这段话清晰地说明,任何国家的国民,也都是人类的一部分,而如果陷入狭隘的国家主义,而失去了对整个人类利益的关怀,那么这样的国家主义最终也会失败。蔡元培这里拿德国举例,说明第一次世界大战后世界人民命运的相通,已经使五四时期的中国知识分子觉悟到中国与世界的不可分割,而十月革命的成功更是让他们意识到,革命的世界性和大同性。今天来看,这种想法既是大胆的,也是超前的。个人无法独善其身,而只有在人类范畴之中才能获得意义,才能实现自己的价值。

事实上,在今天,我们越来越意识到五四文学传统给我们留下的警示意义,我们从未像今天这样如此深刻地审视几千年文学对人性的书写,从未如此深刻地理解个人与人类的关系,也从未如此深刻地思考人类的命运。作为个体的每个人都有其生存的独特意义,而作为整体,全人类的命运更是休戚与共的,如今我们前所未有地感受到了人类面临空前的灾难,那么在人类命运共同体的建构中,我们的思考也应该关注到大时代背景下的个人命运,也应该延伸到人的共性,人与人之间密不可分的关联,以及人类的共同责任与担当。

从五四新文化运动到中国特色社会主义新时代,中华民族在百年的社

---

① 蔡元培:《〈国民杂志〉序》,载高平叔编《蔡元培全集》(第3卷),中华书局1984年版,第255页。

会历史变革和文化发展历程中，经历过思想的困顿、身份的迷茫与时代的阵痛，但中国人民始终以强大的精神力量探索出一条中国文学、文化与思想的现代化道路。习近平总书记强调："五四运动……是一场传播新思想新文化新知识的伟大思想启蒙运动和新文化运动，以磅礴之力鼓动了中国人民和中华民族实现民族复兴的志向和信心。"① 以爱国、进步、民主、科学为核心的五四精神，还有一个更为根本、更具活力的精神特质，推动着五四精神在不同时期始终焕发着新的生命，孕育着新的时代内涵，那就是五四高扬的"人的自信"。从本质上说，"人的自信"与"人的觉醒"共同构成"人的发现"与"人的启蒙"的结果，同时，"人的自信"又助推着"人的高扬"，并在"人的反思"中更加确立了"人的自信"。因此，深入理解"人的自信"，一方面是为了追溯、挖掘中国现代文学发展的精神动力，另一方面有助于在新时代继承五四的历史使命与责任担当。

"人的自信"表现在对本民族文学传统与文化资源的自信。我们今天所探讨和建构的文化自信，并不是无本之源、无根之木，而是有着深厚悠久的文学传统与坚实丰富的思想来源的。闻一多作为新月派的代表诗人，曾赴美国芝加哥美术学院和科罗拉多学院学习西洋绘画，研究文学和戏剧，既接受了西方文化的熏染，同时还继承了中国古代的篆刻技艺。早期赋闲时，闻一多就对篆刻有浓厚兴趣，常为好友篆刻印章。抗战全面爆发后，在昆明的西南联大，闻一多生活困难，1944年开始治印贴补家用。他所治印章，刀法刚劲、线条流畅、刚柔相济、功力深厚。此外，陈独秀、胡适、鲁迅、周作人、郭沫若、茅盾等新文化干将都在书法方面造诣颇深。从中国现代文学的发展格局来看，新文学有《新青年》，有文学研究会、创造社、新月社、语丝

---

① 习近平：《在纪念五四运动100周年大会上的讲话》，2019年4月30日，新华网。

社，而所谓的旧文学则有《国粹学报》《国故论衡》《学衡》，还有"国学保存会""国学讲习会"等。一个世纪以来，"国学"凝聚和包容了中国文化的诸多方面，即便是在新文学倡导之际，国学仍然保持着自身强大的发展势头。

从中国现代文学的实践来看，一方面，新文学的建设受西方文学理论的影响，借鉴了文艺作品的艺术形式和艺术技巧；另一方面，新文学之所以能蓬勃迅速地发展起来，更主要的原因是新文学是在深厚悠久的中国传统文化的土壤中孕育的。以闻一多、徐志摩为代表的新月派，主张诗歌要"戴着脚镣跳舞"[1]，自觉接受艺术格律的束缚，提倡格律诗，主张诗歌要具备音乐美（音节）、绘画美（辞藻）、建筑美（节的匀称和句的均齐），正是吸收了中国传统诗歌注重格律、音韵，注重炼字的诗艺传统。中国古典诗歌秉承"古诗之妙，专求意象"[2]的艺术追求，自唐宋以后，诗歌的审美意象进一步丰富拓展，诗歌中传达出的意境悠远流长、含蓄蕴藉，如朱自清所言："虽用文字，却朦胧了文字的意义，用暗示来表现情调。"[3]以戴望舒、卞之琳为代表的现代派诗歌正是继承了古典诗歌意象含蓄内敛、意境高妙深长的特征，现代诗派虽取意象派的形式，但本质上还是"传统的意境"。有学者认为，戴望舒的诗歌常带有晚唐颓废主义的感伤情调，其选取的意象类型丰富多样，如时间范畴的"静夜""秋夜""黄昏"等，听觉范畴的"幽微的铃声""流水的呜咽""啼鸟的娇音"，视觉范畴的"悠长、悠长又寂寥的雨巷""幽暗的树林""青色的灯"，幻觉范畴的"堕到古井的暗水里"的"珍珠"等，这些不

---

[1] 闻一多：《诗的格律》，《闻一多全集》（第3卷），生活·读书·新知三联书店1982年版，第411页。
[2] （明）胡应麟撰：《诗薮》（内编·卷一），上海古籍出版社1958年版，第1页。
[3] 朱自清：《抗战与诗》，载朱乔森编《朱自清全集》（第2卷），江苏教育出版社1988年版，第345页。

同类型的意象根植于中国古典传统文化的背景中。值得注意的是，戴望舒用这些意象表现自己内心的情感时，并不是完全照搬中国古典诗歌中的意象，而是吸收了西方象征主义意象的丰富性与多样性，使中国古典意象与"现代情绪"巧妙地融为一体，推动了中国现代新诗内涵向着更深的层次转变。新文学对传统文化的吸纳与创造性发展不仅体现在诗歌、散文这些本身具有深厚文学传统的文体上，还突出表现在对全新艺术形式的探索上。话剧作为舶来的文学样式，在现代中国有着极大的发展，产生了一批代表性剧作和优秀的剧作家。中国现代话剧真正走向成熟，严格来讲是从曹禺剧作的问世开始的。之所以有这样的说法，一是因为《雷雨》的上演成功地吸引了广大观众，使话剧成为引人入胜的艺术形式。二是曹禺的剧作使话剧这一舶来的艺术形式具有了民族品格。今天我们再谈到曹禺的话剧时，常常使用曹禺自己解释《雷雨》写作想法的说法，那就是《雷雨》"是一首诗"[①]。但实际上，何止《雷雨》，曹禺的其他剧作，包括《日出》《北京人》《原野》从本质上来说都是诗。那为什么是诗？或者说，曹禺话剧的诗性特质是如何生成的呢？从戏剧的本质来讲，戏剧是最高形式的诗。亚里士多德在《诗学》中认为，悲剧的目的是要引起观众对剧中人物的怜悯和对变幻无常之命运的恐惧，通过这种"怜悯与恐惧"引发情感的净化。曹禺话剧的诗性生成有一个不为人所注意的艺术渊源，那就是对中国京剧的充分理解与转化。京剧是写意的艺术，本质上就是诗的艺术，一些点到为止的动作就能表现出丰富的意蕴，比如一个圆场就是走了千里之遥，甩一面帅旗，背后就是千军万马，这都是诗的艺术。《雷雨》是诗，不体现在诗的形式上，我们常用"诗剧合一"来形容郭沫若的剧作，诗性在郭沫若的剧作中主要体现为语言的浪漫和情感的澎湃，但诗的

[①] 曹禺：《〈雷雨〉的写作》，《杂文》1935年第2号。

内蕴绝不仅仅体现在语言和形式上，绝不仅仅是无边无际的抒情，诗的本质是对命运的思考，是对宇宙间神秘不可测事物的思考，是对人类命运的思考。所以曹禺剧作的冲突，不仅仅是戏剧冲突，本质上是命运冲突，这是生成曹禺剧作诗性的根本原因。

"人的自信"集中体现在对新文学新文化理解和运用的自信。五四一代人在立本和开放中建构自我。五四一代人，是走出国门的一代，是走向世界的一代。今天我们在文学史上看到的这一批作家，几乎每个人都有出国留学的经历。他们不仅自己走出国门，并且将世界各国的文化带回中国，浪漫主义、批判现实主义、社会主义现实主义、象征主义、现代主义、左翼文学、无产阶级革命文学等思潮一拥而入，易卜生、杜威、萧伯纳、托尔斯泰、屠格涅夫、厨川白村等人纷纷进入人们的视野，为中国文学的变革提供了新的蓝图。以新诗为例，郭沫若的《女神》以天马行空的想象和高度自由的诗体表明了新诗是可以这样写的，徐志摩的《沙扬娜拉》《偶然》《再别康桥》等诗作以圆融精巧的形式、轻盈柔和的韵律和饱满深沉的情感，代表了新月派诗歌的最高成就，同时也证明了新诗是可以写得像徐志摩这么好的。现代白话小说方面，鲁迅《呐喊》《彷徨》中的每一篇作品的题材内容和艺术构思都不一样，正如茅盾所评："十多篇小说几乎一篇有一篇新形式，而这些新形式又莫不给青年作者以极大的影响，必然有多数人跟上去试验。"[①] 长篇小说则以茅盾、老舍、巴金的创作为代表。值得注意的是，在五四问题小说和"为人生"的写实小说之外，还有以郁达夫为代表的自叙传抒情小说，这类创作集中表达个人内心情绪的流动和心理变化，开创了中国现代白话小说全新的表现形式。在中国现代文学发展的第一个十年里，"散文小品的成功，几乎在小说戏

---

① 雁冰（茅盾）：《读〈呐喊〉》，《文学》1923年第91期。

曲和诗歌之上"①，从《新青年》"随感录"作家群，到周作人、语丝派、朱自清、冰心、郁达夫等人的散文创作，题材和体裁丰富多样，现代散文从传统散文的"载道"模式中脱离开来，所涵盖的内容包括自然、社会、人生，现代散文极大地彰显了作家的个性气质，正如郁达夫所言："现代的散文之最大特征，是每一个作家的每一篇散文里所表现的个性，比从前的任何散文都来得强。古人说，小说都带些自叙传的色彩的，因为从小说的作风里人物里可以见到作者自己的写照；但现代的散文，却更是带有自叙传的色彩了，我们只消把现代作家的散文集一翻，则这作家的世系，性格，嗜好，思想，信仰，以及生活习惯等等，无不活泼泼地显现在我们的眼前。这一种自叙传的色彩是什么呢，就是文学里所最可宝贵的个性的表现。"②此外，在话剧这一舶来艺术样式的探索和创作上，现代作家展现了高度的艺术自信和前所未有的艺术创新，出现了田汉、郭沫若、丁西林、曹禺、欧阳予倩、洪深等一大批重要的剧作家。值得注意的是，新文学之"新"不仅是新在语言、新在文体，更加新在它提出了现代的思考。《狂人日记》作为五四新文化运动现代宣言的出场，是新文化先驱对历史和现实之于未来中国所给予的一种充满象征的预言。五四新文学之所以不同于传统文学，正在于其思想的更新开启了"现代"的思维，人们开始具有了现代的追求，开始关注现代人的生存价值与精神意义。

"人的自信"深深根植于对中华民族前途与道路的自信。中国现代文学的发展历程就是中国共产党从诞生到逐步走向成熟的过程，无论是革命文学、左翼文学的倡导，还是抗战文艺、延安文艺，充分体现了中国共产党领导的

---

① 鲁迅：《小品文的危机》，载鲁迅先生纪念委员会编纂《鲁迅全集》（第5卷），中国人民解放军战士出版社1973年版，第172页。
② 郁达夫：《中国新文学大系·散文二集·导言》，载赵家璧主编，郁达夫编选《中国新文学大系》（第7集），良友图书印刷公司1935年版，第5页。

中国革命与文艺事业的高度融合与深度互动。在中国革命的进程中，有"文武两个战线"，也就是毛泽东用"枪杆子"和"笔杆子"来比喻的军事战线和文化战线。① 在文化战线上，1942年5月，延安文艺座谈会召开，毛泽东发表《在延安文艺座谈会上的讲话》（以下简称《讲话》），成为对中国文艺发展前途的经典论述，标志着马克思主义中国化的文艺理论开始形成自己的体系，并由此产生了巨大而深远的影响。延安文艺运动是中国共产党革命事业的重要组成部分，是中国现代文学发展的新阶段和新形态，是马克思主义理论与中国社会实践相结合的一个经典范式。2014年10月15日，习近平总书记在文艺工作座谈会上发表重要讲话，这次讲话对当今时代文艺创作的论述和毛泽东当年的《讲话》有着紧密的历史关联，是对毛泽东《讲话》精神的继承与创新。习近平总书记指出："文艺事业是党和人民的重要事业，文艺战线是党和人民的重要战线。"② 这两个讲话深刻地体现了文艺的人民本质，昭示了中国共产党以人民为中心的文艺发展理念，发展和繁荣文艺在根本上是为了伟大的民族复兴，为了国家强大和人民的幸福生活。③

越是在白色恐怖时期，越是面临着外忧内患，中华民族越是具有向上的斗志和昂扬的革命热情。1927年4月9日，郭沫若的《请看今日之蒋介石》发表于武汉《中央日报》，郭沫若以无比愤怒的心情，详尽而具体地揭露了蒋介石阴谋制造种种血腥罪行。在革命的黑暗时代，郭沫若敢于公开讨伐蒋介石，这既是他政治上成熟的标志，更代表了他旗帜鲜明、勇敢无畏的革命态

---

① 参见《毛泽东选集》（第3卷），人民出版社1991年版，第847页。
② 《习近平在文艺工作座谈会上的讲话》（2014年10月15日），2014年10月15日，中国共产党新闻网（www.cpc.people.com.cn/2015/c64094_27699249.html）。
③ 参见刘勇、汤晶《延安文艺运动与马克思主义中国化》，《北京师范大学学报》（社会科学版）2021年第4期。

度。郭沫若出版于1928年的诗集《恢复》，创作于大革命失败后白色恐怖最为严重的时期，反动统治的血腥屠杀和自身的病痛并未消磨革命意志，相反，他以更昂扬、更坚决、更充实的诗作表达了坚如磐石的革命意志和革命信心，成为黑暗岁月里的一面高扬的精神旗帜。新时代的文化自信并不是抽象的，而是随着社会主义建设的发展，与道路自信、理论自信和制度自信紧密结合的文化自觉。目前，随着我国综合国力和文化软实力的不断提高，文化自信已经从内外两个方面达到了新的高度。党的十九届四中全会指出，文化自信的制度优势在于"坚持共同的理想信念、价值理念、道德观念，弘扬中华优秀传统文化、革命文化、社会主义先进文化，促进全体人民在思想上精神上紧紧团结在一起的显著优势"[1]。重审现代文学的发展历程，就是追溯"人的发现""人的启蒙""人的觉醒"的精神历程，而"人的自信"作为助推这一历程的原动力，直至今天仍然具有深远的现实意义，正视这份自信的来源，并以更强大的行动力滋养这份自信，是现代文学的重要课题，也是当下中国精神文明建设的重要课题。

三、人的高扬与反思

对"人"的高扬，是中国现代文学最显著的标识，是五四所确立的文学发展的基本方向，是文学的最高追求与奋斗目标，更是现代文学最独特的内在品格。人的高扬，建立在人的自信基础上，是对人的自我意识的高扬，也是对人自身价值的自信。对人的发现、肯定、启蒙、阐释、塑造和高扬，都

---

[1] 《中共中央关于坚持和完善中国特色社会主义制度　推进国家治理体系和治理能力现代化若干重大问题的决定》，2019年11月5日，中华人民共和国中央人民政府网（https://www.gov.cn/zhengce/2019-11/05/content_5449023.htm）。

是从现代文学这一阶段开始达到了前所未有的高度，中国文学从来没有像五四新文学一样，关注人的命运、高扬人的价值。同样，回望整个中国历史，也从来没有哪一个历史时期像五四时期那样，对人达到如此重视的程度。

首先，人的高扬，更针对个体的"人"。五四以来"人"的发现，使得对"个体"的强调成为时代的普遍话题。对自我的大胆表露，成为文学作品共同的追求，个人的情绪、个体的生活、个性的张扬、个人的诉求，都在文学作品中得到了淋漓尽致的展现。对"人"的高扬，是对生命尊严的高扬，也是对自我价值的高扬。作为个体的"人"，在五四以后才开始登上中国文学的舞台。五四时期涌现出的上百个社团，新月社、创造社、未名社、莽原社、狂飙社、浅草社、沉钟社、春雷社、湖畔诗社……哪一个不是高高举起了"人"的大旗？哪一个不是将"人的高扬"放在显要的位置？创造社成员强调"尊重天才、主张自我表现"，认为文学的真谛在于忠实于内心，表现丰富的情感，他们的作品具有浓厚的浪漫主义气息；语丝社成员主张"我笔写我口"，强调个体的鲜活，重视个体的价值，认为创作要本着内心的要求，因此，他们的创作往往任意而谈、无所顾忌；莽原社成员遵循"率性而言，凭心立论，忠于现实，望彼将来"的宗旨，看重个人的真实体悟对文学创作的重要意义。五四以来所涌现的大量文学作品更是在题目上就突出说明了这一点：小说方面，有鲁迅的《狂人日记》《阿Q正传》《孔乙己》《孤独者》《高老夫子》，陈衡哲的《老夫妻》，冰心的《超人》《斯人独憔悴》，庐隐的《海滨故人》《或人的悲哀》《房东》《丽石的日记》《两个小学生》，郁达夫的《零余者》，俞平伯的《花匠》，叶圣陶的《这也是一个人？》，冯沅君的《贞妇》，丁玲的《莎菲女士的日记》，汪敬熙的《一个勤奋的学生》，凌叔华的《小哥儿俩》，许钦文的《鼻涕阿二》《疯妇》，石评梅的《弃妇》《流浪者的歌声》《偶然来临的贵妇人》《林楠的日记》《蕙娟的一封信》；散文方面，有周作人的《一个乡民的死》《卖汽水的人》《小孩的委屈》,鲁迅的《藤野先生》《阿长与山海经》《记念刘和珍君》,朱自清的《背影》,茅盾的《老乡绅》,巴金的《一个女佣》,丰子恺的《歪鲈婆阿三》,梁遇春的《救火夫》,石评梅的《玉薇》《梅隐》《小苹》《小玲》《素心》《露沙》《董二嫂》;诗歌方面,有胡适的《人力车夫》,周作人的《两个扫雪的人》,闻一多的《诗人》,徐志摩的《先生!先生!》,李金发的《弃妇》;戏剧方面,有郭沫若的《聂嫈》《王昭君》《卓文君》《屈原》《郑成功》《蔡文姬》,陈大悲的《西施》《幽兰女士》,欧阳予倩的《泼妇》《潘金莲》,熊佛西的《新人的生活》,等等。正如郁达夫所言:"五四运动的最大的成功,第一个要算'个人'的发见。从前的人,是为君而存在,为道而存在,为父母而存在的,现在的人才晓得为自我而存在了。"①

其次,人的高扬,体现在作家们强烈自觉的个性化追求上。精神独立、思想自由、标新立异、特立独行是每位作家的艺术追求,在创作风格上也呈现出摇曳多姿的局面。鲁迅的冷峻犀利、周作人的冲淡苦涩、郭沫若的奔放大气、冰心的温婉清丽、朱自清的平易质朴、巴金的热情天真、茅盾的宏大严谨、林语堂的精巧幽默,写作风格不一,也反映了作者个性的千差万别。多种创作个性的自由发展,正体现了对自我的尊重和对个性的高扬,体现了五四时期"人的文学"的时代品格。自古以来,文学史上从来没有哪个时期的文学像五四时期这样,出现那么多展现"个性"的内容。五四新文学提倡个性解放、鼓励个性发展,为作家的创作提供自由发挥的机会。五四时期,散文这一文体的创作实绩甚至要超过小说和诗歌。关键就在于,小品文是最能体现"人"的高扬的一种文体,最能反映人的内心深处细腻的情感体验和

---

① 郁达夫:《中国新文学大系·散文二集·导言》,载赵家璧主编,郁达夫编选《中国新文学大系》(第 7 集),良友图书印刷公司 1935 年版,第 5 页。

微妙的情绪变化,最大程度体现了个体的张扬和个性化追求,也最能够彰显五四的开创价值。"现代的散文之最大特征,是每一个作家的每一篇散文里所表现的个性,比从前的任何散文都来得强。"① 现代的散文几乎就是作家的自画像,只要翻一翻作家的文集,一个作家的性情、品位、思想全都能够一览无遗,达到未见其人,先知其性的效果,这便是文学所强调的最宝贵的个性,是以往的中国文学所不具备的,也是现代文学最独特的魅力。对作为个体的"人"高扬同样也体现在内容与形式的变革。以往的散文,往往带有一定的政论性质,要么抒发作者怀才不遇之愤懑,要么表达远离官场寄情山水的志趣,要么为统治者歌功颂德,就连语言上也备受约束。现代散文则开始书写个人的七情六欲和真挚感情,正视人的各种需求。一大批散文家在现代文学史上大放异彩,像周作人、朱自清、梁遇春、林语堂、梁实秋、俞平伯、何其芳、李广田、钟敬文、唐弢、徐懋庸等的散文各具特色,一起丰富了现代散文的面貌。

中国现当代文学的根本主题是"人",尤其是高扬具有个性的人。整个中国现代文学,就是一座异彩纷呈的文学花园。同样的题材,不同的作家有不同的处理方式;同样的主题,不同的作家同样有不同的表现手法。同样是写诗,郭沫若用力喊出"我飞奔,我狂叫,我燃烧,我如烈火一样地燃烧",令人感受到追求自由的激情澎湃和酣畅淋漓;徐志摩却不急不躁,温文尔雅,一句"我挥一挥衣袖,不带走一片云彩",极尽风雅与恬淡,又不失柔情与浪漫;冰心的诗歌又是另外一番景象,一花一世界,一叶一菩提,两指拈花,合掌即宇宙;戴望舒的诗歌则融贯古今,一首《雨巷》既保留了古典诗词的

---

① 郁达夫:《中国新文学大系·散文二集·导言》,载赵家璧主编,郁达夫编选《中国新文学大系》(第7集),良友图书印刷公司1935年版,第5页。

风韵与精髓，又兼具了现代诗歌的华美与品位，追求含而不露的朦胧美；李金发的诗则充满了奇思妙喻，善于化丑为美，营造神秘幽邃的氛围。文学对人的高扬，正是要高扬人的个性与特色，呼唤人性的解放，发掘人的独特性，追求人的自由，重塑文学的启蒙价值，书写人生更多的可能性。文学是人生的一面镜子，文学也是人性的一面镜子。是文学，打开了通往社会、人生的一扇窗口，让人开始意识到自我的重要性，启迪人们关注内心的需求，高扬人的个性与自我价值。回顾整个中国现当代文学，成就卓越，影响深远的作家举不胜举，各个流派风格不一，各有所长，无论是"为人生"，还是"为艺术"，对人的高扬始终都是作家创作的潜在自觉，从沈从文、林语堂、梁实秋、曹禺、萧红、沙汀、艾芜、巴金、老舍、张爱玲、王蒙、钱锺书、赵树理、周立波、孙犁、汪曾祺，到莫言、路遥、贾平凹、陈忠实、刘恒、余华、苏童、叶兆言、毕飞宇、王朔、王安忆等现当代作家，哪一个不是通过文学叩问人生？他们用自己的文字书写着平凡生活的点点滴滴，思考着宇宙人生的多重面向，描摹着命运的偶然与必然，刻画着人性的崇高与丑恶，无论是对日常生活的刻画、对小人物命运的观照、对时代社会问题的摸索、对特殊人群的关怀，还是对人生终极问题的把握等等，都启发着读者从多重维度去认识"人"，剖析"人"，思考"人"，还原"人"。这种还原，建立在新的人生观价值观基础上，正是每一个独具个性的作家，共同书写了中国文学走向现代化的历史，共同造就了中国现代文学的现代品格。

再次，人的高扬，在于对"人"的塑造。五四文学表达了以往文学中不曾展露的内容，即要塑造怎样的人。五四新文学对"人"的高扬，更体现在作家作品中由于"人的发现"而带来的全新境界，以及对怎样塑造"人"这一问题的持续思考。五四新文学不光让人们看到文学是有自己的品格的，也让人们看到文学是要"立人"的。五四新文学对"人"的重视是空前的，对

"人"的塑造也是全方位的。五四新文学第一次让人感觉到人对自我要有要求，不能一直处于蒙昧状态。现代文学始终不变的主题就是对"人"的重塑。鲁迅率先树起批判国民性的大旗，意在通过揭出病苦，引起疗救，充满了对"做稳了奴隶"的中国人的批判，对于奴性之人的刻画入木三分，这是其文学思想的核心要义，一出手就是高峰，其思想成就无疑是最高的。也因鲁迅的开创性功劳，使得我国现代小说在诞生初期就有了脱胎换骨的变化，因为鲁迅的存在，我国现代小说的思想起点一开始就达到了较高的水平，关键就在于对人的重塑问题的思考。

新时代的"人"应当是崇高的、鲜活的、立体的、自由的，有着独立人格和精神品质的。自由之灵魂，独立之思想，是五四时期响亮的口号。正是五四新文学告诉人们，什么是大写的"人"，怎样实现人的价值。鲁迅对国民性的深刻剖析，让人们睁开了蒙昧的双眼；郭沫若对人之力量的热情歌颂，让人看到自身潜力的不可估量；冰心对人间之爱的讴歌，让人们更为关注内心的真实感受和生命本体的原生力量；郁达夫对苦闷自我的彻底揭示，让人们意识到满足自我诉求是生而为人的应有之义；巴金对青年理想的热情召唤，让人们感受到理想的热血在心中沸腾，唯有走出大家庭，才能获得新生；徐志摩对真善美的美好向往，给人以美感的同时，也让人感受到文学表达的重中之重在于真情实感；沈从文对湘西边地风情的描摹与书写，让人们重温了原始人性的深切呼唤……这些，都是五四新文学所倡导的"人的文学"的最强回应和呐喊，也是中国文学自古以来从未有过的全新局面。五四新文学用鲜血淋漓的文字令人们看清了吃人的社会，教会人们树立正确的人生观、世界观、价值观；用狂飙突进的时代呐喊，号召人们开启文明、自由的新天地；用平易写实的语言，打破了人们多年来的思想束缚，让人成为"人"，是五四新文学在中国近代化道路上最卓著的功勋。百年以来，五四精神荡涤着一代代人的思想观念，始终都在告诉人们什么是生而为人，什么是自由平等，什么是远大理想，什么是青年使命，什么是社会责任，什么是家国情怀。是五四教会人们承担责任，接受历史的挑战，也是五四告诉人们，人是站着的，不是跪着的，堂堂正正挺直腰板，才能让人尊敬。

五四那代人，对国民卑怯深恶痛绝，他们用带着压抑的笔墨，对种种社会问题展开了批判，首先就是对"人"的重新塑造。生而为人，五四作家笔下的"人"不再是旧时代的行尸走肉，他们有着独立的人格和思想，开始睁眼看世界，疯狂汲取新思想新观念，并且敢于挑战权威，反抗不合理，向旧的时代说"不"！欧阳予倩的话剧《泼妇》中的于素心，性格刚烈洒脱，一心向往自由爱情，面对丈夫的不忠，用行动表示了对一夫多妻制的抵触，她勇敢地带着孩子走出家庭，结束一段失败的婚姻，毫不妥协地与封建礼教展开了针锋相对的斗争，维护了自己的尊严，守住了自己的底线，她的自尊、自立，为自己争取到了新生的机会；陈大悲的《是人吗》中的傅婉姑，为了反抗包办婚姻，不惜与爱人私奔，勇敢地表示要做一个像样的"人"，喊出了"我是一个人"的时代宣言；巴金的《家》中的三少爷高觉慧，大胆而叛逆，抵制封建迷信，反对作揖哲学，和丫头恋爱，出门坚决不坐轿子，那一句"我是青年，我不是畸形人，我不是愚人，我要给自己把幸福争过来"喊出了多少被大家庭锁闭之人的心声，最终，他勇敢地走出了深宅大院，走向了广阔的新天地；赵树理的《小二黑结婚》中，新式农民小二黑和小芹冲破家长三仙姑和二诸葛的阻挠，自由结合，在他们的身上，我们看到了妇女的解放、家庭观念的变革、农民思想的进步、等级观念的松动，当然，还有时代社会的重大变化，而这些，都是五四新文学所带来的果实。

"人的文学"之所以具有划时代的意义，关键在两个方面：一是对中国几千年来"文以载道"传统的反思，特别是对以往文学中缺乏对个体诉求的关注进行了反省,这一点,是五四新文学现代品格的集中体现;二是对西方文化所强调的人的自由、个性与解放给予了接纳与传播。对人的高扬,在于全面把握人的价值,正是从五四开始,中国文学实现了与世界文学的接轨,开始了走向现代的进程,也使中国文学重新焕发出新的生机。五四的使命,是历史造就的,五四的价值,也因其对人的关注而愈显珍贵。对人的高扬,仍然是一个未完成的话题。正是因为五四对"人"的高扬,带来种种"人"的问题,才使对"人"的反思成为一个无可回避的时代话题,不断被人们所重提。

人的反思是五四的高度与现代文学的成熟。五四的崛起开辟了一个崭新的时代,中国人自此步入了自由启蒙的新世代,从人作为"人"得以被发现,人对自我的认知在逐渐觉醒,中国人开始变得自信起来,逐渐意识到人的高扬的重要意义,但这并不意味着我们对人的认识和了解是全面且彻底的。所以,人还需要反思,人在反思中不断地进行自我启蒙,不断地自我进步,可以说,人从发现自我到反思自我是一种走向成熟的表现。从人的发现、人的启蒙、人的觉醒、人的自信、人的高扬,到人的反思,不仅是人发展进步的必然经历,也是中国现代文学对人的思考中必不可少的维度,诠释了中国现代文学精神谱系的多重含义,展示出五四的高度与现代文学的成熟。

文学是反思时代社会的一面镜子,也是反思人的一面镜子,现代文学的兴起与发展就是人的反思的新生与重启。中国现代文学处于中国文学的转折发展阶段,对于"人"这一核心问题也有了更为深刻的反思,对于重新思考人与人、人与群体、人与科学、人与自然、人与整个宇宙的关系有了新的考察。

五四时期的文学不仅是反传统的,更是理性的、反思的。"从来如此,便对么?"①鲁迅的发问掷地有声,振聋发聩,这是他思想的觉醒,也是他对人、对家、对国的反思。"说到'为什么'做小说罢,我仍抱着十多年前的'启蒙主义',以为必须是'为人生',而且要改良这人生。我深恶先前的称小说为'闲书',而且将'为艺术的艺术',看作不过是'消闲'的新式的别号。所以我的取材,多采自病态社会的不幸的人们中,意思是在揭出病苦,引起疗救的注意。"②鲁迅以一双冷眼审视着这颓废落后的时代,以一支笔犀利尖刻地刺向那些病态社会中不幸的人们。为了正在受苦受难的中国同胞、为了处于水深火热之中的中国社会,鲁迅在绝望之境中深刻且沉痛地反思,反思自我、反思人性、反思社会、反思国家,他在反思中汲取新的力量,持之以恒地战斗着。

毛泽东说:"鲁迅是从正在溃败的封建社会中出来的,但他会杀回马枪,朝着他所经历过来的腐败的社会进攻。"③在《狂人日记》中,鲁迅将他的目标对准了有着四千年吃人历史的中国旧社会,他以尖锐的笔锋揭露了中国封建社会中维持了几千年的黑暗的礼教制度。狂人认为中国所谓的礼教文化是吃人的,对此他痛恨至极,但最后却发现自己亦在吃人者的行列之中。狂人在呐喊、挣扎、疯狂,但都无济于事,最后终于变成了那病态社会中的"正常人"。合上小说,反观当时中国社会的现状,哪一个国人,乃至鲁迅自己,又何尝不曾吃过几片"人肉"?在那昏暗遮蔽的社会中,一个哪怕觉醒了的人面对众多"沉睡"中的人又能做些什么呢?只能喊出那句"救救孩子"吧!

---

① 鲁迅:《狂人日记》,载鲁迅先生纪念委员会编纂《鲁迅全集》(第1卷),中国人民解放军战士出版社1973年版,第286页。
② 鲁迅:《我怎么做起小说来》,载鲁迅先生纪念委员会编纂《鲁迅全集》(第5卷),中国人民解放军战士出版社1973年版,第107—108页。
③ 毛泽东:《论鲁迅》,载中共中央文献研究室编《毛泽东文艺论集》,中央文献出版社2002年版,第9页。

"孩子"，一个充满了希望与新生的词汇，但孩子真的是可以被拯救的吗？鲁迅在小说《故乡》中予以了否定的回答，如若昏暗腐朽的社会得不到改造，一切都将是徒劳，在黑暗环境中长大的孩子又怎么会认识光明？如闰土，一个曾经是那么天真单纯的孩子，他带着"我"玩耍，教我捕鸟，在月色中刺猹，他曾为"我"打开了四角天空中的另一扇窗。可是，多年过去，闰土称呼我为"老爷"，与"我"有了隔膜。他服膺于封建社会阶级的压迫，他在生活的困苦中变得麻木，他在社会的教训中懂得了尊卑有序。他也许也曾对命运的不公、社会的欺凌怀有一丝反叛的情绪，但终究只能寄希望于虚幻的神明。闰土便是在中国礼教文化环境中长大的孩子，一个没有被拯救的孩子。在中国的旧社会里，同闰土一般的孩子又何止一个！

鲁迅在无情批判着腐朽的封建社会的同时，也在反思着人的存在本身。鲁迅将以冷眼观察着中国的"看客"们，"群众，——尤其是中国的，——永远是戏剧的看客。牺牲上场，如果显得慷慨，他们就看了悲壮剧；如果显得觳觫，他们就看了滑稽剧。北京的羊肉铺前常有几个人张着嘴看剥羊，仿佛颇愉快，人的牺牲能给与他们的益处，也不过如此"①。《孔乙己》中，鲁迅不仅揭露了吃人的封建科举制度，更批判了吃人嗜血的中国看客们。孔乙己在科举制度的毒害下一事无成，穷困潦倒，却自命不凡，也常因为生活所迫，做些小偷小窃的事情，但终究没做什么伤天害理不可挽回的事情。可就是这样一个贫弱的普通人，却成了人们的笑料，看客们以他不幸的遭遇作为取乐的谈资，在哄笑中鉴赏他的悲哀，把玩他的尴尬。在《阿Q正传》中，鲁迅又将评判的视角聚焦于阿Q身上，他以阿Q为代言人，揭露了中国国民的劣根性：虚伪、麻木、卑怯、奴性、自欺欺人等。阿Q是一个从物质到精神都

---

① 鲁迅：《娜拉走后怎样》，《鲁迅全集》(第1卷)，鲁迅全集出版社1948年版，第150页。

一贫如洗的农民，鲁迅试图通过对这一负面人物的塑造，拼合出一个贫弱的国民灵魂代表。他将国人所有的劣根性排列组合，聚集于阿Q一人之身，因此与其说阿Q是艺术的产物，倒不如说是鲁迅反思思想的集合体。鲁迅对人的反思是深刻的，也是精准的，时至今日，甚至我们每一个人还能在阿Q的身上找到自己的影子，找到我们生活的痕迹。

在社会将明未明的时代里，有着太多黑暗的角落，鲁迅始终在反思，反思社会中为何充满了压迫，为何祥林嫂至死都在追问人死后有没有魂灵，有没有地狱，却至死也得不到一个答案；反思社会中为何遍地是不公，革命者夏瑜为拯救改造这社会而死，为民众而献身，但其鲜血却被当作了药引让人吃了下去。五四新文化运动这一历史时期，以其截然不同于古代文学的姿态开启了中国文学发展的新时期，也正是在这一时期，中国文学向内自剖，对人的反思达到了前所未有的高度，如郁达夫在《沉沦》《春风沉醉的晚上》中剖析了人最赤裸裸的欲望与不堪，老舍在《骆驼祥子》《月牙儿》中展现了社会中层层的压迫与被压迫，沈从文在《丈夫》《萧萧》中勾勒出偏远落后地区种种封建社会遗留下的司空见惯的陋习，萧红在《呼兰河传》《生死场》中以东北大地为背景揭露了市井小民蒙昧的精神状态。

五四时期的这批知识分子，他们不仅对中国社会存在的种种落后进行批判，对国民劣根性进行揭露，反思中国几千年来的传统文学及封建统治对人的发展造成怎样的阻碍，而且对他们自身也进行了深刻的反思。这一批知识分子不仅最深刻地批判社会，同时也最深刻地解剖自己。以鲁迅为例，五四时期妇女解放的热潮一浪高过一浪，经"易卜生专号"和胡适的《终身大事》等作品推动，"娜拉出走"的讨论愈加热络，鲁迅却在这样的思潮中冷静地将问题进一步推进到"娜拉走后怎样"。在他所写下的《伤逝》中，子君是典型的"娜拉"形象——要做自己的主。可以说，子君的自我意识得到了充分的体现，但同时她身上又深刻地表现了那样一种生存和精神的双重困境，"娜拉"出走后面临的反而是生命的消亡和思想的崩溃，这是鲁迅直面"启蒙"提出的质疑。同样，涓生在鲁迅笔下是一位典型的"启蒙者"形象，但对涓生的描写无疑是对启蒙者本身的一种怀疑，是启蒙者为被启蒙者带来了新的思想和希望，却也是启蒙者带给被启蒙者新的艰难与痛苦，鲁迅在这里非常明显地将思想的解剖刀放在了"启蒙"这一事件身上。事实上，鲁迅不止一次表露过对启蒙思潮的反思，《在酒楼上》中的吕纬甫、《孤独者》中的魏连殳等一系列知识分子形象都是他反思启蒙的产物，从不同的角度展开对启蒙的反思。鲁迅曾提到"每一新制度，新学术，新名词，传入中国，便如落在黑色染缸，立刻乌黑一团，化为济私助焰之具……"[1]"这并未改革的社会里，一切单独的新花样，都不过一块招牌，实际上和先前并无两样"[2]，他怀疑启蒙是否能够真正改变中国的现实，怀疑启蒙是否有"招牌虽换，货色照旧"的风险，怀疑启蒙者位置的合理意义……鲁迅带着一种清醒且深刻的态度对中国社会现实进行体察，他走在一条启蒙的新道路上，带着与封建传统直接斗争的决心，做投枪匕首一般的战斗，却又不断地以一种逆行者的视角展开思考，他不仅对"旧"的展现出大刀阔斧式的决绝对抗，而且对"新"的显示出一种警惕性的怀疑，正是这种冷静的怀疑和对自我的诘问，使他的反思对中国现代精神史的发展有着超乎寻常的意义。

更值得注意的是，鲁迅不仅怀疑"启蒙"这一新思潮，更将怀疑的目光投向自身。他清醒地反抗传统，明白地怀疑未来，深刻地剖析自我，在《狂

---

[1] 鲁迅:《偶感》，载鲁迅先生纪念委员会编纂《鲁迅全集》(第5卷)，中国人民解放军战士出版社1973年版，第534页。
[2] 鲁迅:《关于妇女解放》，载鲁迅先生纪念委员会编纂《鲁迅全集》(第5卷)，中国人民解放军战士出版社1973年版，第195页。

人日记》中，我们不仅能看到那个鲁迅所揭露的"吃人"的社会，我们更震惊于"我未必无意之中，不吃了我妹子的几片肉"①，这样一种直指内心、直指自我的追问，几千年旧传统不可避免地给所有人留下烙印，鲁迅这样直面社会境遇，以"影"的姿态站立的反思行为，本身就足够有意义，本身就值得我们思考。在《祝福》中，我们不仅能看到祥林嫂的悲剧，看到封建礼教对人的摧残，也能看到在面临祥林嫂关于"一个人死了之后，究竟有没有魂灵的？"②的疑问时，"我"是如何吞吞吐吐，如何感受到了一种迷茫和彷徨，感受到了一种深切的悲苦。《祝福》中的"我"是经历了西方文明的洗礼，与旧传统截然不同的知识分子，面对祥林嫂的询问，却无法说出这世界上本是没有魂灵的事实，这样的困境意味着在鲁迅批判社会时，也在批判自己，他从不曾将自我脱离于社会之外，从来把自己和他人、社会融为一体，在无情地批判社会时，也在不断扪心自问，不断反思这个"有了四千年吃人履历的我"③。

到现在，我们仍旧在不断地研究鲁迅，不断地与五四进行对话，仍然以五四和"现代"作为中国文学史、中国精神史发展的宝贵资源。这正是因为，五四开启了一个向外反思社会，向内解剖人生、剖析自我的传统，我们回顾五四时期的作家作品，研究现代文学发展的精神谱系，从某种程度上，正是对这种反思传统的延续。不仅鲁迅，从五四时期走来的文学家、批评家们也在不断地回顾五四，总结这段历史。《中国新文学大系（1917—1927）》的编撰既是对五四十年以来文学实践的一次总结，又是亲身经历五四的知识分子

---

① 鲁迅：《狂人日记》，载鲁迅先生纪念委员会编纂《鲁迅全集》（第1卷），中国人民解放军战士出版社1973年版，第291页。
② 鲁迅：《祝福》，《鲁迅全集》（第2卷），人民文学出版社1981年版，第7页。
③ 鲁迅：《狂人日记》，载鲁迅先生纪念委员会编纂《鲁迅全集》（第1卷），中国人民解放军战士出版社1973年版，第291页。

进行的一次自剖。《中国新文学大系（1917—1927）》的总序和各篇导言，对新文学的发生、发展等诸多文学现象进行了历史性的总结和深刻的反思。五四新文学运动是一场宣告与旧思想、旧文学、旧社会反抗的运动，它以蓬勃之新姿态出现在中国文学发展的历史上，成为一个绕不过去的重要时间节点，是中国文学从古代走向现代的重要转型时期，经历过五四新文化运动的一批文人学者，在总结五四时期的文学成果和历史发展时，并不仅仅是停留在对五四时期贡献的罗列上，而是更为直接地点明五四时期文学实践的缺失。这些参与编撰《中国新文学大系（1917—1927）》的文人学者，在五四时期虽然秉持着不同，甚至相反的文学主张，但是他们都投入对五四时期文学的评估工作中来，无论是从史料存续、文化总结还是思想反思的角度，他们都"给前期新文学结一回帐"[①]。除了延续五四传统以外，反思五四也成为一种传统。正是从这一时期开始，五四经历了现代中国发展过程中不同历史语境的考验，或是"重返五四"，或是怀疑五四，都是从五四那一代人开启的反思之潮。

五四以来的现代文学作家，纵然关注个性解放，关注自我觉醒，关注人的发现、人的启蒙，他们却从未放下对社会对时代的关注和反思，不仅从未停止"从来如此，便对么？"的质疑，更未停止对"自己也未必可靠的"[②]诘问。他们反思旧有的封建伦理对人的戕害，反思传统文学对人发展的辖制，同时反思自身，反思"现代""五四"，将社会现实同文学理想结合在一起，站在反思的视角面向未来。现代作家们积极谋求对中国社会进行变革，同时又警惕变革可能带来的消极后果，他们在反思之反思中不断自我诘问，也正是在这样一个反思不止、内省不息的"现代"传统中，现代文学走向了成熟。

---

① 赵家璧：《话说〈中国新文学大系〉》，《新文学史料》1984年第1期。
② 鲁迅：《导师》，《鲁迅全集》（第3卷），人民文学出版社2005年版，第58页。

第一章
历史的长河流淌到了这里

中国历史的长河流淌到了五四，中国现代社会的重大转折点自五四始。为何五四如此与众不同？这是因为，在摸索中国如何自立自强的现代转型之路上，五四提出了思想革命这一崭新的观点，中国人由此看清了自己的位置，第一次全面地意识到几千年封建社会形成的痼疾，第一次大规模地想要改造中国人的思想。由此，五四以极大的魄力和深邃的目光凝视历史、批判传统，但五四首先是从传统走来的。五四新文学的爆发不是一触即发的，它的发生有着深刻的思想渊源，今天我们再谈五四的思想渊源，不仅是要追绎五四和传统文化二者之间的关系，而是从这种关系之中，重新获得对于五四和"传统"二者的理解。五四新文学诞生的重要资源就是中国传统的文学与文化，并在此基础上形成了自己的精神倾向和价值体系，注入了新的内涵。

一、五四：千载难逢的一点

工业革命开启了人类历史的新纪元，但是当工业革命在欧美蔓延时，新的技术取代旧的生产方式，新的政治制度取代旧的社会模式时，中国社会依旧在传统的农业文明中慢条斯理地发展着，沉浸在古老的发展观念和生活方式中，逐渐落后世界发展一大截。我们常说近代的中国是沉睡的"雄狮"，如何理解这种文明的"沉睡"，是理解中国近现代社会特殊历史情境的关键点。这种"沉睡"是中国近现代社会在物质上被西方文明所震撼，在社会体制、思想意识远远落后于同时期的西方世界的境况下，以一种茫然和漠然的态度

学生组织爱国运动

面对飞速变化的世界。正是在这重意义上,中国文明在几千年的发展之路上,必须要审时度势,迅速调整应对,才能改变"落后就要挨打"的局面。弥漫在中国近现代社会中的强烈的危机意识,促使中国近现代迟早有一场彻底的革命,这包括社会层面的政治体制的调整、经济生产方式的转型、思想意识的更新、价值观念的重建。

(一)改革的酝酿

当我们回看中国近现代社会时,会发现它具有多种性质和面向。这既是一部充满灾难、落后挨打的屈辱史,也是中国一代代的人民群众和仁人志士为救亡图存而英勇奋斗、艰苦探索的历史,这段不平凡的历史中,五四无疑是一个关键的转折点。此后的一百年历史证明,五四运动是中国现代化过程中的必然环节,在经历了晚清至民初几十年的沉浮、探索后,五四满含着近代中国人焦灼的民族存亡心理、激昂的革新情绪和探路求门的勇气,中国几千年的传统走到必然变革的历史节点,五四运动应势而生。

五四运动开启了一个新的时代,造就了一批新人。五四标志着中国人,尤其是中国知识分子、青年学生个体意识、国家意识的觉醒,由此揭开了中国历史的新篇章。我们可以看到,五四运动不仅涉及了、影响了当时中国各个阶层,提出了涉及社会各个阶层的自我解放、家庭解放的一系列的诉求。更为重要的是,涉及了20世纪中国社会发展面临的全部重要课题,五四运动能在其后一个相当长的历史时期里持续发挥着作用，围绕五四运动的各种事件、人物、精神等已经渗透到了此后中国人的生活中。此后的中国历史，浸润在五四的传统中，深受五四传统的深刻影响。因此，20 世纪的中国在其每一关键性的变化时刻，人们便不由自主地想到了五四运动，我们现在依旧讨论五四、回望五四，从五四精神遗产中获取新的智慧资源。

五四时期的青年学生（油画）

在五四运动之前，中国社会进行了多方面的变革探索，但均以失败告终。早在 19 世纪中叶，中国社会就已经呈现出多种矛盾和危机，当时的洋务运动提倡者开始试图从传统秩序方面寻找内在原因，并且摸索中国社会的改革之路。清末，已有进步的知识分子提出通过改革实现革新，从而使中国摆脱落后于世界的面貌。龚自珍提出"无八百年不夷之天下，天下有万亿年不夷之道。然而十年而夷，五十年而夷，则以拘一祖之法，惮千夫之议，听其自堕，以俟踵兴者之改图尔"[1]。魏源在"华夷之辨"中意识到西方对中国社会强大的压力，中国社会由此而来的社会危机，提出了"欲制夷患，必筹夷情""师夷之长技以制夷"等主张。他说："天下事，人情所不便者变可复，人情所群便者变则不可复。江河百源，一趋于海，反江河之水而复归之山，得乎？履不必同，期于适足；治不必同，期于利民。是以忠、质、文异尚，子、丑、寅异建，五帝不袭礼，三王不沿乐，况郡县之世而谈封建，阡陌之世而谈井田，

---

[1] （清）龚自珍：《乙丙之际箸议第七》，《龚自珍全集》，上海人民出版社 1975 年版，第 5—6 页。

笞杖之世而谈肉刑哉！'礼，时为大，顺次之，体次之，宜次之。'"① 这实际上是要求改变中国旧有的传统社会秩序，这在当时看来，在面对封建统治依旧顽固的清王朝，不得不说是大胆的发声。面对当时中国社会秩序的落后提出了多种审视和批判，晚清的政治变革，戊戌变法、新政、君主立宪等多番尝试已经显示出时人的忧虑深广，尽管在我们现在看来，这些尝试依旧是传统的改良路径，不够深刻和彻底，但这些与旧秩序的协商与调整，已经在思想观念上促进了后来彻底的思想革命。

（二）关键在于中国人的精神世界

如果说此前中国人对改良的多番尝试注定失败，依旧是在旧秩序下进行微小的调整，那么随后而来的辛亥革命带来的政治上的剧烈变动，给中国社会的精神世界带来了新的冲击，但辛亥革命虽是革命的手段，中国社会依旧是"死水微澜"，给力促革命的中国知识分子精神世界添了更多的彷徨：

> 见过辛亥革命，见过二次革命，见过袁世凯称帝，张勋复辟，看来看去，就看得怀疑起来，于是失望，颓唐得很了。②

鲁迅的思考反映了当时国人在多番探索后精神世界的迷茫，无论是改革还是革命在中国社会的尝试都失败了。人们对辛亥革命实际后果的失望正是五四运动得以爆发的思想背景。正是基于这种精神上的迷惘、困惑，新一代

---

① 魏源：《默觚下·治篇五》，载魏源著，赵丽霞选注《默觚：魏源集》，辽宁人民出版社 1994 年版，第 55—56 页。
② 鲁迅：《〈自选集〉自序》，载鲁迅先生纪念委员会编纂《鲁迅全集》（第 5 卷），中国人民解放军战士出版社 1973 年版，第 49 页。

知识人开始登上历史舞台，他们批判性地对待辛亥革命发起者的精神遗产，以期通过新的思维路向为中国问题的根本解决寻求一剂灵丹妙药。他们苦思寻求的结果，正如多年后毛泽东所指出的那样，中国是以农民为主体的国家，中国问题的真正解

辛亥革命

决一定是广大农民群众的积极参与，"国民革命需要一个大的农村变动。辛亥革命没有这个变动，所以失败了"①。

中国问题的根本解决在于中国人思想问题的根本解决，五四新人几乎无一例外地以为应当对中国人的精神世界进行改造，以现代观念革除国民落后的劣根性，用当时的话说就是"改革国民性"。鲁迅说："说起民元的事来，那时确是光明得多，当时我也在南京教育部，觉得中国将来很有希望。自然，那时恶劣分子固然也有的，然而他总失败。一到二年二次革命失败之后，即渐渐坏下去，坏而又坏，遂成了现在的情形。其实这也不是新添的坏，乃是涂饰的新漆剥落已尽，于是旧相又显了出来。使奴才主持家政，那里会有好样子。最初的革命是排满，容易做到的，其次的改革是要国民改革自己的坏根性，于是就不肯了。所以此后最要紧的是改革国民性，否则，无论是专制，是共和，是什么什么，招牌虽换，货色照旧，全不行的。"②鲁迅本是在日本留

---

① 毛泽东：《湖南农民运动考察报告》，《毛泽东选集》，人民出版社1964年版，第17页。
② 鲁迅：《两地书》，《鲁迅全集》（第11卷），人民文学出版社2005年版，第31—32页。

《青年杂志》1915年第1卷第1号

学时期就深入地思考过中国人的国民性问题，在辛亥革命之后，鲁迅更是深刻意识到中国人精神世界改造的迫切性和必然性，在面对辛亥革命后，中国社会依旧颓唐的现状，五四一代人不得不对辛亥革命失败进行更深入的思考。他们相信中国问题的真正解决既不限于技术问题，也不单纯是政治问题，而是更深层次的文化问题。只有从文化的层面解决了中国向何处去的问题，才能使中国问题实现真正的解决。文化层面的新造、文化新人的培育，对于五四一代人来说，势在必行。而如何造新的"中国人"，以促进中国社会血液的更新，这在于中国青年。正如陈独秀在新文化运动的宣言书《敬告青年》中所说的那样："青年如初春，如朝日，如百卉之萌动，如利刃之新发于硎，人生最可宝贵之时期也。青年之于社会，犹新鲜活泼细胞之在人身。新陈代谢，陈腐朽败者无时不在天然淘汰之途，与新鲜活泼者以空间之位置及时间之生命。人身遵新陈代谢之道则健康，陈腐朽败之细胞充塞人身则人身死；社会遵新陈代谢之道则隆盛，陈腐朽败之分子充塞社会则社会亡。"[1]这呼应了晚清的梁启超提出的"中国少年""制出将来之少年中国"的期许，更在世纪初国人精神迷失而不知所措的特殊背景下，五四运动的选择为当时苦闷的思想文化界带来了一线希望。辛亥革命失败之后的彷徨与犹豫，加深了现代知识分子对中国社会的思考深度，全新的精神

---

[1] 陈独秀：《敬告青年》，《独秀文存》，安徽人民出版社1987年版，第3页。

面貌耕作中国人的精神世界，中国历史从此又揭开了新的一页。

二、五四"新文学""现代文学"

依照学术界的通行理解，五四运动有广义、狭义之分。狭义的五四运动是指以 1919 年 5 月 4 日一场以青年学生为主，广大群众、市民、工商人士等阶层共同参与的爱国运动大游行；广义的五四运动则指 1919 年前后长达数十年的新文化运动、新文学运动，其内涵与外延都相当广泛，前后期变化也相当复杂。但不论是广义的五四运动，还是狭义的五四运动，它们都是中国历史发展的必然趋势。在五四之前，中国不是以和平的、温和的方式进入世界，而是通过系列战争强制性地、被动地进入世界，中国人对外部世界的不适应、委屈、别扭，一直没有得到疏解、排解，中国人必定要通过某一重大事变重新定位中国与世界的关系，重新思索中国进入世界、世界进入中国的意义。所以广义的五四运动更是历史的必然，因为中国政治发展、学术流变的内在规律在起着根本的、决定性的作用。从中国政治发展的角度来看，五四运动的爆发与此前中国政治的急剧变化密切相关。

（一）五四：秩序的重建

秩序重建是五四运动改造国民性、启发国民意识、重塑国民品格的选择，是世纪初国人精神迷惘的必然结果，也是鸦片战争以来中国自救自强运动再转再变的逻辑发展。就其本质而言，五四运动的选择自然比洋务运动、戊戌变法、辛亥革命等运动的诸多举措深刻得多，五四运动已触及中国社会存在的深层民族文化的心理结构，已经意识到中国的发展不仅取决于社会全体成员的共同认识，而且取决于社会全体成员能否具备共同的语言和素质。

但是从另一方面看，五四运动的选择虽然是当时先进知识分子力促的结果，然而由于辛亥革命后复杂且急剧变化的政治形势，还是让知识精英的思考稍显不足。辛亥革命的不彻底以及此前种种救亡图存运动归于失败，除去国民不觉悟之外，恐怕尚有其他方面的重要原因。换言之，近代中国几次大规模的救亡图存运动都有其内在逻辑，但它们之所以统统归于失败而无法成功，并不都在于国民不觉悟，而是另有原因所在。

中国历史上的意识危机、社会危机并不是到了近代才有，然而在近代之前的中国基本上都能顺利地解决这些危机，从而使中国社会不断地变化与前进。如果不是西方列强以炮舰撞开中国的大门，中国社会依其内在规律似乎应该能够缓慢地完成其向现代社会的转变。毛泽东曾说："中国封建社会内的商品经济的发展，已经孕育着资本主义的萌芽，如果没有外国资本主义的影响，中国也将缓慢地发展到资本主义社会。"[①] 当然，这只是一种历史假说，历史事实是中国就是没有自主地走上资本主义道路。学习西方、赶上西方是鸦片战争之后中国人的共同追求，尽管经历了种种挫折与失败，中国人始终并没有放弃这种选择。不过，正是这种挫折与失败，引发了国人的自我怀疑情绪，觉得中国之所以不能赶上西方，除了某些外在的因素，可能与中国的传统文化和旧的秩序密切相关。我们看到，五四运动的选择正是这种思想反省的必然结果，它使一代知识分子对中国旧秩序与文化传统的怀疑达到近代以来最严重的程度。"五四新人"为了启发国人的觉悟，竭力批判中国的旧道德，以为正是中国的旧道德形成了国民的劣根性，造成了国民的蒙昧主义，使中国迟迟不得翻身和进步。因而，中国欲求进步与发展，便不能不彻底废除旧道德，建立新道德，使国民在价值取向上与现代社会相合。

---

① 毛泽东：《中国革命和中国共产党》，《毛泽东选集》，人民出版社1964年版，第620页。

五四新文化运动的爆发，除去社会政治变革的促动之外，文化领域的萌动也起到了很长的鼓动作用。五四爆发前出版业日趋繁荣：1912年辛亥革命后至1919年五四运动期间，可以说是我国近代出版业最为繁盛的时期。这一时期报纸杂志发达，很多出版社都兼办几种报刊，尤其是文学杂志。报刊的创办与单行本的出版形成了良好的互动。文学作品尤其是小说，多是先在文学杂志、报纸上发表，再出版单行本，单行本的大量销行又为出版社带来丰厚的利润。书籍的畅销为出版社编辑杂志、征稿等活动指引方向，引导出版商大量出版同类杂志和书籍，逐渐形成了以市场为导向的文学创作、出版潮流。1912年辛亥革命后，出版业有了很大的发展，除了原有的一些民营出版社，这一时期新创办了很多出版社。出版文学书籍较多的出版社，从时间上来划分，1912年以前创办，到辛亥后仍在运营的有商务印书馆、文明书局、有正书局、上海书局、广智书局、群学社、广益书局等；1912年之后创办且较为活跃的则有中华书局、国华书局、民权出版部、中华图书馆、进步书局、世界书局等。这一时期出版的文学作品数量繁多，各种体裁均有不少，包括诗歌、小说、笔记、新剧，等等，其中以小说的出版最为繁盛。[1]

（二）破与立的双重思考

这一时期，新式学堂的学生和留学生数量激增，新式知识分子群体不断扩大为五四的爆发提供了基础。科举制度废除后，新式学堂学生快速增加，从1903年的31428人，仅两年，到1905年就增加到258873人（不含军事、教会学堂）。此后两年，学生人数成倍递增，1907年达到1024988人。1908

---

[1] 参见栾梅健、张霞《近代出版与文学的现代化》，复旦大学出版社2015年版，第190页。

中华书局外景

中华书局内景

年至1909年，以每年净增30万人的速度扩大，达到1909年的1639641人。[①]留学生以留日者最众，据统计，从1901年到1905年间，留日学生由200多人猛增至8000多人，废除科举后更增至12000多人。去美国和欧洲的留学生，在20世纪初也大幅度增加，到辛亥革命前一两年，留美学生650人，留欧学生500余人。[②]

五四一代人是以"反传统"的姿态登上历史舞台的。今天我们再来看五四的"反传统"，绝对不能将其简单地理解为五四新文化对传统的否定，而是一代知识分子在特殊历史节点上对民族性一次集中的反思，反思我们的文化究竟哪里出了问题。因此，不管是反文言文也好，反封建伦理道德也好，都突出地体现出了五四新文化运动的一个重要的特质——质疑精神，这就是鲁迅发出的历史性质疑："从来如此，便对么？"

中华民族几千年的历史文明从来都是让我们引以为傲的，诸子百家、秦汉散文、盛唐气象等，就像历史文化天空中璀璨的明星，积淀着中国文化的灵性与精华，但当1840年西方国家坚船利炮轰开了中国的大门，造成了"三千年未有之变局"（李鸿章语），人们才惊觉这维持了几千年的骄傲早已落后于世界之潮流。胡适曾说："我们必须承认我们自己百事不如人，不但物质机械上不如人，不但政治制度不如人，并且道德不如人，知识不如人，文学不如人，音乐不如人，艺术不如人，身体不如人。"[③]这连续九个"不如人"反映出了当时中国知识分子普遍存在的危机意识和焦虑心态。正是在这样的焦虑之下，以《新青年》为代表的知识分子群体开始了对传统文化的批判和对西

---

① 参见王笛《清末近代学堂和学生数量》，《史学月刊》1986年第2期。
② 参见刘秀生、杨雨青《中国清代教育史》，人民出版社1994年版，第156—171页。
③ 胡适：《介绍我自己的思想（〈胡适文选〉自序）》，《胡适文存》（4），华文出版社2013年版，第472页。

李鸿章（1823—1901）

方文明的引进。

　　五四新文化运动试图建立与健全一个长期持续稳定的内部文化机制。从某种意义上说，近代以来中国问题迟迟得不到根本解决，中国传统社会迟迟没有完成向现代社会的转化，主要在于破坏旧秩序的同时，如何建立一个更新更好的秩序，前一番探索中不曾有好的回答。"五四新人"意识到这一点，他们在破坏旧秩序的同时，就思考过如何重建新秩序的问题。陈独秀对民主科学、法兰西文明的呼唤，李大钊对唯物史观的介绍，吴虞对墨家精神的仰慕，胡适对实用主义的偏爱，等等，无不可视为重建社会秩序的重要步骤。他们一方面排斥旧秩序的精神支柱，另一方面也渴望以新的时代精神重建新的社会秩序。陈独秀说："夫道德之所由起，起于二人以上相互之际，与宗教、法律同为维持群治之具。"[①] 丝毫没有否认道德在维持社会秩序方面的效用。

　　五四新文化运动掀起的现代化是一个长期而艰巨的历史过程，这在于全体社会成员要建立起社会秩序的共识，而且要有一种为民族根本利益而自我牺牲的勇气，要在国家与世界、传统与现代、人民与大众之中探索出一条可以行进的道路。

---

① 　常乃德：《纪陈独秀君演讲辞》，《新青年》1917年第3卷第3号。

三、五四新文学的思想渊源

五四新文学不是突然爆发的,它的发生有着深刻的思想渊源。我们甚至可以说,五四新文化运动之所以能够在短短几年就迅速席卷全国,不仅在于它有多"新",而是在于它有多"旧",因为有了传统文化的母体,五四的先锋才有了厚度、有了力量,有了能够在最短的时间产生最大影响的基础和前提。这其实是一个最简单的道理,没有继承就没有创新,继承得越多,创新得就越多,五四的新是在对传统的吸收、融合和消化基础上达成的。因此,我们从传统的角度看五四,亦能看到五四新的价值。或者我们可以沿着这个话题更进一步地发问,究竟何为传统?任何一段历史都是需要时间沉淀的,但是任何一种沉淀都是由无数个当下构成的,"传统"就是这样,它不是一个单向度的指称,而是一个历史与现实双向互动的概念。今天我们再谈五四的思想渊源,不仅要讨论五四和传统文化二者之间的关系,还要从这种关系之中,重新获得对于五四和"传统"二者的理解。

李大钊(1889—1927)

(一)五四的"反传统"姿态

毋庸置疑,《新青年》是激进的,它新就新在这种激进的态度。《新青年》的创办者陈独秀在《敬告青年》中痛斥"忠孝节义"为"奴隶之道德",认为当时的社会制度人心思想,"无一不与社会现实生活背道而驰"①。同样,另一位新文化先驱李大钊认为,中国文化因为"守静的态度""持静的观念",已经不能适应时代潮流,面对现代"动的生活,必至人身与器物,国家与制度,都归粉碎"②,因为"其学说之精神,已不适于今日之时代精神",必然被"淘汰"而"归于消灭"③。更有甚者,钱玄同在《新青年》的通信栏中提倡废除汉字,他认为:"近来之贱丈夫动辄以新名词附会野蛮之古义,——如译Republic 为'共和',于是附会于'周召共和'矣;译 Ethics 为'伦理学',于是附会于'五伦'矣;——所以即使造新名词,如其仍用野蛮之旧字,必不能得正确之知识,其故有二:(1)因国人的脑筋,异常昏乱,最喜瞎七搭八,穿凿附会一阵子;以显其学贯中西。(2)中国文字,字义极为含混,文法极不精密,本来只可代表古代幼稚之思想,决不能代表 Lamark、Darwin 以来之新世界文明。"④傅斯年在《中国狗和中国人》一文中将中国人与狗并为一谈,由此批判中国人的"缺乏责任心":"有一天,我见着一位北京警犬学校的人,问他道:'你们训练的狗,单是外国种呢,或是也有中国狗?'他答道:'单

1915 年 9 月 15 日,陈独秀在《青年杂志》第 1 卷第 1 号上发表《敬告青年》,为《青年杂志》发刊词

---

① 陈独秀:《敬告青年》,《青年杂志》1915 年第 1 卷第 1 号。
② 李大钊:《东西文明根本之异点》,《言治》1918 年第 3 册。
③ 参见李大钊《自然的伦理观与孔子》,《甲寅》1917 年 2 月 4 日。
④ 钱玄同:《中国今后之文字问题》,《新青年》1918 年第 4 卷第 4 号。

是外国种的狗。中国狗也很聪明,他的嗅觉有时竟比外国狗还灵敏,不过太不专心了。教他去探一件事,他每每在半路上,碰着母狗,或者一群狗打架,或者争食物的时候,把他的使命丢开了。所以教不成材.'……何以中国狗这样的像中国人呢?不是不聪明,只是缺乏责任心……"①

五四对传统文化的批判,达到了中国历史上从未有过的激烈程度,可以说在文化立场和文化姿态上都表现得相当激进。问题的另一面是,这些异常激进的新文化旗手,个个都是身受传统文化的浸润,有着深厚国学底蕴的饱学之士,并且当这些《新青年》的铁笔杆在自身的生活中面临与传统文化对峙时,也耐人寻味地不那么激烈了。鲁迅、周作人曾在1898年一起参加过科举考试(会稽县考);胡适、鲁迅等人都沉默地应许了家庭的包办婚姻;陈独秀更是在17岁以第一名的成绩考取秀才,并且终身都在对音韵训诂进行考据研究;钱玄同虽然提出要废除汉字,但其自身是位古文大家,精通经学、史学和小学;蔡元培少年时期饱读经史,17岁考取秀才,21岁中举人。胡适还曾在1923年与梁启超一道向广大青年学生开列了一个"最低限度"的"国学书目",所列之书范围涉及经学、小学、理学各类文典,在文学方面更是包含历代名人诗文专集及宋元以来词曲小说等。

在这里,不能不提到"打倒孔家店"这样一个说法,多少年来人们都将

傅斯年(1896—1950)

---

① 孟真(傅斯年):《中国狗和中国人》,《新青年》1919年第6卷第6号。

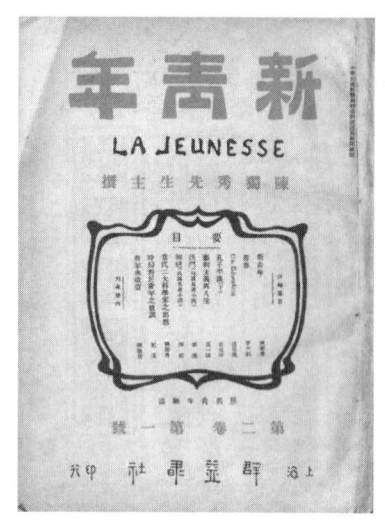

《新青年》1916年第2卷第1号

"打倒孔家店"视为新文化运动的主导精神,并普遍认为是胡适提出来的主张。然而事实上,当我们去查询历史资料,只找到了1921年6月16日胡适曾在《〈吴虞文录〉序》中写道:"我给各位中国少年介绍这位'四川省只手打孔家店'的老英雄——吴又陵先生!"[①] 奇怪的是,不知道从何时开始,"打孔家店"逐渐演变成了"打倒孔家店"这一说法。二者虽然只有一字之差,却反映了两种截然不同的态度。"打孔家店"不过是把这孔家店里的"招牌""拿下来,捶碎,烧去",而不是把这座千年老店"打倒"和捣毁。对于世人的误解,胡适曾这样表示:"有许多人认为我是反孔非儒的。在许多方面,我对那经过长期发展的儒教的批判是很严厉的。但是就全体来说,我在我的一切著述上,对孔子和早期的'仲尼之徒'如孟子,都是相当尊崇的。"[②]

这样看来,五四一代人的学术选择甚至是人生选择与他们在言论上的激烈批判异乎寻常地构成了一种冲突,这种冲突不是发生在一个人的身上,而是五四一代人面临的共同问题,这恰恰反映的是那个时代的本质特征。五四再激进,也不可能脱离这样的时代特征。新文学阵营的主笔们大多都是从"旧营垒"中冲出来的,无论如何叛逆、如何先锋,身上不可避免地带有传统

---

① 胡适:《〈吴虞文录〉序》,《民国日报》1921年6月24日。
② 胡适:《胡适口述自传》,《胡适全集》(第18卷),安徽教育出版社2003年版,第424页。

文化的"染缸"中浸润出来的特性，他们亲身感受过传统文化的魅力与弊害，这使得他们对封建制度和文化的批判能够一针见血，但在潜意识中又无法从根本上摆脱传统文化的羁绊。这是后来成长起来的新一代作家不具备也不可能具备的文化资源和心理状态，也是五四新文学在先锋之余更显深刻、厚重、凝练的根本原因。

在这样的背景之下，我们可以看出，五四对传统文化的激烈批判甚至是全面否定就显得有些"言不由衷"了，鲁迅的一个比喻给了我们很好的解释："老先生们保存现状，连在黑屋子开一个窗也不肯，还有种种不可开的理由。但倘有人要求连屋顶也掀掉它，他这才魂飞魄散，设法调解，折中之后，许开一个窗。"①在极其复杂的社会环境中，面对中国几千年来的文化惰性，折中调和的言论和主张其疗效远不如投枪匕首来得有效，为了刺痛中国人的神经，为了让国人痛定思痛，"新青年"同仁们对国民性的批判大都异常犀利，因为他们知道强大惰性的传统文化自然会折中调和。胡适的这一番话更加直接地点明了这一点："现在的人说'折衷'，说'中国本位'，都是空谈。此时没有别的路可走，只有努力全盘接受这个新世界的新文明。全盘接受了，旧文化的'惰性'自然会使他成为一个折衷调和的中国本位新文化。若我们自命做领袖的人也空谈折衷选择，结果只有抱残守阙而已。古人说：'取法乎上，仅得其中；取法乎中，风斯下矣。'这是最可玩味的真理。我们不妨拚命走极端，文化的惰性自然会把我们拖向折衷调和上去的。"②因此，我们不能脱离历史语境去凭借只言片语就断定五四是全面反传统的，在经过了多年春风细雨般的改良措施都无效的情况下，只有"拆房"的言论或许才能给黑暗中的中

---

① 孙郁撰文：《胡适影集》，山东画报出版社1999年版，第108页。
② 适之（胡适）：《编辑后记》，《独立评论》第142号，1935年3月17日。

国打开一扇光明和希望之"窗"。今天我们看来，或许新青年同仁们的口气都带有那么一点不容商量的霸道，但结合着时代因素下的文化焦虑来思考，我们便更能理解"新青年"知识群体的激进之外的良苦用心。

（二）"传统"如何创造性转化

值得注意的是，五四新文学带着对传统文化、文学的质疑开启了新文化、新文学的全新时代，而当它今天已经有了一百多年的历史形成了自己的传统时，也不可避免地要接受来自我们这个时代的质疑和反思。其实现代文学自诞生以来，它面临的质疑和批判几乎从来没有断过。这种质疑与批判主要集中在两个方面：一方面认为五四新文学反传统的姿态，中断了中国传统文化和文学的历史进程；另一方面认为现代文学研究没有学问，不成体系，没有来历，也没有传统。朱自清1929年在清华大学开设的"中国新文学研究"第一次系统地将新文学成果引入了大学课堂。但没过多久，朱自清就把这门课停了，又开始讲"文辞研究""宋诗""历代诗选""中国文学史"等一系列古典文学课程。这个例子很好地说明了五四新文学也就是现代文学，在它生成、确立和发展的过程中，其实一直是伴随着种种疑虑和不安的。这种质疑和批判似乎让现代文学有了边缘化的趋势，但同时，这也是现代文学走向经典化的一个契机，让五四新文学及现代文学学科冷一冷，静一静，沉一沉，使曾经风风火火、沸沸扬扬的现代文学真正回归文学本身，或许才能更加充分地显现出自身的价值。

质疑从来都不是一件坏事，相反，任何一种健康的、成熟的文化都是在质疑声中成长、成熟起来的。而真正有生命力的传统，非但不会因为这些质疑而被摧毁，传统文化如此，五四新文化也是如此。

当我们不再以传统与反传统的对立视角去看待五四与传统文化的关系之

时，重审五四新文学的发端，我们就会更多感受到，传统文化作为现代新文学、新文化的母体所发挥的深层影响。比如说，现代文学这么多位诗人，为何是闻一多提出了新诗的格律化和"三美"的理论主张？一个很重要的原因在于，闻一多虽然积极地创作新诗，但是他始终在古典诗词中寻找现代新诗的发展方向，因为他对传统文化、对中国古老语言、韵律有着非常扎实的根基和基础。这说明，五四诗人打破一切、重塑一切的精神和创造力或许是因为西方文化的感召，但当他们这种创造力需要落到笔尖时，仍然需要回到自己民族的传统里寻找依托。与具有强大传统的诗歌不同，话剧则完全是一种外来的文学形式，这种新形式要如何走近中国的观众？中国观众喜欢看的，是戏剧冲突强烈的故事，是简单易懂的对白。而五四初期最先翻译的几部话剧作品，演员大段的独白和站立不动的表演方式，中国观众难以产生共鸣。如《华伦夫人的职业》等上演后都反响平平，观看者寥寥。直到曹禺这里，话剧才真正实现了在中国的接受。缩短话剧的对白，加强戏剧冲突，加强人物之间的关系，等等，这些都更贴合当时中国社会状况和中国观众的接受情况。这种改良是源于曹禺对传统戏剧特别是京剧的精通，这种精通不是在于某一个表演方法、某一个唱段的烂熟于心，而是在于曹禺对中国戏曲中蕴含的民族审美精神熟悉，这种熟悉潜移默化地深刻地影响着曹禺的创作。

不管是诗歌也好，戏剧也好，如果说西方是新诗、话剧得以出现和发展的一个重要前提，那么传统一定是渗透弥漫到这些作品里的母体。如果说前者是五四一代人自觉的追求，而后者对他们来说就是一种不自觉的渗透和浸染。传统文化与文学是他们无论如何"新"，无论如何"外"，都割舍不掉的根基。

而文学对于社会的作用，对于人的精神作用，并不是从五四才有的，在中国是有传统的，有思想渊源的。西方常常以文学的审美功能，来区分文学与历史、哲学、政治等其他学科的差异,所以我们看到康德强调"审美无利害论",叔本华提倡文学的"静观",克罗齐则把"艺术"和"非艺术"的区分标准定义为"直觉"。在西方的文学史上,浪漫主义传统、唯美主义传统、现代主义传统都发展得十分充分,并且结下了丰实的文学硕果。这一类文学强调文学艺术是没有功利目的的,为审美和为文学艺术的文学艺术才是真正的文学艺术。然而,如果拿这样一个标准来看中国的文学,我们会发现有很多难合之处。《史记》是"史家之绝唱",也是"无韵之离骚";《孙子兵法》是"兵学圣典",也是体现了强烈的哲学辩证法思想;《水经注》是地理名著,也是优秀的山水散文集;《陈情表》既是向帝王陈志的公文,也是抒情散文的典范。直到20世纪,章太炎在《国故论衡·文学总略》中给文学下定义时仍然说:"文学者,以有文字著于竹帛,故谓之文。论其法式,谓之文学。"[①] 在中国文学的艺术宝库里,我们很少能找到哪一部典籍是"纯艺术"的,它们大多都是融合了历史、哲学、文学等为一体而综合存在的。

不仅在文学形态上如此,在文化取向上,中国文学也体现出一种强烈的社会参与意识和批判意识。中华文学之精神,历经数千年的发展,先后孕化出了先秦的沧桑、两汉的华丽、魏晋的叛逆、唐代的豪迈、宋代的睿智、明清的批判……这种精神一直发展到五四新文学,影响到当下文学创作的走向和发展。而新文学与这个精神传统就是天然相勾连的。新文学得以发生的直接动力就是来自现实的召唤。因启蒙需要顺势而生的新文学,从一开始就饱含着中国传统文人"济世""救民"的精神和民族忧患意识,这与中国几千年形成的文化惯性在深层次上达到了统一。五四一代人四处奔走呼号,以思想界的先遣兵——文学为武器,拿起笔来救国救民于水火之中。因此,我们看

---

① 章太炎:《国故论衡》,上海古籍出版社2006年版,第38页。

到，五四时期的文学论争虽然是由文学问题引发，最后往往超出了文学的范围，延伸到国家、社会、经济、民生等各个方面。"弃医从文"绝不仅仅是鲁迅一个人的选择，五四新文学的文学家中的很多人一开始都并非学文学出身的，但最终为什么都走上了文学之路？正是因为他们身上那种中国古已有之的家国天下的使命感、天下兴亡匹夫有责的高度责任意识，促使他们放下原来的专业，走上文学之路。可以说，五四新文学的兴起，不是源于哪一个人或哪一些人的文学志趣，而是当时中国整整一代有识之士对民族命运的共同思考。

至于说新文学是什么，胡适在《文学改良刍议》中提出的第一要义是文学首先"须言之有物"。他说："吾所谓'物'非古人所谓'文以载道'之说也。"[①]他把"物"理解为情感与思想"二事"，并以《诗序》之说去诠释文学"情感"的重要性，又以周敦颐之说去诠释文学"思想"的重要性。他还特别指出，"思想之在文学，犹脑筋之在人身。人不能思想，则虽面目姣好，虽能笑啼感觉，亦何足取哉"[②]。这番话几乎就是对"言之无文，行之不远"的古典诗学理念的肯定与效仿。但出于启蒙主义的时代需求，胡适既注重却又极力排斥文学的"情感"因素。比如，他认为"对落日而思暮年，对秋风而思零落，春来则惟恐其速去，花发又惟惧其早谢"[③]，都是无病呻吟的"亡国之哀音"，主张新文学家应全力抵制这种不健康的灰色情绪，并断言"惟实写今日社会之情状，故能成真正文学"[④]。胡适重"思想"而轻"情感"，这是中国儒学传统的典型思维。强调"文学"之"脑筋"而不是"面目"之"姣好"，推

---

① 胡适：《文学改良刍议》，《新青年》1917年第2卷第5号。
② 胡适：《文学改良刍议》，《新青年》1917年第2卷第5号。
③ 胡适：《文学改良刍议》，《新青年》1917年第2卷第5号。
④ 胡适：《文学改良刍议》，《新青年》1917年第2卷第5号。

崇"道"大于"志",而"思"重于"情",这种表面上批判"载道"但骨子里却心仪"载道",无疑才是胡适提出"八不主义"的本意。这其实就是传统"言志"诗学中重"思"轻"情"一派的历史延续,它牢固地奠定了新文学乃至整个中国现代文学的价值取向,即思想意义大于审美意义。

总之,对传统的反叛往往是创造与更新的重要手段,但想要获得长足的发展,最终还是需要在回归传统中得以实现。五四自身的发生发展进程生动地证明了这一点。就像刚刚前面所提到的,五四的新诗,是完全不同于传统诗歌的一个体系,但是无论再怎么新,诗体再怎么解放,它归根到底仍然是诗,它从本质上仍然还需要具备诗歌的内蕴和形式。不继承传统,不保持与传统精神的血脉相通,就难以真正保证新诗自身的价值及其发展的实力。郭沫若的诗告诉我们新诗是可以这样写的,而徐志摩告诉我们新诗是可以这样写好的,到了艾青和穆旦那里,中国的新诗已经向我们证明它是可以走向成熟的,既保持了中国古典诗词应有的韵律美,又有现代新诗自如奔放的活力,同时又有世界性的眼光和视野。诗歌是这样,整个国学的发展也是这样,只有在一次又一次的反叛与回归当中,国学才能获得生命力和持久性。文化的发展从来都不是线性的,不是一个取代一个的,更不是新旧截然分开的。旧传统里早孕育了新文化的因子,新文化的发展也延续着传统的支脉,你中有我,我中有你。中国如此,日本、欧美也如此。日本文学在由古代向近现代发展的过程中,显然受到了西方人文主义的影响,提倡人道主义精神,革新文学理念,对传统文学进行了批判性的继承。三岛由纪夫的作品在很大程度上融合了弗洛伊德的性倒错说,但其内在的审美情趣,对人物心理矛盾倒错的细腻刻画,对物语文学怪异的承传,都体现着日本古典浪漫主义的影响。

（三）传统的动态建构

最后，我们不妨来谈谈何为传统。传统不是固定于某一个时间的概念，它是一个不断发展甚至不断变化的概念，它的沉淀和延传需要有相当的时间长度，也必然伴随着动态的发展变化。有西方学者认为，传统之为传统，起码要持续三代，经过两次以上的延传。这当然只是一种粗略的说法，但是我们不可否认，传统的形成，要经历时间的考验和历史的传承。传统的这种长期性、积淀性，并不影响它是在不断发展中延续而成的。前面我们讲传统的五四和五四的传统，探讨的都是一种关系，这种关系背后折射的应该是当下我们对于传统的一个全新理解。传统文学与新文学的关系一直都是现代文学发展史上长期存在的问题，其实在中国现代文学发展历程中，新文学与旧文学的比翼齐飞是不成问题的事实，甚至在实际创作中，旧体诗词的作品数量、读者群大大超过了新文学。但是过去我们研究新文学，讲授新文学的课程，主要讲郭沫若、闻一多的新诗创作，郁达夫的浪漫抒情小说，鲁迅的现实批判小说，朱自清的记叙抒情散文，而不会重点讲郭沫若、闻一多的考古成就，不会讲郁达夫的古体诗词，不会重点讲鲁迅的《中国小说史略》，不会重点讲朱自清怎么开古代文学课程，也不会多讲胡适等人的国学研究。现在各高校的现代文学课程大幅度压缩，情况更是如此。这是我们理解新文学、理解五四的一种方法，即便新文学与传统文学有着显在的联系，即便新文学作家本身也有着旧文学的创作与研究，但这与他们的新文学创作是不同的。不仅内容不同，形式不同，而且创作心境也不同。不仅从作家个人的创作层面来看是如此，更重要的是从整个现当代文学研究的格局来看，如果把一个现当代作家的古典诗词创作、古典文学研究都纳入新文学研究的范畴，那么，现当代文学研究立足点就会受到动摇，现当代文学的研究框架就会自行解体。所以注意到把现当代作家的新文学创作与他们的旧体诗词创作以及其他领域的创作和研究区分开来，做一个适当分割，是有必要的，甚至从研究的框架和格局上看，也理应如此。

毕竟时代社会发展了，现在是新世纪、新时代，仅仅站在现当代文学研究的视角、方式和格局上看问题，已经远远不够了。过度注重这种分割，强调这种对立，就会很容易陷入一种非此即彼、二元对立的思维模式里，"矫枉需过正"不仅是现代文学自身发展过程中的一种话语策略，也是长期以来现代文学研究中确实存在的问题：不是传统的就是现代的，不是现实主义的就是浪漫主义的，不是国防文学就是大众文学，等等。社会、国家层面也是这样，今天重视经济建设，明天重视文化建设，这样的思维方式导致这些社会问题的出现，而在学术研究中，则会让研究的思路走向偏执和狭隘。近些年来的一个重要表现在于，社会各界对国学的热情高涨，以"反传统"为特质的五四以来的新文学多少遭到了一些冷落。如今中国经济腾飞、国力强盛，在国际地位不断提升的发展态势之下，中国需要更多地从自己的传统血脉、传统文化中寻找自信，振兴国学就成了应有之义。但我们要意识到的是，任何一种传统，都是由每一个当下构成的，而五四开始直到今天，已经有了100多年的历史，五四以来的新文学、新文化早已经成为国学的有机组成部分。"新"与"旧"是相对而言的，昨天的"旧"就是今天的"新"，今天的"新"就是明天的"旧"。正是在这样的新旧交替中，传统才能不断地积累和传承，国学才能在时代发展中永葆精神根基的活力和凝聚力。如果过于强调传统文化的"旧"，那么传统文化也会变得孤立和狭隘起来，失去了传承和发展的活力。相反，如果过于强调五四的"新"，那么五四这一起点同样也显得孤立化、唯一化，失去了历史发展的土壤和根系。站在更加开阔、更加全面、更加发展的角度，同时从文学谱系学的视野来看，现当代作家与传统文学的关系是不可分割的，是一个有机的整体。

我们越来越清楚地看到，鲁迅、郁达夫等人所写的旧体诗词，虽不是现代文学研究的重点，但这是他们整个文学创作的重要组成部分，这是他们文学风格不可或缺的重要一环，是我们完整地、准确地认识现当代文学的必不可少的视角。更重要的是，重新理解五四与传统的关系有助于从一个新的角度丰富对现代文学作家的理解和认识。拿旧体诗词来说，我们常常从鲁迅的新文学创作中单方面地看到鲁迅是一个批判国民性的社会批判式作家，而鲁迅的旧体诗创作则让我们看到了一个更加"自我"的鲁迅。鲁迅一生共创作旧体诗52题67首，其中有41题47首是在1931年及之后5年间创作的。鲁迅的旧体诗创作既有个人情怀，又有社会感伤。鲁迅旧体诗最大的价值就在于深刻而细腻地向我们呈现了这位现代思想先驱那复杂的心灵世界。可以说，要完整、准确地理解鲁迅，离开他的旧体诗创作是不可能的。再比如说，晚清时期鸳鸯蝴蝶派小说家周瘦鹃在1911年发表了两部代表性的作品：短篇小说《落花怨》和改良剧《爱之花》。其中，《落花怨》是用文言写成的，而《爱之花》却是用白话写成的。在周瘦鹃看来，满纸白话和新式符号可以表现"旧"的内容，反过来，使用文言也可以表现"新"内容，所以周瘦鹃的文学生产向来都是文白并用。这样一种对传统的看法在五四时期的散文领域也依然可见。周作人曾在20世纪20年代给俞平伯的一封信中说："我常常说现今的散文小品并非五四以后的新出产品，实在是'古已有之'，不过现今重新发达起来罢了。"[①] 周作人十分推崇晚明"公安派"独抒性灵的小品文，认为其个性书写与言志精神均符合他所追求的"美文"原则。同时他也不否认五四散文所受到的外来影响，认为在英国的Essay式随笔影响下中国现代散文得以

---

① 周作人：《与俞平伯君书三十五通》，《周作人书信》，止庵校订，河北教育出版社2002年版，第86页。

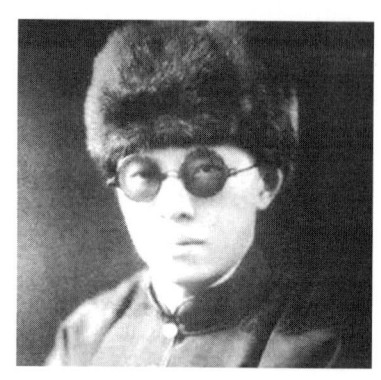

周瘦鹃（1894—1968）

带来新的气象。

　　现代文学承续传统而来，并在当代顺势发展，动态地构成了中国文学的完整面貌。20世纪中国新文学中，存在着大量"跨代"作家。所谓"跨代"作家，简而言之，就是横跨中国现、当代文学两个时段的作家。一指其自然生命和文学创作活动延续到1949年以后很长时间，甚至一直延续到八九十年代；二指其在"现代"成名，"当代"仍然处于文学圈子里且有显在的文学影响。20世纪是一个极为动荡不安的世纪，一些"跨代"作家的文学活动、思维惯性和创作态势经过了1949年政治巨变和以后的政治运动，前后会有很大的波动起伏。这种波动起伏使有的作家的文学观念和创作风格在漫长的文学活动中前后产生明显差异和变化，并不意味着他们的文学观念和创作风格就会与以前彻底划清界限，完全没有关系。忽视这些差异和变化，可能会忽视其文学活动和创作的丰富性和独异性；只看到这些差异和变化，就会掩盖其文学观念和创作风格的前后一致性和稳定性。

　　关于五四的现代性已经有越来越多元的阐释，从语言到文体，从思想到观念。但我们认为还有一点值得参考，那就是五四开始以一种前所未有的新视角来审视、阐释和理解传统，这本身就是一种现代的视角。五四新文学的发生是从反传统的大幕中拉开的。但是这并不意味着新文学真正与传统形成了断裂。今天我们的文学发展，形式越来越多元，文学所传达出的价值观念也越来越多元。文学的蓬勃发展固然是好事，但是我们始终不能忘记文学创作的根本价值是什么，这也是今天我们再提五四文学传统的重要原因和目的。

四、五四新文学的精神取向

五四新文学的发生发展恰处在中华民族发生社会巨变的历史节点，新旧交替、时代转型，五四新文学在诞生之初就承担了中国社会现代转型的历史使命。鸦片战争以前中国长期处于闭关锁国的状态，鸦片战争失败后，国门被迫打开，逐渐开启了中国社会现代转型的历史进程。从根本上来说，中国社会的现代转型不是一种自发性的转向，而是在西方政治、经济、军事、文化等诸多方面的影响下被迫开启的。而在此之后，中华民族经历了洋务运动、戊戌变法、辛亥革命等，从物质、制度等多个层面进行变革，都未取得成功，因而将目光转向文学文化。

（一）文化品格之"新"

五四新文学之"新"，首先"新"在文化品格，特别是对人本主义的弘扬、对人性解放的呼求。这种文化品格既包含作家所处时代的精神追求，又包含作家个人自我的精神解剖。这当中有四个方面至关重要：一是五四那代人既注重创新，同时又懂得继承；二是他们最渴求开放，同时又最注重立本；三是他们最珍视自由，同时又最懂得责任；四是他们最犀利无情地解剖社会、揭露人性的弱点，同时又最严酷地解剖自己并深情地关怀整个人类的命运。这就是五四所形成的自己的新的文化品格。

五四那代人的四个文化品格，又可以转化为他们同时所拥有的三个头衔：一是新文学作家，二是国学大师，三是外国文学翻译家。首先，作为新文学作家，他们开创了新文学与新文化的全新格局，五四所有的"新"，都是那代人的创新和创造。其次，他们更懂得创新必须以继承为基础，没有继承就没有创新，继承越多创新越多，他们不但没有割断现代与历史的联系，而且

《呐喊》封面，初版印于 1923 年 8 月，毛边本

极大地推进了国学在新的历史时代的继续发展。鲁迅不仅有《呐喊》《彷徨》，他还有《中国小说史略》《汉文学史纲要》，鲁迅对相当多的中国古代小说的研究至今依然具有相当经典的意义。《光明日报·文学遗产》对鲁迅在《中国小说史略》中所说"中国小说自唐代始"这一看法提出质疑，但还没有看到进一步的具体论述。即使是这个问题的提出，也表明鲁迅对古代小说研究的价值所在。最后，新文学作家几乎人人都是外国文学的翻译家。那代人对外国文学和文化的翻译介绍，从俄国到英国、法国、德国、意大利，从东欧到北欧，从南美到北美，从日本到印度，几乎无所不包；鲁迅、周作人、胡适、刘半农、郑振铎、许地山、茅盾、郭沫若、郁达夫、徐志摩、林语堂、李劼人、瞿秋白、田汉等，几乎人人都有专门的系统的翻译和介绍的领地；当时几乎所有重要报刊都登载翻译作品，范围之广，规模之大，内容之丰富，实属罕见！世界各国一些经典的文学名著，文化和理论的重要著作，都是从这时起系统地、源源不断地介绍给中国读者的。

中国现代文学的发展历史虽然仅短短 30 年，但出现了一批个性鲜明、风格独特的创作流派。有为人生的写实派；有乡土小说作家群；有风采多姿的女作家冰心、萧红、丁玲、张爱玲；有各具特点的诗人郭沫若、闻一多、徐志摩、戴望舒、艾青、穆旦；有戏剧大师曹禺、田汉、夏衍、欧阳予倩。如此多的作家、流派各具特色，但就整体而言，中国现代文学形成了自己的根本特质，那就是责任感。郭沫若浪漫多情，却始终不忘文学的社会职能，某些方面，他比文学研究会、人生派还现实、还人生；胡适声称"二十年不谈政治"，最后"实在忍不住了"，创办《努力周报》，这也是一种负责任；鲁迅等人的使命感更不用多说，这种特质使中国现代文学在思想和艺术上都达到了很高的水准。

此外，这种责任感还表现为他们对人类命运和人性问题的关注和思考。鲁迅、郭沫若、茅盾、巴金、老舍等现代作家的作品往往都蕴含着对整个人类的大关怀。周作人《故乡的野菜》中蕴含的怀乡之情就是人类所共有的。他们从自身的经历和感受出发，直逼人性的本质。正因如此，中国现代文学短短30年，会出现那么多大作家，呈现出整个中国文学历史上难得的文学大气象。可以说，五四的传统价值就体现在承担它使命的那一批文化巨人所特有的精神价值上。

五四的精神意义不仅体现在作家创作的文化品格方面，还体现在学术研究的品格方面。五四的学术传统，即关于五四新文学的研究，由第一个十年的新文学大系奠定了基础。多少年来，作家论、文学思潮论、社团流派论、文学论争论，已经形成了文学研究的几个基本板块。这里需要特别强调一点，那就是五四新文学在研究中特别注重对史料的研究。今天回过头来看一看，新世纪以来，最值得我们珍视的是什么？是20世纪80年代前后，几乎举全学术界之力，大家共同建构起来的现代文学的资料研究系统，包括现代作家研究资料汇编、现代作家传记丛书、当代作家研究专辑等，这些东西已经培养了几代学者，到了今天依然是弥足珍贵的资料。只不过在时间上需要往下延续，因为那个时候的研究很多就到八九十年代，作家评传还需要不断往下延续。五四学术研究重史料，这本身就是一个学术传统。

五四那代人，既读过经，又留过洋，创新与继承并行，立本与开放并重，自由与责任同担，社会与自我一体，是得天独厚、难以超越的一代人。五四至今百年来新文学与新文化的发展，已蔚然形成自己独特的品格与新的传统，它在中国文学与文化的历史长河中已经成为不可或缺的环节，构成了整个中国文学与文化的新的动态的传统。

（二）经典意义之"新"

五四新文学之"新"，"新"在其绕不过去的经典意义，始终能够参与到当下社会之中，与当代社会对话。在现代文学从历史走向经典的过程中，首先绕不过去的就是鲁迅等诸多经典作家。所谓的"绕不过去"有两层含义：第一层，鲁迅等人已然成为历史，无论是文学发展还是社会变革，他们在历史舞台上所做出的贡献是无法忽视的；第二层，经典作家之所以成为经典，恰恰在于他们还成为了现实，他们不仅为当时写作，更加为后世撰文。今天乃至将来的中国社会，依然没有摆脱鲁迅等人提出的问题，这种历史的深刻性和现实的鲜活性成就了鲁迅等人的经典价值。

鲁迅塑造的阿Q、闰土、祥林嫂等一系列人物形象，到今天看来都具有典型的意义。但从鲁迅的人生经历来看，他并不来自真正的农村，他的一生与农民的接触也非常有限。但为什么鲁迅是新文学里第一个将笔触深入农民群体的作家？中国自古以来就是一个农业大国，农民占据人口的大部分，农村占土地绝大部分。在鲁迅这里，农民早已超脱于某一个甚至某一类的人物形象，成为他理解和描写"中国"的一个文化符号，农民身上的问题就是"老中国"在根本上存在的痼疾。塑造阿Q的形象，实为画出国民的灵魂，以拯救民族的命运。阿Q的精神胜利法，概括了极其深广的社会历史内容，是普遍存在于中华民族各阶层的国民性弱点。同时，阿Q身上的这种性格弱点又远远超出了民族与国界的限制，它是整个人类人性的某些弱点的集合，不同民族甚至不同时代的人,都能从阿Q身上看到自己的影子。这种人性顽疾,不是一揭露就能批判,一批判就能消失的。毛泽东从政治革命的角度极其重视农民;鲁迅从思想革命的角度极其重视农民。他们都是真正把握或抓住了中国社会本质的伟人。

曹禺同样也是绕不过去的。曹禺剧作的魅力日久弥新,直到今天,一些经典剧目仍然被排演、改编,引起了广泛的关注,从剧本到舞台,都经久不衰。赖声川版《北京人》的正式巡演再度引发了对这部剧是否应该删掉"北京人"形象、曹禺与契诃夫之间的精神联系等问题的讨论。这其中,众所周知的原因当然是曹禺会写"戏",善于构织紧张剧烈而又充满情感因素的戏剧冲突。但是,还有一个更为重要、更为内在的原因,这就是曹禺剧作从一开始就以极大的兴趣关注着人的命运。无论是读曹禺的剧本,还是看曹禺的剧作演出,我们都有一种十分真切的感觉:首先是曹禺本身像被磁铁紧紧吸住一样被人生的命运所深深吸引,而这个磁铁散发的磁场也同时深深吸住了每个读者和观众。过于追求对具体社会及人生现实问题的反映,会使剧作缺乏哲思,而过于执着地表现人生命运的抽象问题又会陷入神秘和空泛,两者的适度结合才是戏剧创作的最佳境地。曹禺剧作的最大成功正是在于它把握了这样的境地。

堪称文学与人生双重传奇的冰心也是绕不过去的!从五四起步的冰心,一

赖声川导演的《北京人》演职人员合影,摄于2018年5月19日,上海

生也没有放弃现实主义和人道主义的批判精神。五四时期她曾写过封建家长干涉子女婚姻的悲剧作品，时隔半个多世纪，到了20世纪80年代她又写过年轻的子女干涉父母一代人自由恋爱的悲剧，同样是婚姻恋爱的悲剧，但是人物角色掉了个个儿！冰心的创作生动地表明了五四新文学以来，现实主义的批判精神在中国依然具有强大的生命力。五四新文学开启的思想启蒙的重任至今还远远没有完成，而当初那些承担了启蒙重任的五四新文学作家永不过时！

"世纪老人"冰心绕不过去，只活了短短31年的萧红就绕得过去吗？萧红虽然早逝，但她的作品却拥有久远的生命力。萧红之所以在文学史上有其重要地位，自然与左翼作家、东北作家群、女作家的身份等有关，但更与超越这些身份有关，更与她自己独特的风格魅力与人格魅力有关。今天我们再读萧红，是因为她作品中独立的思想，也是因为她的敏感与不幸；是因为她作品中稚拙的表达，更是因为她的孤独与忧愁；是因为她作品中犀利的笔锋，同时还因为她的怨恨与不甘。如今，"萧红"频频出现在电影、话剧之中，原因在于两个方面：其一是萧红人生的传奇性与悲剧性，其二则是萧红作品所具有的经典意义。

在中国现代化、城镇化飞速发展的背景下，沈从文返归湘西世界的选择同样是绕不过去的。城市在中国现代文学创作中是一个重要的主题，并作为作家描写的重要意象反复出现。但是，更多的中国现代作家来自农村，他们感觉更亲切、写作起来更游刃有余的还是中国农村、乡土的题材与人物。沈从文的创作就是这样一种典型的复杂情景。他的心里同时装着乡土和城市，在乡土经验的观照下建构起对于城市的判断和想象，反过来又由城市的体验来反思和重建乡土的情怀。这种独特而又复杂的城市心结，在相当程度上体现了中国社会发展变迁过程中现代作家的心路历程，这个历程直到今天仍在延续。

（三）思想意识之"新"

五四新文学之"新"，"新"在其思想意识、理想抱负的根本革新。现代文学作品广泛地渗透了对人性的书写和思考，这当中既有挣脱封建伦理道德束缚的主张，对美好天性品德的表现，最为深刻和深沉的是对复杂人性纠葛的书写及反思。比如鲁迅的小说《伤逝》，它所反映的知识分子婚恋题材是现代小说一个比较普遍的主题，妇女追求婚恋自由、追求独立人格，易卜生的《玩偶之家》已经在中国刮起了一阵旋风。子君高声喊出"我是我自己的，他们谁也没有干涉我的权利！"便是对自我独立和自主意识的宣扬。但鲁迅并不仅止于此，子君排除万难坚定地与涓生生活在一起，最终也没有获得幸福，离开涓生之后不久便死去了。这样的结局渗透着鲁迅对妇女解放、人格独立的更为深刻的思考，或许是涓生所感慨的"人必生活着，爱才有所附丽"，或许是"娜拉走后怎样"的进一步发问。以鲁迅为代表的中国现代作家，他们的作品往往蕴含着对整个人类的深切关怀，从自身的经历和感受出发，直逼人性的本质和情感的深处。

在文学史书写当中，关于谁是"第一篇"现代小说历来颇有争议。所谓"第一"首先当然指创作的时间顺序，谁为先，谁为后，这应该是客观明确的事实，时间越早，越有可能成为文学创作的起点，成为文学史书写的起点。李劼人的《儿时影》创作于1915年，陈衡哲的《一日》创作于1917年，而鲁迅的《狂人日记》创作于1918年，那么仅从时间上讲，鲁迅自然不可能越过陈、李而成为白话小说的起点。但是，"第一"又不仅仅由时间顺序决定，陈、李二人创作的时间虽早，但毕竟没有改变文学发展的方向，现代白话小说的"起点"归根究底要考察其"现代"性质的开启。

陈衡哲的小说《一日》描写美国女子大学的新生，在寄宿宿舍中一日间的琐屑生活。陈衡哲在发表时写作了一篇著者按："一国之风俗习尚，惟于琐处能见其真。而美国女子大学之日常情形，又多为吾国人所欲知而未能者。因以年来在藩萨校中身历目击之种种琐节，杂叙而为是篇。志在写实而已。非有贬褒之意存于其间也。且读者当知此篇所重，特在琐节。大学中之重要目的，学生中之重要人物，又皆非此处之所能及耳。"①后来在出版文集时又在本篇开头写道："他既无结构，亦无目的，所以只能算是一种白描，不能算为小说。但他的描写是很忠诚的，又因为他是我初次的人情描写，所以觉得应该把他保存起来。"②正如作者所言，《一日》的文体是比较松散的，介于散文、小说之间，又具有日记体的风格，运用白描的写法刻画了美国女子大学新生一天中的活动，实际上并无深入细致的刻画，也无严谨缜密的构思，小说分为"早晨""课室中""午刻""下午（一）""下午（二）""下午（三）""晚上（一）""晚上（二）""晚上（三）"这样九个小节，基本上按照"一日"的时间顺序片段式地书写留学生无聊琐屑的生活，几乎一节一个场景，一节一个主题，人物不断随之切换。

从某种程度上说，《一日》的主题也是"现代"的，这个"现代"指的是生活方式的西化与文化观念的多元。这当中可见许多意欲表达的思想观念，例如小说刻画了中国学生在国外大学校园中的生活片段：

> 张女士未及答，学生已渐渐聚近，围住张女士，成一半圈。
> 贝田："你们在家吃些什么？有鸡蛋么？"
> 张："有。"
> 玛及："那么你们一定也有鸡了，希奇希奇！"

---

① 陈衡哲：《一日》，《留美学生季报》1917年第4卷第2号。
② 陈衡哲：《一日》，《陈衡哲小说·西风》，上海古籍出版社1997年版，第8页。

梅丽:"我有一个朋友,他的姑母在中国传教,你认得她吗?"

路斯:"我昨晚读一本书,讲的是中国的风俗,说中国人喜欢吃死老鼠。可是真的?"

幼尼司:"中国的房子是怎样的?也有桌子吗?我听见人说中国人吃饭、睡觉、读书、写字,都在地上的确吗?"

亚娜:"你有哥哥在美国吗?我的哥哥认得一个姓张的中国学生,这不消说一定是你的哥哥了。"

张女士一一回答。[①]

在这一小节中,我们能够看到西方对中国的刻板印象,因为信息沟通渠道不畅而带来的误解与隔膜。此外,小说也有对美国学生因经济短促生存艰难的刻画,美国学生对美国教育体制的不满与懈怠等。这些主题的书写与刻画得益于中西文化交流的开放,得益于中国学生走出国门的切身体会,因而小说的内容是"现代"的,但就思想与艺术而言都还不够成熟。

《儿时影》是目前留存下来李劼人最早的一篇白话小说,小说记叙了主人公"我"童年在私塾的一段经历,主要情节是古板暴戾的老师与淘气可怜的孩童之间的日常相处。小说刻画了"蛮子"老师"毒打"学生,将各种虐待式的惩罚加诸学生,终日看管学生死记硬背,汲汲于利的丑态。尽管反映了封建教育制度的枷锁,读来却并不觉得主题有多么的沉痛深刻,反倒令人忍俊不禁。例如,小说在刻画"蛮老师"接收学钱时的急切:

老师此时已站了起来,道:"拿来拿来,是送我的!"

---

① 陈衡哲:《一日》,《陈衡哲小说·西风》,上海古籍出版社1997年版,第14—15页。

……不知是老师的手重，或是王妈的手软，砰的一声，那茶盘忽磕落坠地。王妈一面弓腰去捡一面埋怨道："哑，老师！你也慢些！是你的终是你的。"①

小说对"蛮子"老师的丑态刻画得极为生动有趣，也以此加深了对封建私塾制度的批判力度，但同样也只是"搔痒"般的批评与揭露，嬉笑的表达增强了作品的可读性，也在一定程度上消解了作品的深刻性。

从小说书写的主题和内容来看，《一日》刻画了美国校园生活，描述了中国留学生在美国的处境，《儿时影》则批判了封建私塾制度，描摹了传统私塾教师的可笑丑态，二者都是对"现代"主题的书写与表现。但相比较《狂人日记》而言，皆不足以称得上是思想价值的彻底颠覆，这当然是程度的区别，但更为内在的是反抗姿态的问题。新文学之"新"不仅是新在语言，新在文体，更加新在它提出了现代的思考。尽管鲁迅曾自我评价："《狂人日记》很幼稚，而且太逼促，照艺术上说，是不应该的"②，但是我们不可否认，《狂人日记》的根本价值在于思想的力量，在于彻底颠覆中国传统思维的价值影响。"吃人"的提出，"从来如此，便对么"的质疑，正是对几千年来中国传统思维方式的一种根本性的怀疑和批判，它的影响是更为巨大而深远的。《狂人日记》作为五四现代宣言的出场，是新文化先驱对历史和现实、对未来中国所给予的一种充满象征的寓言。鲁迅在小说中的很多判断是非常决绝的，而鲁迅的深刻也正来源于此。他说："我翻开历史一查，这历史没有年代，歪歪斜

---

① 李劼人：《儿时影》，《李劼人全集》（第6卷·中短篇小说），四川文艺出版社2011年版，第34页。
② 鲁迅：《对于〈新潮〉一部分的意见》，载鲁迅先生纪念委员会编纂《鲁迅全集》（第7卷），中国人民解放军战士出版社1973年版，第575页。

斜的每叶上都写着'仁义道德'几个字。我横竖睡不着，仔细看了半夜，才从字缝里看出字来，满本都写着两个字是'吃人'！"①几千年的历史被鲁迅看作吃人的，习惯于正史和儒家经典记载的文人无不斥之为虚妄，直到今天相当部分站到古代文学立场的人对于鲁迅的这个判断都是不能认同的，认为鲁迅此言、此举过于简单化粗暴化，忽略了中国文化的优良传统，割裂了中国文化的延续性。鲁迅首先发现并宣告了中国历史"吃人"的本质，古往今来从未有人做出"吃人"这样的概括和总结，难道鲁迅不知道中华民族几千年文明的灿烂与辉煌？这一方面在于鲁迅习惯用极端的方式讲问题，他主张少看或者不看中国书，要多看外国书，难道鲁迅自己不看中国书吗？据统计，鲁迅的藏书被完整保存下来的有14000多册，经史子集的常见书基本完备，其中尤以杂史、杂家、艺术、小说、总集为多，另外有80多部完整的丛书。另一方面，在当时的社会环境下，不用这种极端的方式没办法冲破时代的禁锢，无法实现他的理想和诉求。鲁迅曾说"中国人的性情是总喜欢调和，折中的。譬如你说，这屋子太暗，须在这里开一个窗，大家一定不允许的。但如果你主张拆掉屋顶，他们就会来调和，愿意开窗了。没有更激烈的主张，他们总连平和的改革也不肯行"②。新文学作家正是以这样一种认识和态度发起文学革命的。鲁迅的理想很简单，"救救孩子"，只是希望一代又一代的中国人不要一再重复"吃人"与"被吃"的命运。但一百多年来，这个简单的理想我们实现了吗？鲁迅所揭露和批判的问题在中国消亡了吗？显然并没有。

"现代"的内涵是丰富的，也是复杂的，它有着各个层面的表征，语言的

---

① 鲁迅：《狂人日记》，载鲁迅先生纪念委员会编纂《鲁迅全集》（第1卷），中国人民解放军战士出版社1973年版，第281页。

② 鲁迅：《无声的中国》，载鲁迅先生纪念委员会编纂《鲁迅全集》（第4卷），中国人民解放军战士出版社1973年版，第25—26页。

变革、文体的更新、外来的眼光、传统的裂变，等等，任何一个层面的表征都是"现代"之一种，但又不能完全代表"现代"的内涵。从本质来说，"现代"立足于思想的解放，根源于价值观念的彻底颠覆，它不能等同于某一个单一标准的界定，更不能仅仅从时间的角度进行判断。针对现代小说起点的争议，时间其实是一个很好解决的问题，按照时间的先后顺序来进行排列实际上是最简便的书写方式，但从文学史角度来讲，谁是第一谁是第二，就应该取决于对"现代"内涵的界定与判断，这就更有难度，也更具价值，是一种更为综合的考量。

（四）动态传统之"新"

五四新文学之"新"，"新"在其精神力量已然构成了新的动态发展的传统。有关"现代文学"的命名问题，学界历来颇多争议，以往被广泛接受的有三种说法："新文学""现代文学""二十世纪中国文学"，近年来兴起的还有"民国文学"的概念。应该说，在中国文学几千年的发展历史中，从没有一段文学史像现代文学一样在命名上面临如此多的争议，所谓"名正而言顺"，命名不仅是称谓问题，更是涉及学科性质的根本问题，类似的争议同样集中于现代文学的历史分期、研究范围等。

就现代文学的命名而言，不同的指称有着不同的时代语境和立场，侧重凸显的文学史性质是不同的。如"新文学"的提出首先是与"旧文学"相对。自梁启超提出"新民"说，文学上兴起了"新诗""新剧""新小说"等，到新文化运动以来，《青年杂志》创刊并改名为《新青年》，北京大学成立"新潮社"，"新"代表了当时社会的时代潮流与变革趋势。文学史也沿用了这一说法，1929年朱自清在清华大学讲授"中国新文学"，编写《中国新文学研究纲要》，1932年周作人出版了《中国新文学的源流》，1933年王哲甫出版了第一部中国新文学史著《中国新文学运动史》，此后陆续出版了伍启元的《中国新文化运动概观》（1934年）、王丰园的《中国新文学运动述评》（1935年）、吴文祺的《新文学概要》（1936年）等。到了20世纪50年代以后，"新文学"的命名进一步包含了与"新民主主义革命"相对接的意义，如在王瑶的《中国新文学史稿》中就这样定义了"新文学"的性质：它是新民主主义革命史的一部分，承担着反帝反封建的内容。[①]

从一个简单的时间逻辑来看，我们往往将最近发生或者刚刚出现的事物称为"新"，而中国当代文学的发生发展距离我们更近，更具有当下性，比较而言是一种更加新质的状态，那为什么我们不把当代文学称为"新文学"，却将离我们相对较远的、相对越来越历史化的五四新文学称为"新文学"？因为这里不是一个时间远近的问题，而是一种文学性质变化的问题，也因为五四新文学是最靠近传统的那个点，因而它的变化也具有根本性。它开启了"现代"的传统，这一传统是不同于几千年古代传统的，是全新的，是会长久新下去的，是在动态中不断发展建构的。

现代文学之"现代"恰恰在于它所开启的传统是"新"的，在于它所面临的完全不同于古代的新形势，以及这种新形势下的新问题。《伤逝》是鲁迅唯一一篇婚恋小说，由于其晦涩的表达与丰富的内涵而被认定为鲁迅最难阐释的小说之一。茅盾早在1927年发表的《鲁迅论》中提到《伤逝》的时候说了这样一句话："《伤逝》的意义，我不大看得明白；或者是在说明一个脆弱的灵魂（子君）于苦闷和绝望的挣扎之后死于无爱的人们的面前。"[②] 而周作人则认为"《伤逝》不是普通恋爱小说，乃是假借了男女的死亡来哀悼兄弟恩

[①] 参见王瑶《中国新文学史稿》，《王瑶全集》（第3卷），河北教育出版社2000年版，第43页。
[②] 方璧（茅盾）：《鲁迅论》，《小说月报》1927年第18卷第11号。

《伤逝》彩色连环画，姚有信绘

情的断绝的"①。近百年来，《伤逝》这篇小说得到了启蒙、婚恋、女权、经济等诸多层面的阐释和解读，然而始终没有形成定论。没有定论正是鲁迅这篇小说的一大特色，甚至是鲁迅整个小说创作的一大特色。《伤逝》讲述的是一个全新的问题，那就是新旧交替之中知识分子的矛盾与困惑。鲁迅提到自己的婚姻时曾说"这是母亲给我的一件礼物，我只能好好地供养它，爱情是我所不知道的"②，鲁迅是最反对包办婚姻的，子君喊出"我是我自己的，他们谁也没有干涉我的权利"，毅然决然地选择与涓生在一起，按理来说这种自由恋爱应该是鲁迅所向往、所希冀的，然而鲁迅并没有给他们一个光明的未来，这也是鲁迅的深刻之处。无论是思想的启蒙还是精神的觉醒，时代与社会的现代转型都不可能是一蹴而就的。《伤逝》这篇小说的核心就是在探讨新的时代背景下，人的精神境界和生存条件之间的复杂关系，是在探讨启蒙之后现实究竟走向何方的矛盾处境。这不是在简单地指责谁，也不是解决什么矛盾。这样的矛盾恰恰是在五四思想启蒙之后所带来的新局势下才有的，这样的问题鲁迅没有解决，五四一代知识分子没有解决，直到现在仍然没有解决。

五四新文学之所以不同于几千年的传统文学，正在于其思想的更新开启了"现代"的思维，人们开始具有了现代的追求，开始关注现代人的生存价

---

① 周作人：《不辩解说　下》，《知堂回想录》(下)，北京十月文艺出版社2013年版，第536页。
② 许寿裳：《鲁迅传》，北京时代华文书局2015年版，第63页。

值与精神意义。针对不少学者提倡"开拓现代文学研究领域"的问题，唐弢曾认为应该有一个界限，这个界限就涉及现代文学的根本意义，"即能够称得上'现代文学'的文学作品必须具有'新'的意义——不同于'五四'文学运动之前的'现代意义'"。在唐弢看来，"新文学"之"现代"在于其根本性质是与几千年传统文学决然不同的，与此相对应地，那么"现代文学"之"新"就在于其前瞻性与超越性，它不是一个短时间、阶段化的"现代"，而是长久的"现代"。

相对于几千年古代文学而言，现代文学走过的历史还很短，在几千年中国历史文化传统中只是短短一瞬。但古代再漫长，也已经沉淀为历史和经典；现代再短暂，它终究是一个新的起步，还有漫长的路要走。

从五四起步的冰心，一生都没有放弃现实主义的批判精神。从最初发表的《两个家庭》《斯人独憔悴》《去国》等作品，跨越半个多世纪，直到20世纪80年代创作的《万般皆上品……——一个副教授的独白》《落价》《干涉》等作品，家庭关系、妇女地位、婚姻恋爱、尊重知识、民主自由等现实人生的一系列焦点、热点问题，一直贯穿于冰心的整个创作中。五四时期她写过封建家长干涉子女婚姻的悲剧作品，《秋风秋雨愁煞人》里的英云被父母包办嫁了司令的儿子，从此踏入旧式大家庭，变得沉默寡语，最终成为封建礼教的牺牲品；到了80年代她又写了年轻的子女干涉父母一代人自由恋爱的悲剧，1988年《干涉》同样是婚姻恋爱的悲剧，但是人物角色发生了置换，儿女开始反过来"干涉"父母的再婚问题，谁都能够看得清楚，这种变化只能说明悲剧的更加深重与惨烈。五四时期，父母干涉子女，核心在于自我的利益；到了80年代，子女反过来干涉父母，核心仍然是自我的利益。这只能说明五四时期提出的"问题"，到今天仍然存在，并且不断加深。

一个作家由现代进入当代是如此，当代作家传承现代作家的精神传统同样是有迹可循的。莫言获得诺贝尔文学奖，评审委员会的授奖词是："将魔幻现实主义与民间故事、历史与当代社会融合在一起"，用"福克纳和马尔克斯作品的融合"来评价莫言奇诡的想象力和超现实的创作风格，实际上莫言对西方的借鉴正是五四传统的延续。鲁迅的短篇小说在现实主义创作方法的基础上，多处运用了现代派的象征主义手法，而现代派正是当时西方最流行的文学潮流。在《故事新编》中鲁迅借助了许多带有魔幻和神话色彩的中国传统故事原型，更为清晰系统地表现了对所谓历史真实及其背后权力话语的强烈质疑。如小说《起死》让庄子与复活的骷髅鬼魂对话辩论，鲁迅采取的是一种戏谑和反讽的手法，对于中国历史上的人物和文化思想进行了剖析和解构。在小说《铸剑》的最后，鲁迅更是大胆尝试着用了一种超现实的、魔幻的结尾，让复仇者和统治者的头颅纠缠在一起鏖战，最后一起被埋葬。可以说，鲁迅是同时运用多种创作手法的作家，鲁迅的世界影响力恰恰来自他的世界眼光。毫无疑问，莫言的文学创作是深受魔幻现实主义影响的，他的一些魔幻手法，充满想象力的语言、描写、情节，在对历史、社会、现实的观察与思考中，最大真实地折射出生活的本质。现实的丑陋、怪诞和扭曲，用文学艺术的夸张手法表现出来，极具冲击力和震撼力，也往往不易被读者消化与接受，就像鲁迅当年刚发表《狂人日记》，主人公在历史书卷中看出满本写的都是"吃人"，此言一出，一片哗然，可到了莫言创作的小说《酒国》《生死疲劳》当中，我们依然看到了"食婴""吃人"这样的情节。魔幻现实主义把鲁迅和莫言联系在一起，这不仅在于二人化用了同一种创作方法，更重要的是，从鲁迅那代人一直到今天莫言这代人，他们始终有一种向外吸取艺术手法的"拿来"姿态。"拿来"二字是鲁迅那代人对中国文学最重要的贡献之一，没有"拿来"，没有外国文学的影响，就谈不上"新"文学，这也是现代文学的重要特质之一。

现代文学不仅是一个 30 年的时间分期，还是一个更加宏大的文学概念，是与整个古代文学相对的现代，也就是说现代文学时间虽短，但它的意义是现代的，是与几千年古代文学不同的现代，甚至将来某一天世界看待中国的文学，很有可能只有两个概念，一个是古代文学，一个是现代文学，这才是五四新文学之所以被称为"现代文学"的根本价值。这样的理解既是对现代文学重大历史意义的体认，也是对现代文学开放包容精神的延传，有助于我们深化对五四新文学的认识，重构中国文学自五四文学革命以来的现代转型。

历史的发展总是一个环节扣着一个环节，从某种意义上来说，任何一段历史都具备过渡性的特点，而对中国文学的历史发展而言，五四恰恰是其中过渡性最为鲜明、浓烈，最具跨越意义的一段。五四新文学开启的现代是一个动态的价值体系，它始终处于未完成的状态，在文学与当今时代的互动中不断得以建构。长期以来，针对现代文学与当代文学的分野，学界要么强调断开，要么强调衔接、打通、一体化。其实现当代文学不需要打通，本来就是一个同构的整体。"当代文学"不仅在命名方式上直接来源于"现代文学"，在学科性质和研究内容上同样一脉相承。一方面，现代文学期间的颇多作家，他们的创作一直延续到新中国成立之后；另一方面，五四以来，现代文学作家们所提出和揭露的问题仍然延续至当代社会，正如当下的问题将延续到明天一样，这是一个漫长的历史过程。我们不能抱着急于完成历史任务的姿态，而是要站在当下，放眼无限漫长的未来之路，毕竟我们身后是几千年深厚的传统。

第二章

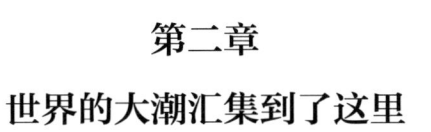

世界的大潮汇集到了这里

数千年未有之大变局对国人的震撼是空前的,李鸿章曾用"创巨痛深"来表达当时中国人睁眼看到世界后的切肤之痛。自鸦片战争开始,摆在中华民族面前的主题已经是:古老、落后的中国如何扭转被动挨打的局面,如何使整个社会由内到外焕然新生。走向世界,是一代人的选择,这一代人带来了西方的文化、观念、制度,中外文化第一次有了深度的交融,这一代人在除旧迎新的社会风潮中,致力于建设现代中国的新文化,以开放的格局,将崭新的中国融入世界。

一、走出国门是一代人的选择

天降大任,走向世界,是中国近现代仁人志士的普遍选择。从晚清的西学东渐到五四前后的留学热潮都证明了这样的历史之势:鲁迅留日,胡适留美,郭沫若留日,田汉留日,闻一多留美,徐志摩留美英,洪深留美,夏衍留日,郁达夫留日,成仿吾留日,丁西林留英,艾青留法,冰心留美,梁实秋留美,丰子恺留日,穆木天留日,冯至留德,戴望舒留法,李金发留法,老舍任教于英国,曹禺访学美国,蒋光慈留学苏联……

(一)带着问题走出去

这一代睁眼看世界、主动走向世界的人,他们带着对社会问题的思考,对民族发展药方的追寻,走到世界中去。他们是旧社会的叛逆者,是绝望于

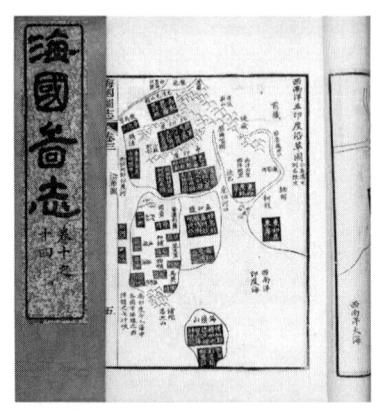

西南洋印度海沿岸草图（参见魏源《海国图志》，版本不详）

旧世界而欣羡新世界的追求者，为寻找救国救民的革命道路而急迫地追求。

1840年以前的中国，是个封闭的封建社会，鸦片战争一炮打开了闭关锁国的大门，天朝上国的梦想一夜震碎，中国的知识分子在民族危亡的时刻开始睁眼看世界，以林则徐、魏源等为首的"开眼看世界"的士大夫们，开始了走向世界的艰难探索。早在鸦片战争前夕，林则徐便已悉心西事，力奏"必须时常探访夷情，知其虚实，始可以定控制之方"[①]。林则徐在广州主持禁烟期间，为了了解西方国家的历史与现状，让幕僚在翻译《世界地理大全》的基础上，再加以润色、编辑，撰成《四洲志》一书。《四洲志》对于了解和研究外国史地有重要的影响，此书更开风气之先的创举，在闭塞已久的中国打开了一扇眺望世界大势的窗户，而林则徐也被后人称为近代中国"开眼看世界的第一人"。接着，魏源在《四洲志》的基础上增补扩编为《海国图志》，提出了著名的"师夷之长技以制夷"的口号。同时又有晚清学者徐继畲的《瀛寰志略》、姚莹的《康輶纪行》等相继面世，这些著作介绍了欧美列强历史、政治、经济、军事、文化、风俗等各方面的情况。他们认为，西方诸国之强盛，还在于其先进的科学技术。蒸汽机的广泛应用，现代交通的发展，国力蒸蒸日上。魏源等人的"师夷"旨在"制夷"，是从传统的中国封建文化的角度来"开眼看世界"的，因而，他

---

① 中国近代现代史教研组、研究室编：《林则徐集·奏稿》（中册），中华书局1965年版，第765页。

们对于西方文化的学习，不够彻底，其文化底色依旧是传统中国文化观，没有从根本上想要建设一个新的、现代的文化发展观。

19 世纪 60 年代后期，很多士大夫开始了解西方，他们在接触西方文化时，最想了解的是西方崛起的根源，想要通过借鉴某种可

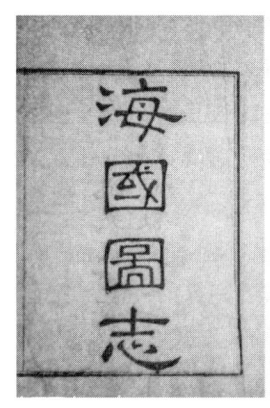

魏源编著：《海国图志》刻本，1843 年版

行的方式，来挽救当时岌岌可危的清政府的统治。1866 年，中国海关总税务司、英国人赫德要回国休假，行前他向清政府建议，带几名京师同文馆学生到英国开开眼界，以培养同英国打交道的人。洋务派的恭亲王奕䜣选定了山西襄陵知县斌椿作为首席代表，率团赴欧，目的是考察西方社会的政治。1868 年，孙家谷等人随蒲安臣出访欧美。1872 年，陈兰彬率留学生赴美，这是中国第一批留美学生，也开启了近代中国留学教育的先河。1875 年，郭嵩焘、陈兰彬、刘锡鸿分任驻英、美、德公使，并有张德彝、黎庶昌、马建忠、黄遵宪、曾纪泽、李凤苞、薛福成等相继出访。郭嵩焘认为，"西洋立国有本有末，其本在朝廷政教，其末在商贾、造船、制器，相辅以益其强，又末中之一节也"[1]。晚清派遣的留学生有一个很大的特点，就是这一批人大多有稳固的传统知识结构，自身也是中国封建统治的一部分，他们很难在"睁眼看世

---

[1] 中国科学院近代史研究所史料编辑室、中央档案馆明清档案部编辑组编：《洋务运动》（一），上海人民出版社 1961 年版，第 142 页。

曾纪泽（1839—1890）

界"的过程中，完全放弃既有的知识结构，先改造自身，再谋求改造社会，因此他们在走向世界的过程中，走得不够深入，不够亲近，始终与西方有深深的隔膜。1877年起，清政府又先后派遣了4批留学生赴欧洲学习。这个阶段的主要目的是学习西方的技艺，代表性人物有詹天佑、伍廷芳等人。这一时期留学生则侧重于青年学子，大多是在旧式学堂中成长起来的一批中国青年。此后，严复在著述、翻译各类西学的过程中，将西方先进的理念和技术类著作带入了中国，他首次把亚当·斯密的《原富》和赫胥黎的《天演论》等八种科学名著译成中文（古文体）出版，为在中国传播现代科学做出了重大贡献。这些走出国门的第一代人，他们大量介绍了西方的先进科学技术，对洋务运动起了理论宣传、推波助澜的作用，他们以自己的所见所闻，向国人真实描绘了一种新的社会方式。物质层面的"睁眼看世界"刺动了中国人的改革的神经，学习西方先进的政治制度、经济文化、科学技术，已是大势所趋。然而若只是停留在技术层面的引进，中国社会落后的社会制度无法承载和孵化先进的物质生活，欲救亡图存必须改变旧有制度，从政治制度层面探索变革是一条必走之路。

（二）新的社会力量：留学生

通过这些睁眼看世界的一代人和第一批留学国外的中国学生，西学东渐的历程逐渐加速，古老封闭的中国开始意识到一种迥然不同的崭新的文明体系，西方文化的浪潮正向中国袭来，酝酿着一场更大的走向世界的选择。

1894年中日甲午战争至1912年清王朝被推翻，近万名学子为挽救民族危亡，东渡日本。鲁迅、郭沫若都是当时的留日学生。1912年至1927年，这一阶段出现了几次留学浪潮，先是留美学生逐年被派往美国，接着出现了更大声势的留法勤工俭学，其中，有先留日后赴法勤工俭学的周恩来、邓小平，有赴德求学的朱德等人，此后的革命留苏浪潮也盛极一时。

留学生对马克思主义传入中国产生了重要影响。蔡元培曾在其《〈社会主义史〉序》中提道："西洋的社会主义，二十年前才输入中国。一方面是留日学生从日本间接输入的……一方面是留法学生从法国直接输入的。"[1] 其中尤以留日学生的作用为大，中国共产党的早期成员和发起人中，留日学生占了相当大的比例：陈独秀：1901—1915年三次留日；李汉俊：1918年底留日归国；陈望道：1915—1919年留日；李达：1913—1920年间三次留日；李大钊：1913—1916年早稻田大学留学生；董必武：1914—1917年间两次留日；周恩来：1917—1919年留日；彭湃：1917—1921年早稻田大学留学生；王若飞：五四前日本明治大学留学生。[2]

留学生对中国现代文学的贡献巨大。"没有拿来的，人不能自成为新人，没有拿来的，文艺不能自成为新文艺。"[3] 鲁迅的话言中了这样一个事实：新文学是善于并勇于拿来的新人所创造的新文艺。这代际相承的新人们，多是留东或留西的留学生作家。郭沫若先生也曾泰然自若地宣称"中国文坛大半是

---

[1] 蔡元培：《〈社会主义史〉序》，载高平叔编《蔡元培全集》（第3卷），中华书局1984年版，第435页。

[2] 参见李东芳《从东方到西方：20世纪中国大陆留学生小说研究》，中国文联出版社2006年版，第9页。

[3] 鲁迅：《拿来主义》，《鲁迅全集》（第6卷），人民文学出版社2005年版，第41页。

洋务运动时期的官派留学生，摄于 1872 年 8 月 11 日，上海

日本留学生建筑成的"①，并认为，"创造社的主要作家都是日本留学生，语丝派的也是一样。此外有些从欧美回来的彗星和国内奋起的新人，他们的努力和他们的建树，总还没有前两派的势力的浩大，而且多是受了前两派的影响"②。郭沫若的观点虽稍有偏颇，但他注意到了新文学作家的留学身份与文学革命、文学现代化的关系。《中国现代作家传略》介绍的 384 位作家中，有过留学经历的达 83 位。③

现代文学史上具有"留学背景"的知识分子主要有以下几个类型：第一类是真正意义上的出国留学，大多是作为青年时期求学一部分的留学，例如鲁迅、郭沫若、郁达夫、胡适、田汉、巴金、冰心、徐志摩、夏衍、闻一多、钱锺书等。第二类在完成一定的学业后，再出国学习，留学不再完全是他们学业的组成部分，这一类例如刘半农、冯沅君、焦菊隐、徐讦等。第三类则是有出国学习、交流访问的经历，但没有固定的学校和专业，例如出国工作

---

① 麦克昂（郭沫若）：《桌子的跳舞》，《中国新文学大系 1927—1937·文学理论集二》，上海文艺出版社 1987 年版，第 138 页。
② 麦克昂（郭沫若）：《桌子的跳舞》，《中国新文学大系 1927—1937·文学理论集二》，上海文艺出版社 1987 年版，第 138 页。
③ 参见郑春《留学背景与中国现代文学》，山东教育出版社 2002 年版，第 19—34 页。

等需要而去到国外，瞿秋白、老舍等是突出的代表。

根据收集中国现代文学资料较全的《文学百科大辞典》《中国现代文学词典》《中国现代作家大辞典》《中国现代文学辞典》等书籍，在现代文学史上较为重要的300余位现代作家中，具有留学背景的竟有150位之多，其中以沿海省份浙江、江苏、福建、广东以及湖南、安徽、四川为多，这些地方人数加起来高达117人。出国留学时年龄最小的作家是陶晶孙，1906

刘半农在欧洲留学时的留影

年他随父亲去日本时只有9岁，是在日本读完的小学、中学和大学。其次是成仿吾。1910年，年仅13岁的他便东赴日本，经过长期的预科学习，1917年考入东京帝国大学造兵科就读。再就是欧阳予倩，这位后来的中国话剧运动的创始人东渡日本时也只有15岁，他曾先后在日本明治大学商科和早稻田大学文科学习，1907年加入留日学生组织的戏剧团体春柳社并参与演出中国第一个改编的话剧《黑奴吁天录》。此外，还有鲁迅、郭沫若、胡适、郁达夫、夏衍、陈寅恪、朱光潜等具有开创意义和重大影响的作家学者，在国外待的时间都比较长，有些能达到7年以上。较长时间的国外生活、学习经历，对一个以文学创作或文学研究为职业的人来说也许具有某种特殊的意义，那种潜移默化的熏陶影响和日积月累的吸收消化是许多短期留学的人员所难以得到的。更为重要的是，他们的足迹遍布世界各地，在漫长的中国历史中，这是极为罕见的，在短暂的近现代几十年的历史进程中，中国人飞速地走出国门，走向世界。

创造社成员,图中左起:王独清、郭沫若、郁达夫、成仿吾,摄于1928年

中国近现代走向世界的一代人,对中国文化进行了深刻的反思,这其中首推鲁迅。鲁迅成长的时代,正是达尔文的"物竞天择"学说通过严复编译的《天演论》风靡中国知识界,给新一代学人带来空前震撼和希望之时。正是在这种背景下,鲁迅先是进江南水师学堂,后来又进南京矿路学堂读书,在那里接触了初步的自然科学知识,1902年3月鲁迅东渡日本,开始了长达7年的留学生活。鲁迅的留学生活中,"弃医从文"的故事对他的人生和整个中国现代文化的发展都具有深远的影响。这个故事经过文学史家的反复演绎,已成为青年时代鲁迅的精神标志。鲁迅弃医从文的契机,是所谓"幻灯事件",在《呐喊·自序》里鲁迅解释了过去仙台学医的背景之后,这样写道:

我的梦很美满,预备卒业回来,救治象我父亲似的被误的病人的疾苦,战争时候便去当军医,一面又促进了国人对于维新的信仰。我已不知道教授微生物学的方法,现在又有了怎样的进步了,总之那时是用了电影,来显示微生物的形状的,因此有时讲义的一段落已完,而时间还没有到,教师便映些风景或时事的画片给学生看,以用去这多余的光阴。其时正当日俄战争的时候,关于战事的画片自然也就比较的多了,我在这一个讲堂中,便须常常随喜我那同学们的拍手和喝

采。有一回,我竟在画片上忽然会见我久违的许多中国人了,一个绑在中间,许多站在左右,一样是强壮的体格,而显出麻木的神情。据解说,则绑着的是替俄国做了军事上的侦探,正要被日军砍下头颅来示众,而围着的便是来赏鉴这示众的盛举的人们。

这一学年没有完毕,我已经到了东京了,因为从那一回以后,我便觉得医学并非一件紧要事,凡是愚弱的国民,即使体格如何健全,如何茁壮,也只能做毫无意义的示众的材料和看客,病死多少是不必以为不幸的。所以我们的第一要著,是在改变他们的精神,而善于改变精神的是,我那时以为当然要推文艺,于是想提倡文艺运动了。[①]

从"鲁迅发生史"的角度看,"幻灯事件"意义非常重大,正是它,促使鲁迅弃医从文,如果没有这一专业的"转向",也许就不会有后来的鲁迅,中国现代文学的景观将因此而大大地改观。据许寿裳回忆,鲁迅初到日本就读弘文学院时,就买了不少日文书籍,藏在书桌抽屉内,其中有拜伦的诗,尼采的传,古希腊、古罗马神话等。许寿裳这样描绘鲁迅的相貌:"鲁迅的身材并不见高,额角开展,颧骨微高,双目澄清如水精,其光炯炯而带着幽郁,一望而知为悲悯善感的人。两臂矫健,时时屏气曲举,自己用手抚摩着;脚步轻快而有力,一望而知为神经质的人。赤足时,常常盯住自己的脚背,自言脚背特别高,会不会是受着母亲小足的遗传呢?总之,他的举动言笑,几乎没有一件不显露着仁爱和刚强。"[②] 这一阶段鲁迅写了《斯巴达之魂》,翻译了儒勒·凡尔纳的科幻小说《月界旅行》、雨果的随笔《哀尘》。可以说,留

[①] 鲁迅:《呐喊·自序》,载鲁迅先生纪念委员会编纂《鲁迅全集》(第1卷),中国人民解放军战士出版社1973年版,第271页。

[②] 许寿裳:《亡友鲁迅印象记》,长江文艺出版社2019年版,第17页。

日时期的鲁迅，在面对深重的民族危机时，以一位中国青年的目光睁眼看世界，以"拿来主义"广泛吸收了外国的先进的社会理论和思想意识，对于此后走上文学道路的鲁迅来说，具有重要的影响。

在弘文学院时，鲁迅就注意到中国人的精神的问题，他与许寿裳经常讨论三个相关的问题：第一，怎样才是理想的人性？第二，中国民族中最缺乏的是什么？第三，它的病根何在？当时二十多岁的鲁迅已经将思考探入民族性这样深沉的问题上，鲁迅在日时期阅读的美国传教士亚瑟·亨·史密斯的《中国人气质》一书也起了重要的触发作用。此书于1894年在美国纽约出版，两年后日本就有译本（译为《支那人气质》）。作者根据二十余年的中国生活经验，以西方的价值观念和思维方式，对中国人的国民性做了全面的批判揭露，误读与偏见之中不无中肯犀利的分析。鲁迅刚到日本时，此书正流行于日本的知识界，鲁迅对此书产生了深刻的精神共鸣。他们认为，中国民族最缺乏的是诚和爱，换言之，是深中诈伪无耻和猜疑相贼的毒害毛病，而他们进一步分析，造成这种结果的原因有很多，唯一的救济办法是革命。选择怎样的革命？在日时期，中国已经在物质技术和政治制度两个层面有过探索和尝试，但社会的改革依旧是"死水微澜"，对于鲁迅这代人来说，最适合的莫过于文艺，是能够进行思想革命的文艺，是具有高度责任意识的文艺。《斯巴达之魂》正是这样的产物，它歌颂斯巴达的尚武精神，强调的是"魂"，强调的是个人精神的勇武。可以想见，当时二十出头的青年鲁迅慷慨激昂写下的《斯巴达之魂》，彰显了鲁迅精神剑拔弩张的风格。1903年到1907年，鲁迅陆续写下的几篇社会学论文，充分显示了鲁迅对中国社会的深入思考和疗救的意图。

1906年春，鲁迅从仙台医专退学，回到东京，开始了另一种生活。之后的三四年时间里，据朝夕相处的胞弟周作人的描述，鲁迅"过的全是潜伏生活，没有什么活动可记"①，博览群书，凝思默想，逛书店，收集书报杂志，翻译，写作，构成了他生活的全部内容。这期间，鲁迅发表了《人之历史》《科学史教篇》《文化偏至论》《摩罗诗力说》等文。在这些文章中，鲁迅吸收当时先进的自然科学、人文科学精神成果，思接千载，神游万里，追本溯源，形成了自己对人类文明史、对东西方文化、对文艺的看法，在这个基础上开出了救世良方。

《人之历史》介绍西方科学界从古至今对"人"的认识成果，向人们展示了"人"的进化历史，表明鲁迅关注的焦点是"人"，而不是一般的社会问题；《科学史教篇》从西方科学发展的历史中引出一个极其重要的教训：西方科学发达并非孤立的现象，而是人文演进的一个方面，科学不仅与人文难以割裂，而且它的发展有赖于人文的发达，因为"科学发见，常受超科学之力，易语以释之，亦可曰非科学的理想之感动"，因此，作为一位科学者，"必常恬淡，常逊让，有理想，有圣觉"。② 所以国人不可只求其枝叶，忘了根本。《文化偏至论》沿着这个思路阐发，认为科学发达的西方到了现代，文化上出现两种严重的"偏至"，一是重物质而轻精神，一是重"众数"而轻"个人"。对此，鲁迅针锋相对地提出"尊个性而张精神"的主张，并将这种主张概括为"立人"。鲁迅认为欧美强盛，无不以物质和多数向世界炫耀，其实强盛的根本还是在于人，因此要在世界上生存，和各国竞争，"其首在立人，人立而后凡事举"③；而"立人"的关键，首先在立人的"心"，即努力使人的"精

---

① 周作人：《再是东京》，载钟叔河编订《周作人散文全集》（第12卷），广西师范大学出版社2009年版，第614页。
② 鲁迅：《科学史教篇》，载鲁迅先生纪念委员会编纂《鲁迅全集》（第1卷），中国人民解放军战士出版社1973年版，第30页。
③ 鲁迅：《文化偏至论》，载鲁迅先生纪念委员会编纂《鲁迅全集》（第1卷），中国人民解放军战士出版社1973年版，第54页。

1906年，鲁迅与施霖抵达仙台后合影留念

神"变得深邃壮大，而要做到这一点，不能不依靠涵养"神思"的文学。而最能承担这一使命的，是那批"立意在反抗，指归在行动"的摩罗诗人，他们是英国的拜伦、雪莱，俄国的普希金、莱蒙托夫，波兰的密茨凯维支，匈牙利的裴多菲等，这些人无不志向远大，人格高迈，不畏强暴，骁勇善斗，秉有唤醒民众的神奇能量，即摩罗诗力，"摩罗"意即恶魔，上帝的死对头。在鲁迅看来，恶魔是人类文明进步的恩人，所谓摩罗诗人，就是被正统保守社会视若洪水猛兽的精神界斗士。鲁迅推崇这批诗人是有感于千年古国的萧条沉寂，求新声于异邦，希望打破死水一潭的僵局。在他眼里，上下几千年，纵横几千里的中华，找不出一个西方那样的"摩罗诗人"，甚至连他十分喜爱的诗人屈原都不够格，因为他的诗篇"多芳菲凄恻之音，而反抗挑战，则终其篇未能见，感动后世，为力非强"[1]。鲁迅进而发出这样的追问："今索诸中国，为精神界之战士者安在？有作至诚之声，致吾人于善美刚健者乎？有作温煦之声，援吾人出于荒寒者乎？家国荒矣，而赋最末哀歌，以诉天下贻后人之耶利米，且末之有也。"[2] 这些慷慨激昂之论，发自鲁迅内心深处，表明鲁迅决心追随西方"摩罗诗人"，做一名精神界的斗士，实现"我以我血荐轩

---

[1] 鲁迅：《摩罗诗力说》，载鲁迅先生纪念委员会编纂《鲁迅全集》（第1卷），中国人民解放军战士出版社1973年版，第62页。

[2] 鲁迅：《摩罗诗力说》，载鲁迅先生纪念委员会编纂《鲁迅全集》（第1卷），中国人民解放军战士出版社1973年版，第101页。

辕"的誓言。

鲁迅在日本度过了整整7年的青春岁月，留下了众多震撼力极强、发人深省的文章。令人惊讶的是，在这些文字中，7年的留学生涯几乎是空白，作者目光所及是西方，思虑所在是中国。归国之后，鲁迅也很少回忆那段生活，只有在少数几篇文章里略有涉及。由于特殊的人生经历和气质性格，鲁迅对社会的黑暗、历史的黑暗、人性的黑暗有深刻的理解，他不相信通过任何外在的手段能把中国改造好。唯其如此，他对维新志士提出的各种改良方案都不看好，而宁愿用"摩罗诗力"这一剂西方的猛药来唤醒国人麻痹的灵魂。他对当时留日学生一窝蜂"学法政理化工业警察"，无人问津文学艺术很不以为然。一份保留至今的"拟购德文书目"（1906）清楚地显示了鲁迅当时的精神价值取向：上列的123种书目中，自然科学（以地质、生物、医学、人种为主）、人文科学（以文学、哲学、美术为主，其中文学史、文学作品占绝对多数）平分秋色，政治、经济、法律、社会、军事等社会科学的书几乎没有。从这份购书单中，可以看到鲁迅博大的知识结构中的某种不平衡，这深刻地影响了鲁迅的思维方式，使他的注意力总是集中于事情的"内面"和"根本"，而对"外部"和"枝叶"则相对轻视。

1914年，郭沫若赴日本留学，1914年7月考入东京第一高等学校预科，与郁达夫、张资平成为同学。郭沫若回忆，"日本医学是以德国为祖，一个礼拜有二十四五个钟头的德文，此外拉丁文英文也须得学习"[①]。"日本人教语学的先生又多是一些文学士，用的书大多是外国的文学名著。例如我们在高等学校第三年级上所读的德文便是歌德的自叙传《创作与真实》……我和德国

---

① 郭沫若：《我的学生时代》，载中华文艺协会桂林分会编《二十九人自选集》，新知书店1946年版，第364页。

郭沫若:《女神》,上海泰东图书局1930年版

文学,特别是歌德和海涅等的诗歌接近了,便是在这个时期。"① 留学日本以德语为第一外国语,以歌德自传作为教材,对郭沫若走上文学道路,至关重要。郭沫若的文学翻译,往往出于对作品的钟爱与共鸣。他翻译过歌德的代表作《少年维特之烦恼》《浮士德》和歌德自传《创作与真实》等,他称赞歌德是个性全面发展的球形天才,"灵肉两方都发展到了完满的地位"②。歌德是青年郭沫若的偶像,他也像歌德一样,反抗一切压迫个性发展的既成道德,歌唱全面发展个性的"人"。郭沫若五四时期的作品,都是对真正意义的"人"的歌唱与辩护。在高等学校的三年中,郭沫若除德国文学之外,还广泛接近英、美文学和俄国文学,有点像读欧美文学专业。拜伦笔下的唐·璜,歌德笔下的维特和浮士德……都勇敢地追求爱情,追求个性发展与自我实现。这些新人、新生活对青年郭沫若的精神冲击,无异于一场心灵"地震"!郭沫若之后创作了雄浑的五四精神绝唱——《女神》,从此登上中国现代文坛,成为著名的新文学作家。

1913 年 9 月,郁达夫初入东京补习学校,一年内修完中学各课程。1914

---

① 郭沫若:《创造十年》,《郭沫若全集·文学编》(第 12 卷),人民文学出版社 1992 年版,第 66 页。
② 郭沫若:《致宗白华二札(节选)》,载姜涛主编《中国新诗总论 1(1891—1937)》,宁夏人民教育出版社 2019 年版,第 87 页。

年夏，他考入东京第一高等学校预科，正式成为官费留学生，与郭沫若是同班同学。1915年夏，预科毕业，进入名古屋第八高等学校医科，开始学习德语。1916年秋，因医科费用太大，自己又爱好文学，改入法科，1919年夏毕业。秋天，郁达夫考入东京帝国大学经济学部经济学科。在日本学习期间，他逐渐养成了每天写日记和喜欢买书的习惯，所得官费，除俭朴的生活开支外，几乎都买了书，因而阅读了大量的中外文学及哲学名著，开始接触马克思和列宁的著作，并且能直接阅读日、德、英文版图书。另外，他继续写作旧体诗，在国内的《之江日报》《神州日报》和日本的《新爱知新闻》、《太阳》杂志、《大正日日新闻》等报刊上发表，并开始练习写作白话小说，以及用日语写小说。1921年7月，郭沫若、成仿吾在日本发起创办文艺刊物。郭沫若走访当时正在东京杏云病院养病的郁达夫。三日后就在郁达夫寓所开会决定出版《创造季刊》。这就是以后成为著名文学团体"创造社"的开始。1921年年底回到上海，郁达夫开始筹编《创造季刊》第1期，同时，出版了他的第一本小说集《沉沦》，喊出了他的"救救祖国"的第一声。

1916年，田汉赴日本求学，在日本先习海军，后改学教育。但他酷爱文学戏剧，那时即有热心做一个剧作家的理想。经宗白华介绍，他结识了郭沫若，因意气相投，一见便成知己，书信往来甚多，真挚坦率地纵谈文艺、爱情、生活，探索人生真谛，彼此以歌德、席勒相期许。后来他们三人的通信公开发表，题名为《三叶集》。1922年，田汉回国，在上海中华书局任编辑，同时任教于大夏大学及上海大学，并与其妻易漱瑜创办《南国月刊》，发表了《获虎之夜》《咖啡店之一夜》《午饭之前》等剧。他还翻译了莎士比亚的《哈姆雷特》和《罗密欧与朱丽叶》，这是把莎翁的名剧介绍到中国来的第一个版本。

对中国近现代文化产生重要影响的人还有胡适，他也是中国近现代走向世界的代表性人物，在走向世界的过程中，广泛吸取了西方文化的精髓，开创出自己的思想体系。19世纪末20世纪初兴起留学热潮，胡适正是在这样的背景下赴美留学的。1910年8月，胡适作为第二批庚款留美生，先入康奈尔大学农学院学习农科。1912年初转入文学院，弃农学文。在康奈尔大学，胡适担任该校世界学生会会长，颇受校长休曼的赏识。1914年6月，胡适获得文学士学位，毕业后留在该校研究哲学。1915年9月，到纽约入哥伦比亚大学，跟该校哲学系主任、著名实用主义哲学家杜威学习哲学。1917年，胡适回国，被北京大学聘请为哲学教授，主讲中国哲学史。五四时期，作为新文化运动统一战线的成员，胡适积极投入新文化运动和新文学运动。

1918年8月14日，徐志摩乘南京号轮，从上海浦江码头启程赴美留学。与他同行的有朱家骅、李济之、张海歆、查良钊、董任坚、刘叔和等一批日后在中国现代史上颇有影响的人物。当轮船航行在浩瀚的太平洋上时，徐志摩站在甲板上，遥望茫茫的国土，眼观汹涌的波涛，耳听浪花的轰鸣。在海天一色中，他思绪万千，激动不已。8月，徐志摩在船舱中挥毫疾书了热情洋溢、大气磅礴的《启行赴美分致亲友文》，畅谈了他为中华图强、民族复兴而渡海求学的豪情壮志。从上海出发，取道横滨、檀香山，经过21天的海上生活，9月4日，徐志摩抵达旧金山。接着，他又横跨美国大陆，经芝加哥、纽约等城，最后到达马萨诸塞州的克拉克大学，就读于历史系三年级。按照父亲的安排，徐志摩出洋留学是为日后进金融实业界做准备的。此间，徐志摩的政治热情空前高涨。1920年9月，徐志摩获哥伦比亚大学经济学硕士学位，学位论文题目为《论中国的妇女地位》。但徐志摩很快就从对尼采的信奉转到对罗素的敬仰。1920年9月24日，徐志摩离开了哥伦比亚大学，赴英追随罗素去了，他准备到那里后去剑桥大学研究院读博士。游学英伦，中国少了一个政治经济学家，多了一个诗人、文人。

同样留学美国的，还有新月派诗人闻一多。1922年7月，闻一多赴美留学，先后在芝加哥美术学院、科罗拉多大学美术系及纽约学习。在此期间，除了学习美术外，他还研读西洋文学，热心于戏剧活动，同时怀着浓厚的兴趣致力于中国文学，特别是诗的研究和新诗的创作。在美国，他身经目睹帝国主义国家的种族歧视，看到"那里只有铜筋铁骨的机械，喝醉了弱者底鲜血"①，内心十分愤怒，更加怀念祖国，这个时期，他写了许多爱国思乡的诗，如《太阳吟》《忆菊》等，表达了对祖国的

闻一多在芝加哥美术学院门前留影

思念和深沉的爱。1923年，闻一多的第一部诗集《红烛》在国内出版。在美国，掩盖在物质文明后面的铜臭血腥和那"洋人"的歧视、凌辱，使闻一多愈来愈不堪忍受，他在一封家书中写道："我乃有国之民，我有五千年历史与文化，我有何不若美人者？将谓吾人不能制杀人之枪炮遂不若彼之光明磊落乎？总之，彼之贱视吾国人者一言难尽。"②怀着这种心情，他写了有名的《洗衣歌》，对身受"洋人"压迫和歧视的中国劳动者寄予了深切的同情。1925年上半年，他又写下了《七子之歌》《我是中国人》《长城下之哀歌》等诗篇，热情歌颂祖国悠久的文化传统，要求保卫祖国的独立和领土完整，对帝国主

---

① 闻一多：《孤雁》，《闻一多全集》（第3卷），生活·读书·新知三联书店1982年版，第259页。
② 闻一多：《给父母亲》，《闻一多全集》（第3卷），生活·读书·新知三联书店1982年版，第653页。

义分割中国的领土、文明古国正遭到深重的民族危机充满了痛楚与悲愤。

此外，还有成仿吾、穆木天留日，冯至留学德国，艾青、戴望舒、李金发留法，洪深、冰心、梁实秋留美，蒋光慈留学苏联，等等。中国近现代史是一部受西方列强侵略的历史，也是从接受西学东渐到主动走向世界的历史，这是一代人的选择，一代人踏上了远洋的长路，在异国他乡思索本民族社会发展的出路，这条路伴随着屈辱的艰难坎坷，走出国门，走向世界，走出一条独立尊严的道路。

二、中外文化深度交融的意义

1840年的鸦片战争，粉碎了中国千百年"天朝上国""万邦来朝"的地位和观念，列强的侵略使中国的社会性质发生了根本性的改变，古老中国再也无法延续"闭关锁国"的旧梦。一方面，国门被迫打开的局面造成了内忧外患纷至沓来，中华民族开始了更为深重的苦难历程，中国人民面临着艰难曲折的斗争之路；另一方面，外敌入侵也加快了中国融入世界的进程，促使了部分先进知识分子直视并反思中国封建社会早已埋下的种种"顽疾"，一批有识之士开始摒弃腐朽落后的思想观念，有意识地注目世界、探求新知，寻求强国御侮的路径和方法，萌发了一股向西方世界学习新技术、新制度、新思想的潮流。世界丰富的文化资源和思想资源如潮水般涌入中国，在"民族救亡"历史使命的感召下，近代中国从多个维度汲取世界文化的精粹，异质的文化因子犹如新鲜的血液赋予旧中国前所未有的生机。从"天下观"到"世界意识"的转变与发展，到对外国文学、美学、哲学的译介、理解和本土转化，从思想上接受世界文化大潮的洗礼，再到行动上走出国门、迈向世界，中华民族在与世界的碰撞和交融中，在古今中外的历史交汇点上，逐步找寻到了自身的位置和前进方向，形成了现代中国独有的、磅礴的文化气质和文化品格。从此，现代中国开始了与世界的真正交融，可以说现代中国与世界文化的第一次深度交融是从五四开始的。

（一）世界意识的萌生与勃兴

我们之所以把鸦片战争视作中国近代史的开端，不仅是由于中国的社会性质发生了根本性的改变，同时也意味着中国与世界的关系，中国看待世界的眼光和方式发生了前所未有的改变。自此，中国人在探索救亡图存道路的过程中逐步形成了世界意识，将世界纳入了中国现代文学发展的精神谱系中。在这一场场的改革中，中国的思想与文化发展始终没有得到重视，事实上，救亡中国的关键正是思想、文化的改变。在世界范围内，我们处于什么样的地位，我们需要如何发展，怎么才能改变如今的社会现状，都要在一个全新的视野和语境中讨论。我们终于意识到光靠中国社会的自我更新是不行的，要借鉴别人，向外学习，要"拿来"才能谋求发展。将世界纳入视野，意味着中国的思想文化都要经历巨大的改变，古老的中国第一次大规模地迎来了世界文化资源。

晚清时期对世界资源的汲取，构成了中国近代社会世界意识的萌芽。洋务运动与戊戌变法等革新运动不仅为中国带来了全新的知识体系和科学技术，同时也改变了人们的生活观念和文化观念，晚清时期的知识分子开始有意识地发现世界。可以说，严复是最早以世界眼光认识和思考外

严复（1854—1921）

[英]赫胥黎:《天演论》,严复译,商务印书馆1933年版

国先进文化,并试图以世界资源改变中国思想的代表之一,他所翻译的赫胥黎的政论文《天演论》对晚清乃至其后的社会、思想、文化都产生了重大影响。严复把达尔文的自然进化论模型移植到社会发展中,认为社会发展遵循的也是"物竞天择,适者生存"这一自然规律。严复之所以选择译介《天演论》,是认为优胜劣汰的进化思想能够激发中国民众奋发图强,促使国民具有忧患意识,投入救亡图存的实际行动中。他希望借此启示中国人不顺应世界形势和潮流,不积极变革,就会落后,就会失去生存的权利和作为一个民族国家的话语权,甚至面临亡国灭种的灾难。值得注意的是,严复并没有一味地挪用西方思想体系,并没有对其盲目崇拜,他意识到强者对弱者的倾轧是不人道的,是有碍于世界的整体发展和和谐共存的,他表示中国人的积极进取是为了增强自身的综合实力,而不是将其作为欺凌弱小的武器和资本,自强是为了保有一个独立自主的国家身份,是为了社会的稳定发展。可以看到,严复的世界意识为中国提供了一个现代转型的路径、方法和范式,勾勒了一个动态的演进过程。更难能可贵的是,严复还具有对西方现代性的反思精神,他并不认为西方的发展道路是唯一的选择和方向,如何将西方的发展模式与中国自身的社会结构和文化传统进行有机的融合,实现对西方文明的创造性转化,这是严复思考的一个重要命题。他认为,中国要想在世界变革的必然趋势中站稳脚跟,必须守住优秀的传统资源。也就是说,中国的现代性发展之路只

有从自身出发，结合实际国情，才能推陈出新、脱颖而出。

严复的《天演论》对于中国的思想界、学术界和文化界产生了重大影响，改变了清末民初一代人的思维方式和认知方式。《天演论》出版后，可谓风靡全国，广大青年和知识阶层竞相争购，其热烈反响是严复所未曾预料的。一时间，"物竞""天择"等词语成为报刊最活跃的字眼。维新派领袖康有为见此译稿后，发出"眼中未见有此等人"的赞叹，称严复"译《天演论》为中国西学第一者也"。

原名胡洪骍的胡适，从"物竞天择，适者生存"中择取了"适"字做自己的名字，现代历史名人陈炯明，改名为"陈竞存"，同样脱胎于《天演论》。①鲁迅也对《天演论》爱不释手，家族中有一位长辈反对鲁迅看这种新书，但鲁迅并不理睬，"仍然自己不觉得有什么'不对'，一有闲空，就照例地吃侉饼、花生米，辣椒，看《天演论》"②。

(二)"拿来主义"的态度

面对纷繁复杂的世界文化，五四知识分子主要采取"拿来主义"的态度。1925年，鲁迅在杂文《看镜有感》中就提出要以汉唐气魄，放大度量去吸纳优秀的外来文化，并实现本土的创造性转化。

> 汉、唐虽然也有边患，但魄力究竟雄大，人民具有不至于为异族奴隶的自信心，或者竟毫未想到，凡取用外来事物的时候，就如将彼俘来一样，自由驱使，绝不介怀。一到衰弊陵夷之际，神经可就衰弱

---

① 参见张志忠《百年中国大学与世界文学的关系》，《关东学刊》2019年第3期。
② 鲁迅：《琐记》，《鲁迅全集》(第2卷)，人民文学出版社2005年版，第306页。

过敏了,每遇外国东西,便觉得仿佛彼来俘我一样,推拒,惶恐,退缩,逃避,抖成一团,又必想一篇道理来掩饰,而国粹遂成为孱王和孱奴的宝贝。

无论从那里来的,只要是食物,壮健者大抵就无需思索,承认是吃的东西。惟有衰病的,却总常想到害胃,伤身,特有许多禁条,许多避忌;还有一大套比较利害而终于不得要领的理由,例如吃固无妨,而不吃尤稳,食之或当有益,然究以不吃为宜云云之类。但这一类人物总要日见其衰弱的,因为他终日战战兢兢,自己先已失了活气了。[①]

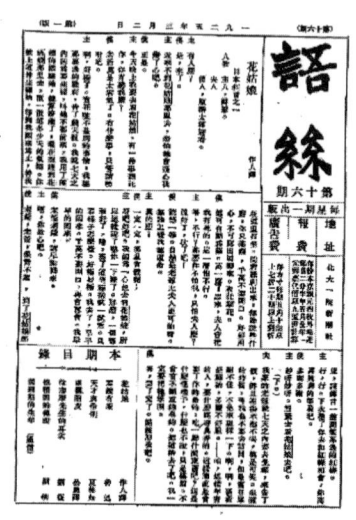

1925年3月2日,鲁迅在《语丝》第16期上发表《看镜有感》

《看镜有感》可谓鲁迅杂文中的奇文,他借助文物与历史文化、人物与历史文化的互证,发掘了汉代铜镜背后蕴藏的世态人心、精神气象和文化奥义,对"拿来主义"和"排外主义"的心理动因进行了生动形象的阐释。汉唐处于盛世,因此接纳一切外来事物时并不怀有任何的"奴才相",实力强大了,自然也就有底气了。1934年,鲁迅在《拿来主义》一文中无情讽刺了国民政府崇洋媚外,出卖民族文化遗产的投降主义,以及革命文艺阵线内部的两种

[①] 鲁迅:《看镜有感》,载鲁迅先生纪念委员会编纂《鲁迅全集》(第1卷),中国人民解放军战士出版社1973年版,第183—184页。

错误倾向,并对"拿来"和"拿来主义"两种截然不同的文化态度进行深刻的剖析,反思了中国一贯奉行的闭关保守主义的盲目无知,鼓励国民"运用脑髓,放出眼光,自己来拿",以"拿来主义"的态度开放胸襟和眼光去接纳世界文学。

> "拿来主义"者是全不这样的。
> 他占有,挑选。看见鱼翅,并不就抛在路上以显其"平民化",只要有养料,也和朋友们象萝卜白菜一样的吃掉,只不用它来宴大宾;看见鸦片,也不当众摔在毛厕里,以见其彻底革命,只送到药房里去,以供治病之用,却不弄"出售存膏,售完即止"的玄虚。只有烟枪和烟灯,虽然形式和印度、波斯、阿剌伯的烟具都不同,确可以算是一种国粹,倘使背着周游世界,一定会有人看,但我想,除了送一点进博物馆之外,其余的是大可以毁掉的了。还有一群姨太太,也大以请她们各自走散为是,要不然,"拿来主义"怕未免有些危机。[①]

鲁迅的世界文学观是理性冷静的,他关心中国文学未来的发展道路,呼吁国民"要拿来。我们要或使用,或存放,或毁灭。那么,主人是新主人,宅子也就会成为新宅子。然而首先要这人沉着,勇猛,有辨别,不自私。没有拿来的,人不能自成为新人,没有拿来的,文艺不能自成为新文艺"[②]。但从不孤立地考察中国文学,而是立足中国,放眼世界。与此同时,鲁迅的世

---

① 鲁迅:《拿来主义》,载鲁迅先生纪念委员会编纂《鲁迅全集》(第6卷),中国人民解放军战士出版社1973年版,第46—47页。
② 鲁迅:《拿来主义》,载鲁迅先生纪念委员会编纂《鲁迅全集》(第6卷),中国人民解放军战士出版社1973年版,第47页。

会稽周氏兄弟纂译：《域外小说集》，
神田印刷所1909年版

界文学观还具有超越性，他译介外国文学，并没有把目光聚焦于西方主流文学，而是积极地关注弱小民族的文学，他与周作人合作出版的《域外小说集》，其中除了译介了俄国、英国和美国文学之外，还包括波兰等不少东欧弱小民族的作家作品。我们说鲁迅的文艺和精神有一种"力的感觉"，这不仅体现在他迅猛有力的笔法和态度，还表现在他坚定不移的选择和主张，鲁迅认为翻译并不是机械的文字译介，它需要鉴别、筛选，它是时代的窗口，是通向伟大的、新鲜的思想艺术的桥梁。鲁迅正是怀着反抗的心情投身文学翻译的，他知道伟大的创造不是无根之萍，它需要有所凭借，于是他尽力做好先驱者的任务，为同代乃至后世的文学青年开山辟路。鲁迅从事翻译的目的，并非通过外国优秀的文艺作品来发展中国的文艺，而是找寻与中国所处的时代环境和面临的社会问题相似的民族文学，翻译只是作为激励民族反抗斗志的一种方法和途径。进一步说，鲁迅的一切文学活动都不是出于做漂亮的文章，不是为了过创作的瘾，而是为了切实的社会改造，他从始至终的热忱，从未松懈的精神力量全源于此。此外，鲁迅也极为重视自己作品在弱小国家的传播情况和接受程度，当得知《呐喊》被翻译到捷克后，鲁迅感到"实在比被译成通行很广的别国语言更高兴"，在给捷克译本的序言中鲁迅写道："人类最好是彼此不隔膜，相关心。然而最平正的道路，却只有用文艺来沟通，可惜走这条路的人又少得很。"① 在鲁迅的观念中，文学是一条寂寥之路，它虽然不能消弭不同民族的认知方式和思维方式，但它可以是一条河流，把人类永恒的情感和品质融汇起来，勇敢、真诚、无畏、善良、奉献，这些美好的精神会以文学的方式呈现出来，滋养着人类的心灵。

实际上，五四以来的中国现代文学与文化，处处体现着对世界文化的多方学习和借鉴。首先就是对外来文学作品的译介，林纾作为桐城派的古文大家，与人合作翻译了180多种世界文学名著。林纾的翻译别具一格，他是根据巴尔扎克、雨果、狄更斯、司汤达、斯威夫特的作品的中文口译版，用精美典雅的文言文呈现出来，可

《巴黎茶花女遗事》，1899年林氏畏庐原刻本

以说中国翻译外国文学小说是从林纾开始的。林纾的翻译方式和翻译产量在翻译界可以说是一个传奇，哪一个译者能翻译180种小说，并且包括英文、俄文、日文、法文如此多的语种？在国人对外国文学几乎一无所知的情况下，林纾翻译了大量的经典文学名著，如小仲马的《茶花女》（林纾译为《巴黎茶花女遗事》），译本1899年出版，这是林纾翻译的第一本小说，发行后广受欢迎。随后，他又翻译了美国斯托夫人的《汤姆叔叔的小屋》，也就是后来

---

① 鲁迅：《〈呐喊〉捷克译本序言》，《鲁迅全集》（第6卷），人民文学出版社1981年版，第524页。

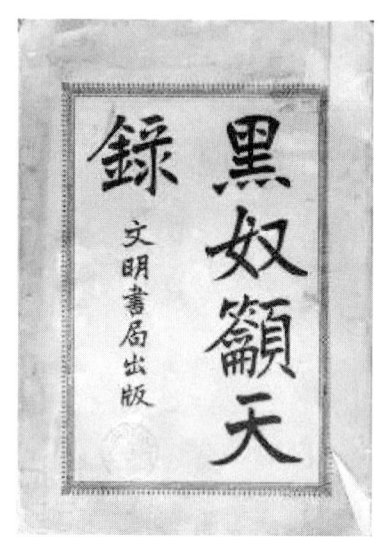

[美]斯土活：《黑奴吁天录》，林纾、魏易译，文明书局1905年版

搬上舞台的《黑奴吁天录》（1901），此外又翻译了《鲁滨孙漂流记》《福尔摩斯探案》《伊索寓言》。纵观林纾近20年的翻译历程，翻译作品从莎士比亚、狄更斯到巴尔扎克，从英国、法国、俄国到日本、希腊、美国，辐射范围之广，意义影响之大，空前绝后。林纾翻译作品并不是为了纯粹地娱乐大众，而是具有很强的现实针对性，比如《黑奴吁天录》主要是讲美国黑人在南北战争前，因为受到奴隶主的压迫凌辱而丧失人身自由，与19世纪末华人到美国务工遭受歧视虐待这一现实形成了对照。往更大层面来说，弱小者被强权者欺压，反映了清末民初中国面临列强瓜分的民族危机，有很强的现实警醒作用。

纵观现代文学的发展历程，几乎就是一段与世界文明的对话与互看、筛选与转化的历史。比如，文学研究会不仅提出了"为人生"的现实主义这一鲜明有力的文艺主张，另一个突出贡献在于提出了"研究介绍世界文学"的宗旨；创造社就成立于日本东京，本身就孕育于异域的文化背景。郭沫若受惠特曼诗歌的影响创作了《女神》；郁达夫的《沉沦》对病态心理和"性苦闷"的表现，得益于日本的私小说和现代派手法，同时，郁达夫对俄国文学也十分推崇，他认为世界各国的小说，在中国影响最大的是俄国小说，他笔下的"零余者"让人联想到屠格涅夫作品中的多余人形象。此外，王独清、穆木天、李金发、戴望舒等早期象征派诗人受到西方象征派影响提出"纯诗"的概念，强调表达诗人的主观情感，重视内心的感觉和潜意识的自我观照。但是我们也强烈地感受到，现代文学同时也是一段重新复盘中国传统文化的历史，是在与世界文明的互融中完成本民族文化现代转型和自我更生的伟大蜕变史。早期象征派诗人在向西方象征主义学习的同时也着意于考量中国传统诗歌，提出了东西方诗歌沟通的诗学理想，李金发在《食客与凶年》的《自跋》里，提出"东西作家随处有同一之思想，气息，眼光和取材"，应"于他们的根本处"，"把两家所有，试为沟通，或即调和之意"。①周作人在为刘半农的《扬鞭集》作的序文中也提出"中国的诗向来模仿束缚得太过了，当然不免发生剧变，自由与豪华的确是新的发展上重要的原素，新诗的趋向所以可以说是很不错的。我不是传统主义（Traditionalism）的信徒，但相信传统之力是不可轻侮的；坏的传统思想自然很多，我们应当想法除去他，超越善恶又无可排除的传统却也未必少，如因了汉字而生的种种修辞方法，在我们用了汉字写东西的时候总是摆脱不掉的。我觉得新诗的成就上有一种趋势恐怕很是重要，这便是一种融化"。紧接着，他以"象征"作为东西方诗歌融化的联结点："这是外国的新潮流，同时也是中国的旧手法；新诗如往这一路去，融合便可成功，真正的中国新诗也就可以产生出来了。"②

（三）世界品格的立体呈现

近代以来，中国对世界文化资源的借鉴和吸收呈现出多维度、全方位的辐射特点，不仅体现在文学译介、文学创作等方面，同时还渗透在学术研究、哲学、美学、政治学等多个领域。新文学自诞生以来已走过百年历程，而学界对这段文学史的爬梳、研究和编纂也有 90 多年的历史。如今通行的文学史

---

① 参见李金发《食客与凶年》，北新书局 1927 年版，第 435 页。
② 参见周作人《〈扬鞭集〉序》，载刘半农《扬鞭集》，中国文联出版公司 1998 年版，第 2—3 页。

体例，是被称为"现代型"的章节体文学史。严格来讲，这种呈现"搭架子"面貌的新型体例其实就是西学东渐的产物。1902年，清政府在制定京师大学堂的章程时便提出可仿效日本的《中国文学史》来编纂我国的文学史，于是在1906年，林传甲为京师大学堂所作的讲义《中国文学史》(1910年版)应运而生。西方的学术思维和研究方法固然为中国新文学史的产生和发展提供了良好的范本，但同时也应看到，我国悠久、深厚的史学传统在其中所发挥的重要作用，它以一种庄重、质朴的姿态构筑了中国现代文学的学科史，并在不同的时代环境和历史语境中焕发新的可能。

在众多的中国新文学史著作中，朱自清的《中国新文学研究纲要》(以下简称《纲要》)不仅开创了新文学史编纂的历史传统，更是承续中国古代史学传统的代表性成果。中华人民共和国成立前，我国少数大学曾开设过中国新文学史的相关课程，比如朱自清教授就曾于1929年春季在清华大学、北师大和燕京大学讲授过"中国新文学研究"。据朱自清的学生王瑶回忆，当时"他无疑受到了压力"[①]，这似乎暗指国内的政治环境，1933年以后便不再教授此课，所以课程内容只讲到20世纪30年代初期。《纲要》作为此门课的讲义，在当时并未发表，只是供学生参考使用。《纲要》保留下来的稿本共三种，据整理者赵园结合李广田先生的回忆，原稿本一种铅印，一种油印，第三种虽有部分油印，但以手写为主。1980年，赵园先生以铅印本为主，将其余两稿中剪贴补正的内容斟酌插入有关章节后在1982年发表于《文艺论丛》第14辑，并收入江苏教育出版社1993年版的《朱自清全集》第8卷。

《纲要》分为"总论""各论"两大部分，总论共三章，第一章主要讲述

[①] 王瑶：《先驱者的足迹——读朱自清先生遗稿〈中国新文学研究纲要〉》，《文艺论丛》第14辑，上海文艺出版社1982年版，第49页。

戊戌维新后的文学，可视为五四新文学的背景；第二章"经过"作为"总论"的重点，不仅介绍文学运动和文学论争，也十分重视文学社团和流派，这一章实际上是从文学革命到20世纪30年代初期的新文学发展概述；"总论"第三章分量不大却很特别，即外国的影响与现在的分野，以及附在其后的表格，将外国文学对新文学的影响单独列出，反映了新文学创立中的一个重要历史现象，对新文学的历史特征进行了探源式的观照。与同时期的新文学史编著相比较，如此突出评介外国文学影响的，朱自清是第一人。《纲要》的主体部分"各论"，共分诗歌、小说、戏剧、散文、文学批评五章。其中诗歌一章介绍最为详尽，从胡适的《尝试集》到臧克家1933年刚刚出版的《烙印》，朱自清随时列入新出现的优秀作品，并均有评述。在第五章，朱自清按篇幅分类介绍了新文学创建以来的小说成就，总体来看，这一部分选取的作家作品全面且具代表性，不仅严格品评了作品的艺术技巧，而且格外关注小说理论的发展。在谈及老舍的作品时，注意到了从《老张的哲学》《赵子曰》到《二马》，老舍讽刺技巧的愈加娴熟、妥帖，表明朱自清能以动态的眼光审视作家的创作成长。第六章戏剧部分涉及了丰富的戏剧运动，如今无论是通史型的新文学史或专史型的现代戏剧史，都偏重于作家作品的介绍，涉及戏剧运动的多方面事实，反倒少于《纲要》。因此，它至今仍不失参考的价值。《纲要》的最后一部分，将"文学批评"单独列出。从初期理论到文学研究会、创造社的文学论，再到周作人、梁实秋的重要文学批评，并且涉及了读后感与书评这类特殊体裁的批评方式，显示了朱自清对文学批评的重视以及极富创见的学者眼光，"将文学批评单独列章介绍，实为创举"[①]。

总体来看，《纲要》作为第一个成体系的、纲要性质的新文学史著作，一

---

① 黄修己:《中国新文学史编纂史》，北京大学出版社2007年版，第26页。

《申报》1872年创刊号

《最近之五十年——申报馆五十周年纪念》，申报馆1923年版（内收蔡元培《五十年来中国之哲学》）

方面，借鉴了西方学术研究中经常运用的为历史建构框架的思路和方法，总分式结构清晰明了，既依照时间顺序记载新文学的发展历程，又结合文体分类的方式对历时的纵向线索进行横向拓展，丰富了《纲要》的内容。另一方面，落实到具体的文本内容，其表述方式和对文学作品的相关评述又表现出中国传统汉学的质朴学风，即严格遵循客观事实，不以主观喜好随意臧否，在1949年以前的新文学史著作中延续了这种注重考据的治学态度。

任何文明的演进都包含着其他文明的因子，中国现代文学也是如此，它并不是一座孤岛。这就意味着它既不是单向度孕育而成的，也不是被动接受的，它也在试图探索本民族文化的传播和输出，主动融入世界文明的浪潮之中。比如林语堂的《吾国与吾民》就是一部以外国读者为主要受众，介绍中国思想文化的著作。该作又名《中国人》，著于1934年。由于存在特定的读者群，不同于类似主题理论高深、阅读困难的著作，这部作品更多地表现出漫谈式的特点。原书是作者用英文创作的，后来经郝志东、沈益洪二人将全书翻译为中文，由上海学林出版社出版。《吾国与吾民》一书的主体内容，共分为两大部分，第一部分主要介绍背景，第二部分介绍了更多具体细节。由于作者本人特定的创作态度，该书更带有一种畅销书的性质。在《吾国与吾民》第一部分中，林语堂介绍了"中国人民""中国人之德性""中国人的心灵""人生之理想"这四章内容。佛教、道教作为具有中国特色的文化现象，在"人生之理想"这一章中做了着重介绍。宗教影响着不同阶层的中国人，宗教对中国人日常生活的影响涉及多个方面。实际上，中国人的宗教观进行了本土化的加工改造，宗教观念的践行具有中国人独特的人文主义色彩。林语堂对中国人的宗教观做出了独特又细致的解读，他将中国人的人文主义概括为三个方面，一是人生最后目的之正确的概念，二是对于此等目的之不变的信仰，三是依人类情理的精神以求达到此等目的。人生真正的目的，中国人用一种单纯而显明的态度决定了，它存在于乐天知命以享受朴素的生活。尤其是家庭生活与和谐的社会关系。而一切知识之目的，在于谋人类之幸福。宗教在中国人的生活中扮演着独特的角色，对宗教进行本土化的吸收、加工和改造，构成了中国人独特的人文主义。

此外，现代文学是在一种趋向"大文化"的空气中成长起来的，除了文学，新文学的举旗人和建设者也积极引进西方的哲学思想和人文精神。比如，蔡元培在《五十年来中国之哲学》一文中指出："五十年来，介绍西洋哲学的，要推侯官严复为第一。"[①] 并用大量篇幅梳理了严复、李煜瀛、王国维、胡适、梁漱溟等学者对外国哲学的研究情况。实际上，蔡元培本人在介绍西方哲学方面做出了巨大贡献。1903 年，他由日文翻译了德国科培尔的著作《哲学要领》，由商务印书馆出版，该书分为"绪言""哲学之总念""哲学之类

---

① 蔡元培：《五十年来中国之哲学》(1923 年 12 月)，载高平叔编《蔡元培全集》(第 4 卷)，中华书局 1984 年版，第 351 页。

别""哲学之方法""哲学之系统"五章内容，涉及康德、黑格尔、哈尔多曼等重要哲学家的思想观念，其中还阐释了哲学与宗教的关系，探讨了哲学领域内诸多核心重大命题。1915 年，蔡元培编译了《哲学大纲》，由商务印书馆出版，该书包括"通论""认识论""本体论""价值论"四个方面的内容，以德国利希脱尔的《哲学导言》为蓝本，同时参考了包尔生和冯特的《哲学入门》。1921 年，蔡元培翻译的《节译伯格森玄学导言》一文发表于《民铎》杂志第 3 卷第 1 号。1924 年，商务印书馆出版了蔡元培编写的《简易哲学纲要》。蔡元培对西方哲学的关注时间早，所从事的译介和阐释工作历时长，以对纯粹的哲学，包括伦理学、美学的翻译为主，为中国对西方哲学的认识和对现代哲学的建构做出了不可忽视的贡献。

三、开放观念形成的新格局

五四期间，一代知识分子通过翻译外国文学作品、介绍外国文学作家、引入外国文学理论，为中国文学的变革提供了蓝图。在他们的努力下，新的思潮不断涌入，新的视野不断被拓展，一种现代性因素的文学体系也逐渐形成，就像有的学者所说的那样："从这里打开缺口，为新思想凿通一条传播的渠道。"[①] 新作品的翻译、新作家的介绍和新思潮的引入，这些都为新文学的成长壮大提供了思想养分。

---

① 王晓明：《一份杂志和一个"社团"——重评"五·四"文学传统》，《刺丛里的求索》，上海远东出版社 1995 年版，第 283 页。

(一)"新"作品的翻译

从晚清时期,翻译文学就已经开始逐渐进入知识分子的视野,在"师夷之长技以制夷"的目标下,以翻译出版西学书籍为主的新式译馆对西方先进的科学技术与文化进行了引入。特别是戊戌变法时期,译介西方资产阶级启蒙思想类书籍之风高涨,参与翻译东西文报纸及书籍的报馆有 30 余家,翻译从此成为沟通中西世界重要的桥梁。

到了五四时期,知识分子们对外国作家作品的介绍更是达到了新的高潮,而且不同于晚清时期的题材着重在政治小说、言情小说,五四知识分子对翻译文学的选择体现出一种现代性的眼光。他们选取的作家作品,试图以新的概念和新的思考方式改变着国人的思想行为,因此格外强调启蒙功效。这首先体现在五四新文化运动初期的外国文学译介,从一开始就是带着反思和批判"旧式翻译"的性质登场的。曾经与严复一道被誉为"并世译才"的林纾,在此时成为新文学作家们批判的对象。特别是在钱玄同与刘半农那次著名的"双簧信"事件中,林纾的翻译成为新文学的"靶子"。这种批判一方面指向对林纾所翻译的题材,刘半农在《文学革命之反响:王敬轩君来信》中这样说道:"林先生所译的小说,若以看'闲书'的眼光去看他,亦尚在不必攻击之列;因为他所译的'哈氏丛书'之类,比到《眉语》《莺花》杂志,总还'差胜一筹',我们何必苦苦的'凿他背皮'。若要用文学的眼光去评论他,那就要说句老实话:便是林先生的著作,由'无虑百种'进而为'无虑千种',还是半点儿文学的意味也没有!"[①] 批判林纾所选择的都是一些消遣之书。另一方面指向的是他翻译的方法,钱玄同在刘半农译《天明》的《附志》中,对林纾这种文言文的译法进行了讥讽:"然而如大文豪辈,方且日倡以古文笔

---

① 半农:《文学革命之反响:王敬轩君来信》,《新青年》1918 年第 4 卷第 3 号。

法译书，严禁西文式样输入中国；恨不得叫外国人都变了蒲松龄，外国的小说都变了《飞燕外传》《杂事秘辛》，他才快心。——若更能进而为上之，变成'某生''某翁'文体的小说，那就更快活得了不得。"① 从人人推崇的"翻译大家"顷刻之间沦为众矢之的的"桐城谬种"，这不是简单的林纾与新文化阵营翻译兴趣不同造成的，而是新文学登场的一次宣告：文学不再是娱乐消遣，而是担负了思想启蒙的重任。旧有的文学译介观念在新文化思潮的冲击下，慢慢消解，随之而来的是全新的译介观的形成。从五四一代人翻译的对象的转变中，我们可以更为清晰地看到这一点。

五四翻译有一个重要现象是值得我们特别注意的，那就是多数的译介者都不是单纯的译者，他们既是翻译家，也是作家，以及社会活动家，而且还精通多国语言。多重身份的加持，让他们在翻译对象、翻译方式选择上，有着不同于晚清林纾一代人的崭新面貌。比如说鲁迅与周作人合作完成的《域外小说集》，在序言开头便说道："我们在日本留学时候，有一种茫漠的希望：以为文艺是可以转移性情，改造社会的。因为这意见，便自然而然的想到介绍外国新文学这一件事。"② 这里把文学提到了一个很高的位置上，文学不再是消遣与趣味的载体，而是启蒙思想、改造性情的重要工具，因为翻译作品传达出的自由平等、民主等观念，对国民启蒙有着重要的作用。《小说月报》改革之前也有为数众多的翻译作品，但是都以"林译小说"为主，均为文言。前11卷《小说月报》先后曾刊载了林纾译的29种，总字数逾百万。而在沈雁冰参与编辑《小说月报》的第11卷后，《小说新潮栏宣言》列出了拟翻译的作品目录，后又在第12卷第1号《改革宣言》中明示"多译西欧名著使读

---

① 参见玄同《天明·附志》，《新青年》1918年第4卷第2号。
② 鲁迅：《域外小说集序》，《鲁迅全集》(第10卷)，人民文学出版社2005年版，第177页。

被損害民族的文學背景的縮圖

引言

記者

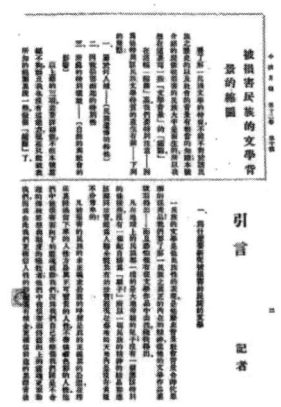

1921 年，《小说月报》第 12 卷第 10 号推出“被损害民族的文学号”

小說月報

俄國文學研究

第十二卷號外

十年九月出版

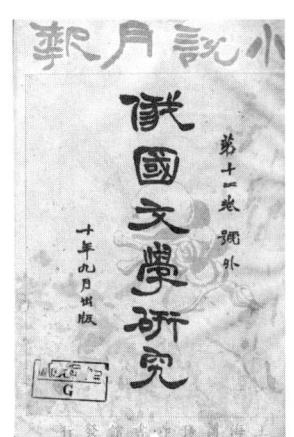

《小说月报》，1921 年第 12 卷号外“俄国文学研究”

文學的統一觀

鄭振鐸

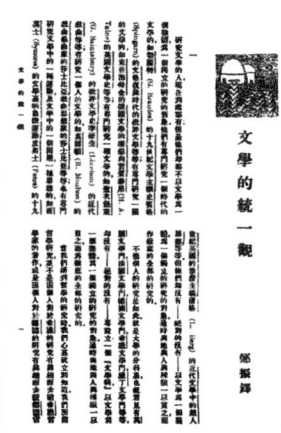

1922 年，郑振铎在《小说月报》第 13 卷第 8 期上发表《文学的统一观》

者得见某派面目之一斑”①。《小说月报》改革前就声明了自己的革新思路：“近年以来，新思想东渐，新文学已过其建设之第一幕而方谋充量发展，本月刊鉴于时机之既至，亦愿本介绍西洋文学之素志，勉为新文学前途尽提倡鼓吹之一分天职。自明年十二卷第一期起，本月刊将尽其能力，介绍西洋之新文学，并输进研究新文学应有之常识。”②《小说月报》改革后的翻译作品以现实主义作品为主，力图为新文学创作提供可供参考的经验，选择上开始出现明确的原则和目标。第 11 卷起沈雁冰被任命主持革新栏目《小说新潮》，第 11 卷第 10 号《小说月报》启事称：“自本号起，将‘说丛’一栏删除，一律采用‘小说新潮’栏之最新译著小说，以应文学之潮流，谋说部之改进。以后

① 《改革宣言》，《小说月报》1921 年第 12 卷第 1 号。

② 《本月刊特别启事一》，《小说月报》1920 年第 11 卷第 12 号。

每号添列'社说'一栏，略如前数号'编辑余谈'之材料。凡有以（一）研究小说之作法，（二）欧美小说界之近闻，（三）关于小说讨论等稿见惠者，毋任欢迎。"①而这"介绍西洋文学的目的，一半果是欲介绍他们的文学艺术，一半也为的是欲介绍世界的现代思想——而且这应是更注意些的目的"②。不仅以译作传播西方现代思潮中的现代意识，也将之作为中国文学建构的参照系。

五四时期的各类期刊作为译介文学的阵地，在引入和翻译中有着重要的作用，以民营出版机构为中心组成的传播媒介如商务印书馆、中华书局等大量涌现。这些出版机构所经营的报刊书籍大量印行翻译作品，世界文学的潮流、派别、文艺理论和各国文学史得到了比较系统的介绍。有些报刊为了集中宣传某一种新思想、新思潮以及某个作家或某个国家的文学，还开辟了专栏，比如《新青年》出刊过《易卜生专号》，《小说月报》出刊过《俄国文学研究》增刊、《法国文学研究专号》、《泰戈尔专号》等，文学研究会、创造社等新文学社团也贡献出了积极的力量。还有冰心、郑振铎、耿济之等一些文学研究会的作家们在意识到翻译文学的重要性以后，积极投入翻译工作的广阔天地中来，并不遗余力地提倡翻译文学。其他重要的社团还包括以郭沫若为代表的创造社，以胡适、徐志摩、梁实秋为主力的新月社，他们在介绍外国文艺理论和翻译诗歌方面都有卓越的贡献。创造社的文学期刊中也有大量外国文学译作，《创造》中翻译的大都是西欧作家的作品，明显带有浪漫主义色彩。创造社宣扬"我们的主义，我们的思想，并不相同，也并不必强求相同。我们所同的，只是本着我们内心的要求，从事于文艺的活动罢了"③。在《创造》《创造周报》中，翻译有歌德、雪莱、海涅、济慈、雨果、罗曼·罗

---

① 《本社启事》，《小说月报》1920年第11卷第10号。
② 郎损（茅盾）：《新文学研究者的责任与努力》，《小说月报》1921年第12卷第2号。
③ 郭沫若：《编辑余谈》，《创造》1922年第1卷第2期。

兰、惠特曼等人的作品，其中也夹杂着介绍包括王尔德、波德莱尔等人的现代主义作品，体现出与五四时期的翻译主潮明显的区别。

五四时期的文学期刊几乎都登载翻译作品，且一度数量巨大。英国、德国、法国、俄国以及日本、印度的一些文学名著，较有系统地被陆续介绍给中国读者，这帮助了中国新文学进一步摆脱旧文学的种种束缚，推动了中国现代文学的发展，也使中国文学与世界文学产生了联系。文学期刊中译作的积极推出在中国新文学建设的初期中起到了参照和借鉴作用，为新文学的文学理论和创作奠定了基础。

《创造周报》，1923年创刊号

（二）"新"作家的介绍

陈独秀在《现代欧洲文艺史谭》中介绍欧洲作家时称："三大文豪之左喇，自然主义之魁杰也；易卜生之剧，刻画个人自由意志者也；托尔斯泰者，尊人道，恶强权，批评近世文明，其宗教道德之高尚，风动全球，盖非可以一时代之文章家目之也。西洋大文豪，类为大哲人，非独现代如斯，自古尔也。若英之沙士皮亚（Shakespeare），若德之桂特（Goethe），皆以盖代文豪而为大思想家著称于世者也。"[①] 五四时期的知识分子对新文学的导向参照着西方文学发展的历史，因此五四时期的文学期刊介绍了大量的西方优秀作家，将

---

① 陈独秀：《现代欧洲文艺史谭》，《青年杂志》1915年第1卷第4号。

他们作为新文学作家的借鉴对象，而在这么多的作家里，有两个现象是特别值得我们关注的。

一个是五四对弱小民族的关注。《新青年》刊登过挪威、丹麦、波兰、印度、葡萄牙、希腊、南非等弱小民族的文学译作。《新青年》

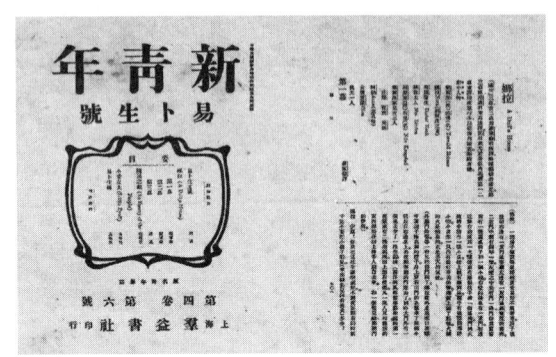

《新青年》1918年第4卷第6号"易卜生号"

第1卷第2号的"国外大事记"刊登了《巴尔干半岛之风云》和《北欧两半岛之倾向》，后续内容陆续介绍了希腊、塞尔维亚、古巴、墨西哥等弱小民族政治文化背景，向读者普及了弱小民族和国家的背景知识。《小说月报》发表了大量"弱小民族文学"译作和介绍文章。从1921年到1931年的十年间，《小说月报》除了在不同卷上刊登"弱小民族"文学译介作品外，还先后推出了一些专刊。比如，1921年10月第12卷第10号的《被损害民族的文学号》专刊，开篇就以《被损害民族的文学背景的缩图》一文介绍了六个"弱小民族"国家的背景情况，包括当时的波兰、捷克斯洛伐克共和国、芬兰、乌克兰、南斯拉夫以及保加利亚，具体内容包括这些国家被压迫的历史、人种和语言的分布情况。

鲁迅晚年谈及自己投入文艺活动的动机时，明确表示着眼于具有反抗精神的作品，说道："因为所求的作品是叫喊和反抗，势必至于倾向了东欧，因此所看的俄国，波兰以及巴尔干诸小国家作家的东西就特别多。"[①] 关于他们筹

---

① 鲁迅：《我怎么做起小说来》，《鲁迅全集》（第4卷），人民文学出版社1981年版，第511页。

办的《新生》杂志，周作人有过这样的论述："'新生'的运动是孤立的，但是脉搏却与当时民族革命运动相通，虽然鲁迅并不是同盟会员。那时同盟会刊行一种机关报，便是那有名的'民报'，后来请章太炎先生当总编辑，我们都很尊重，可是它只着重政治和学术，顾不到文艺，这方面的工作差不多便由'新生'来负担下去。因为这个缘故，'新生'的介绍翻译方面便以民族解放为目标，搜集材料自然倾向东欧一面，因为那里有好些'弱小民族'处于殖民地的地位，正在竭力挣扎，想要摆脱帝国主义的束缚，俄国虽是例外，但是人民也在斗争，要求自由，所以也在收罗之列，而且成为重点了。这原因是东欧各国的材料绝不易得，俄国比较好一点，德文固然有，英日文也有些。"[1]周作人在这里阐明了他们搜集的翻译材料倾向于东欧"弱小民族"和俄国，这些民族同中国的命运相似，都是处于殖民地或半殖民地地位，都要通过斗争摆脱帝国主义的欺压。通过筹办《新生》杂志，鲁迅、周作人对"弱小民族"文学的译介有了新的进展，进入了实质性的搜集资料准备出版阶段。周氏兄弟的《域外小说集》第一册所选作品便大多来自"弱小民族"，具体而言，分别是：波兰显克微支的《乐人扬珂》，俄国契诃夫的《戚施》《塞外》，俄国迦尔洵的《邂逅》，俄国安特来夫的《谩》《默》以及英国淮尔特的童话《安乐王子》。周氏兄弟之所以选择译介"弱小民族"文学作品，主要出于对中国历史和现实的认识，将域外被压迫民族的文学作品引为"同调"，以激发国人的民族精神，以及对压迫境遇的认识和反抗，这呼应了当时"救亡图强"的社会思潮。晚清流行的翻译作品主要来自英、美、法、日等发达国家。周氏兄弟要冒险从民众最不熟悉的那极少数的国家文学作品中选目，必然面临被冷落的风险。对"弱小民族"作家的关照是五四时期文学期刊翻译介绍的

---

[1] 周启明：《鲁迅的青年时代》，中国青年出版社1957年版，第61页。

主流。

另一个是对"人的文学"的关注。如果我们去翻阅《域外小说集》中的小说，会发现题材上与宏观的民族国家并没有太多关系，它们基本上是普通人的悲惨人生。比如说《乐人扬珂》这篇小说，就是通过描写一个羸弱儿童在乡村受到的不公待遇。里面扬珂的母亲形象也特别值得关注，她是爱自己孩子的："寄居人家，犹檐下之瓦雀，拮据度生，爱儿甚挚，第亦时扑之，且呼之曰梦人"，但是穷苦的生活也让她性格变得喜怒无常，有一次出门拾草的扬珂因为专注于倾听林中的天籁之声而空手而归时，母亲"乃操杖挞之"。而当扬珂垂死之际，她只能呼告耶稣，"悲泣失声"却无能为力。《默》这篇作品也是如此，身为牧师的伊革那支，与女儿有着深深的隔膜，女儿卧病在床以静默的方式表示反抗，后来走上自杀的道路。这些小说都并无宏观的主题，也不涉及家国仇恨，只是深入人物的内心揭示人物痛苦的灵魂。

总的来说，五四时期对作家的介绍有着明确的指向性，并非仅仅为了读者的需求，也不是根据自己的爱好，就像陈独秀所说的那样："西洋所谓大文豪，所谓代表作家，非独以其文章卓越时流，乃以其思想左右一世也。"① 《新潮》中，潘家洵翻译威斯康星大学一个学生的《炉火光里》，按语说："这件事很可以教人深思，中国的家

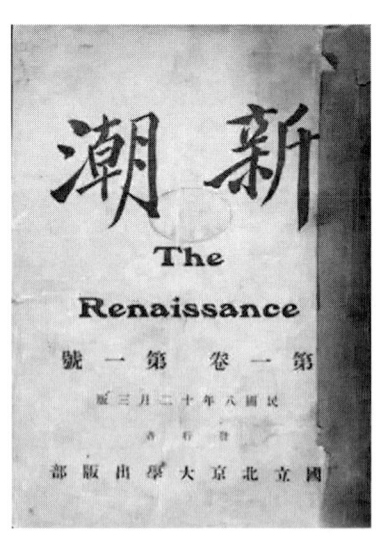

《新潮》，1919 年第 1 卷第 1 号

---

① 陈独秀：《现代欧洲文艺史谭》，《青年杂志》1915 年第 1 卷第 4 号。

庭现在已经成了一个待决的问题，将来在《炉火光里》像这一类的事情还正不知道有多少，大家何妨预先研究研究，讨论讨论定个态度对付他，免得临时没有主意呢。"[1] 这说明，五四时期文学期刊的文学作家介绍带有强烈的功利色彩，同时也体现出构建西洋文学体系的努力。

（三）"新"思潮的引入

将外国文艺作为新文学发展的模仿对象，希望给中国文学的发展提供捷径，这是五四时期引入新思潮的一个重要思路。但是，五四文学不可能将从荷马史诗到现代主义的整个西方文学都作为效法的典范，新文学作家们需要移植和引入的思潮，必须与中国的文化语境是契合的，才能够真正地落地生根，才能够真正地对中国文学的发展有所作用。这也可以解释为什么西方古典文学被引入的力度不大，而浪漫主义、现实主义、自然主义与现代主义更受到大家的青睐。同时，即便是这几种"主义"的摄取过程中，也存在着此消彼长的动态变化与调整。

从总的方向来看，以反抗、叛逆为主要特色的浪漫主义文学在新文化运动初期、中期最受青睐，五四新文化运动时期几个有广泛社会影响的杂志——《新青年》《新潮》《小说月报》《创造月刊》等，都有大量的关于英国浪漫主义和唯美主义作品翻译和评论发表。拜伦、雪莱、卢梭、歌德、尼采、惠特曼、王尔德等五四青年的偶像，几乎都是富于反抗叛逆精神的个性主义者，他们的作品多为浪漫主义或新浪漫主义（现代主义）。西方浪漫主义文学思潮对于中国现代作家个性独立意识的形成起到了极为重要的作用。创造社的青年们，甚至包括革命文学初期的作家，他们以卢梭、歌德、拜伦、雪莱、

---

[1] 潘家洵：《炉火光里》，《新潮》1919年第2卷第2号。

海涅等为自己的精神偶像。如果说，在这些欧洲浪漫主义大师的伟大篇章里，奔腾流泻的个性、情感、自我、想象……最充分地体现了18—19世纪资本主义迅速上升时期人的巨大热力和自信，那么，中国浪漫主义者则是在封建文化的末世发出了自己的青春宣告。传统文化的却情性，使中国的青年着意吸收的是西方浪漫主义文学主观性和情感性的特质，而忽略了它传奇格调、幻想趣味、宗教神秘等方面的原型特征。因此，在郭沫若的《女神》、郁达夫的《沉沦》等系列中，很容易找到它们与西方浪漫主义文学的"似"，也很容易发现它们之间的"不似"。"似"与"不似"其实不在于主题、结构、人物的模仿与借鉴，而在于浪漫主义为中国青年作家的发现自我提供了一种合法性依据。自我的情感、欲望、爆破力、扩张性，在封建文化伦理纲常的掩蔽下无法成为合理的存在，然而在西方浪漫主义的启示下，它们却找到了表达的突破口，使"五四"新文学成为一种"青春觉醒"的文学。

而到了五四浪潮的中后期，现实主义文学越来越受到重视，并逐渐成为主流。中国现实环境的紧迫性，使大部分新文学作家从一开始，就把注意力放在19世纪中叶以来的批判现实主义之上。五四初期的"易卜生热"就是一个突出的现象。易卜生的《玩偶之家》激发众多中国作家对社会问题的关注，影响所及，促成了五四"问题小说""问题剧"的一度繁荣。类似的创作还仅是现实主义的毛皮，而批判现实主义的精髓，恐怕还不在于客观写实、关注社会这一类的泛泛而谈，它应该是作家对自己所处的社会现实具有的一种本质洞察。我们看到，在资本主义较发达的欧美国家，像巴尔扎克、司汤达、狄更斯、哈代、辛克莱……这样的批判现实主义大师，他们的杰出之处是写出了金钱成为社会杠杆的那个年代的特性；而俄国社会相对滞后的情形则使它的作家如果戈理、托尔斯泰、屠格涅夫、契诃夫等人的文学锋芒直指封建旧制度走向溃灭的沉重历程。当批判现实主义传入中国以后，那些最具不妥协的批判精神的新文学作家，都不约而同地将笔触伸向了广袤的农村，并因之完成了一个实质性的发现，那就是把"乡土中国"这一触目惊心的存在揭示了出来。"乡土中国"原本是一个几千年来的实体，中国古典文学中不乏对它的诗意表现，然而只有在批判现实主义之后，作家与现实之间的这种和谐关系才不复存在，"乡土中国"也才裸露出它那布满密痕的一面。鲁迅的《呐喊》《彷徨》，第一次将"老中国儿女"精神的创伤，乡土上沉寂、喑哑的灵魂展示给世界，乡土写实派的文学继续揭示着宗法制农村的阴郁；左翼作家如萧军、萧红、叶紫、沙汀、艾芜等人笔下的乡村图景充满了令人窒息的空气；社会剖析派如茅盾、吴组缃等人的小说在剖析农村的种种危机，甚至连巴金、曹禺反映大家庭黑暗的作品，老舍描绘"都市里的乡村"——北京市民社会的小说，都或明或暗地包含了"乡土中国"的隐喻。现代文学中对悲凉乡土的观照，超越了作家的不同立场和流派，而共同闪烁着批判现实主义的锋芒。即使如左翼作家们常以无产阶级革命文学理论、社会主义现实主义修订自己笔下乡村的命运，但是他们作品中最有生命力的，仍旧是"批判"的那一部分。

由此可见，中国现代文学对批判现实主义曾经有过最广泛的接受，但它最终发掘出的社会图景，却与欧美文学有所不同。因此，说到批判现实主义对中国的影响，并不意味着"他们有的我们也要有"，最重要的，是批判现实主义改变了中国新文学作家看待世界、观察现实的基本方式，使他们找到了一条把握中国社会本质的可能途径。

作为文化与文学上空前开放的年代，五四是令人难忘且无法重复的。浪漫主义、批判现实主义、现代主义、无产阶级革命文学……西方几百年间的各种文学思潮在中国逐一走过；留日、留欧、留美……不同的留学经历改变了新文学作家的知识结构和人生体验，并在很大程度上决定了他们回国后从事创作的基本路向；活跃的翻译和出版成为引进思想资源的重要中介，即使在纷乱的战争年代，它们也没有被中断。更为难能可贵的是，彼时文学家多元主义的眼光——他们并没有在强势文化的后面亦步亦趋，而是自觉关注那些处于边缘地带的"弱小民族"的文学：东欧的小国波兰、捷克、匈牙利……它们的文学作品曾为中国最伟大的文学家所重视、所翻译。历史所赋予的现代文学的这种开放性，是近代甚至当代文学也无法比拟的，这种形式极大地推动了中国文学发展变革历程，催生了五四新文化运动和文学革命。

四、以"现代中国"融入"世界版图"

五四之后，新文学始终保有一种努力融入人类文学、融入世界文学的势头，让中国文学参与到世界文学当中，让中国文化屹立于世界文化之林。这一方面体现在五四新文学作家始终保有一种世界性的视野，能够吸收外国文学文化的精华为我所用，推动中国文学走向现代化、走向世界；另一方面则体现在五四本身就是一场先锋文化运动，它以反传统的文化立场、融入世界的迫切心态以及立足当下的时空观念争取"现代中国"的生存空间，以现代的姿态融入世界的版图。

（一）五四借鉴西方的革新意识

五四一代知识分子不遗余力地批判传统文化，批判旧文学，倡导科学与民主等新观念。从本质上说，这仍然是中国传统载道精神的现代再生，延续了中国文人自古以来"天下兴亡，匹夫有责"的使命意识。但五四那代人身处中西文化交流、冲击的重要历史拐点，他们率先走向世界、与时俱进，较早地接触和理解新的世界局势，并以此为参照，提出改造世界的方案，批判传统旧中国的封建愚昧、君权专制，强调只有打破落后民族的一切樊篱和障碍，才有可能真正实现让中国融入"世界"这一新的天下格局，具有强烈的革新意识和先锋精神。

五四新文化运动是与整个世界大潮同步的。在第一次世界大战前后，欧洲各国都出现过不同规模的先锋运动，这些运动的共性在于批判资本主义文化传统，批判市民社会的平庸姿态和固化的审美态度，提倡以特立独行、惊世骇俗的艺术手法表达鲜明的政治文化诉求。五四新文学的批判性和反叛性接近这类先锋文化运动的姿态，但五四新文学并不是在世界性先锋文化运动的影响下发展起来的，它在批判传统的同时，又不可避免地受其影响。可以说，五四新文学本身就是顺应世界历史大潮的一次先锋文化运动，其民族性和世界性是融为一体的。欧洲的先锋文化运动是资本主义物质文明和民主政治高度发展的产物，而五四新文化运动则是在中国君主专制崩溃、新的民主政治体制还没有健全形成的真空地带爆发的思想文化运动。在五四新文学、新文化运动同时代发生的，是第一次世界大战，是苏维埃政权的建立，是欧洲资本主义体制的衰弱。在这样的世界局势下，中国自身传统君主专制政体的残余、资本主义政治革新体制的衰弱、新的社会主义体制的尝试以及各类思想文化潮流同时爆发，构成了相对复杂混乱的思想文化背景，推动了五四新文学的发生发展，推动了文学文化的革新。

新旧转型是"新诗"与生俱来的特征。鸦片战争之后，中国被迫打开国门，中国社会由传统农耕社会向半殖民地半封建社会转型，诗歌创作自然也随之大变。晚清维新变法追求的是政体政法上的"新"，新文化运动追求的是文学文化和思想启蒙的"新"，"新诗"的"新"自然也是紧随时代发展大势意义上的"新"，意味着中国诗歌的一种全新的本质追求，一种根本变化的文化气象。

闻一多在评价郭沫若的《女神》时，曾特别强调新诗的"新"："我总以为新诗径直是'新'的，不但新于中国固有的诗，而且新于西方固有的诗；换言之，他不要做纯粹的本地诗，但还要保存本地的色彩，他不要做纯粹的外洋诗，但又要尽量地收吸外洋诗底长处；他要做中西艺术结婚后产生的宁馨儿。"① 中国现代新诗与传统诗歌相比，一个显著不同就是受到西方世界的影响，这使新诗在西方艺术和现代思潮的双重影响下获得了现代之思。中国现代新诗的倡导是社会剧烈动荡的产物，中西融通的时代背景把新诗创作及其思考拓展到了一种全新的、更为广阔的语境中。正是因为有了多维视野、多重元素的参照，现代新诗才有了跨文明的包容气质。

"新诗"变革是一个世界性的大潮，革新精神是世界文学向前发展源源不断的动力。20世纪初期，从白话文运动开始，中国诗歌掀起了新一轮变革。与此类似，美国在20世纪初期出现了新诗运动，日本明治维新后也出现了"新诗"，欧洲文艺复兴之后尤其是"二战"以后，新诗也成为重要的文学发展趋势。因此，中国的新诗运动构成了世界新诗运动的一个组成部分。早期美国文学受到英国文学文化影响深远，19世纪就有爱伦·坡、惠特曼等人通过自己的诗歌创作向美国诗歌传统发起挑战。到了20世纪初期，打破传统诗歌形式、提倡自由诗风成为诗歌创作的新主张，并逐步为20世纪美国诗歌的发展确立了方向，随后的"垮掉派"、"黑山派"、"自白派"、"纽约派"、新现实主义、新形式主义等风格流派在这一时期突出体现并逐步奠定了美国新诗自由叛逆的特色。美国新诗运动受到外来影响的因素很复杂，从根本上来说，英国诗歌对于美国诗歌而言虽然是异国的，但并非外来的，美国诗歌一直以来就是在英国诗歌的影响下发展起来的，但英诗最终成为其不得不接受但又

---

① 闻一多：《女神之地方色彩》，《创造周报》1923年第5号。

努力摆脱的"传统"。

中国新诗创作的先驱者之所以能跳出旧诗词的窠臼并终于创作出"真正的白话新诗",翻译英美诗的作用功不可没。英美诗歌的节奏和格律形式与中国诗歌有很大不同。在翻译英美诗歌时,由于我们无法打破语感氛围与习惯对作家的影响,因此无论是想要只忠实于原诗的内容,还是想要兼顾诗的内容与形式,因循自我的诗歌形式是行不通的,而不得不进行词汇和句式的革新。在中国传统文化与外来文化的双重影响下,五四新诗人感到了变革的重要性,新诗人深受欧美自由体诗风的影响而热烈追求新诗的"自由化"。自由体诗歌不受传统格律的约束,诗人完全可以根据诗歌的内容和情感自由创作。自由体诗歌一方面刻意排斥传统旧诗词的格律形式,另一方面又无法完全脱离旧体诗词的窠臼和束缚,其节奏更多地体现在口语自然以及韵律上的音乐美。自由体诗作为一种全新的诗歌形式,将新诗与旧诗完全区分开来。个性和自由构成了新诗发展的基本质素,而革新精神则成为新诗在生成之初最鲜明、最强烈的时代印记。

(二)五四融入世界的迫切心态

五四新文学的先驱们在融入世界的过程中面临两大文明参照系:一是保守封闭、失去弹性和自调功能的封建传统文明,二是开放进取、充满创造力和活力的西方现代文明。在现实中则具体体现为坚船利炮和万里长城的对抗和冲突,结果是坚船利炮轰到了万里长城脚下,强烈的危机意识笼罩在中国新一代文化精英的心头。

走向世界的迫切性,使五四新文学运动的先驱们睁眼看世界时,没有选择崇高静穆的黑格尔式美学体系,也没有选择冷漠绝望的巴尔扎克式文学模式,他们直接以焦虑不安、冲突激烈的西方现代主义文学作为蓝本。鲁

《阿Q正传》连环木刻插图之一，赵延年作品

迅"别求新声于异邦"，呼吁"世界日日改变，我们的作家取下假面，真诚地，深入地，大胆地看取人生并且写出他的血和肉来的时候早到了；早就应该有一片崭新的文场，早就应该有几个凶猛的闯将！"① 他率先译介厨川白村的文艺理论著作《苦闷的象征》，在这本书的引言中，他提出，要有天马行空般的大精神，才能产生大艺术。《狂人日记》作为一份最激烈的向传统文化宣战的檄文，体现着高度的安特莱夫式的象征主义色彩和浓厚的弗洛伊德式的心理分析意味，以及鲜明的尼采式的超人精神。散文诗集《野草》则处处散发着波特莱尔象征主义的气息以及梅特林克的神秘氛围。深刻剖析国民性的《阿Q正传》更是充溢着种种荒诞情调，游荡着缕缕迷惘的愤世嫉俗之魂，现在读起来，不难使人想起咏叹人之失落的存在主义。创造社领袖人物郭沫若更是深受西方现代文学的影响，他强烈要求思想启蒙，要求个性的独享自由，迫切引进吸收各种各样的西方文艺思潮。他那自由浪漫、个性鲜明、传达着五四最强音的诗歌《女神》，处处是激情，处处是象征，处处是迷惘，这一切就构成了闻一多在《女神之时代精神》中所说的"郭沫若君底诗才配称新呢，不独艺术上他的作品与旧诗词相去最远，最要紧的是他的精神完全是时代的精神——二十世纪底时代的精神"②。郭沫若在《我的作诗的经过》一文中提及

---

① 鲁迅：《论睁了眼看》，《鲁迅全集》（第1卷），人民文学出版社1981年版，第241页。
② 闻一多：《女神之时代精神》，《创造周报》1923年第4号。

惠特曼对他的影响："惠特曼的那种把一切的旧套摆脱干净了的诗风和五四时代的暴飙突进的精神十分合拍，我是彻底地为他那雄浑的豪放的宏朗的调子所动荡了。"①茅盾是西方各种现代主义文学观最早且贡献最大的介绍者。早在1919年，他就翻译了象征主义大师梅特林克的名剧《丁泰琪之死》。他在改革后的《小说月报》上发表的《小说新潮栏宣言》中宣告"新派小说的介绍，于今实在是很急切的了"②。因此，他连着发表《表象主义的戏曲》《未来派文学之现势》《霍普德曼传》《霍普德曼与尼采哲学》等文章。他把西方现代主义看作

《阿Q正传》连环木刻插图之一，
赵延年作品

"新浪漫主义"的新思潮，强调新思潮是新文学的源泉，而新思潮则需要借助新文学的宣扬才能更为广泛地传播。1918年，胡适有感于中国当时的文人不懂得何为"短篇小说"，指出当时文学界仅靠篇幅的长短界定是不正确的。在《论短篇小说》一文中，胡适运用西方短篇小说的特征和概念来为中国新文学的"短篇小说"做理论规范，强调这一文体在文学上是有一定范围，也是有特殊性质的，"短篇小说是用最经济的文学手段，描写事实中最精彩的一段，或一方面，而能使人充分满意的文章"③。

个人和个体成为文学创作关注的重心，"人的文学"观念逐步确立，文

---

① 郭沫若：《我的作诗的经过》，《质文》1936年第2卷第2期。
② 《小说新潮栏宣言》，《小说月报》1920年第11卷第1号。
③ 胡适：《论短篇小说》，《新青年》1918年第4卷第5号。

学写人、写人与自然的关系、写人与社会的关系成为新的话题和潮流。五四新文学是从中国几千年传统文学自然发展而来，更是世界性文化与文学相互渗透、碰撞、融合的结果，这意味着无论是立人思想还是人的文学观念，都是西方文明与传统文化、个人觉醒与社会批判相结合的产物。世界意识的强化在某种程度上消解了国家、民族、集体所代表的强势话语，使个体、个人、个性得以摆脱束缚、得到成长。如从周作人人的文学观的具体建构来看，他一方面坚持个体层面的个人本位精神，另一方面在整体层面有着世界人类的立场和追求。正是这种世界色彩使人的文学观念具有了新的理想主义的时代特征，同时暗含着现实层面民族社会改造的诉求，从而深刻地影响着现代文学发生发展的面貌和走向。

（三）五四立足现代的时空观念

五四在纵横交错、变化莫测的时空之轴上留下了难以磨灭的深深印痕，它是中国人精神世界发生现代转向的原点，是中国人命运与世界格局发生深刻联系的关键节点。作为那场爱国政治运动、思想文化运动、社会改造运动的历史主角，五四启蒙思想家有着深邃的、旷远的时空意识，这种立足当下的深远的时空意识有着强烈的现代观念与宽阔的世界视野，致力于推进中国现代化，致力于追寻世界进步潮流，致力于建构面向现代、面向世界与张扬个性的中国新文化。

五四运动的"总司令"、新文化运动的主要倡导者陈独秀有着强烈的现代化时间观，这一时间观建立在受到进化论影响的时代感与现代意识的基础之上，体现在陈独秀尤为注重"当下"的意识。他在1915年9月创刊的《青年杂志》发刊词《敬告青年》一文中即以时间开宗明义，新陈代谢乃是社会发展的基本规律，凡是腐朽陈旧的必将被淘汰，而将时间和空间让给新鲜活泼的新生力量。他立足于中国在 20 世纪的生存处境，表示"吾宁忍过去国粹之消亡，而不忍现在及将来之民族，不适世界之生存而归削灭也"①。陈独秀表示宁愿忍受传统国粹的消亡，也不想看到现在和未来民族的被淘汰。因为过去的光辉灿烂已然逝去，立足于世界民族之林则意味着未来和希望，仍需当下不断进取。

蔡元培从过去、现在、将来的时间之维阐释文化教育，他要求教育以"担负将来之文化"为高尚理想，教育不是一蹴而就的事业，不是能在短期内见到成效的

蔡元培（1868—1940）

事业，教育绝不能以保存固有的文化为目的，而应该以更进一步为理想。他认为人类对时间流转、过往历史要有着自觉意识，人类文明的进化速度要远超于其他物种，因为人类文明的发展已经有长久的历史积累，所谓历史，能够压缩若干人以及漫长时间里的记忆为一组，构成继续进步的基础。在蔡元培看来，漫长的历史从来不是负担，而是推动人类更快发展的动力。他还于 1922 年为萧子昇《时间经济法》一书作序时批评了国人不爱惜时间，他说："'时哉勿可失'，'时乎时乎不再来'，吾国爱时之格言如此类者，不胜偻举矣；而吾国人乃特以不爱时著名于世界，应酬也、消遣也、耗时间于无用之地者，不知几何人，其或朝夕力行，每日在八时以上，且无所谓休息日者，宜若可以纠浪费时间者之失；而核其效率，乃远不及他国人八时以下之

---

① 陈独秀：《敬告青年》，《青年杂志》1915 年第 1 卷第 1 号。

工作。"①这是从个体的角度进行更为微观的考察，批评国人将大量的时间耗费在应酬、消遣等没有意义的地方，即便表面看上去劳动的时间更长，但实际效率却比不上他国不足八小时的工作内容。

　　胡适在新文化运动前夕也曾专门考查过"时间"的概念，从英文翻译的角度，"时间"的"时"对应英语中的 time，而"时间"的"间"则对应英语中的 space；从中国传统典籍的角度，《墨子·经上》说"有间，中也。间，不及旁也"，意思是说一个东西有"间"，指的是它的中间位置而言，不与夹着它的东西的边缘相接触，讲的是物体空间位置的关系。所以把"时"和"间"这两个字合用是不合适的。他进一步列举蔡元培翻译《哲学要领》中的表述，将"宇"翻译为 space，将"宙"翻译为 time，又称为空间及时间，这也恰恰与《淮南子·齐俗训》中所说"往古来今谓之宙，四方上下谓之宇"相合。在这种中西对照之中，胡适强调，自古以来"时间"和"空间"的概念就是有所区分的，不可混为一谈。他主张"历史的文学观念"，"一言以蔽之，曰：一时代有一时代之文学。此时代与彼时代之间，虽皆有承前启后之关系，而决不容完全抄袭"②。在这一时空观念的影响下，他要求文学要追随时代变迁的潮流，与时势共振，与时代同行，要立足当下，更要放眼未来。他在谈到近代文学时指出："中日之战以后，明白时势的人都知道中国有改革的必要。这种觉悟产生了一种文学，可叫做'时务的文章'。那时代先后出的几种'危言'，——如邵作舟的，如汤寿潜的，——文章与内容都很可以代表这个时代的趋势。"③他在上海求学时关注到那时出版的《时报》，称自己在青年时期受到了《时报》许多好的影响，但随着时间的推移，随着时代大势的改

---

① 蔡元培：《〈时间经济法〉序》，载萧子昇《时间经济法》，商务印书馆1931年版，第1页。
② 胡适：《历史的文学观念论》，《胡适全集》(第1卷)，安徽教育出版社2003年版，第30页。
③ 胡适：《五十年来中国之文学》，申报馆1924年版，第26页。

变,《时报》所倡导的很多精神都不再适用了,当年所谓的新思想新内容,如今都已经成了旧习惯。

五四新文学的世界性立足于时空观与进化观的结合,它们都表达了迈向现代、放眼未来的思想。"个人有个人之青春,国家有国家之青春",放眼未来具体到我们国人的生命个体,就是寄希望于青年,就是呼唤每一个国民的青春心态和青春气息,放眼未来、放眼国家民族整体,就是寄希望于恢复民族活力,就是寄希望于再造青春中华、再造少年中国,就是寄希望于以青春之国融入世界之版图。

《时报》,1927年12月27日

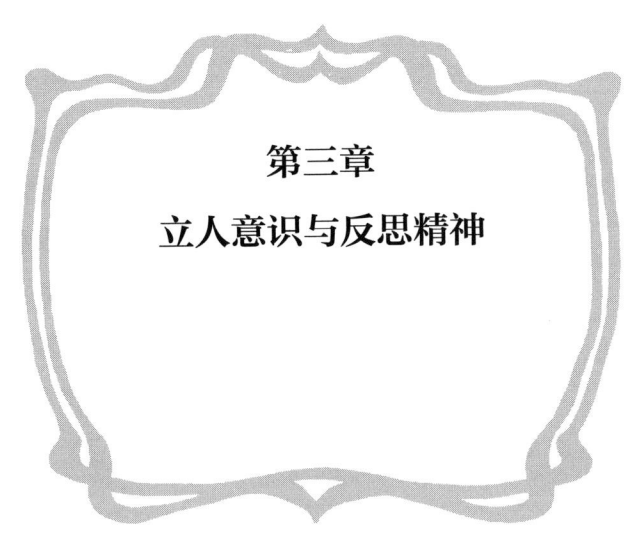

第三章

立人意识与反思精神

近现代中国社会保守与落后的事实，让一批觉醒了的知识分子开始思考中国命运问题，找寻挽救民族危亡的途径。新文化运动是中国近代史上一次实质意义上的思想启蒙运动，也是一次全面深刻的文化反思运动。它以近代西方文化为参照，对传统文化进行全面省视，对其中不适应现代生活的内容进行毫不留情的揭露和批判。而在这一过程中，新文化运动取得的成绩和达到的高度，也是近代中国文化反思达到的高度。其中，自梁启超的新民思想、严复的"三民说"、章太炎的民族与社会政治思想、邹容的"革命先去奴隶之根性"的思想，乃至后来鲁迅明确提出的"立人"追求，都将变革重点放在了"中国人"的身上。"立人"就是结束封建思想和封建礼教对人的束缚和压迫，使每个人都成为具有独立精神的实体。"立人"思想来源于鲁迅等一大批知识分子对近代中国社会和文化的仔细观察与认真反思。鲁迅在对近代中国进行观察和审视的过程中逐渐发现了中国封建传统文化的虚伪本质，指出它是"奴性的文化"，是导致中国社会发展缓慢，造成大众虚伪、冷漠、麻木等民族心理特点的重要原因。"立人"思想的诞生蕴含着鲁迅对个人与他人、与民族、与人类之关系以及现代与传统、与未来之关系的深刻理解，这些又内化为他对国民性的批判和对理想人格的追求。

一、为什么是鲁迅？为什么在日本？

如果说在中国文化的现代转型中，"人的问题"始终都是思想文化聚焦的中心和重点，那么鲁迅所提出的"立人"思想主张，则是这个重心的重心，今天我们一旦提起"立人"精神，总是不得不从鲁迅说起。然而对"国民性"和对于"立人"的思考其实是整个五四的重要命题，并不是鲁迅一人独有的思考，那么今天为何我们一提到立人，却总是要从鲁迅谈起？或者更进一步地问，为什么是在日本时候的鲁迅？

（一）为什么是鲁迅？

五四一代人对本民族的反思，是在强烈的民族屈辱体验当中开启的。事实上，批判国民性，如何立国、立人不仅仅是鲁迅所特有的思考，而是压在五四一代人身上共同的思想命题。早在1902年，梁启超在《新民丛报》上连载的《新民说》中提出"我祖国民性之缺点，不下十百"[①]，包括没有公德、无国家思想、无进取冒险性质、无自尊性质等，特别是由于为国为民的"公德"缺位，导致为己的私德膨胀。因此，在面对列强的欺辱打压的时候，中国人民输的不仅仅是国力，更是民族性的缺失。关于国民的这些缺陷，孙中山也有自己的看法。他指出辛亥以来"国中多故，共和政治屡受暴力摧残；虽由于武人专横，亦因国中大多数之劳动界国民不知政治之关系，放弃主人之天职，以致甘受非法之压制凌侮而吞声忍气，莫可如何"[②]所致。在孙中山看来，想要进行伟大政治的改革，离不开对每一个国民的精神改造，因此要致力于改变广大国民因长期受封建专制统治而形成的奴性愚陋、懦弱、散惰等习性。只有这样，才能铸造出共和民国的一代新国民，中国也才能跻身于世界先进之林。因此，孙中山把"改造人心，除去人民的旧思想，另外换成一种新思想"

---

① 梁启超：《新民说·论毅力》，《梁启超全集》（第3卷），北京出版社1999年版，第706页。
② 广东省哲学社会科学研究所历史研究室等合编《孙中山年谱》，中华书局1980年版，第241页。

当成是"国家的基础革新"工程来对待。①

但无论是梁启超的启蒙思想也好,还是孙中山的国民精神改造也好,他们都是从政治性的视角、以国家建设为目的展开的。个体的"人"是作为整体国家的"民"来受到关注。因此,我们看到梁启超和孙中山的思考都带有某种顶层设计的性质,"个体"问题的解决是在与"群"的关系中得到解决的。而鲁迅则不一样,他对立人意义的开掘,从国民之"人"潜沉到了个体之"我",返回到人的自我意识的觉醒,此时的"人"具有了一种独立的价值归属。

在日本留学时的鲁迅

这种变化或许与鲁迅的"民间"视角有着一定的关系。不同于梁启超和孙中山,鲁迅从人生经历也好,从关注的视角也好,他切身的痛点首先是来自每一个人的精神困境,而不是国家层面的政治危机。"家道中落"的经历让他看透了人性的凉薄,这也让他在面对问题和思考问题时,能够更加直接地进入最本质的每一个阿Q、每一个祥林嫂、每一个华老栓的人生境遇。因此,鲁迅对民族问题的思考,是从每一个普通个人的人生遭遇中滋生出来的,中国的危机是落到每一个具体的人实际人生来承受的,而比起现实困境更严重的,是每个人在思想上的精神困境。

鲁迅对"人"的思考之所以深刻,还有一个重要的原因,那就是他不是

---

① 参见中山大学历史系孙中山研究室等合编《孙中山全集》(第8卷),中华书局1986年版,第572页。

从理念出发，而是从我们每个人日常的场景和细节出发，比如他在《范爱农》里提到这样一个场景："不料这一群读书人又在客车上让起坐位来了，甲要乙坐在这位上，乙要丙去坐，揖让未终，火车已开，车身一摇，即刻跌倒了三四个。我那时也很不满，暗地里想：连火车上的坐位，他们也要分出尊卑来……"① 从让座这样一个细节就看出中国人骨子里的等级性和奴性，鲁迅的观察可以说是鞭辟入里。更重要的是，他对人性的体察还瞄准在了自己的身上。在《范爱农》的后半段，鲁迅又提起了这些当年在列车上让座的这群人："说起来也惭愧，这一群里，还有后来在安徽战死的陈伯平烈士，被害的马宗汉烈士；被囚在黑狱里，到革命后才见天日而身上永带着匪刑的伤痕的也还有一两人。"② 这里达成了双重的批判意义，曾经被自己看不起的人都为国捐躯，而自己却在蔡元培的帮助下成了国民政府的教育官员，这些人或许身上有奴性，"我"又何尝不是呢？

（二）为什么在日本？

回过头来看，20世纪之初，为什么是鲁迅一帮人在日本提出立人的问题，而不是在欧美留学的一帮人？是什么力量决定鲁迅等留日知识分子在这一时期形成了这一思想模式并将思考重心转向"人"呢？

我们都知道，最初的一批重要而有影响的作家几乎都有着留学国外的人生经历，他们是走向世界的一代人。这是当时整个世界文化背景所决定的，也是与中国近代相当一批重要作家个体的人生道路密切相关的。"留日派"和"留欧美派"从对待文学的形式与内容的态度来看，都鲜明地显示了各自的追

---

① 鲁迅：《范爱农》，《鲁迅全集》（第2卷），人民文学出版社2005年版，第323—324页。
② 鲁迅：《范爱农》，《鲁迅全集》（第2卷），人民文学出版社2005年版，第324页。

求和偏执。在如何对待文学所反映的对象这个既属于理论又富于实践的重要问题上,当时中国的新文学作家,不管来自何方,都比较一致地认为,应该把当时国人的苦难与不幸作为文学作品主要描写和揭示的对象。但"欧美派"作家却多是以客观叙述者的角度来表现社会和别人的不幸的,这多少带着一点旁观者的味道。从胡适、徐志摩,及至闻一多的某些诗作中都可以看出,他们反映社会问题的总体倾向是比较客观冷静的。而"留日派"作家则在反映社会与人生不幸的时候,首先触动的是其自身痛苦的神经,他们与其说是在展示社会与别人的苦难,不如说是在着重倾吐他们自己心中的悲愤和不平,显然他们是对自身所受到的压抑和歧视更为敏感、更为激越!所以他们在描写社会生活时往往带着炽热的主观激情,有时甚至伴随着一种偏执。实际上,这并没有歪曲客观真实,而是对客观现实生活的一种情绪化反映,是另一种层次的真实——情感的真实。因此,普遍的情绪发泄,高层次的情感真实,客观表现的主观化,这些就构成了"留日派"作家带有自身根本性的理论主张和创作特质。这是既不能用浪漫主义思潮来简单概括,也难以纯粹从个人生活经历方面来进行阐释的,它是一种社会生活与理论潮流、个人经历与时代发展交织在一起的综合性的复杂情态。这一点往往被人们忽视以至曲解了。郭沫若就曾这样说到徐志摩这些欧美派与郁达夫的分歧:"他(郁达夫——引者注)那大胆的自我暴露对于深藏在千年万年的背甲里面的士大夫的虚伪完全是一种暴风雨式的闪击,把一些假道学假才子们震惊得至于狂怒了。为什

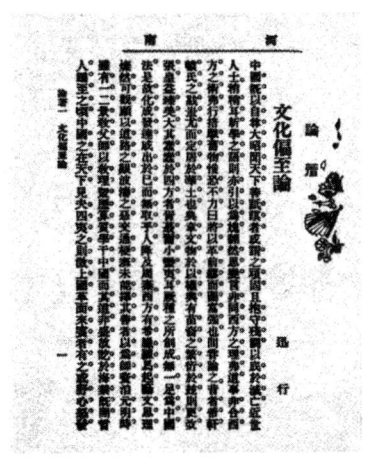

1908年8月,鲁迅在《河南》杂志上发表《文化偏至论》

么? 就因为有这样露骨的真率,使他们感受着作假的困难。于是徐志摩诗哲们便开始痛骂了。他说:创造社的人就和街头的乞丐一样,故意在自己身上造些血脓糜烂的创伤来吸引过路人的同情。这主要就是在攻击达夫。"① 这番话不仅说明了徐志摩根本不理解创造社作家的内心世界,而且这种不理解也恰恰表明了"欧美派"作家与"留日派"作家在对待如何反映生活、如何表现自己等一系列问题上的重要区分。

因此,比起欧美派的留学生来说,五四时期的留日派他们在异国不仅有文化差异带来的体验,还有生活需求最基本的生存体验,这些会让他们更加容易关注到个体的困境,思考个人的觉醒。更何况日本在近代崛起之前的背景与中国社会具有很强的相似性,同样是面临西方的侵略,同样是遭遇内忧外患的民族危机,但是日本通过明治维新迅速地完成了自己的改革,实现了国家和民族的自强和崛起。这给了在日留学生一种鼓舞,也让他们自然而然地去进行"效仿":日本的崛起是如何发生的?日本启蒙思想家们对"内在精神"的推崇给予了他们重要的启示,福泽谕吉强调培养人之独立、自由、平等、开放、进步、实用、理性、科学等"文明的精神"的重要性:"人人独立,国家就能独立","国人没有独立的精神,国家独立的权利还是不能伸张"。② 这种从"人权"到"国权"的路径,与鲁迅立人思想的"是故将生存两间,角逐列国是务,其首在立人,人立而后凡事举"③ 十分贴近。

---

① 郭沫若:《论郁达夫》,《人物杂志》1946年第3期。
② [日]福泽谕吉:《劝学篇》,群力译,商务印书馆1984年版,第14页。
③ 鲁迅:《文化偏至论》,载鲁迅先生纪念委员会编纂《鲁迅全集》(第1卷),中国人民解放军战士出版社1973年版,第54页。

（三）如何立人？

首先，鲁迅对于立人问题的思考逻辑，起点在于要知道"什么是吃人"。《狂人日记》里的这段话多次被引证："凡事总须研究，才会明白。古来时常吃人，我也还记得，可是不甚清楚。我翻开历史一查，这历史没有年代，歪歪斜斜的每叶上都写着'仁义道德'几个字。我横竖睡不着，仔细看了半夜，才从字缝里看出字来，满本都写着两个字是'吃人'！"[①]鲁迅这里借一个"疯子"之口把"吃人"的问题提了出来，既有实指，也是象征：历史上确实有过饥荒时节人吃人的骇人事件。鲁迅在给好友许寿裳的信中就说过："偶阅《通鉴》，乃悟中国人尚是食人民族"[②]，但在更深层的意义上，"吃人"是鲁迅对中国几千年历史和文化传统审视，对中国人几千年的生存境况和精神遭遇的反思。在《灯下漫笔》中，他更是将中国的历史划为两个循环的时代，即"想做奴隶而不得的时代"和"暂时做稳了奴隶的时代"，在长时间的专制社会里，不是被人"吃"，就是自己也无意识地"吃"了别人，长久以来造成了"有贵贱，有大小，有上下。自己被人凌虐，但也可以凌虐别人；自己被人吃，但也可以吃别人。一级一级的制驭着，不能动弹，也不想动弹了"[③]的局面。这里鲁迅的批判达成了一种双向性，既批判了吃人的社会，也批判了内在于这个社会中吃人的"我"，自以为清醒的"狂人"或许也在无意中吃了自己妹子的几片肉，这是鲁迅对"吃人"问题深刻的地方，在强大的文化传统面前，无人可以置身事外。

---

① 鲁迅：《狂人日记》，载鲁迅先生纪念委员会编纂《鲁迅全集》（第1卷），中国人民解放军战士出版社1973年版，第281页。
② 鲁迅：《180820 致许寿裳》，《鲁迅全集》（第11卷），人民文学出版社2005年版，第365页。
③ 鲁迅：《灯下漫笔》，载鲁迅先生纪念委员会编纂《鲁迅全集》（第1卷），中国人民解放军战士出版社1973年版，第200页。

其次，鲁迅对于立人思考之深刻，更来源于他深知"立人之难"。鲁迅一直思考的都是人的问题，包括他与徐志摩、陈西滢等人的一些争论，都在于鲁迅始终觉得中国人不行，人需要反思，需要重建。但是鲁迅后来的悲观、绝望，也是因为知道，立人太难了。他着眼的不仅仅是阿Q的问题，不仅仅是孔乙己、祥林嫂的问题，不仅是子君、涓生的问题，也不仅是魏连殳、吕纬甫的问题，而是牵涉了中国历史和文化的纵深之处，用他强大思想穿透力的叙述，将中国乃至全人类社会发展以及在政治、经济沉浮动荡中表现出来的人性的问题挖掘出来，因此他在现实与理想之间进进出出，不断地构思、不断地自我否定、不断地完善。也正因为如此，鲁迅对立人的思考，体现出一种执着性。鲁迅的一生，都在继续不懈地批判中国人与中国文化的缺陷，他对妇女解放的关注、对知识分子精神痛苦的剖析、对"救救孩子"的呐喊都是围绕着国民性这个基点展开的。他的创作体系虽然包含了短篇小说、散文、散文诗、杂文，但无论什么文体，字里行间都充斥着一种别人难以企及的思想力度，他冷静又执着地审视着中国文化对整个社会发展及国民性格生成的本质影响，进而直逼中国文化与中国社会现实人生的根本关联。这就是鲁迅文学观念确立之艰难、之曲折、之坚定的根本原因，也是鲁迅文学创作起点之高、思考之深、力度之强的内核所在。因此，喜欢鲁迅的人绝不会仅仅喜欢鲁迅的某一个小说或是某一篇散文，而一定是喜欢鲁迅思考的某一个问题，甚至是喜欢鲁迅一生致力于思考的整个中国的根本问题。所以我们也不难理解鲁迅为什么喜欢萧红，为什么不喜欢凌叔华、林徽因这些太太客厅里的贵夫人？为什么不喜欢林语堂的"幽默"，不喜欢徐志摩的"绅士"？从鲁迅的角度来看，文学应该是痛苦的，谈论抽香烟的、穿西装的闲适，文人小品的幽默，绅士小姐的情调，远远不如萧红"生死场"上的"忙着生、忙着死"来得有力量，有意义！

最后，鲁迅对于"立人"问题的关怀并不局限于中国，而有着某种世界主义之眼光。我们常常把鲁迅称为"民族魂"，但鲁迅对"立人"理念的思考不仅是从中国自身发展历史的纵向思考，而且还与他对当时世界格局的思考有关。在日本的时候，鲁迅对弱小民族的文学作品特别关注，这说明他

1903年，鲁迅根据日译本译出凡尔纳科幻小说《月界旅行》及《地底旅行》

的眼光始终关注着世界的潮流，他看到了这个世界的压迫与被压迫社会结构关系，回国后的鲁迅对于苏俄文学的关注，包括他在20世纪30年代与中国左翼作家联盟的某种亲近，都有着某种"扶弱"色彩，这使他对于个人和人类命运的思考从一开始带有这种大同意识。在为俄文译本《阿Q正传》所作的序言中，他说："别人我不得而知，在我自己，总仿佛觉得我们人人之间各有一道高墙，将各个分离，使大家的心无从相印。这就是我们古代的聪明人，即所谓圣贤，将人们分为十等，说是高下各不相同。其名目现在虽然不用了，但那鬼魂却依然存在，并且，变本加厉，连一个人的身体也有了等差，使手对于足也不免视为下等的异类。造化生人，已经非常巧妙，使一个人不会感到别人的肉体上的痛苦了，我们的圣人和圣人之徒却又补了造化之缺，并且使人们不再会感到别人的精神上的痛苦。"[①] 扶贫济困、同情弱小，以反抗斗争

[①] 鲁迅：《俄文译本〈阿Q正传〉序及著者自叙传略》，载鲁迅先生纪念委员会编纂《鲁迅全集》（第7卷），中国人民解放军战士出版社1973年版，第445—446页。

实现人类自由平等和普遍公正的理想，这也是鲁迅留给我们重要的精神遗产。

二、个体自省与"国民性"反思

人的觉醒、人的解放是五四新文化运动的重要口号，与此同时，救亡与启蒙也是五四以来的中国社会交织流变的两大主题，个体与集体，个人的独立与民族的解放，始终是五四新文化运动以来，中国现代社会面临的重要命题，也是五四新文学不断思考、不断书写的核心话题。从个体自省，到"国民性"反思，一则站在个人立场强调个性的张扬、个人更加全面的发展，一则站在集体视角强调国民的进步与民族的独立，看上去是不同层面、不同角度的问题，但两者并不矛盾，而是不断交织、互动、演变，在更深层次上凸显了中国现代社会发展的时代性与复杂性。

（一）"人"的觉醒与确立

"天朝上国"思想在清朝统治阶层占据着稳固而重要的位置，这一思想的诞生实际上反映了彼时的清王朝将中国置于世界现代体系之外，并试图以此维持封建国体在百姓心目中的权威地位，而随着西方列强强劲的武力攻击，这一自欺欺人的策略出现危机，封建国体稳固的内部结构便开始了急速解体。曾经对维护封建统治行之有效的封建传统文化和国家暴政机器，在成为侵略者的同时也成为一个具有现代意义的可供学习和借鉴的参照系。因此，晚清的洋务运动提出"中学为体、西学为用"的口号，将西方发达的物质文化确认为学习的目标。而维新派则将自己的关注点集中在学习西方先进的社会制度上，希望能够通过模仿西方社会制度在封建体制内部进行改良，以此达到救亡图存、国富民强的目的。虽然二者的现代化路径各有侧重，但最终都以失败告终。这使当时的中国先进知识分子认识到，无论是洋务运动还是维新运动，无论是从器物层面还是从制度层面对封建社会进行变革，其根本目的都无法脱离统治阶级，无法回避延续封建政体的根本意图，因而注定走向失败。

五四则根本不同，在那个充满怀疑和不确定的时代，一代"新青年"在启蒙大师们急切而有力的呐喊声中苏醒过来，在国家民族命运危亡的紧迫感中苏醒过来，他们奋力摆脱封建观念的束缚，打开禁锢思想的闸门，开始了更深层次的觉醒和呐喊。20世纪初，鲁迅在留日期间，发表《文化偏至论》《摩罗诗力说》等文言论文，试图创办《新生》杂志时就已经初步形成"立人"思想，强调张扬个性解放精神，呼吁精神界战士崛起，从兴国到立人，文学成为必由之路，通过"立人"使"沙聚之邦"成为"人国"。但当时正处在两次启蒙主义思潮高峰之间的低谷区，文学启蒙思潮再度高涨的契机尚未到来，因此，先驱者就不得不暂且忍受令人难耐的孤独寂寞。五四之后，面对中国历史上空前伟大的新时代，面对激烈动荡的社会变革和思想变革，新青年们开始了重新认识世界和人生的艰难历程。胡适、陈独秀、鲁迅、周作人、钱玄同、刘半农等现代启蒙先驱纷纷将自己的批判矛头指向了封建传统文化，提出重新建构"个人主义"的文化价值体系。所谓批判总要有明确的"靶子"才能找准方向，五四一代知识分子便将矛头指向了中国封建文化传统，而作为封建传统文化隐喻和表征的孔子及其代表的儒家文化，就成为被着力批判的对象。五四一代知识分子对孔子及其儒家学说进行了尖锐的批判和解构，但这种批判和解构并非一味"打倒"。针对孔子所建构的封建道德伦理，李大钊指出："孔子生而吾华衰"[①]，"余之掊击孔子，非掊击孔子之本身，

---

① 李大钊：《民彝与政治》，《李大钊文集》（上册），人民出版社1984年版，第161页。

乃掊击孔子为历代君主所雕塑之偶像的权威也；非掊击孔子，乃掊击专制政治之灵魂也"①。可见，五四那代知识分子抨击孔子，并非抨击孔子本身，而是抨击将其视为正统的封建君主专制政治及其确立起来的封建伦理道德。

　　但李大钊、陈独秀、胡适、鲁迅等五四先驱并不是空洞的怀疑论者，更不是虚无主义者，偶像破坏与自我重建，在他们那里是同时进行的。在五四发起之时，新文学作家不仅致力于冲破封建礼教的压制，更注重提倡个性解放，张扬个人的价值。五四时期所留下的很多"个人化"的书写，比如郭沫若，他的新诗创造热烈地追求着个性解放，是一种火山喷发式的情感张扬，《天狗》一章每一行都以"我"开头，仅仅29行诗歌中出现了39个"我"字，诗人高呼着："我是一条天狗呀！我把月来吞了，我把日来吞了，我把一切的星球来吞了，我把全宇宙来吞了，我便是我了！"②这种对自我的崇尚，对自我力量的认可，是几千年文学没有出现过的崭新面貌。

（二）"人性"的审美实践

　　五四以来，中国文学进入全面反思和转型阶段，打破传统旧思想的禁锢，文学逐渐开始摆脱封建思想，摆脱政治附庸地位，"人的文学"开始成为时代主潮，思想全面渗透到文学创作的各个领域。在五四新文学发生发展过程中，现实主义逐渐成为文学主潮之一，文学不断强调自身的批判精神，对传统文学的神圣化、道德化、政治化创作进行全面的反拨，卸掉压在文学身上沉重的道德重负。"问题小说"的兴起和风靡可以说是现实主义潮流的文学表征。五四一代的知识分子凭借着自己的敏感，利用小说这一形式尖锐地提出了这

---

① 李大钊：《自然的伦理观与孔子》，《李大钊文集》（上册），人民出版社1984年版，第264页。
② 郭沫若：《天狗》，《郭沫若全集文学编》（第1卷），人民文学出版社1982年版，第54页。

些为人们所热切关注的"问题",并贯穿一种强烈的批判精神和启蒙思想。胡适在1918年发表于《新青年》的《"易卜生主义"》宣扬要以西方的个性主义来给中国文学注入新的活力,提出以写实的方法"实写今日中国之情状"。五四时期的沈雁冰也在对俄国自然主义作品的评介中提倡"为人生"的"问题小说"。1918年《新青年》开辟《易卜生专号》,使社会问题剧风行一时。从1921年以后,文学以其自身特殊的形式参与到这些问题的探讨之中,并辐射开去,推衍到教育问题、青年问题、代沟问题、救国问题等方面。正是文学采用了现实主义这一利器,才把时代启蒙要求极细致地体现在文学创作里面。"人的文学"在五四作家的集体书写下终于浮出历史地表成为"显学"。而对人物内在精神世界的深入探寻成为五四文学的重要维度。鲁迅对现代中国农民的麻木、冷漠、愚昧,知识分子的忧郁、彷徨、孤独的精神世界开创式的展现成为五四时期"人的文学"的极致书写。周作人关于"人的文学""平民文学"的理论建构与鲁迅的文学实践共同支撑起五四时期"人的文学"。

"人的文学"这一思想除了在对人的精神世界进行开掘和呈现之外,对人性之中恒定的情欲追求也给予了极大关注。两性关系、情欲原本就是人性的重要内容,自然也成为文学的描写及审美对象。受西方人本主义文化思潮的影响,郁达夫对青年人性的苦闷进行了大胆剖析与开掘,张扬自然人性,以直白的书写和露骨的表达表现根植于人性深处的现代情欲,以此来反对旧道德,抨击旧社会。《沉沦》真实而深刻地剖析了五四落潮之后,一位留学日本的青年学生在异域环境下看到的现实罪恶,思念祖国、思念家乡、孤独寂寞而又无法摆脱的苦闷情怀。作品中描写了主人公的性欲幻想和伤感情调,以个人独特的经验穿透国界与时代的束缚,具有种种惊世变态的性心理描写,但整体的基调仍然是对封建伦理道德的鞭挞,他对于性的描写和执着并非低俗的挑逗,更不是游戏之笔,而是揭开隐藏在人内心深处的性心理的秘密,

1923年8月21日,鲁迅在《晨报·文学旬刊》第9期上发表《呐喊·自序》

暴露封建伪君子衣冠楚楚的虚伪面貌之下无度纵欲的丑陋思想,是对于个体生命体验与心理欲求的真诚表白,是人性复归的强有力的张扬与呐喊。

五四被视为现代中国的启蒙运动,它对于人的发现和对"人的文学"的倡导带动了现代理性的建构,例如对人的发现带动了对女性的解放。随着个人主体意识的不断增强,"人"摆脱了重重思想桎梏和障碍,逐步张扬起主体价值,而在中国封建语境下,女性往往是被压抑的一方,顺理成章地成为启蒙理性建构的重要环节,女性解放运动作为五四文化启蒙思潮的一条支流,在思想文化层面造就了五四女作家的精神结构,赋予了她们较为强大的言说自由、言说欲望及话语形式,使她们在自由宽松的时代舞台上表现自己、泄露自己。在众声喧哗的新文化运动中,她们的声音并没有为男性作家们的声音所完全掩盖,而是被郑重地记录在了历史的档案中。"问题小说"就是五四女作家以"新青年"身份登上文坛的第一个亮相,也是中国女性与小说的第一次结缘,从此开始了中国女性小说创作的历史。就五四新文学的发生发展而言,文坛上始终活跃着女性的身影。冰心写"问题小说",以女性独特的视角书写家庭、婚姻等社会问题,对种种问题进行批判,具有较强的现实意义,引发了"问题小说"创作热潮。《两个家庭》是冰心的第一篇问题小说,这篇小说是冰心根据父亲讲述的故事改编而成。小说塑造了两个"家庭",这两个家庭当中,一个家庭的女主人持家有度、知书达理;另一个家庭

冰心（1900—1999）

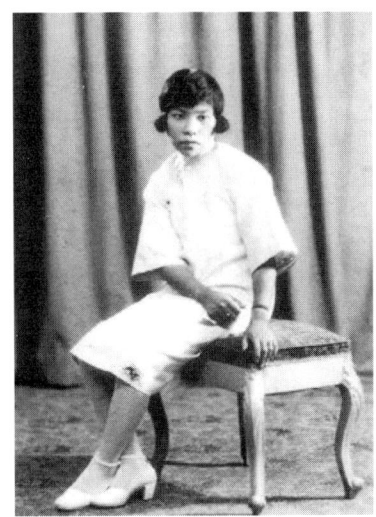
庐隐（1898—1934）

冯沅君（1900—1974）

凌叔华（1900—1990）

的女主人是封建家庭的大小姐，出嫁后不懂得教育孩子，也不会料理家务，整日出门消遣，无所事事。这两个家庭的男主人是当初一起出国读书的优秀青年，然而家庭环境的不同却导致了两个青年截然不同的命运。在坏的家庭中生活的男主人，既无法完成事业上的抱负，也体会不到家庭生活的快乐，最终走向堕落不幸的命运。这篇小说写完后立刻发表在《晨报》上，冰心也因此成为声名鹊起的年轻女作家。此外，文学研究会的庐隐、创造社的冯沅君、京派的凌叔华、革命文学阵营的丁玲等各自先后树立起独特的写作风格。五四，不仅给女作家们带来了青春的激情、自由的氛围，更以现代小说描摹社会世态的、探索人情心理的强大功能，给女作家们带来了文化想象和欲望抒写的巨大空间。

（三）"国民性"的反思与批判

"国民性"概念是在西方文化参照下，五四时期生成的特殊话语场。"国民性"作为一个大致模糊的概念，在清末就已经产生，但在当时并非一个清晰严谨的概念，指称国民性的表述有很多，诸如国魂、国民精神、国民品格、国民性质、民族性、民族魂等。国民性虽然没有一个准确的界定，但有着一个大致的界定范围。清末思想界所谓的国民性主要是指国人的心理素质、价值观念、思维方法、行为方式之类，有时也把风俗习惯、文明程度、知识水平纳入其中。他们用"国民性"理论来观照那些与时代发展不相宜的糟粕在中国民众心理和性格中的深重痕迹，并且以"批判国民性"的方式求得进一步的改良，以西方为参照取长补短。晚清以梁启超等为代表的知识分子认同"国民性"理论中的民族精神与民族盛衰之关系的内涵，希望借"国民性"的改造来提高国民的素质，摆脱民族被压迫、被奴役的地位，争取民族的独立和强大，改造"国民性"是其民族国家理论中的重要内容。对中国的知识分子而言，从接受"国民性"理论之始，就只是站在启蒙主义的立场上加以理解和运用的，它从一开始就是以反抗西方殖民者的民族侵略和民族压迫、实现民族复兴为指向的，寄寓着晚清爱国知识分子深厚的现实关怀。而五四新文化运动延续了晚清启蒙思潮中改造"国民性"这一核心思想，并在"人"的层面做出了超越，对"国民性"的批判更是深入到了封建专制体制与封建传统文化的内部，掀起了一场前所未有的旨在"立人"的思想革命、伦理革命与文学革命的热潮。

在五四新文学的发生发展史上，最为深刻地揭露中国国民性的毫无疑问当推鲁迅。尽管鲁迅曾自我评价"《狂人日记》很幼稚，而且太逼促，照艺术上说，是不应该的"[①]，但是我们不可否认，《狂人日记》的根本价值在于思想的力量，在于彻底颠覆中国传统思维的价值影响。"吃人"的提出，"从来如此，便对么"的质疑，正是对几千年来中国传统思维方式的一种根本性的怀疑和批判，它的影响是更为巨大而深远的。鲁迅围绕国民性问题论述的各个方面，以及他所提出的观点实际上已涉及这一命题的诸多重要领域，在后世的学术观念体系中已基本形成一个系统的、较为清晰的轮廓。就命题的价值，思考的深度、幅度以及论述的涵盖面来看，鲁迅的国民性思想，在理论和实践上已形成了其完整的架构和体系。然而，鲁迅的国民性思想体系有一个生成的过程。在其生成过程的不同阶段，融汇着不同的思想资源，吸纳着不同的文化因素，在鲁迅国民性思想体系的形成过程中，鲁迅的乡土写作构成这一思想体系中的一个重要的维度，"农民问题是鲁迅注意的中心，他把最多的

[①] 鲁迅:《对于〈新潮〉一部分的意见》，载鲁迅先生纪念委员会编纂《鲁迅全集》(第7卷)，中国人民解放军战士出版社1973年版，第575页。

篇幅、最大的关注和最深的同情给予农民"①。

　　费孝通在分析中国社会结构时指出，中国社会的基层是乡土性的，长期占据农村社会的宗法制文化从根本上说是与大陆文化、农业社会文化相统一的。而中国乡土的村落群体文化色彩及其重视风俗的传统则加深了乡土社会的民俗化。源于晚清的"国民性"思潮在五四时期鲁迅的艺术实践的文化视角首先就伸向了中国的乡土社会，国民性批判的理性观照也首先指向了生活于乡土大地、与宗法制度和民间风俗文化已经融为一体的农民。以理性思维对中国乡土文化进行解读，并将其作为进入到"国民性"问题的文化入口，是20世纪20年代鲁迅乡土小说的一个重要特点。鲁迅在创作时所展示给世人的中国乡村社会和乡村民众在半殖民地半封建社会中生活的种种形态，都有一个理想的预设前提。他笔下所展现的乡土世界是一个理性的现实世界，怎样的人物在怎样的环境下生存，怎样的环境陪衬怎样的人物对话及行动，小说内部人物之间的关系，人物出现的场景、背景以及事件发生发展的顺序都有很好的预设安排。他想通过人物及故事传达的思想，远远大于对文学艺术的缔造。同时，五四新文化运动的理性精神给人们观照乡土文化添上了一种新的眼光，获得了更为深邃的穿透力，为五四乡土小说涂抹上了浓厚的悲凉意识，强化了对"国民性"问题反省的文化厚度。

　　1956年，在纪念鲁迅逝世二十周年大会上，一位名叫班纳吉的印度作家提到，阿Q的精神状态和他的行为存在于各个被奴役过的国家："阿Q只是名字是中国的。这个人物我们在印度也看到过。"②这是一个值得注意的现象和观点。过去，我们一直将《阿Q正传》视为鲁迅批判国民性的经典之作，而

---

① 钱谷融：《艺术·人·真诚——钱谷融论文自选集》，华东师范大学出版社1995年版，第358页。
② 彭小苓、韩蔼丽编选：《阿Q 70年》，北京十月文艺出版社1993年版，第517页。

阿Q精神或说阿Q形象则揭露了中华民族性格中所特有的缺陷或是弊病。然而，这位印度作家则声称，印度也有阿Q，实际上彰显了阿Q这样的形象并非中国所特有，而是全人类所共通的、普遍的，这也从侧面反映鲁迅对国民性的反思是基于对全体人类的考量。

国民性话语是中国现代文学的一个核心命题，对国民性的审视和批判构成了中国现代文学的重要主题之一。国民性话语与现代文学之间的这种紧密关联，是考察现代文学深刻历史内蕴及其丰富历史功能的有效切入点和生发点。这在鲁迅身上有着最突出的表现。鲁迅是现代作家中对国民性命题最敏感并表达了最尖锐批判的作家，从某种程度来说，正是鲁迅的文学创作使国民性话语成为一个不衰的话题。国民性命题何以与鲁迅的文学创作如此深刻地结合在一起？在《呐喊·自序》中，鲁迅提供了关于其文学创作缘起的一个经典解说，人们也历来强调"幻灯片"事件对于鲁迅决定弃医从文产生的重要意义。然而，为什么这一画面对鲁迅形成的影响和震撼如此之大？在《藤野先生》一文中，鲁迅复述了同一事件，接着写道："此后回到中国来，我看见那些闲看枪毙犯人的人们，他们也何尝不酒醉似的喝采，——呜呼，无法可想！但在那时那地，我的意见却变化了。"[①] 身体的惩罚，包括砍头、枪毙等极端的形式，是传统社会机制中统治阶层必不可少的一种手段，并且旁观身体的惩罚也为社会机制所允许甚或鼓励，甚至正是通过这种旁观的方式更能刺激到民众以达成更为显著的警示效应。然而，鲁迅在这种整个社会都默许的身体惩罚机制中却看到了国民的麻木、愚昧："凡是愚弱的国民，即使体格如何健全，如何茁壮，也只能做毫无意义的示众的材料和看客，病死

---

① 鲁迅：《藤野先生》，《鲁迅全集》（第2卷），人民文学出版社2005年版，第317页。

多少是不必以为不幸的。"① 为什么鲁迅能够跳出固有的社会机制，挖掘出其眼中的国民性病根——"看客"式的麻木、愚昧？在这里，依然存在着一种认识意义上的颠倒。作为熟知严复、梁启超等人国民性言论的现代知识分子，鲁迅以现代国民的认知意识，颠倒了笼罩在惩罚社会机制上的意义之"场"，而看到了在这个"场景"之中，作为个体的"国民"相互的隔膜、无同情心，在这隔膜的背后是一种人性的冷漠、生命的麻木。正是在这种认知的刺激下，鲁迅作出了"弃医从文"的抉择，"所以我们的第一要著，是在改变他们的精神，而善于改变精神的是，我那时以为当然要推文艺，于是想提倡文艺运动了"②。如果说严复、梁启超等在社会学的意义上描述了国民性，鲁迅在此则以文学的手法将国民性主题表达出来。由于"场景"的具体性及形象化，对国民性的呈现和审视在此得到了更加触目惊心的展现。

对国民性的批判和反思也是"立人"的一个重要前提。"立人"必须伴随着反思精神，只有不断反思，立人精神才有立足的根本，才有前进的动力。五四一代知识分子普遍具有反思精神。胡适说：做学问要在不疑处有疑，做人要在有疑处不疑。但这种说法是谦谦君子式的，缺少鲁迅那种深刻的批判精神。鲁迅无情地批判中国社会，批判人性致命的弱点，他所批判的一些根本问题至今仍没有解决，只有把鲁迅批判国民性的反思精神注入历史前进的潮流，注入时代发展的脉搏，国家才会有更强劲的发展劲头。

---

① 鲁迅：《呐喊·自序》，载鲁迅先生纪念委员会编纂《鲁迅全集》（第1卷），中国人民解放军战士出版社1973年版，第271页。
② 鲁迅：《呐喊·自序》，载鲁迅先生纪念委员会编纂《鲁迅全集》（第1卷），中国人民解放军战士出版社1973年版，第271页。

三、"从来如此,便对么?"

中国近现代社会的变革与历史文化的反思之间有深刻的联系。中国有着两千年的封建文化,由此形成的中国文化心理发展得相当成熟,影响深远,渗透在中国人的日常生活中。而时至近现代,两千年社会留下的积病,使社会发展的脚步越来越沉重,人民的生活水深火热,不重新整理、深刻反思既往的文化,任何的社会变革都是难以进行的。在西洋物质文明、制度文明和文化文明的三重挑战下,在亡国灭种的威胁下,在中华文明生死存亡的危急关头,中国的近现代化一方面需要引进、学习西方现代文化,另一方面需要合理估量中国古代文化对于现代化的价值和意义。没有前者,中国无法革新进步;没有后者,中国的发展就窒碍难行。

(一)"从来如此"是何"从来"?

考察传统文化必须把它置于一定的时空象限之中。中国传统文化是一个复杂的系统,传统文化是和当时的政治经济及社会制度紧紧相联系的。从历史的角度看,中国传统文化在生产方式层面,属于自给自足的自然经济,是农业文明的产物;在经济基础层面,它建立在封建私有制基础上;在上层建筑层面,它突出伦理和政治功能,与封建社会别尊卑明贵贱的等级制度相联系。因此,它在中国近现代历程中的作用和影响,有其积极的一面,也有其消极的一面,具有历史局限性。中国传统文化是民族的,因而是必须予以继承和发扬的;中国传统文化是时代的,因而是不断发展和进化的;中国传统文化是历史的,因而又必须是予以批判和创新的。一方面它促使中国人形成了仁爱敦厚、忠恕利群、守礼温顺、爱好和平的优良品质;另一方面,其权威价值取向导致了国民的权威主义性格,其崇古取向导致了国民的因循守旧、保守落后的性格，这导致了国人的权利意识淡漠，忍耐不争却缺乏同情心，相互猜疑而缺乏诚信，极端迷信、谣言泛滥、愚忠、奴性的人格特质。正是由于这些劣根性的存在，国民普遍无视国事，不关心社会的倒退与进步；人与人之间见小利、忘大义而缺乏诚信。

传统的理想人格、价值观念、思维方式、文化类型、基本精神，传统的价值取向主要表现为崇古、唯上、忠君、道义，这些文化理念在诞生之初包含着一系列对理想政治的构想，但却敌不过现实的实践，理想的社会秩序构想中衍生出许多糟粕的沉滞。文化反思思潮在中国近现代兴起并走向高涨，有文化自身的原因，但主要是客观环境使然。首先是西方文化造成的刺激，其次是内因的推动，这主要表现为戊戌变法以及辛亥革命之后的政治形势引发了人们的新思考。梁启超曾认为中国四千余年大梦之唤醒，是从甲午战败赔款而开始的。而被"唤醒"之标志，乃戊戌变法运动的兴起。戊戌变法失败促使人们对传统文化进行反省，辛亥革命后的政治形势则将这种反省向前推进一大步。最重要的是，传统文化本身的局限或缺陷，也是促使文化反思思潮兴起的重要原因。中国传统文化源远流长，博大精深，具有许多不可忽视的优良品质和独特价值，值得现代社会的人们予以珍视和发扬。但由于传统文化是传统农业社会的产物，其虽然与传统社会相适应，却有不少方面无法适应现代社会。比如：以三纲五常为代表的封建伦理和等级观念，窒息了人们的独立自主意识，阻碍了民主、平等观念的生长；儒家倡导的"大一统"观念长期为专制统治者所利用，对政治的民主化起着阻碍作用；传统文化中重义轻利的义利观，重农轻商的经济伦理，以及与世无争的处世原则，无法为发展工商和科学技术提供精神动力；等等。因此，随着传统社会向近代社会迈进，传统文化与近代社会的不相适应也就日益显现，其固有局限也就日益暴露出来，此时对传统文化进行清理便成为必然。就此而言，文化反思乃是传统文化在近代历史条件下必然发生的文化现象，是由传统文化自身的状况和特点所决定的，是不可避免的。

五四时期的新文学作家跨越了新旧两个时代，他们是在旧文学中启蒙的，有着深厚的旧文化底子，内心深处积淀着中国文化的传统。但是他们不断地向西方寻觅和接受一些新的思想和观念，从而表现出强烈而执着的反传统精神。一个完整的社会必须建立秩序，以保证社会的平稳安定，这套秩序包括政治、伦理、思想等主要方面。秩序的建立主要依靠制度、等级、血缘、群体、礼教等，从而实现综合稳定。在众多的因素当中，中国古代的思想秩序的核心是以儒学为中心的意识形态。古代社会建立之初，依靠制度的力量，配合伦理秩序，建立并维持了一套坚固的思想秩序。当社会发生巨大变动，社会秩序呈现解体之势，制度的力量就不足以保证思想的有序性，整顿已有的思想秩序就是社会变革的重要手段。在中国近现代，社会政治逐渐走向崩溃，思想秩序已经腐朽落后，批判传统和重建思想秩序势在必行。五四时期，在前人对中国现代精神的构建，特别是19世纪末20世纪初中西会通思想的基础上，胡适提出了一个16字的著名现代文化建设公式："研究问题、输入学理、整理国故、再造文明。"[①] 对中国古代文化，无论是批判还是发现，其最终目标都是为了推进中国的现代化。为了实现中国的独立、富强，为了有效推进中国的现代化，中国必须构建一个属于自己的，适合自己走向世界、走向未来、走向现代化的精神传统。

五四一代人致力于建构"中国现代精神传统"。在近代中国民族危机的刺激下，在实现富强、退虏送穷的时代使命要求下，特别是在新文化运动思想解放潮流强有力的推动下，新文化运动的倡导者们从有利于推进中国发展

---

① 胡适：《新思潮的意义》，《新青年》1919年第7卷第1号。

与现代化的角度,对中国灿烂的古代文明进行了"批判""发现""重构"三个方面的工作。陈独秀等人把批判的矛头集中指向了孔子和儒学,打倒一尊、九流并美,瓦解经学,直接推动了服务于中国政治、经济、社会发展的文化的现代转型与建立,进一步化解中国传统文化与现代化之间的矛盾与紧张关系,在中国现代精神传统的建构过程中,把开放态度、批判精神、包容意识与创新性有机地结合起来。

新文化运动首先将矛头指向影响中国人最深、最广的儒家学说,清算的是异化了的儒家学说造成的"奴隶的道德"。近年来,有越来越多的研究者发现,五四时期其实并没有人提过"打倒孔家店"的口号,所谓新文化运动提出了"打倒孔家店"的口号,是对胡适在《〈吴虞文录〉序》中赞誉吴虞是"'四川省只手打孔家店'的老英雄"一语的误读。"打孔家店"与"打倒孔家店",虽然只有一字之差,但含义却有很大不同,前者的语义是批判、扬弃,也可以说是"是其所是,非其所非",后者却是摧毁、砸烂,是彻底抛弃。五四新文化运动没有提出"打倒孔家店"的口号,但确实提出了批判孔子的任务,并对孔子和儒家学说进行了空前的讨伐。吴虞这个"只手打孔家店"的老英雄对孔子和儒家学说进行了猛烈的抨击。他说孔子"主张孝弟",从表面上看是平等的,但实质上是"专为君亲长上而设"。中国历代专制统治者之所以推崇儒家的孝悌学说,就在于这种伦理道德其实是一种单向的约束。孔子和儒学教人孝、忠,就是"教一般人恭恭顺顺的听他们一干在上的人愚弄,不要犯上作乱,把中国弄成一个制造'顺民的大工厂'"[1]。陈独秀说,孔教的核心是"忠孝一贯"[2]的礼教。儒家的三纲之说,表面上讲的是"忠孝节义",

---

[1] 吴虞:《说孝》,《星期日》1920年1月4日。
[2] 陈独秀:《复辟与尊孔》,《新青年》1917年第3卷第6号。

但实质上宣传的却是"奴隶之道德也"①。"君为臣纲，则民于君为附属品，而无独立自主之人格矣；父为子纲，则子于父为附属品，而无独立自主之人格矣；夫为妻纲，则妻于夫为附属品，而无独立自主之人格矣。"②鲁迅以"吃人"来形容传统礼教，周建人则以"中国的旧家庭制度是君主专制政治的雏形"来说明之。出版于1936年的小说集《故事新编》与传统文化有着密切的关系，不论是创作者本身所具有的深厚传统文化底蕴、小说取材的出处还是小说创作的内容与主题，都体现出鲁迅与传统

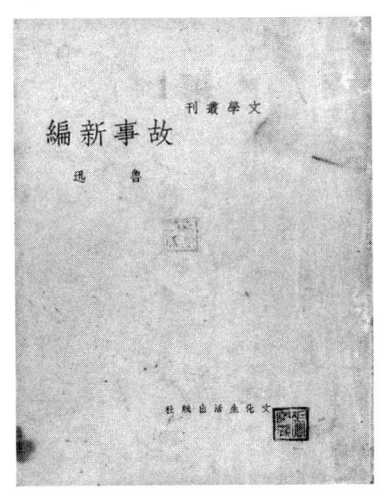

鲁迅：《故事新编》，文化生活出版社1936年版

文化的双向互动。一方面，鲁迅《故事新编》的创作受到传统文化的影响，另一方面，鲁迅也在《故事新编》中对传统文化的沉疴予以批判，并挖掘出传统文化中所具有时代意义的新力量。鲁迅试图挖掘传统文化中儒道思想对于国民性的塑造，通过对传统文本的戏拟、讽刺与把传统文化中的重要人物置入尴尬的境地来批判传统文化，并以此揭露封建礼教对于人性的压抑及讽刺老庄人生哲学的消极影响。在《补天》《理水》《采薇》中，鲁迅用一种油滑的语调消解了传统文化中儒家思想的庄严，解构了儒家经典的意义。《理水》中的文化山上的学者们做着荒谬专断的学问，麻木老实的下民们对着官僚奴颜婢膝，还有官员们利用考察灾情的机会去享乐、作威作福，他们的丑态在小说中尽显。

---

① 陈独秀：《敬告青年》，《青年杂志》1915年第1卷第1号。
② 陈独秀：《一九一六年》，《青年杂志》1916年第1卷第5号。

（二）再造新的传统

旧道德、旧习俗中违背人性的成分对各阶层人群的束缚、扭曲、戕害日趋严酷，这种摧残性灵的旧道德、旧习俗不断遭到人们越来越强烈的反抗和抵制。对传统文化中礼教束缚的批判，新文学中所研究的节操问题与传统文化中的封建礼教，有着千丝万缕的关系。从某种角度来说，新文学对传统文化的批判大多来于此。封建礼教的束缚与限制，使人们产生与时代发展相错位的思想与观念。同时，传统的礼教是一种无形的精神枷锁，使人们不敢向封建制度挑战。鲁迅的《狂人日记》从文学的角度揭露旧中国吃人的礼教，而对于社会生活中的封建残余更是不遗余力地进行抨击。针对报刊上褒扬"节妇""烈女"，将贞操视作高于女性生命的文章，鲁迅反问道：不节烈的女子，如何害了国家？中国的现状，是由不节烈的女子造成的吗？于是，鲁迅表示女性节烈与否并不是引起社会乱象的原因："所以种种黑暗，竟和古代的乱世仿佛，况且政界军界学界商界等等里面，全是男人，并无不节烈的女子夹杂在内。也未必是有权力的男子，因为受了他们蛊惑，这才丧了良心，放手作恶。至于水旱饥荒，便是专拜龙神，迎大王，滥伐森林，不修水利的祸祟，没有新智识的结果；更与女子无关。"① 胡适也对儒家纲常名教对人的束缚进行了剖析。在《美国的妇人》一文中，胡适认为中国女性应摆脱传统贤妻良母观念的束缚以求得"自立"。在《不朽：我的宗教》一文中，胡适认为儒学通过宗教手段形成了对家庭成员的思想专制。在五四新文学创作的戏剧中，对旧道德的批判是从两个层面展开的：一个层面主要围绕并停留在旧道德的反人性体现得特别突出的家庭婚姻问题上；另一个层面则更为宽泛，批判的矛头所向是伪善，特别是中国话剧的现实主义思潮在五四时期译介、模

---

① 唐俟（鲁迅）：《我之节烈观》，《新青年》1918年第5卷第2号。

塑、吸收易卜生及以易卜生为代表的西方现实主义戏剧时，突出强调的重点是"易卜生现实主义戏剧的批判写实性，揭露家庭社会的腐败"①。欧阳予倩创作的独幕剧《回家以后》、《泼妇》和多幕剧《潘金莲》，就题材而言，这三个戏均与女性的生存状况有关；从题旨来看，主要倾向是对女性的自由解放的渴求与呼唤和对女性在解放之路上经受的艰难困苦的理解与慨叹。联系欧阳予倩在彼时彼地的人生经历，尤其是他亲人的遭遇在他的内心深处留下的创痛，不难找到这三个戏更深层次的内在肌理，即对旧道德的不同程度的批判性关注。

欧阳予倩（1889—1962）

　　新文化运动者将批判的矛头指向了传统的"孝"文化。五四时期，学界对孝文化展开的政治性批判，大多都停留在物质层面和制度层面，即破坏旧礼法、旧伦理。新文化运动者认为，在封建的中国社会中，"孝"就是一种以"长者为本位"的畸形道德。以"长者为本位"的父子关系，具体说来就是在家庭中父亲处于支配地位，他主宰着家庭的经济命脉、控制着家庭的日常事务，而且其支配权还涉及子女的日常行为与思想情感，子女只能处于从属地位，完全服从父亲的意志。这种以"长者为本位"的父子关系以及规范这种关系的"孝"观念在五四时期遭到了猛烈的抨击。陈独秀说，孝文化"以其为不适于现代社会之伦理学说，然犹支配今日之人心，以为文明改进之大阻

---

① 田本相：《论中国现代话剧的现实主义及其流变》，《文学评论》1993年第2期。

力耳。且其说已成完全之系统，未可枝枝节节以图改良，故不得不起而根本排斥之。盖以其伦理学说，与现代思想及生活，绝无牵就调和之余地也"①。李大钊在《由经济上解释中国近代思想变动的原因》一文中指出，"总观孔门的伦理道德，于君臣关系，只用一个'忠'字，使臣的一方完全牺牲于君；于父子关系，只用一个'孝'字，使子的一方完全牺牲于父……孔门的伦理，是使子弟完全牺牲他自己以奉其尊上的伦理；孔门的道德，是与治者以绝对的权力责被治者以片面的义务的道德"。他说，中国的纲常名教"并不是永久不变的真理"，又说"中国纲常，名教，伦理，道德，都是建立在大家族制上的东西。中国思想的变动，就是家族制度崩坏的征候"②。封建孝道强调的是父权至上，造成了子女独立人格的丧失。而且封建孝道一味强调父母对子女的恩情，这是人伦认识史上的谬谈。五四时期的主要思想家对孝道的基本态度是批判的，但是在反封建的旗帜下，他们在对传统孝道文化主要思想的批判与否定中也就人伦道德问题进行了很多有益的新探索。吴虞反复强调子女是独立的人，他们应有自己的权利和自由，父母应该尊重子女的人格尊严，从而提出了建立新型的父母子女之间的道德关系。鲁迅在批判封建道德的同时，对建立新道德也进行了认真的思考。在建立新型的父母子女之间的关系上，鲁迅认为，新型的父子关系应该以"爱"为基础，应该将传统的子女报恩的封建思想抛弃，改为"爱"的思想，爱应成为新型父子关系的基础，双方的权利和义务是相等的。"这样，便是父母对于子女，应该健全的产生，尽力的教育，完全的解放。"③梁漱溟认为，国民性的不振，根本原因不在于孝文化，而在于孝文化被封建统治者利用、异化。对此，1921年他在《东西文化及其

---

① 唐宝林编：《陈独秀语萃》，华夏出版社1993年版，第58页。
② 李大钊：《由经济上解释中国近代思想变动的原因》，《新青年》1920年第7卷第2号。
③ 唐俟（鲁迅）：《我们现在怎样做父亲？》，《新青年》1919年第6卷第6号。

哲学》中说："孔子的伦理，实寓有他所谓絜矩之道在内，父慈、子孝、兄友、弟恭，是使两方面调和而相济，并不是专压迫一方面的——若偏欹一方就与他从形而上学来的根本道理不合，却是结果必不能如孔子之意，全成了一方面的压迫。"①

反传统、反封建是新文学创作与发展的核心与基础，新文化运动者批判传统文化对个体的漠视。《新青年》杂志最早展开了关于个体与家庭之间的论争，一些后来有巨大影响的思想家无不参与过这一争论。在这场争论中，人们提倡个体主义更

梁漱溟（1893—1988）

多是为了冲破以家庭为核心的宗法体制的束缚。新文化运动的主将们普遍看到对于现代社会来说，个体的独立平等自主之于新文化的重要价值；他们也深知家庭之于中国文化传统的核心地位，要破除旧的文化价值就必须对"家庭"来一个彻底批判。"个体"与"家庭"的问题不只是新文化运动诸多论题之一，"个体"问题牢牢抓住了现代性的要害，而"家庭"问题则是中国文化传统的核心价值，新文化运动一上手就触及了现代文明与中国传统的根基之处。"家庭主义"是中国文化传统的核心价值，具体体现为中国文化传统对于"家"的守护和重视。王国维作《殷周制度论》，特别指出周代以来的"诸制，皆由尊尊、亲亲二义出。然尊尊、亲亲、贤贤，此三者治天下之通义也。周人以尊尊、亲亲二义，上治祖祢，下治子孙，旁治昆弟，而以贤贤之义治

---

① 梁漱溟：《东西文化及其哲学》，商务印书馆1999年版，第156页。

官"①。1915年年底，陈独秀在《青年杂志》首卷总结"东西民族根本思想之差异"时，标举的就是西洋之以个体为本位，东洋之以家庭为本位。1916年年初，他又号召青年人尊重个体独立自主之人格，勿为他人之附属品。新文化运动的另一个主将胡适也提出了"健全的个人主义"口号，他以"易卜生主义"论述家庭之不堪与个体的挣扎，更深入地论述了发展个性的条件，"第一，须使个人有自由意志。第二，须使个人担干系，负责任"，只有锻造出这样独立自主的个人，才能无惧于社会多数意见的打压；他借易卜生剧中铎曼医生之口，呼喊道："世上最强有力的人就是那个最孤立的人。"②写下《家族制度为专制主义之根据论》的吴虞更是批判"家庭本位"的主要旗手，他以"孝"来分析家族制度。傅斯年以"万恶之原"论中国之家庭，以之为破坏个性的最大势力，而个性正是善的来源。顾颉刚也有一系列关于"家"的负面论述，试图全面检讨"家"在中国文化中的地位。新文化运动以来的思想家们在认识到个体本位的逻辑之后，清醒地感受到中国文化传统的要害，都紧紧抓住了"家"这个至关重要的问题进行批判。可以说，中国现代小说是在对传统文化的批判中萌生与发展的。为了实现文化革新和思想启蒙的历史使命，现代小说把对传统文化的批判与清算作为突破口，重点在于对中国传统伦理道德的批判。传统孝文化是伦理道德的重要构成部分，所以现代小说在反传统运动中首先掀起了对传统孝文化批判的热潮。现代小说所要批判的是传统孝道具有专制主义与腐朽性质的特定内容。巴金是在五四反传统思想影响下成长起来的青年作家，巴金曾说："我是'五四'的产儿。五四运动像一声春雷把我从睡梦中惊醒了。我睁开了眼睛，开始看到了一个崭新的世界。"③

---

① 方麟选编：《王国维文存》，江苏人民出版社2014年版，第383页。
② 胡适：《"易卜生主义"》，《新青年》1918年第4卷第6号。
③ 王金柱：《语言艺术大师巴金》，天津社会科学院出版社1994年版，第9页。

巴金的小说创作继续扛起五四反传统的旗帜，对传统孝思想进行了大胆而激烈的批判。巴金小说对传统孝思想的批判全面解构了封建孝思想的支撑，封建大家庭在孝道思想的腐朽与非孝思想的反叛中分崩离析。在巴金的作品中，家是滋生封建孝道罪恶腐朽的温床。许许多多的青年人在这里苦苦煎熬，甚至有人直接葬送了美好的生命。在五四新思想影响下，有人奋起反抗，如觉慧、觉民和琴；有人默默承受，如觉新。巴金的小说《家》全面批判了传统孝道的腐朽与专制，发出了那个时代反抗封建孝思想的最强音。作者在这部小说里批判了封建大家庭孝子们表面上满口仁义的孝道思想，实质上以孝道的双重标准来对待自己和子女。对自己，他们在虚伪中行孝；对子女，则利用无违顺从的孝道思想维护家长的权威与利益，表现了封建社会所谓孝子贤孙行孝的虚伪、腐朽与专制。

巴金：《家》，开明书局1935年版

新文化运动者在反思传统文化中，揭露知识分子的软弱与虚伪。钱锺书的《谈艺录》和《围城》一方面可以感受到钱锺书先生立志于意志力量和精神信仰，并且对表里不一的虚伪阴险、传统儒家知识分子自相矛盾的二重标准持有怨恨态度。比如，满嘴仁义道德，但却包含很多专制、霸道的等级要求。钱锺书小说中还包含探讨传统知识分子文化人格的教育内容，让更多人了解传统知识分子中有人格偏窄和内敛的人，揭示他们严重缺失精神价值和独立个性的传统知识分子特点，以及他们无条件地崇拜权力、愚忠君王，这些都是影响文化有效传承和发展的因素。一些知识分子还逃避自身的责任，

钱锺书:《围城》,晨光出版公司1947年版

对于自主自觉自由的精神缺乏认知,过于注重功名利禄的追求,缺乏对社会责任的有效落实和实践。例如,《围城》里面的方鸿渐,不仅是出身名门之家的人,还深受传统文化熏陶和饱读经书。但是在后来去英法等国学习,受到西方文明浸染,进而呈现出对传统文化强烈的反抗意识。但是为了更好地满足自身的面子心理,他采用打着传统文化烙印、维持自己招牌的形式,虚假和违心地进行传统文化的学习。

新文学批判落后的、腐朽的传统文化有其历史和现实背景,有其时代必然性。在五四时期的中国文化现代转型中,知识分子是最直接推动者。他们最早感受到西方现代思想的价值,洞察到中国传统文化诸多缺陷和转型的迫切要求,并以积极态度进行了呼应。他们努力促进中国文化新生,在这过程中不得不充当了传统文化的"逆子"。新文学的现代化发展、立人精神的塑造和对传统文化的深度反思都需要艰难而漫长的磨砺过程,批判和自我的批判都不可缺少,只有批判性地完善和发展自我,才能促进自我与时代更新的共同完成。

四、个人命运与人类命运的双重反思

时至今日,当我们再次回望中国现代文学史上的作家作品,究竟在回望什么？客观来讲，当今作家的写作能力、写作方法乃至写作水平都超过了现代作家，但为什么五四新文学有着永远让人感动和震撼的地方呢？除了具体的作家写作，除了文学的发展演变，还有一个根本原因，就是五四那代人，他们的情怀，他们的志向，他们的责任感和使命感，长久地感染和影响着我们。无论是鲁迅笔下的阿Q、孔乙己，还是萧红在《生死场》和《小城三月》中对生死和女性境遇的思考，曹禺在《雷雨》中所寄寓的命运追问，这些艺术形象和故事情节，虽然诞生于特定的时代环境，带有一定的时代印记，虽然表现的是具体的个人遭际和个人命运，但蕴含着这些伟大作家超越时空的人性关怀，我们仍然能从这些人物和命运中照见自我和人类。唐弢曾表示鲁迅笔下的《故事新编》虽然"采用了历史故事的形式，但三十年代最初读到的时候，却觉得那些人物，那些事件，莫不栩栩如生地活动在我的周围，活动在我所处的那个社会里"①。这实际上道破了以鲁迅为代表的整个现代文学的创作，具有强大生命力和穿透力的根本原因，这些肩负着变革重任和时代使命的新文学作家，从拿起笔转向文学的那一刻，便绝非仅仅是为"应时而作"，历史的浪潮退去，依然清晰可见他们在探索人类命运道路上深耕跋涉的步履。现代作家熔铸于精神血脉的深沉品格宛若群岛，经受岁月的风浪日复一日的侵蚀与击打，却依然坚挺地屹立于广袤的海洋之上，展露出那千姿百态的尖顶。

唐弢（1913—1992）

---

① 唐弢:《关于〈故事新编〉》,《中国现代文学研究丛刊》1983年第2期。

（一）"人的文学"观念

对人的思考，对人与宇宙关系和人在宇宙中位置的思考，一直是中外作家书写的核心。五四新文学从开始就是以"人的文学"为起点的。"人的文学"的经典意义有二：一是对中国几千年文以载道的传统，特别是不注重个人的倾向进行了反省；二是对西方文化强调人的自由、个性与解放给予了接纳与传播。一百多年来，我们也都是在这两个方面理解和认识新文学作家的"人的文学"的观念。但是我们对新文学作家"人的文学"认识准确吗？正确吗？完整吗？到位吗？这次新冠疫情促使我们重新思考这个问题。实际上，整个现当代作家高扬的"人的文学"并不只是强调对传统文学的反拨和对西方人的个性的张扬，现当代作家在思考"人的文学"的过程中从来没有割裂人与人、人与群体、人与社会、人与时代，乃至人与自然和整个宇宙的关系。五四新文学作家反对的是"文以载道"的"道"，并没有否定文学载道的功能。五四到今天，没有一个真正中国作家的文学是毫无责任感和使命感的；中国现当代作家在强调人的自由和个性的同时，也从来没有放弃人的时代性、社会性。所以，如果我们对"人的文学"的理解只局限在反对"文以载道"、高扬人的自由与个性，是不全面的，也是不准确的。归根到底，文学是人性复杂的体现，文学更是历史文化深刻的体现。世界上没有一部文学作品，它是好在优美的词语、美好的景物描写、巧妙的结构和动听的故事。一部真正的好的作品，一定在人的命运的探索上有所追求。文学对人的思考，首先体现在深刻刻画人的命运，展现各种各样人的命运，以及人在命运面前的样子。

人类历史上经历过无数次深重的灾难，包括这次全球范围的新冠疫情，不仅前所未有地造成了对人类生命财产的冲击，也前所未有地带来人们心灵的巨大创伤。正因如此，灾难也加强和促进了人类反思自己生存环境和精神重建的意识。所谓的"灾后重建"，不仅仅是重建基础设施，恢复日常生活的秩序，恢复身体的康健，更主要的是重建人的心理健康，重建人的精神信念。而在灾难促使人的反思中，文学始终是在场的，它根植于深广的历史和鲜活的现实之中，牵连着人类共同的命运。

人类的发展史，是与蒙昧对抗的文明史，同时也是与灾难博弈的抗争史、生命史。灾难作为人类社会历史进程中无法回避的创伤，进入文学领域则成为一种创作素材，聚合为一类文学母题。文学的根本价值是什么？是无用之用！文学之所以蕴藏着"抗疫"的社会功用，主要在于文学的双重精神价值：一方面，文学作为一种修养，它能够提升人的心智，促使人的思想成熟、精神健全，从而培养正确的生活态度和健康的生活方式。文学经典会开阔人的视野，赐予人饱满的精神和积极乐观的心态，让人理智、全面地理解问题，从容、豁达地面对命运的波澜和生活的苦难。我们中国自古就有"腹有诗书气自华"的说法，俄罗斯也有一句著名谚语"一个人读不读陀思妥耶夫斯基，是可以从脸上看出来的"。同样地，对中国人来说，读不读《红楼梦》，读不读鲁迅也是能从一个人的脸上看出来的，这就是文学对一个人处世心态、精神气质的内在影响，甚至是对整个民族精神气质的内在影响。另一方面，文学会引导和启发我们更好地摆正人类与宇宙之间的关系，促使人类进行反思、内省。文学是潜移默化、深入人血脉的一种素养，它不是活学活用、立竿见影的东西，它需要长期地养育和浸润，才有可能找寻到那条被绝对是非观念所遮蔽的路径，文学"无用之用"的特点和价值就体现在这里。

在人类社会发展的进程中，特别是近些年来，在与宇宙、自然的关系中，人们似乎越来越自信：登月球、上火星，整个宇宙好像就没有人类不能抵达和探索的地方。但这次新冠疫情对人类生命安全所造成的威胁和全球经济所遭受的重创，足以证明人类其实是非常渺小、非常脆弱的。清醒过来，如果一定要赋予苦难以意义，这次疫情最重要的价值，就是给人类带来了沉痛、深刻的反思：一是人对生存环境的反思，人必须重新思考人与人、人与自然、人与社会、人与时代，乃至人与宇宙的关系，人类终于意识到，在大自然面前需要有一次"伟大的纠错"；二是人对自我的反思，面对病毒，除了加强管理、完善政策和发展科学技术等，更重要的是，人要提升自我的文化素养，维护自我的精神健康，不漠视他人的苦难，用不断丰富和强大的精神世界来抵抗无常世事，而这些都与文学有着密不可分的关系。

在高举"人的文学"与思想启蒙的五四时期，人们通过宣扬生态意识为人类自我意识的确立找寻了新的路径，人与自然、人与宇宙关系的反思集中体现在生态文学这类创作题材中。生态文学的勃兴不仅仅是对自然风光的歌颂，对生态问题的回应，同时也是人对自我、对社会、对整个生存环境的检视。从广义上来说，生态文学即人对生态环境、生态问题的认识和反映，包括人在处理生态问题时的观念、情感、态度和措施。实际上，生态问题不仅局限于管理问题与科学技术问题，归根结底是伦理道德问题、哲学问题，是一种关乎诗性生活的美学问题。文学的本质是落实到人与自然的关系中，也就是说，建立生态意识归根结底是为了确保人类长久的生存与发展，通过对人与自然内耗式的相处模式的反思中，唤起人类真正的自我意识和生态意识。中国有句俗语叫"一方水土养一方人"，强调的是地理位置、物候环境对当地居民生活方式、思想观念和文化性格的影响与塑造，但在我们看来，去掉这个"养"字则更好，"一方水土一方人"强调的不仅是一方水土单方面地养育一方人，反过来，一方人也养育了这方水土。"一方水土一方人"更注重的是人与自然互养、互动、互融的关系，而这才是生态平衡、宇宙和谐的本质。早些年，北京颐和园昆明湖的水一度不那么碧波荡漾了，圆明园里的福海甚至干涸了，究其原因，是这两个湖之间有一个大水池，因为没有名气，所以就被填掉了。实际上，这个大水池是养护着昆明湖和福海的，填掉大水池，就等于把昆明湖和福海的肺割掉了，把它的肾割掉了，那昆明湖和福海的水还会丰沛吗？以水养水，才能达到生态平衡。但人类要形成这样一种环保意识，要形成与自然这样一种和谐关系，是需要很高的修养的，特别是文学与文化的修养。

　　文学对人的反思是多个层次、多个面向的，既是对五四时期"人的文学"理念的反思，是人对生态环境的反思，同时也是对作家和作家笔下人物的反思。我们常说，一部打动人心的作品往往浸润着作者的人生底蕴，但"人生底蕴"绝不是四个轻松美妙的字，它往往是由一个人巨大的悲哀和痛苦铸成的。大概没有一位女作家经历过萧红如此大、如此多的痛苦，尤其和冰心这位一生写爱的百岁老人相比，萧红一生都没和半个"爱"字沾边。冰心那代人坚信"母爱是伟大的"，而到了当代，池莉这代人则认为，母爱"一半是伟大，一半是愚蠢"。但对萧红来说，她的母爱连一半都没有。萧红只活了31岁，这31岁满满承载了苦难，而苦难铸就了她文字巨大的穿透力和震撼力，这种穿透力和震撼力甚至超过了冰心。冰心活了100岁，她一生的文字可以用一个字"爱"来概括，这可谓人生与文学的双重传奇。冰心哪里不如萧红呢？如果一定要说冰心有不如萧红的地方，那就是她的一生太顺遂、太幸福了，她得到的爱太多了。而萧红则相反，她得到的爱太少了，得到的痛苦太多了。今天人们常常谈论哪个地方好，哪个地方不好，其实当人们说哪个地方好的时候，就是在谈论你的家在哪里！而萧红没有家，所以哪个地方对她

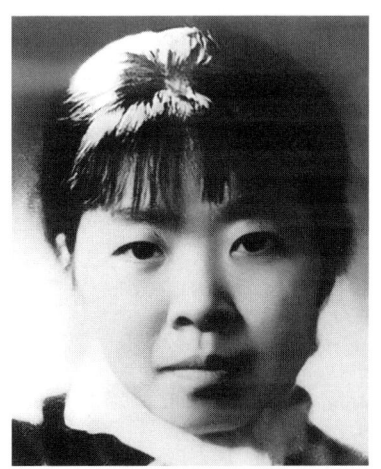

萧红（1911—1942）

来说都不好。萧红在散文《失眠之夜》中说："那块土地在没有成为日本的之前，'家'在我就等于没有了。"但也正因为萧红的"无家情结"，因为她寂寞孤独的童年，漂泊流浪的生涯，辗转波折的爱情，才赋予了她开阔的悲悯胸怀，使她思考着人的生存境遇和生命意义，所以她的文字更深刻，更有冲击力。

（二）时代洪流中的命运沉浮

现代作家一方面自觉地响应时代变革的浪潮，在创作中积极地反映社会事件，比如李劼人的"大河三部曲"就融入了保路运动、辛亥革命等一系列重大的历史事件，郭沫若高度赞扬了李劼人的笔力，感慨"作者的规模之宏大已经相当地足以惊人，而各个时代的主流及其递禅，地方上的风土气韵，各个阶层的人物之生活样式，心理状态，言语口吻，无论是男的女的老的少的，都亏他研究得那样透辟，描写得那样自然。他那一枝令人羡慕的笔，自由自在地，写去写来，写来写去，时而浑厚，时而细腻，时而浩浩荡荡，时而曲曲折折，写人恰如其人，写景恰如其景，不矜持，不炫异，不惜力，不偷巧，以正确的事实为骨干，凭借着各种各样的典型人物，把过去了的时代，活鲜鲜地形象化了出来"[①]。但现代作家并没有单纯地沉溺于宏大叙事，他们往往在巨变的洪流中关心着那一两朵浪花的命运，这几朵浪花虽然微小，却更能代表普通人的遭际和沉浮，让我们得以看到历史的背面。

历史的复杂性在同样纷繁交错的左翼文学中有着深入的表现。以左翼作家柔石的创作为例，《二月》是他最富有时代痕迹和思想价值的中篇小说之一。作者没有追赶革命潮流去塑造突变式的英雄人物，而是刻画了一个低回

[①] 郭沫若：《中国左拉之待望》，《中国文艺》1937 年第 1 卷第 2 期。

彷徨而又富有理想的青年知识分子形象。主人公萧涧秋为躲避黑暗现实来到芙蓉镇，但是仍然苦闷忧郁，自己也陷入感情困境不能自拔，加上外界的流言蜚语，小说生动地展现了被五四唤醒的知识分子在中国现实社会走投无路的境况，再次证明了在强大的封建主义势力面前，个人主义、人道主义理想的孱弱无力。"但我们书中的青年萧君，便正落在这境遇里。他极想有为，怀着热爱，而有所顾惜，过于矜持，终于连安住几年之处，也不可得。他其实并不能成为一小齿轮，跟着大齿轮转动，他仅是外来的一粒石子，所以轧了几下，发几声响，便被挤到女佛山——上海去了。""他幸而还坚硬，没有变成润泽齿轮的油。"① 在文本中，柔石通过萧涧秋、陶岚、陶慕侃、文嫂、方谋等之间的复杂关系纠葛，真实呈现了20世纪30年代中国社会的复杂社会历史面貌，是对中国知识分子道路的个人化思考。"这部中篇落笔细密清妙，飘逸脱俗，在把爱情和同情两条人事和心灵的线索互相缠绕映衬中，使情节跌宕有致，使性格、心理、情绪描绘得袅娜动人，字里行间是散发着一种清澈而忧郁的音乐感的。"②

我们都知道夏衍的《包身工》是一篇报告文学，但是读过的人都不会觉得这是舶来的艺术，不会觉得有任何理解上的隔膜，反而一接触就被它震撼，就觉得难以忘怀。这种震撼和影响在今天依然存在，原因何在？夏衍在回忆创作《包身工》的经历时，称自己的这部报告文学作品"一点也没有虚构和夸张"。夏衍的理论研究和创作实践始终强调报告文学的一个本质特征，那就是真实，真实地呈现身处底层的、被盘剥者的生存处境，以这种真实的力量让人们对受苦受难的劳动人民的命运感到痛切的悲哀和愤怒。题材选择上，

---

① 鲁迅：《柔石作〈二月〉小引》，载鲁迅先生纪念委员会编纂《鲁迅全集》（第4卷），中国人民解放军战士出版社1973年版，第158—159页。
② 杨义：《中国现代小说史》（第2卷），人民文学出版社1988年版，第294页。

夏衍聚焦底层、选取典型，表达社会关切。他将目光集中于社会底层的包身工，关注小人物在社会动荡中的真实经历。1927年，夏衍进行了一段时间的工会工作，借此机会认识了纱厂中工作的工人朋友，对工人的生活情况有初步了解。1929年年底，他居住的沪东唐山路业广里也属于工人居住区，夏衍在这段时间常常与工人进行交流。正是这些生活经验上的积累，使"包身工"这一制度进入了作家夏衍的创作视野。随着对包身工生活相关材料的深入认识，他感受到了"灵魂的震动"，决心写作一部作品，揭露日本帝国主义压迫、奴役中国底层人民的真相。在搜集材料方面，他深入生活、实地调研，力求实事求是。夏衍深入包身工生活现场，展现出其强烈的社会责任感和求真意识。他通过种种渠道收集与包身工有关的材料，与日本纱厂中的一位职员杏弟进行联络，赴包身工工作的车间进行实地考察，亲自到包身工住宿的工房进行体验，希望能深切体会带工头对包身工管理的残酷。

夏衍当时住在麦特赫斯德路（也就是现在的泰兴路），距离包身工所处的杨树浦一带有十几里路程，为了能够观察包身工清早和晚间上下班的过程，他凌晨三点多钟便起身，走十几里路赶在五点包身工上工之前到达杨树浦。从1935年3月初到5月，夏衍足足做了两个多月的"夜工"，终于对包身工的日常生活有了真实的体会。包身工的工房被日本警察、巡捕、带工头手下的流氓重重封锁，在杏弟的带领下，夏衍成功地混进工房两次，但自此之后就被带工头的手下严加观察。可见搜集材料的过程并非想象中那样容易，但尽管如此，夏衍也没有放弃对真实性的追求。

今天，我们想到夏衍的《包身工》，总是第一时间提到"芦柴棒"，想到"芦柴棒"就自然而然地联想到无数底层苦难人民的悲惨命运。夏衍真正做到了以小见大、反映时代，关注国家命运。20世纪30年代，日本帝国主义势力入侵中国，形成对中国人民的严酷压迫，中华民族处于历史上的危难关头，文学创作无法仅仅停留于文学、精神、审美层面，知识分子面临国家、民族救亡图存的焦虑，他们迫切地关注现实问题，寻找解决社会问题的种种途径。中国社会经历着来自侵略者政治、经济等方面的多重打击，夏衍选择深入上海纱厂女工日常生活的具体细节，以小见大，反映的是日本帝国主义与中国人民之间不合理、不公平的雇用关系，反映的是日本帝国主义对中国人的奴役，反映的是 20 世纪 30 年代中国社会的根本性质和特点，体现了夏衍对中华民族生死存亡的思考。在《包身工》这部作品中，政治意识和审美意识、时代性和文学性都得到了很好的融合，使中国报告文学达到了一定的高度。可以说，《包身工》是一种文学形式的范本，它表明了报告文学该怎么写、该写什么内容，在文学史的叙述中几经沉浮而并不褪色，始终具有典范意义；《包身工》是一种时代的范本，其中记录的芦柴棒，是特定时代特定社会关系中的产物，是凝结了无数被压迫的包身工的"这一个"，在社会现象层面上，始终具有历史意义；《包身工》还是一种社会情感范本，《包身工》由作者对革命和社会的关注出发，将报告文学具有的理性和情感属性进行合理调和，使其引发读者关于社会、时代、革命等问题的共鸣和思考，始终具有情感意义。《包身工》是报告文学的经典作品，是革命文学的经典作品，重温这部文学作品，就是重温那一段过去的历史，重温左翼作家的人性关怀和社会理想。《包身工》包含着夏衍本人的革命意志和革命情感，是左翼作家在文学形式上的开掘和尝试结出的硕果，也是以报告文学这一文学样式触及人的理解、追问人的命运的重要尝试。

（三）直抵心灵的人性关怀

鲁迅之所以能够稳坐现代文学的第一把交椅，不仅因为他对民族的命运和性格给予了深刻、全面、系统的思考，更重要的是，鲁迅在作品中蕴藏着他痛彻的情感经历和深沉的生命体悟。与林语堂、梁实秋、沈从文这些着重描写人生"小情趣"、"小智慧"和"小悲欢"的作家相比，鲁迅直面人生的大痛苦、大灾难，这种执着书写人类命运根本悲剧的追求，突出表现在鲁迅绝大多数作品的结局都指向了死亡，不是人物的死就是动物的死。鲁迅为什么如此普遍地写到死亡？难道是鲁迅欣赏死亡吗？实际上，鲁迅如此频繁地写到死亡，恰恰是因为鲁迅在思考如何更好地活着！只有体悟过死亡的痛苦和绝望，才会真正懂得活着的价值与意义，面对无可回避的生与死，鲁迅既不畏惧，也不苟活，既不避世，也不虚度，他用生命的腐朽来印证曾经的存在，因此才能"对于这死亡有大欢喜"，这是一种"向死而生"的生命意志，是一种高度成熟的文化心态上的平衡。

鲁迅这种对生命的体悟，也影响了当代作家的创作，比如"死亡"同样贯通在余华的作品当中，从《现实一种》到《河边的错误》，从《活着》到《第七天》。余华作品的死亡主题不断嬗变，从醉心于描写血腥、荒诞的暴力死亡逐步转变为挖掘死亡背后的生命本质，在渐趋柔和的死亡叙事中，余华多了对笔下人物的悲悯与关怀。《活着》中富贵的亲人一个接一个地死亡，但每个死亡背后都关联着特定的社会背景，由此让人体悟到个体的生命不过是时代沧海中的一粟，在时代的悲哀面前，人只要能够平淡地活着，哪怕是孤独地活着，都是那么可贵，活着就是全部意义所在，这也是一种向死而生。余华在长篇新作《文城》中，同样延续了对荒诞和苦难的执着表现。作品描写了各种各样的苦：情感的欺骗、乱世的漂泊、亲友的离散，但人生最大的苦莫过于虚无和徒劳。主人公林祥福终其一生都在寻找小美随口编造的虚构之地"文城"，"文城"似乎成为一个生命的寓言，它预示着人永远追逐却无法抵达的理想不过是一座蜃楼。即便生活充满挫败和痛苦，是一场无解的困境，但《文城》中依然存在人与人之间的真情和信赖，存在悲悯和良善，这是余华回应苦难的答案，也应该是我们面对生活、面对灾难的态度。

2021年是鲁迅140周年诞辰，在这样一个特殊的时刻，我们再次感受到鲁迅精神的恒久和价值。鲁迅在《呐喊》《彷徨》《野草》中所倾注的人生体验和现实追问，在今天依然是绕不过去的话题。为什么绕不过去？因为五四以来中国人的精神困境和社会问题依然存在，我们依然需要通过鲁迅其作，走近鲁迅其人，去感受鲁迅作为中国文化守夜人的清醒和自持，面对当下复杂纷繁的国际局势，这份清醒和自持对于中国的发展具有重要的现实意义。

余华:《活着》，北京十月文艺出版社2017年版

曹禺的剧作之所以能成为人们"说不尽"的话题，除了因为曹禺善于构织紧张剧烈的戏剧冲突之外，更与他的剧作从一开始就以极大的兴趣关注着人的命运有关。从《雷雨》到《日出》再到《原野》，曹禺始终关注的，是对宇宙神秘性的探索和对人类命运的思考，这也使曹禺的剧作始终带有一种辽阔、深远、悠长的诗意和诗性。剧中有诗，这一点正是曹禺最贴近外来话剧本源，又最贴近中国传统京剧的地方。从这个角度理解曹禺和现代话剧一百年的发展，我们才能更加准确地理解曹禺对于中国现代话剧乃至中国现代文学的重要价值。《雷雨》之所以能一问世就产生这么大的影响，获得这么多的关注，一个重要的原因在于曹禺会写"戏"，他特别善于构织紧张剧烈、引人入胜的戏剧冲突。但有意思的是，从外界的很多评论来看，《雷雨》的硬伤恰恰也来自这些偶然和巧合造成的冲突性，包括曹禺自己后来谈起《雷雨》时

也认为这部剧的缺陷在于"太像戏了"。时至今日,当我们重审《雷雨》时不禁去思考这样一个问题:曹禺为何要设置如此多的戏剧巧合?这是因为从本质上来说,曹禺写的不是反映现实人生的"社会问题剧",而是一首悠远、神秘的诗。《雷雨》完成后,曹禺明确表示:"我写的是一首诗,一首叙事诗,(原谅我,我决不是套易卜生的话,我决没有这样大胆的希冀,处处来仿效他。)这诗不一定是美丽的,但是必须给读诗的一个不断的新的感觉。这固然有些实际的东西在内(如罢工……等),但决非一个社会问题剧。"[①] 如果不明确这一点,不认清曹禺创作的初衷,就无法真正理解这些看似刻意设置的戏剧巧合,本质上究竟意味着什么。从周朴园与鲁侍萍到周萍、四凤这代人的情感纠葛,从蘩漪的疯到周冲的死,这背后始终有一股难以名状的神秘力量推动着,那就是深不可测、难以把握的命运!

---

① 转引自张耀杰《曹禺:戏里戏外》,东方出版中心 2012 年版,第 59 页。

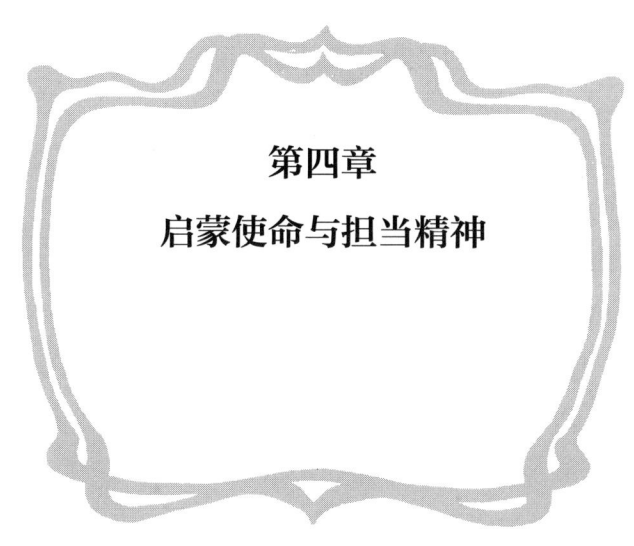

第四章

启蒙使命与担当精神

从鸦片战争到新中国成立，短短的一百余年时间，中国社会发生了翻天覆地的变化，从两千多年的封建形态走向近现代社会的历史转型时期。当我们回望中国近现代历史时，波澜壮阔、风起云涌，中国的经济形态、政治制度、外交关系、军事体制、法制制度、教育体制、科学技术、思想文化、民族心理、社会风俗、伦理道德、家庭结构等诸多方面发生了历史上最为剧烈、最为显著的变革。五四新文学的发展伴随着在传统文化与现代文化、本土文化与西方文化的比较，有着对现实日益沉重的沉沦感与疏离感，强烈的前瞻意识、批判意识、承担意识。在传统与现代、东方与西方、本土与外来、激进与保守、民族与世界等诸多矛盾的内在体验中，五四新文学作家在深刻地省察过去的同时又试图超越自身的文化局限重寻思想的新方向。面对"中国三千年未有之大变局"，面对中国有史以来社会政治经济体制、知识理念体系、个体与群体文化心理结构等的全方位大转型，面对中国历史前所未有的意义危机和秩序危机，面对生存与发展、变革与改造、梦想与现实、自我与他者、危机与抗争，五四新文学有着前所未有的责任意识与担当精神。

一、中国自古就没有纯文学

中国的古代文学发展经历了一个十分漫长的演变过程。早期的文学萌芽和一些文学因素往往是隐藏在宗教活动中，直到西周时期，中国才出现了独立的文学活动，春秋末期才具有了比较完善以及比较明确的古代文学观念的表达。总体而言，中国古代文学关注现实的理性精神，延绵千年的"文以载道"的传统，主要体现的是以诗文为教化手段的文学功用观。从《诗经》《左传》《史记》到魏晋南北朝文学、唐宋明清文学，有几篇文学作品是为文学而文学的呢？中国好的文学，往往都是依附在特定的历史文献中，包括军事文献，反过来讲，中国的历史文献、军事文献，乃至是一些地理文献中都含有文学的因素，某种角度来说，中国自古就没有纯文学。

（一）中国古代文学的交叉特征

文学观念是指对于文学普遍本质或基本属性的理性认识，回答"文学是什么"和"文学做什么"的问题。就文学观念发展的历史逻辑而言，一个民族最早形成的文学观念，往往包含着这个民族最基本的文学思想和最重要的文学精神，也是这个民族后来不断发展的文学观念中最深厚的文化之根和精神之源。文学主体、文学活动与文学话语的演变与中国古代文学的发展息息相关。同时，社会生活、学术思想和知识系统也对中国古代文学的发展有很大的影响，大文化环境的多种因素指社会的政治体制、政局、思想潮流、生活方式、经济水平、地域特色文化、文化交流等。朝代变更形成文学发展的自然段落，思想潮流推动着文学变革，地域文化影响作家群落、文学流派、作品风格的形成。社会需要、官方重视是文学发展的动力，文学家的社会生活、文学素养，先进的文学理论的指导是文学作品成熟的关键，影响了大量文学作品的产生。

19世纪中期以来的西方社会，文学批评在与美学分离之后，成为一门独立的现代学术研究学科，朝着囊括整个文学研究的方向发展，作为一种新的诗学和文学批评的口号，都显示了文学自身的学问。这种学术性文学研究，在19世纪末至20世纪前期，随着其自身的发展，逐步被引入中国学界，通过强调文学特质及审美价值的文学原理，在推进中国纯文学史建构的进程中扮演了重要角色。晚清以来，有关"纯文学"的观念，经由日本的中介而输入中国。从王国维1905年发表的《论哲学家与美术家之天职》、鲁迅1907年发表的《摩罗诗力说》，到周作人1908年发表的《论文章之意义暨其使命因及中国近时论文之失》、黄人1911年编纂出版的《普通百科新大辞典》中有关"文学"的词条，已经可以看到这一现象及其递变，虽然那或许仅体现个别先锋学者在观念上对外来新事物的接受，却开启了我国文学领域由传统向现代历史性转换的路径。与此同时，"文学概论"样式的西方文学论，亦已经日本的中介传入。

中国古代文学与文献的分类是模糊的、交叉的，从中可以更加印证中国自古就没有纯文学。六分法是我国最早出现的图书分类目录的分类法，它反映了当时学术和图书分类记录的实际。随着学术和图书分类记录的进一步发展变化，图书的分类编目有了调整和改革，六部分类体系不再适用，四部分类法在魏晋时期应运而生了，并对后世的目录分类产生了深远的影响。四部分类法实际上就是后世所称的经、子、史、集。

经部所著录的是儒家的经典和后世儒生解说经书的著作，以及与学习经书有关的读物如"小学"之类书籍。儒家的经书，最初只有《诗》《书》《礼》《乐》《易》《春秋》"六经"。后来《乐》亡佚，所以汉武帝时只立"五经"博士。汉代提倡"以孝治天下"，到东汉时又增《孝经》和《论语》，合为"七经"。唐代时，在这七经的基础上，又分《礼》为《仪礼》《周礼》《礼记》，分《春秋》为《春秋左传》《春秋公羊传》《春秋穀梁传》，再加上《尔雅》，共为"十二经"。宋代理学家把《孟子》的地位抬高，朱熹取《礼记》中的《大学》《中庸》两篇与《论语》《孟子》相配，称为"四书"，于是《孟子》也进入了"经"的行列。唐代的"十二经"加上《孟子》，就成了宋代的"十

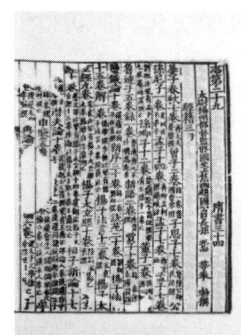
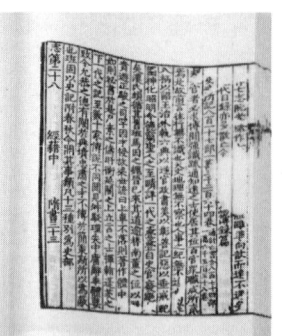

（唐）魏徵《隋书·经籍志》

三经"，此后相沿不改。经学在我国封建社会中占据着思想文化的统治地位，为历代统治者所重视。因此，自《七略》《汉书·艺文志》的"六艺略"开始，到《隋书·经籍志》以后"经部"的设立，经学书籍一直占有古籍四大部类中的一大部，并居于四部之首。就其数量来说，也可谓汗牛充栋。据《四库全书总目》著录，经部书籍就多达 1773 部、20427 卷。

史部著录历史类书籍。《汉书·艺文志》中没有设史籍类，史书附于"六艺略"中的"六艺"类。这表明当时的史学书还不很发达。晋荀勖《中经新簿》及李充《晋元帝四部书目》开始为史籍设立部类，正式确立"史部"名目的则是《隋书·经籍志》。其"史部"序云："夫史官者，必求博闻强识，疏通知远之士，使居其位，百官众职，咸所贰焉。是故前言往行，无不识也；天文地理，无不察也；人事之纪，无不达也……班固以《史记》附《春秋》，今开其事类，凡十三种，别为史部。"① 唐玄宗时目录学家毋煚撰《古今书录》，其史部也采用了《隋书·经籍志》十三种细类，并对每一细类加以解释。

此后的国家图书目录和史志目录的史部种类基本上沿用《隋书·经籍志》之法，而略有增减变更。如将"古史"更名为"编年"，将"簿录"改称"目录"。《宋史·艺文志》增设"史钞"，《四库总目》增设"纪事本末""别

---

① 参见（唐）魏徵等撰《隋书·经籍志》，载王承略、刘心明主编《二十五史艺文经籍志考补萃编》（第 13 卷），清华大学出版社 2013 年版。

史""时令""史评",《清史稿·艺文志》增设"金石"类等。这些种类的增设,反映了历史学术的发展和史籍增多等情况。

子部著录以《汉书·艺文志·诸子略》所包括的先秦儒、道、阴阳、法、名、墨、纵横、杂、农、小说等九流十家的诸子著作为主,再合并《汉书·艺文志》"兵书略""数术略""方技略"三大类中的书籍,唐宋以后又增设释家类、道书类(或神仙家)、艺术类、类书类、谱录类等,从而使子部成为一个十分庞杂的部类。包括古代哲学、军事、农业、医药学、天文、数学、艺术、手工、饮食、动植物以及阴阳五行、风水占卜和类书等方面的著作。其中小说类还包括小说一类文学著作。

集部是在《汉书·艺文志·诗赋略》的基础上扩展而成的。《隋书·经籍志》集部类序云:"班固有《诗赋略》,凡五种,今引而伸之,合为三种,谓之集部。"① 集部主要著录文学书籍。《隋书·经籍志》集部下分"楚辞""别集""总集"三类。后世集部大多沿袭这一体例而增设"文史"(即诗文评)类,《四库全书总目》集部再增"词曲"类,共为五类。

在经、史、子、集四部中,经部历代因袭,变化很少;史部基本上只收历史类书籍,专科性较强;集部主要收录诗文集及诗文评著作,特点也比较明显;唯有子部比较庞杂,其他三部不能归属的,全都统归子部。从古代文献的分类可以看出,严格意义的纯文学是不存在的。

除此之外,中国古代文学在漫长的历史进程中发展而出的特点,也说明了纯文学在中国文学史上的缺位。在古代文学的发展历程中,现实生活中诸多困扰导致创作者会设置两个情境:有我之境和无我之境,并通过这种方式

---

① 参见(唐)魏徵等撰《隋书·经籍志》,载王承略、刘心明主编《二十五史艺文经籍志考补萃编》(第13卷),清华大学出版社2013年版。

达到关注社会和自我安顿的双重效果。这种方式在先秦和魏晋时期较为典型，主客体的意向性关联在文学作品中时有体现。在文学创作的审美观照中，作者往往进入物我两忘的境界。寻求主客体交融的效果。同时，在审美观照中，文学作品寻求心灵的关注、人性的关怀和对人生终极目标的思考。追求崇高悠远的意境，意境的核心在于"人"。意境是一种主观情感和客观情感相互交融结合而产生的一种能够陶冶情操，使读者或者作者沉浸在想象中空间里的一种情景，是虚实相结合的。在中国的文学宝库中，意境的运用一直是诗人词人所追求的一种表达效果和表达手法。尤其是在中国古代的文学作品中，文人更注重自己作品中的意境美和意境带来的情感上的愉悦，这已经成为古代文学作品中的一个标志。意境就是文艺作品或自然景物中展现出来的情调和境界。意境是我国古代文学中所独创的一个理论，它是文人墨客用来抒情的一种方式，它是一种艺术形态，一般只存在于读者或者作者的思想和意念中。意境也是诗人在进行创作时把自己的主观情感和感想，与眼前的或者是想到的客观事物有机结合在一起，使两者相互交映、相得益彰，就能借此很好地表达作者的思想和感受，使作者能够根据联想或者想象产生美好，让作者有很大的想象空间和情感的归属地。

中国古代文学在很大程度上受到了中国传统儒家学说中各种凝重的伦理品格和浓厚的忧患意识的影响。儒家思想赋予古代文学浓厚的忧患意识和凝重的伦理品格，儒家道德主义理想的生死观，重视丧礼和祭祀，并且把道义作为判断生死价值的标准，精神上追求道德、人格和事业的不朽。儒家思想的现实主义传统特征非常浓厚，而道家则在面对生命沉重的现实的过程中形成了一种浪漫主义的色彩，这两种思想都对中国古代文学特征具有深远影响。首先，关注现实的理性精神在中国古代文学中始终占据了主流，人间才是中国古代文学关注的焦点，而并非天国。其次，中国古代文学"文以载道"的传统非常强烈。"文以载道"属于一种文学功用观，就是将诗文作为一种教化手段。"文以载道"具体的发展阶段为：儒家在春秋时期的诗教属于启蒙阶段，而其正式形成的时期则是唐宋古文家明确提出的"文以载道"；"文以载道"在宋代的理学中主要是要将社会功利性在文学价值中体现出来；而梁启超等曾经对社会人生受到的文学影响进行了强调，也就是要利用文学形象对人生进行评价，并且要将文学的感化教育功能充分地发挥出来。儒家提倡社会成员利用提升自我修养的方式传播自身的思想，充分地体现了以"文"为道德观的观点。先秦提出了"立言"的传播思想。以诸子百家为代表的士人在春秋战国的时候采用周游列国或者聚徒讲学的方式对自身对政治和社会的改革意见进行发布和传播。

（二）重视思想与扎根现实

中国古代文学作品具有很强的历史意识、强烈的现实反思精神。现实主义具有三方面基本特征。其一是它的现实主义创作精神，即它是重现实的。现实主义作品正视现实，忠实于现实，反映社会生活，紧密结合人生。现实主义精神要求直面人生，不回避现实，无论现实是美好还是丑恶。它强调以现实为中心，主张再现。其二，就构思艺术形象的原则而言，现实主义创作原则按照客观世界固有的面貌，按照生活本身的逻辑，真实地、描写生活中已经存在和可能存在的事物。它强调对于形象的表现态度是客观的再现，达到追求真实的目的。其三，现实主义创作原则在表现上，较多地采用写实的方法，追求细节的真实，强调精细的描写，具有强烈的生活气息和高度的逼真感。它追求客观性、真实性，在表现手法上自然是写实的。我国第一部诗歌总集——《诗经》中《国风》里就有许多优秀的现实主义诗篇，如《伐檀》《七月》《黄鸟》等。经过历代文学的发展，不屈不挠与反动黑暗势力抗争的精神愈加丰富。有反剥削、反压迫、反苛政、反徭役、反战乱、反侵略、反封建礼教的传统，不少士大夫还有愤世嫉俗、弃官为隐的精神。爱国反战出现了戚继光等民族英雄；反封建礼教出现了《孔雀东南飞》等优秀文学作品；反剥削压迫、反苛政徭役出现了历代农民起义，愤世嫉俗的有嵇康、阮籍、左思、鲍照等名家；弃官归隐的有陶渊明等。王实甫的《西厢记》，明清的小说《水浒》、《三国演义》、《红楼梦》和《儒林外史》等，在概括时代生活的广阔性、丰富性和深刻性上，在典型人物的塑造上，在对人们的现实生活的描绘上，以至在细节的真实和情节的典型化上都分别达到了很高的成就。现实是文学创作的源泉，文学往往用以反映现实生活，反映现实条件下的百态人生。通过文学发展的历史可观社会发展的轨迹，从文学与现实的关系看，现实生活的多样性赋予了文学作品丰富的内涵。文学总是千姿百态、变幻无常，或褒扬，或批判，总离不开对现实的诠释，很难逃离现实的框架。无论诗歌还是小说都具有一定的指向性，尽管创作手法存在差异，但其实质直白或隐喻地反映了现实生活或社会。这些文学作品都注重对生活的观察，力求使艺术描写在外观上、细节上符合实际生活的形态，力求在艺术描写中通过细节真实地表现生活的本质。

中国文学是重视思想性的文学，和西方文学追求的"美"有所不同。一个完整的脉络体系贯穿于我国古代思想文化发展中，就是儒家思想文化在各朝代占据着主流。自儒、道、释（佛）三家思想在中国大地上形成影响以来，三家思想相互渗透，构成了中国人两千多年奇特的心灵世界，也一直影响着中国文学的思想性。三家思想在一定阶段有一定积极意义，例如：儒家的"仁义""民为贵""和为贵"的思想，积极用世，积极进取，"修身齐家治国平天下"的思想；道家的隐居避世、消极反抗、师法自然、疏狂个性的旷达思想，对社会不平的愤世嫉俗思想；佛家的慈悲为怀、超度众生、超然解脱的思想等。特别是儒家"修身齐家治国平天下"的理想,发展为"天下兴亡,匹夫有责"这种集群利益高于一切的东方集体主义,是民族文化、民族精神凝聚力的牢固基石。杜甫"安得广厦千万间,大庇天下寒士俱欢颜"的理想,范仲淹"先天下之忧而忧,后天下之乐而乐"的宏愿,是儒家思想的进一步发扬。孔孟儒学一直成为超稳定的社会意识形态。中国古代文学浸透了儒道释三家的思想,"文以载道""文道合一"又表明中国古代文学是重视思想性的文学。屈原是儒法思想为主,司马迁是儒家为主又兼采各家思想独成自家学说,陶渊明田园诗是道家思想为主等。

《西厢记》,文求堂书局发行

中国古代文学具有强烈的民族精神,有着对于地理文化和民族文化的核心论点。观察中国古代文学作品中所传达的思想可知,几乎所有的思想都能够与文学作品所处的时代生活特征相匹配。传统社会强调教化,不仅在身份等级层面,古代人的婚嫁、生子、遗产继承往往也都需要遵照固定的教条。也有部分人以终身遵守教条作为证明自己人生价值的第一原则。

二、自觉的底色:几代人的责任

从"兴观群怨"到"不平则鸣",中国古代文人始终肩负并践行着文以载道的责任和使命。在战乱频仍的古代社会,时局的动荡和民生的疾苦牵动着文人墨客和有识之士的心绪,无论是杜甫的"三吏三别",还是沙场战士报国无门的忧愤之作，无一不承载着深沉厚重的家国情怀。我们常说中国古代文学和古代文人士大夫常蕴含着一种济世的心胸和理想，这一方面与儒家倡导的经世致用、积极入世的思想传统有着密不可分的关联，强调以"仁"为核心的伦理思想结构，强调对责任感和使命感的担当，另一方面也是时代社会的客观环境所决定和赋予的，中国古代历史的发展进程中总是伴随着战争与压迫，时代的苦难落在文人肩上，便成就了文学的深刻，所谓"国家不幸诗家幸，赋到沧桑句便工"，"悲愤出诗人"，因为承受了悲情的力量，才更具有长久的生命力和穿透力，才成就了作品的经典性。这也是为何国泰民安时期产生的浓词艳句、婉约小调，虽然读来有一时的清丽婉转，但难以穿越时空，与我们形成更深层次的心理联结，难以获得心灵的震颤。实际上，文学的担当与使命从来不独属于中国古代文学，它同样是中国现代文学的底色和根本。发轫于新民主主义革命时期的现代文学，从一开始就承担着启蒙国民思想的重大使命，反映到具体创作上，则是以各种文学体裁表达着反帝反封建的革命诉求，高扬着对作为独立个体的人的精神诉求。鲁迅和郭沫若最初都学医，胡适赴美之初是农业果树专业，田汉是海军专业，阿英是土木工程，丁西林是物理学，郑振铎是铁路管理，所有这些人后来都放弃了自己原先的专业，转而投向文学与文化。这就表明"弃医从文"不是鲁迅一个人的专业选择，而是那一代人对民族命运的选择。现代文学对时代社会的革命诉求和对国民思想的精神改造，共同构成现代文学与社会现实紧密结合的纽带和桥梁。值得注意的是，从古代文学流淌到现代文学的责任意识与使命精神，在新时代凝聚为共产党人的"担当精神"，并不断焕发出新的生机与活力。

（一）探索民族命运：五四一代人的精神共识

企图用文学介入现实的问题，用问题来对社会对人生进行追究、怀疑和诘问，这是中国文人几千年一以贯之的使命和责任。新文化运动倡导初期，五四一代人在对新文学面貌的构想中所达成的共识，是新文学在创作实践中奠定的一个重要基调，而1919年集中出现的"问题小说"最为突出地呈现了新文学作家对于社会问题和人生问题的关注与反思：罗家伦的《爱情还是苦痛？》、俞平伯的《花匠》、叶圣陶的《这也是一个人？》、冰心的《两个家庭》《斯人独憔悴》《去国》《庄鸿的姊姊》、杨振声的《渔家》《一个兵的家》、胡适的《一个问题》、王统照的《夜寒人语》、汪敬熙的《谁使为之？》。可以说五四最初的这一批作家都是带着问题小说踏上文坛的，涉及的范围从劳工问题到战争问题，从妇女问题到青年问题，从家庭问题到婚姻问题，它们构成了五四文学最初的整体面貌。问题小说因"问题"而生，又因"问题"而存留在文学史上，它们体现的是五四一代人的使命与担当，可以说没有最初的这些问题小说，五四的价值和光彩都会大打折扣。[①]

唐弢在《中国现代文学史》中曾用"蜂起"二字来生动地形容新文学社团形成之迅速，数量之多。1921年以后，新文学运动有了进一步的发展。新起的文学社团如雨后春笋，文艺刊物在各地纷纷出现。[②] 这里有一个值得注意的现象，那就是20世纪20年代之所以能出现大量的文学社团，一方面与新文学的迅猛发展和成果积累密切相关，同时还有不可忽视的客观因素，纵观整个现代文学的历史，其实最适合文人结社的是五四前后的那几年，各种思潮、学说、制度纷纷涌来，思想也活跃开放，可谓一个人才辈出、百家争鸣、创作与学术空气空前自由的时代。当时的文人身处这样一个极其动荡、充满机遇与挑战的时代，极大调动了他们的自我意识和身份意识，周作人说那是

---

① 参见刘勇、张悦：《"1919·问题小说"：百年新文学的使命与焦虑》，《文艺争鸣》2019年第5期。
② 参见唐弢主编《中国现代文学史》（一），人民文学出版社1979年版，第48—51页。

文学研究会成立时

一个"王纲解纽"的时代,蔡元培说"当时思想言论的自由,几达极点"①,只有在这样一个政治上比较受限,思想文化上相对自由的环境下,文人结社才具备刺激因素和有利条件。我们常将文学研究会简要归为"为人生""为社会"的现实主义,将创造社归结为"为艺术"的浪漫主义,难道真是如此吗?文学研究会的成员如叶圣陶、冰心、许地山等人的创作自不必说,无一不是从具体的社会问题出发,强烈的现实关怀不言自明。难道创造社真的是浪漫主义的吗?针对"现实主义的文研会与浪漫主义的创造社"这个论述,20世纪30年代的学者就有过质疑。1935年,郑伯奇在《中国新文学大系·小说三集》的导言中虽然肯定了文研会与创造社各自的整体倾向,但也提出:"文学研究会被认为写实主义的一派,创造社是被认为有浪漫主义的倾向。""这也不过是个大概的区分。文学研究会里面,也有带浪漫主义色彩的作家;创造社的同人中也有不少的人发表有写实倾向的作品。"②他们的文学底色依旧是现实主义。后期创造社更是直接转向了革命文学,投入社会革命的浪潮中。1927年,在"四一二"政变前夕,郭沫若的《请看今日之蒋介石》详尽而具体地揭露了蒋介石阴谋制造"赣州惨案"、"南浔事件"和"安庆惨

---

① 蔡元培《总序》,载赵家璧主编,胡适编选《中国新文学大系·建设理论集》,良友图书印刷公司1935年版,第8页。
② 郑伯奇:《中国新文学大系·小说三集·导言》,载赵家璧主编,郑伯奇编选《中国新文学大系》(第5集),良友图书印刷公司1935年版,第9页。

案"的血腥罪行,这不仅需要高度浪漫的激情,更要有清醒的现实主义的胆识和气魄,具有重大的革命现实意义。同年,郁达夫的《广州事情》从政治、教育和农工阶级三个方面深刻分析了广州的现实。这绝不是一个浪漫主义作家所能做到的。在郁达夫创作的《过去》《迷羊》《微雪的早晨》《她是一个弱女子》等一系列作品中都能看出他致力于客观叙事、展现社会变革的现实主义追求。此外,中国现代文学史上的许多文学社团,如南国社、湖畔诗社、

郁达夫(1896—1945)

弥洒社和浅草社、沉钟社等,就是这种不健全的文学史研究的牺牲者。这些文学社团从来就不以历史的弄潮者的姿态出现,不浮现在时代的潮头充任推波助澜的先锋角色,而是在时代浪潮的推涌下自觉地做一个追随者,一个创造精神的响应者,一个开拓意识的实践者和帮衬者。

(二)迫切的时代焦虑与现实关怀

中国现代文学最鲜明的文化品格和思想贡献可以概括为两个方面:一是建立在对"人的发现"的"人的文学",它发掘了现代人的独立个性,高扬了现代人的尊严和自由,探讨了现代人的现实焦虑和精神困境;二是现代文学自觉承担了探索民族命运的重要使命,面对内忧外患,面对千头万绪的时代难题,如何选择一条正确的道路坚定不移地走下去,成为现代文人共同的夙愿。从现代作家的创作初衷来看,他们很少是为了过"文学的瘾"才走上创作这条道路的。我们都知道鲁迅"弃医从文"源于"幻灯片事件"带来的巨

大的精神刺激,他被这种内心深处的刺痛驱赶着走上了文学创作之路,艺术上的巧制固然是他的成就,但这不是他的初衷,不是他最根本的目的,他所祈求的是用文学的方式唤醒麻木的灵魂,是用文学的途径去披露、去粉碎虚假,引领人们"向上"。这也是为什么鲁迅在后期创作了大量的杂文,因为时代的风云一直在变幻,社会事件一件接一件地发生,杂文就要一篇接一篇地写下去,所以我们还能说鲁迅仅仅是为了创作吗?这分明是在迎战,是不能罢手的迎战!

不只鲁迅,为民族的崛起,为中国思想文化实现现代转型的现代作家都是怀抱着这样的态度去创作的。我们知道茅盾是中国现代的著名作家、文化活动家和社会活动家,是中国现代第一个文学社团——文学研究会的主要发起人,为人生而艺术、客观写实是茅盾的文学观念,他一生的创作都在追求和践行这个理念。茅盾善于用三部曲的形式,多侧面、全景式地反映中国现代社会的景况。茅盾在小说创作、散文创作、新文学理论倡导、文学批评、介绍和翻译外国文学等方面为中国新文学的发展做出了巨大贡献。在60余年的写作历程中,茅盾始终秉持现实主义创作手法,选取和开掘具有重大意义的题材,描写蕴含丰厚的社会历史内容,刻画人物复杂的性格和悲剧性的命运。茅盾的创作立场和文学观念依旧在当下起着重要的作用。2016年,习近平总书记在中国文联十大、中国作协九大开幕式上的重要讲话中引用了茅盾的一段话:"文艺作品不仅是一面镜子——反映生活,而须是一把斧

茅盾(1896—1981)

头——创造生活。"[①] 都说茅盾是中国现实主义理论和创作的大家,究竟体现在哪些方面呢?首先就是茅盾的文学创作始终追随中国时代风云。1927年秋,茅盾正式走上了文学创作的道路。茅盾曾说自己真实地去生活,经历了动乱中国最复杂的社会现实,才开始了创作。《蚀》三部曲(《幻灭》《动摇》《追求》)、《虹》、"农村三部曲"(《春蚕》《秋收》《残冬》)、《林家铺子》、《子夜》、《腐蚀》和唯一的话剧《清明前后》始终追随社会革命的风云变幻,特别是他善于以民族资本家的命运来反映和揭示中国社会的性质。当年有外国记者向鲁迅请教中国左翼文学的成就,鲁迅脱口而出"我们有《子夜》",这就体现了茅盾文学的时代性与其进步性。

茅盾:《林家铺子》东北书店1948年版

茅盾的"农村三部曲"和《子夜》《林家铺子》构成了一个更大的三部曲,可以看作茅盾的大三部曲,对20世纪30年代中国社会进行了全景式展现。它们反映了在帝国主义的侵略下,中国的社会和经济急速走向崩溃的现实。《子夜》通过对20世纪30年代初民族资产阶级命运的描写来揭示中国社会的性质,茅盾的"农村三部曲"通过"丰收成灾"现象,写出了农村贫困化的根源和农民觉醒的艰难过程,《林家铺子》通过小镇商人的生活和命运,

---

[①] 习近平:《在中国文联十大、中国作协九大开幕式上的讲话》(2016年11月30日),人民出版社2016年版,第14页。

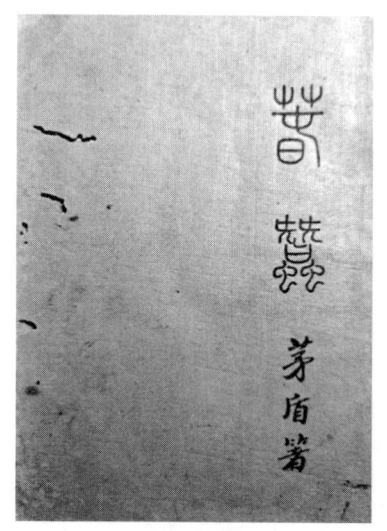

茅盾:《春蚕》,上海开明书店 1933年版

概括了 30 年代民族矛盾和阶级矛盾激化的现实。茅盾企图通过《春蚕》中的"农村"、《林家铺子》中的"城镇"以及《子夜》中的"都市",对 20 世纪 30 年代中国社会性质作大规模的全面分析,对中国社会这一整体进行全景式的呈现,从而指出社会发展及革命斗争的方向。茅盾"农村三部曲"的一个重要意义就是更加突出展现了中国乡村社会和底层农民的悲剧命运。毛泽东在《新民主主义论》中指出:"中国百分之八十的人口是农民,这是小学生的常识。……因此农民问题,就成了中国革命的基本问题,农民的力量,是中国革命的主要力量。"① 正是因为这样,当时的文学是否注意反映这一重大问题,是衡量作品价值的重要尺度,也是衡量作家能否成为人民代言人的重要标志。茅盾文学创作有一个关注的中心,就是中国底层的农民,这突出体现在茅盾的"农村三部曲"的创作之中,伴随着茅盾对社会更加深刻的分析,其作品主题思想更加广阔。他用敏锐的眼光和老到的表达写出了中国农民的经济悲剧和家庭悲剧,这是茅盾作为红色经典作家的重要证明。特别强调的是,茅盾自己并没有多少农村生活的体验,但他不仅关注城市,同时也关注农村,因此他思考的不仅仅是城市和农村本身,而是整个中国的命运,是整个民族的生死存亡!

---

① 毛泽东:《新民主主义论》,《解放》1940 年第 98、99 期合刊。

读茅盾的作品，可能情感上不够细腻诗意，意境上不够含蓄隽永，你感觉他的笔触永远是冷静、客观的，甚至是白描式的。究其根本，茅盾不是在描述历史，而是在对历史进行带有明确主题性、目的性、道德倾向性的架构。"农村三部曲"写了老通宝家庭的衰落，农民走向觉醒与反抗，不是偶然，而是带有社会必然性的。1929—1932年，帝国主义为了摆脱经济危机的恐慌加紧对中国入侵，大量洋货进入中国市场。同时，部分民族资本家们借此机会恶意哄抬物价，使农村经济状态急剧下滑。《春蚕》里的"丰收成灾"也好，还是《秋收》里的"抢米风潮"也罢，在茅盾看来是具有重大意义的历史事件，他敏锐地抓住了两者，并由此推演出了《残冬》中的"农民暴动"。茅盾的历史观照并不只是"回溯"式记忆清理，而是包括对社会现实迅速客观的反映，并从繁复的社会现象中分析出它的动律和动向。贯穿整个"三部曲"的逃避现实与埋头苦干、保守落后与积极进取、不问政治与勤于冒险、安分守己听天由命与敢于斗争积极进取的诸多思想意识的碰撞与更替，归纳在一起就是封建传统与革命意识的交替。由过去"敬鬼神"的迷信，到看见外来洋货的恐惧，到新一代奋起反抗，三部曲深刻反映了这一社会思想状态。在"农村三部曲"中，茅盾通过对社会经济主题的文学化处理，将一个社会学命题转换成具有审美意义的文学文本，经济、社会和文学的主题最终使"农村三部曲"获得了深厚的历史纵深感和强烈的现实关怀。

（三）绵延不绝的担当精神

现代文学对社会问题的热切关注和及时反应，一直延续到新中国成立后的文学创作，成为作家们深入精神血脉的自觉担当。中国当代文学的著名作家柳青，以写农村题材擅长，他在新中国成立初期的小说创作思想上延续了毛泽东《在延安文艺座谈会上的讲话》的精神，艺术上遵循了"社会主义现

柳青:《创业史》,中国青年出版社 2009 年版

实主义"的创作原则。1960 年 6 月,中国青年出版社出版了柳青的长篇小说《创业史》,在当时乃至今天的相当长的历史时期,它都产生了重大而深远的影响,是当代文学红色经典的重要代表作。《创业史》被认为是最成功地实践了"社会主义现实主义"的创作方法,也被誉为"经典性的史诗之作"。2014 年 10 月,习近平总书记在文艺工作座谈会上就特别谈到柳青为创作《创业史》扎根农村 14 载的经历,并指出,正是因为柳青扎根基层,对陕西关中农民生活有深入了解,笔下的人物才能够栩栩如生。2017 年 10 月,习近平总书记在参加党的十九大贵州代表团讨论时再次谈到柳青,他强调,党政干部也要学习柳青,像他那么接地气,那么能够跟老百姓融入在一起。[1] 习近平总书记的话是对柳青文学创作的高度赞扬,这里所说的"接地气",在文学创作中主要体现为对创作题材的高度熟悉和全面理解,要让读者充分感受到所写对象的真实性,强调一种基于生活真实的艺术真实。

《创业史》发表至今已过去 60 多年了,但学界对这部作品的再解读与其文学史意义的再探究仍在继续,这部展现中国农业合作化发展进程的小说,能够让几代人产生精神共鸣的不仅是中国农民在党的领导下艰难奋斗的革命

---

[1]《看过〈创业史〉,就懂习近平为何提出"党政干部要学柳青,接地气"》,2017 年 10 月 22 日,中国青年网。

历程，书中有这样的话："人生的道路虽然漫长，但紧要处常常只有几步，特别是当人年轻的时候。""没有一个人的生活道路是笔直的，没有岔道的。有些岔道口，譬如政治上的岔道口，事业上的岔道口，个人生活上的岔道口，你走错一步，可以影响人生的一个时期，也可以影响一生。"[①]这样的人生警言在小说中还有许多。这段话与农业合作化并无多大关联，但它表达的道理，它浸润的体悟，紧紧地联结了几代人的情感，是非常中肯，非常具有震撼力的，这也足以证明，《创业史》依然焕发着宝贵的生命力和独特价值，它仍可与我们当今的时代语境对话。这样的人生警言是柳青在社会发展中，在农村劳动中的真切体悟，是穿越时空的精神鼓舞！这也是今天我们要重读这部红色经典的现实原因。

如果从新时期以来艺术审美的标准来看，《创业史》可能存在嵌入政策的痕迹，但对于这部鸿篇巨制而言，柳青对乡土中国及其人民的生活和性情的观察和描写，是非常真实、质朴并且饱含深情的。这种真实绝不能理解为柳青在艺术上的"保守"和"土气"，恰恰相反，在解放区和20世纪50年代的作家当中，柳青的文学修养非常出色。他不仅熟悉高尔基和肖洛霍夫，而且对俄法经典现实主义文学作品非常有研究，所以柳青是极具世界眼光的。他用文学创作践行着"社会主义现实主义"的文艺观念并在艺术效果的呈现上不断探索、突破，从写《种谷记》时被大量琐碎的真实材料牵绊，难以取舍，到创作《创业史》时生活经验和艺术经验的双重积淀，都见证了柳青在协调现实素材与文学虚构方面的能力进阶。

《创业史》作为"十七年"文学的代表作，与《红日》《红岩》《红旗谱》《青春之歌》《山乡巨变》《保卫延安》《林海雪原》共同被誉为当代文学的八

[①] 柳青：《创业史》（第1部），中国青年出版社1960年版，第212页。

大经典（"三红一创，青山保林"）。2019年9月，《创业史》入选了"新中国70年70部长篇小说典藏"作品，这促使我们思考《创业史》的红色经典意义具体体现在哪些方面？这种经典意义对于当今社会的发展又有何启示？这其实是我们今天再谈《创业史》所不能回避的重要课题，对这些问题的探索在本质上也关乎着我们对"十七年"文学，对文学与政治关系的再认识与再思考。

第一，《创业史》经典在于题材的深刻性。柳青选择书写"创业"题材，尤其是选择表现近现代乡土中国的广大农民的创业，这本身就是十分复杂的艰难历程。两千多年的旧中国，是"封建社会"，更是"土地社会"，农民最挂心的永远是土地，解决好土地问题，就是抓住了解决农村发展出路的根本和核心，那么如何领导农民在传统的农业生产中逐步过渡到现代化的生产生活方式，如何稳健地缩小贫富分化的巨大差距，找寻到更为公平的分配制度，这是新中国社会主义建设初期所面临的严峻考验和重大时代命题。这是《创业史》诞生的社会背景，也是柳青创作这部作品的初衷，他努力以深沉厚重的史诗品格去探索"创业"的难题。柳青表明，这是一部描写"社会主义革命的几年里"农村社会种种"矛盾"逐渐走向"统一"的"生活故事"[1]，生产方式的变革激起了农村各个阶层经济利益的冲突，同时也带来了各方的心理与思想改变。因此，《创业史》红色经典意义的生成不能简单归因于它高度配合了党的方针政策，是一部顺应时代潮流的政治叙述，展现新中国农村社会主义改造的风云画卷只是红色经典意义的一个方面，是表层叙述，在这场经济制度的变革中，柳青通过一系列新旧人物的对照，揭示了更为深层复杂的精神变革。那就是像梁生宝、梁三老汉这样的中国农民，是如何在新的社会

---

[1] 参见柳青《创业史》（第1部），中国青年出版社1960年版，第23页。

组织结构中被重新唤起奋斗的希望,中国人的精神伦理如何从旧状态中脱离,又如何蜕变、转换为新面貌,从经济变革到思想变革,这种历史穿透力才是《创业史》革命性的深层含义。

第二,经典在于表现的真实性。在柳青所表现的众多人物命运中,最值得注意的是梁生宝的继父——梁三老汉。严家炎曾在文章中专论过梁三老汉的形象,并表示"作为艺术形象,《创业史》里最成功的不是别个,而是梁三老汉"[①]。梁三老汉不是思想最先进的那个,也不属于作品中的正面英雄形象,像梁三老汉这样的中间人物,更普遍,甚至更为典型,包括《小二黑结婚》中的三仙姑、二诸葛,《暴风骤雨》中的老孙头,他们代表了中国几千年来个体农民在压迫之下的思想纠葛和精神负担,承载了巨大的社会意义和独特的艺术价值。柳青写《创业史》的初衷,就是要通过这部小说向读者回答"中国农村为什么会发生社会主义革命和这次革命是怎样进行的",而回答就是要"通过一个村庄的各阶级人物在合作化运动中的行动、思想和心理的变化过程表现出来"[②]。实行土改后,潜藏于广大农民阶级内心深处的情感激流很大程度上体现在梁三老汉这个形象上。作品中梁三老汉所处的地位非常微妙,他既不属于以村长郭振山、富裕中农郭世富和富农姚士杰为代表的落后乃至反动势力,也不属于以梁生宝、高增福等贫雇农为代表的坚决走集体化道路的进步力量,这两股力量都在铆足劲争夺像梁三老汉这样处于摇摆不定状态的广大群众,因此梁三老汉的形象就具有了重要的意义,他既特殊又普遍,他在互助合作初期所表现出的排斥、怀疑的情感态度其实代表了相当一部分农民的真实想法。梁三老汉这一形象之所以生动、饱满,就在于柳青捕捉到了

---

① 严家炎:《谈〈创业史〉中梁三老汉的形象》,《文学评论》1961年第3期。
② 柳青:《提出几个问题来讨论》,《延河》1963年第8期。

这个勤劳朴实的农村老汉内心深处的复杂性：一方面，柳青按照生活实有的样子充分写出了梁三老汉作为个体农民在互助合作事业发展过程中曾经有过怎样的苦恼、摇摆，甚至反对；另一方面，作者又从环境对人物潜移默化的深刻影响这个角度出发，充分发掘了梁三老汉思想中时隐时现的社会主义倾向，并向我们揭示出时代潮流必将推着像梁三老汉这样的旧农民走向新道路的光明前景。从"题叙"到"结局"，梁三老汉不仅穿着整套的新棉衣，以"生活主人的神气"实现了物质生活的巨大改变，而且在主观精神上也从最开始的抵触情绪转变为对未来生活的心怀希望。也许从柳青本人的创作初衷来看，梁三老汉并非他要着力刻画的人物，但由于这个形象承载了作者丰富的农村经验，灌注了作者深沉的理解和包容，所以成为全书中最具艺术感染力的人物。

第三，经典在于精神的当下性。今天当我们再次阅读《创业史》时，或许很难对作品中所描绘的社会风貌与生活细节产生情感共鸣，但经典之所以成为经典，就在于它往往蕴藏着一些超越时代的思想火花和精神资源。在书写底层人民的生活状态时，柳青并没有着重表现劳苦大众的艰辛，而是突出展现人物通过持久奋斗所实现的精神成长，作品当中有很多话其实与农业合作化并无紧要的关联，但也正是这些内容赋予了作品感人至深、穿越时代的恒久力量，比如前面提到的"人生的道路虽然漫长，但紧要处常常只有几步"，又比如"忍耐有时是比激动更强大的精神力量"，这些人生体悟其实是非常真诚、非常恳切的。在当今中国，《创业史》中所提倡的昂扬的生命态度和饱满的生命激情仍然是诚可宝贵、不可或缺的时代品格，仍需要一代又一代的青年人不断承接、延续，并付诸社会实践的方方面面。我们不否认梁生宝和梁三老汉的性格局限，也不掩饰《创业史》作为一部文学作品在认识和表现上的缺憾，但是需要重申的是，再大的局限也是历史的脚印，历史就是一步一步走出局限、超越局限的过程。在此还要强调，所有作品都有它的局限，今天创作的作品，明天再看又能发现新的不足，因为社会环境是不断发展、不断流动的过程，因此能被称之为经典的作品绝不是因为它没有局限，而是因为它揭示了人类情感中某些永恒的精神和信念，《创业史》对农民勤劳、肯吃苦、互帮互助的品格的赞扬，其实正与我们当今所提倡的伟大创造、伟大奋斗、伟大团结、伟大梦想的民族精神遥相呼应。我们常说，不了解历史的人是看不到未来的，重读柳青的《创业史》，也应该秉持一种历史的眼光，要以客观的、科学的、辩证的眼光进行审慎的解读，既要尽可能地回归到当时的历史语境中，去体会当时的时代环境给予了作家多大的精神空间，同时也要跳出历史，用今天的发展经验与其对话，从而获取当代启示。

三、社会思潮与文学思潮的联动

在中国文学中，始终就有一个文学创作与社会现实紧密相连的强大传统。中国文学的发展与社会思潮的发展，二者之间的关系可谓千丝万缕、盘根错节。这其中的一个重要原因，就在于对国家民族命运的担忧，对社会变革的思考，已经属于近代以来中国知识分子普遍的文化理想和内在使命。很多社会思潮甚至直接就是以文学思潮的形式表现出来的，比如说五四新文学运动，为什么一百多年前的这场运动，不是以军事变革、制度变革，而是以一次文学变革引发的呢？这说明寻找中国文学的发展脉络，离不开对一个时代的社会思潮考察，反之，考察社会思潮的涌动，离不开对文学思潮的观测。因此在本节中，我们就从"五四文学""左翼文学""抗战文学"几个阶段对文学思潮与社会思潮之间的紧密关联进行讨论。

（一）新文学为何以五四冠名

1917年，胡适的《文学改良刍议》和陈独秀的《文学革命论》两篇文章提出了文学革命的主张，开启了新文学的进程。因此，在文学史的讲述中，一般认为新文学的正式发生要早于1919年的五四运动，这本身没有问题。一直到今天，文学史都用五四新文学来命名从1917年开始的新文学。那么，用五四来概括新文学是不是把新文学政治化、革命化了，是不是窄化了新文学、新文化的内涵？我们认为，用五四命名新文学、新文化，不仅没有限制、窄化其内涵，反而恰恰提升了新文学的高度，拓展了新文学的边界，丰富了新文学的内蕴。事实上，正是社会革命在五四之后的转变才让新文学和新文化有了本质的提升和飞跃，用五四来命名新文学，其根本意义在于使新文学的价值超越了文学本身。

五四文学革命之后或者"五四学生运动"前后的差不多十年，则是五四时代。那是一个思想解放、文化共生的时代：以蔡元培为代表的北京大学，是中国现代教育文化的滥觞；以陈独秀为代表的《新青年》，开创了中国现代传媒文化的先例；以胡适为代表的"整理国故派"，无疑是中国现代学院派文化的肇始；以鲁迅为代表的面向社会、直指世道人心的启蒙文学创作，体现了中华民族新文化的方向；以李大钊为代表的中国现代革命文化，致力于在中国传播马克思主义；等等。这些文化因素，充分表明五四的概念不是狭隘的，它是一次广泛的具有多元文化构成的新文化运动。

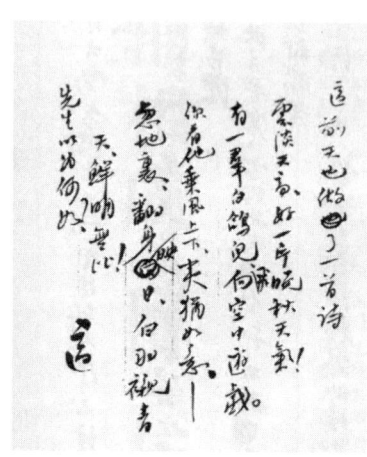

1917年1月，胡适发表《文学改良刍议》，图为胡适手迹

与之紧密相关，还可以衍生出历史五四、思想五四等维度。对这些不同维度的认知互相交叉，彼此印证，构成了五四话语的复杂性、多元化以及内在张力。如果加上五四的主要亲历者和参与者，即五四一代人个体的维度，那么这种关于五四的言说就更为丰富多彩。但是，无论从哪个维度理解五四，也无论是谁理解五四，都难以将五四文学革命及其本质精神从这些政治的、文化的、历史的、思想的维度单独剥离开来。这不仅是因为五四文学革命开始最早，其发展贯穿整个五四时期，还因为文学革命的倡导者及主要参与者们，以各自的方式引导和影响了五四新文化运动。所以，无论谈论文学五四、文化五四，还是思想五四，都离不开对五四文学革命及其倡导者和参与者，即五四一代人的评说。可以说，是五四一代人的精神状态、人生选择和使命意识，主导和决定了五四文学革命的文化走向和思想价值。五四的优长，五四的弊端，五四的种种，都和五四一代人脱不了干系。

　　文学革命之所以兴起，是因为倡导者们期望通过文学的力量达到启蒙的目的，最终是为了拯救内忧外患的民族。在政治、军事、经济等领域都进行了一系列改革仍然无济于事的情况下，五四的绝大多数知识分子都把文学看作唤醒民众、富国强民的利器，于是我们看见胡适在1915年2月21日的日记中这样写道："国无海军，不足耻也……国无大学，无公共藏书楼，无博物院，无美术馆，乃可耻耳。我国人其洗此耻哉！（2月21日）。"[1] 这导致了五四时期的一个突出的现象，就是许多有识之士对文学未必真的感兴趣，但改造社会、拯救民族的使命感，使大家汇聚到文学革命的大旗之下，他们相信文艺能够达成这样的愿望，至少是一种可以触动人心的精神力量。

---

[1] 胡适：《胡适留学日记》（下册·卷九），海南出版社1994年版，第3页。

（二）左翼文学与革命话语的初步构建

五四处于文学革命、文化革新的年代，那是一个热血激荡、思想解放的年代，五四退潮后，国内的思想文化界进入了一个风雨忧患的彷徨期。然而，中国共产党领导的革命洪流滚滚向前，这种彷徨注定是短暂的，新的"革命文学""左翼文学"正在喷薄而出。1928 年，成仿吾发表《从文学革命到革命文学》一文，提出："我们今后的文学运动应该为一步的前进，前进一步，从文学革命到革命文学！"① 从五四文学革命到左翼革命文学，是中国现代文学发展史上的重要节点，文学在新的革命时期有了新的表现形式、新的话语体系、新的思想内涵、新的审美风格。

《文学革命论》1917 年 2 月发表于
《新青年》第 2 卷第 6 号

1927 年前后，国内外矛盾进一步激化，湖南农民运动、北伐战争如火如荼，追求个性解放、个人独立的启蒙话语已经逐渐为追求大众解放、民族独立所替代，社会真实地发生了变化，社会解放、阶级解放已经成为历史的诉求。因而，文学也不可回避地与无产阶级政治革命建立起使命同构的关系，左翼文学自然地成为新文学的主流方向，也成为时代和历史的必然选择。"左"意味着革命，用更加深刻的思想意识和更加高级的政治形态进行革新。文学"向左转"意味着文学要更加自觉地承担起思想革命、政治革命的责任，要更

---

① 成仿吾：《从文学革命到革命文学》，《创造月刊》1927 年第 1 卷第 9 期。

加明确地书写、展现革命的现实。因此，从文学革命到革命文学不仅是文学自身的发展，而且是文学与革命的双重变革。

从文学革命到革命文学的发展，是革命话语逐渐显现的过程，是现代知识分子自觉选择和有意实践的过程。郭沫若于 1926 年 5 月发表《革命与文学》一文，率先提出"革命文学"的概念，他在文中写道："凡是表同情于无产阶级而且同时是反抗浪漫主义的便是革命文学……无产阶级的理想要望革命文学家点醒出来，无产阶级的苦闷要望革命文学家实写出来。要这样才是我们现在所要求的真正的革命文学。"[①]"真正的文学是只有革命文学的一种。所以真正的文学永远是革命的前驱。"[②] 接着，在 1928—1929 年，文坛出现了关于"革命文学"的论争。

李何林曾经对革命文学论争有这样的描述：

> 这论争从一九二八年的春天起，足足的继续了有一年之久……在这个时期各方所发表的论战的文字，统计不下百余篇；其中《小说月报》和《新月》的文字只在表明自己的文艺态度或稍露其对于创造社的"革命文学"的不满而已。至于以鲁迅为中心的"语丝派"则和创造社一般人立于针锋相对的地位！——也就是它们两方作成了这一次论战的两个敌对阵营的主力。[③]

论争的双方在《创造月刊》《太阳月刊》《文学周报》《新月》《小说月报》《洪水》《文艺生活》《文化批判》《泰东月刊》《北新》等报刊上撰文立说，回

---

① 郭沫若:《革命与文学》,《创造月刊》1926 年第 1 卷第 3 期。
② 郭沫若:《革命与文学》,《创造月刊》1926 年第 1 卷第 3 期。
③ 李何林编:《中国文艺论战》,陕西人民出版社 1984 年版,第 10 页。

应质疑。其中，李初梨在《怎样地建设革命文学？》一文中，强调了革命文学的斗争性和无产阶级意识。[①]同样是革命文学的倡导者蒋光慈认为："革命文学应当是反个人主义的文学，它的主人翁应当是群众，而不是个人；它的倾向应当是集体主义，而不是个人主义。"[②]但是，当时的革命文学倡导者受国内外"左"的思潮影响，对马克思主义文艺观的理解不够全面深入，普遍存在着重政治轻艺术的倾向。对此，鲁迅有着较清醒的认识，他肯定了革命文学的无产阶级立场，也赞同文学可以作为革命的工具。但是，他同时批判了革命文学家文艺技巧拙劣、内部相互吹嘘、躲在人后说冷话等问题，并建议文学创作"当先求内容的充实与技巧的上达，可不必忙于挂招牌"[③]。

这场论争进一步明确了革命文学的概念，扩大了革命文学的影响。1929年下半年，随着斗争形势的发展，在中国共产党的协调下，参与论争的革命作家需要结束对立批判并逐步统一起来。中国左翼作家联盟（以下简称"左联"）于1930年3月2日在上海成立，"左联"的成立标志着革命文学运动进入了一个新阶段。左翼文学不是对"文学革命"的断裂与扬弃，而是五四时期引入的马克思主义在文学领域的新表现，是文学政治化、大众化、阶级化的新尝试。以鲁迅、郭沫若、茅盾、蒋光慈、萧红、冯雪峰、丁玲、柔石、胡也频、冯乃超、阳翰笙、夏衍、郁达夫、郑伯奇、钱杏邨、田汉、洪灵菲、殷夫、朱镜我、周扬、冯铿、沙汀、洪深、艾芜、萧军、端木蕻良、舒群、张天翼、叶紫、聂绀弩等为代表的作家构成了左翼文学的阵营，同五四时期的文学相比，左翼文学更侧重战斗性与革命性，与政治的联系、与工农大众的联系更加密切。战斗性与革命性既是政治性的表现，也是政治性的要求。

---

① 参见李初梨《怎样地建设革命文学？》，《文化批判》1928年第2号。
② 蒋光慈：《关于革命文学》，《太阳月刊》1928年2月。
③ 鲁迅：《文艺与革命》，《语丝》1928年第4卷第16期。

左翼文坛强调文学要介入政治、介入现实，以马克思主义为理论指导，紧密结合中国共产党领导的革命实践，以文学为武器，以宣传为号角，始终关注现实人生的苦难，以无私无畏的精神来烛照世间的黑暗，批判国民党反动派的黑暗统治，批判帝国主义和封建主义的重重压迫，呼唤社会公平与正义，呼唤人民自由与民族解放。

左翼文学的革命性、战斗性及政治性，也对左翼作家提出了新的要求。文学不再是阳春白雪，不再是书写个人的哀愁别绪，而是化身为匕首刀剑，来完成政治秩序的颠覆与革命。1931年11月，左联执委会通过了《中国无产阶级革命文学的新任务》，进一步强调了左翼作家应有的纪律性，"中国左翼作家联盟，无疑地是中国无产阶级革命文学运动的干部，是有一定而且一致的政治观点的行动斗争的团体；而不是作家的自由组合"[①]。在马克思主义思想的指导下，左翼文学的创作包含了非常明确的阶级分析思维和阶级斗争理论，社会分成了截然对立的压迫阶级和被压迫阶级，穷困的个人生活处境得到了合理的解释，革命的合理性也由此得到了彰显，这些在左翼文学作品中得到了集中的展示。

（三）文艺与抗战：有关还是无关

如果说在相对和平的年代，有些作家对文学与时代过于紧密仍有迟疑的话，那在民族危亡尤其是抗战及内战的特殊阶段，不少作家也调整了自己的态度与看法。从20世纪30年代开始，随着日本侵华，作家试图通过文学反映民族矛盾的欲望愈加强烈，体现在文学观念探讨上，文学应该如何参与到抗战文化运动当中来成为作家们热议的话题。其中，围绕梁实秋"与抗战无

---

① 《中国无产阶级革命文学的新任务》，《文学导报》1931年第1卷第8期。

关"论的事件可以为我们提供一个审视这个问题的角度。

1938年年底,《中央日报》副刊《平明》的主编梁实秋发表了一篇《编者的话》,这篇文章出现了这样一段话:"现在抗战高于一切,所以有人一下笔就忘不了抗战。我的意见稍微不同。于抗战有关的材料,我们最为欢迎,但是与抗战无关的材料,只要真实流畅,也是好的,不必勉强把抗战截搭上去,至于空洞的'抗战八股',那是对谁都没有益处的。"[①] 后来为了让自己的观点更加明确,梁实秋又在另一篇文章里重申了他的这个意见:"我可以再敬告读者:一、于抗战有关的材料,我们最为欢迎。二、于抗战无关的材料,只要真实流畅,也是好的。"[②] 梁实秋的这番言论一出,很快引起了"风起云涌"的反驳浪潮。首先是文协点名道姓的批判:"在梁实秋先生个人,容或因一时逞才,蔑视一切,暂忘却团结之重要,独蹈文人相轻之陋习,本会不欲加以指斥。不过,此种玩弄笔墨之风气一开,则以文艺为儿戏者流,行将盈篇累牍争为交相谇诟之文字,破坏抗战以来一致对外之文风,有碍抗战文艺之发展,关系甚重;目前一切,必须与抗敌有关,文艺为军民精神食粮,断难舍抗战而从事琐细之争辩;本会未便以缄默代宽大,贵报当有同感。谨此函陈,敬希本素来公正之精神,杜病弊于开始,抗战前途,实利赖焉。"[③] 除了文协之外,包括《抗战文艺》《文艺阵地》《文艺月刊》《读书月报》《鲁迅风》及《新华日报》《大公报》《新蜀报》《新民报》《时事新报》《国民公报》等刊物对梁实秋群起声讨,前后达四个月之久,最终导致梁实秋本人在1939年4月1日公开发表《梁实秋告辞》一文,辞去《中央日报》副刊主编一职。

从今天的角度来看梁实秋的文章,自然也有合理的地方。但在举国抗日

[①] 梁实秋:《梁实秋散文集》,中国社会出版社2004年版,第104页。
[②] 梁实秋:《梁实秋散文集》,中国社会出版社2004年版,第106页。
[③] 转引自王本朝编著《老舍研究》,重庆大学出版社2013年版,第215—216页。

的语境下，梁实秋未能随着时代的巨变调整自己的文学观念，自然难免显得有些"不合时宜"。更重要的是，抗战期间是否存在"与抗战无关"的文艺作品？就像鲁迅所说的那样："民族革命战争的大众文学决不是只局限于写义勇军打仗，学生请愿示威……等等的作品。这些当然是最好的，但不应这样狭窄。它广泛得多，广泛到包括描写现在中国各种生活和斗争的意识的一切文学。因为现在中国人最大的问题，人人所共的问题，是民族生存的问题。所有一切生活（包含吃饭睡觉）都与这问题有关；例如吃饭可以和恋爱不相干，但目前中国人的吃饭和恋爱却都和日本侵略者多少有些关系，这是看一看满洲和华北的情形就可以明白的。"[①] 文艺与时代的关系、与政治的关系在中国文学史上从来都是紧密结合在一起的，1911 年辛亥革命在一定程度上为新文化运动、五四新文学的兴起营造了社会氛围，中国文化与中国社会都发生了质的改变。九一八事变、七七事变也是中国社会历史的重大转折点，随之而来的抗战文学，再次展现了文学随着社会变革而调整姿态与步伐的使命担当。对于旷日持久、敌强我弱的现实战况而言，如何帮助群众了解抗战救亡的重要性，并以坚定的信念积极投入抗战的浪潮之中。在全面抗战这个特殊的时期，文艺反映抗战的现实并为抗战服务，在绝大多数文艺工作者看来是值得

梁实秋（1903—1987）

---

① 鲁迅：《论现在我们的文学运动——病中答访问者，O.V. 笔录》，《鲁迅全集》（第 6 卷），人民文学出版社 2005 年版，第 613 页。

一致坚持和维护的正确方向。由此，我们也不难理解梁实秋为何遭到这么多人的批判了。

四、对人类根本问题的追问

现代文学在发展之初就承担起了启蒙与救亡的历史使命。随着时代主题和革命任务的变动，文学的创作倾向也发生了相应的变化，但其变化背后有着最为根本的追求，即对人性的追问和对灵魂的拷问。由个人而国家，由人性而民族，现代文学作家对社会历史的思考从来不随着时代的变化而有所减弱，因为他们始终扎根于对个体、对人性的思考与追求。

（一）以人的历史发展、对人性的深入反思为逻辑起点

鲁迅将人的精神改造、现实生存和人的解放看作统一的过程，将人的个体原则同阶级、民族的解放和振兴统一起来，从对这些问题的清醒认识中确立文学的新的具体目标。对人的精神问题的深刻认识，对于文学应该承担起的责任和使命的深刻理解，使鲁迅一方面把时代与理想之间的冲突，转变为个人内在的心理矛盾，不让所谓的怨气、鬼气伤害读者，尤其是充满希望的青年，并且严厉地剖析自己。他的价值目标，他对社会时代的认知，是以自身的个体特性、深入思考为基础的，与历史发展的趋势相一致。他对人的精神状态的探索，对人的主体意识的表现，都建立在理性的、对现实深刻感知的基础之上，且离不开对历史发展实际进程的思考和感悟。他欣赏陀思妥耶夫斯基对"灵魂的拷问"，但这并不意味着要表现人类在现实痛苦中精神的超升，并不是为了使灵魂得到净化并引导人们向往着来世，而是把个体生命自身的精神痛苦，乃至主体意识的丧失，同外部现实世界联系在一起进行探究，

揭露的是极其现实而具体的问题。因此,他的创作始终充满历史的批判精神和清醒的当下意识,尽管也有过犹疑和彷徨,但从未放弃以"人"为本位的文学价值观,在变化中保持了最根本的文学精神。

以《肥皂》为例,在"男尊女卑"的传统家庭内,四太太因"孝女"而对四铭购买肥皂的动因质疑,并产生激愤的情绪,从而进阶为女权意识的觉醒,一定程度上瓦解了四铭作为父亲、丈夫的男性权威,减轻了其话语分量,削弱了其话语权力。实际上,在二者权力的博弈中,不只是话语层面实现了位次的更迭,在自我支配、身份属性层面产生了新的划分,即四太太开始拥有独立自主的意识,开始对立"男人"与"女人"的社会身份,具体表现为"我们女人""你们男人"这类带有区分属性的指称。这种突如其来的转变,无疑使原本具有绝对权威的四铭感受到一股带有指向性的强烈的反抗力量,其中勾连着对自己与"孝女"的审判与伦理道德的重申等多重因素,从而产生一种被压制的困惑、落寞的负面情绪。"但到第二天的早晨,肥皂就被录用了。这日他比平日起得迟,看见她已经伏在洗脸台上擦脖子,肥皂的泡沫就如大螃蟹嘴上的水泡一般,高高的堆在两个耳朵后,比起先前用皂荚时候的只有一层极薄的白沫来,那高低真有霄壤之别了。从此之后,四太太的身上便总带着些似橄榄非

《肥皂》插图,出自鲁迅《彷徨(插图本)》,人民文学出版社 2015 年版

橄榄的说不清的香味;几乎小半年,这才忽而换了样,凡有闻到的都说那可似乎是檀香。"①

(二)以人的悲剧命运、对现实的深刻关切为价值追求

半个多世纪以来,曹禺的剧作之所以能成为人们"说不尽"的话题,除了因为曹禺善于构织紧张剧烈的戏剧冲突之外,更与他的剧作从一开始就以极大的兴趣关注着人的命运有关。从《雷雨》到《日出》再到《原野》,曹禺始终关注的,是对宇宙神秘性的探索和对人类命运的思考,这也使曹禺的剧作始终带有一种辽阔、深远、悠长的诗意和诗性。曹禺的剧作奠定了中国话剧的基础,让中国读者和观众真正接受了这个外来的剧种。为什么曹禺的话剧创作获得如此评价?过去我们多认为原因在于曹禺善于构造紧张的戏剧冲突,他的剧作里一个冲突接一个冲突,这似乎成为曹禺剧作一个最重要的特征。其实,如果我们仔细考察,会发现这种概括是不全面的,甚至是不准确的。曹禺剧作最重要的价值,不仅在于他的话剧中有冲突,更重要的在于这种冲突不是一般的戏剧舞台冲突,而是命运冲突,是人类命运的冲突,是人类命运和宇宙关系的相互冲突。这种冲突本质上体现了曹禺对诗的追求,这才是曹禺最贴近外来话剧本源的地方,最贴近中国京剧传统的地方,最贴近西方戏剧与传统戏剧契合点的地方!

曹禺曾为《雷雨》单行本写过一篇序言,其中说到,《雷雨》除了八个人物以外,还有第九个角色,他称之为"第九条好汉",这是一个不出场的角色,但这个角色牵制了舞台上所有人的命运遭际。曹禺说,那就是古希腊戏剧中所提到的"命运",命运也是话剧中的一个角色,尽管这个角色没办法出

---

① 鲁迅:《肥皂》,《鲁迅全集》(第2卷),人民文学出版社2005年版,第56页。

场，但是它却"附着"在出场的每个人物的身上。他们的行动不仅从他们的愿望出发，也不仅体现他们自己的意志，还体现了这个他们所不能控制的"命运"的意志。这就使每个角色的行为愿望和行为结果都发生了逆向冲突，他们越是想要摆脱命运的控制，结果就越是陷

纪念曹禺诞辰 110 周年版话剧《雷雨》剧照，
图为鲁侍萍与四凤

入命运的泥坑。"雷雨"是贯穿话剧始终的一个"角色"，虽然直到话剧的最后一幕"雷雨"才真正下来，但前面一直在暗示，天气很闷，马上就要下雨，花园里面的一根电线还没修好，这些都在观众心中形成了一种威慑，雷雨马上就要来了，每个人都很烦躁、很憋闷，逐渐乌云密布、电闪雷鸣，到最后一场最不该下的时候它突然来了，使周冲和四凤触电而死，整个世界得到了一种报应，与先前的紧张、焦虑、烦躁、恐惧、猜疑、隐瞒形成了一个完整的闭环。《雷雨》表现的正是人们心中的这种命运，曹禺说"雷雨"太像戏了，他把"雷雨"这个"第九条好汉"变成拟人的东西，舞台上所有角色都笼罩在这一阴影之下，每个人都在按照自己的意志挣扎，但每个人都挣脱不出"命运"的意志。

命运的意志指向普遍的罪感意识。侍萍面对犯下乱伦大错的女儿，痛苦自责不已，哭喊着所有罪过都是她惹下的，是她自己造的孽，祈求老天不要怪罪自己的女儿。蘩漪认识到周萍与四凤更为悲惨的命运后，突然失去了报复周遭一切的欲望，尤其是受到周冲被电死的冲击，她顿感自己的罪恶，狂

笑着说周冲该死，因为有她这样一个母亲而该死。在罪感意识之下对灵魂的拷问。周朴园对灵魂的自我拷问：在儿女死亡悲剧之前，他对灵魂的自我忏悔主要是因侍萍而起，尽管这种忏悔带有很强的虚伪性，但将侍萍和生病的儿子赶走仍然给他的内心带来了冲击和负罪感。而在周冲、四凤触电而死，周萍自杀之后，他的忏悔表现得更为真挚和深沉，因为痛苦和忏悔，他的整个神态由以前的威严、世故、峻厉变成了沉静而忧郁。在序幕和尾声中，周朴园已经成为白发苍苍的老人，蘩漪和侍萍也成为世人眼中的"疯子"，一切罪恶都像曹禺所说的"推到时间上非常辽远的处所"。曹禺曾说："《雷雨》对我是个诱惑。与《雷雨》俱来的情绪蕴成我对宇宙间许多神秘的事物一种不可言喻的憧憬。《雷雨》可以说是我的'蛮性的遗留'，我如原始的祖先们对那些不可理解的现象睁大了惊奇的眼。我不能断定《雷雨》的推动是由于神鬼，起于命运或源于哪种显明的力量。情感上《雷雨》所象征的对我是一种神秘的吸引，一种抓牢我心灵的魔手，《雷雨》所显示的，并不是因果，并不是报应，而是我所觉得的天地间的'残忍'。"[①] 这种"残忍"是最为冷酷的，周冲和四凤作为剧中最为单纯、最为善良的存在，丝毫没有做任何伤天害理的事，最终却要意外身亡，这恰恰反映了自然的"冷酷"，四凤与周冲的性格和人生遭际本身，就最足以预示着他们的结局。

如果说《雷雨》是对宇宙间不可名状的"命运"的书写，《日出》则是对世俗社会难以摆脱的"命运"的悲泣。关于《日出》还存在这样几个误解：首先是对方达生这个角色的误解。不少解读认为方达生作为陈白露学生时代的恋人，他的出现是陈白露人生最后的一抹亮色，甚至是拯救陈白露走出这

---

① 曹禺：《〈雷雨〉序》，载曹禺著，田本相编《曹禺文集》（第1卷），中国戏剧出版社1988年版，第213页。

个漆黑世界的最后一个希望。然而笔者认为,方达生非但不是来拯救陈白露的,他的出现反而加速了陈白露的死亡。曹禺为何要安排方达生进入陈白露的生活? 从叙事层面来说,方达生承担的是一个连接"过去"与"现在"的功能,他的出现将时间拉向悠远,从现在拉向过去,从交际花陈白露拉向纯真的竹筠。在这种现实与过去的来回跌宕中,诗意就呈现出来了。从人物自身来说,方达生不是现实的角色,而是一个诗意的角色。方达生看似最了解陈白露,但最不了解陈白露,甚至因为他的到来,突然地将陈白露内心久久积郁的苦痛撕裂开来。他逼迫着陈白露清醒过来,但他不了解的是,陈白露已经不能清醒,清醒了只能死路一条,所以她只能醉生梦死。曹禺在《〈日出〉跋》里强调"方达生究竟与我有些休戚相关",曹禺看似在剧里讽刺了方达生"一肚子的不合时宜",但其实"讽刺的对象是我自己,是与我有同样书呆子性格,空抱着一腔同情和理想,而实际无补于事的'好心人'"[1]。《日出》里所有角色中,方达生是看上去最靠近"太阳的",但他又是最不合时宜的,太阳不属于陈白露,也不可能属于方达生。

其次是对"第三幕"多余的误解。从曹禺自己的说法来看,第三幕对于整个剧本非但不是一种"游离",反而恰恰是精心设计的,也是最能体现曹禺写《日出》这部剧的意图的。在这一幕中,曹禺没有接着第二幕继续写陈白露的故事,戏剧的背景布局也不再是陈白露的酒店房间,而把笔触转到了妓院和弄堂里,写了一段翠喜和小东西等人的悲惨遭遇。曹禺打破了这个剧的发展逻辑,正是出于一种诗意的考虑。第三幕不是完全写实的一幕,而是高度诗意化的一幕。陈白露没有上场,实际上也没有必要上场,因为曹禺想在

---

[1] 曹禺:《〈日出〉跋》,载孔范今主编,秦艳华、郑全来编选《中国现代新人文文论》,山东文艺出版社2005年版,第472页。

临沂大剧院排演曹禺《日出》剧照，图为潘月亭与陈白露

陈白露身上倾注的，已经倾注、重叠在翠喜的身上了：难道翠喜的遭遇，陈白露没有遭遇吗？难道翠喜的结局，陈白露逃过了吗？翠喜的命运与陈白露的命运是交织、融汇在一起的，翠喜的今天就是陈白露的明天。写翠喜要比直接写陈白露更令人唏嘘，因为这样才会让我们意识到，在命运的深渊里，陈白露逃不过、翠喜逃不过、小东西也逃不过！

最后，长期以来对《日出》主题的误解是最多的，核心命题便是，"日出"究竟指什么，是那日出之际打夯工人的歌声，是一种新生活的象征，还是曹禺对新社会的一种呼唤？当下对于《日出》的主题已经有了太多的说法，在这里我只想谈谈对于陈白露来说，"日出"究竟意味着什么。要弄清这个问题，我们首先要回答陈白露的悲剧究竟是谁造成的。陈白露的命运是一场社会悲剧吗？不是的，如果仅仅是社会的悲剧，那个曾经的竹筠或许不一定会变成陈白露，而有可能变成另一个方达生。陈白露最深层的悲剧在于自己的性格，她既无法摆脱生的痛苦，又没有抗争的勇气。只有死对她来说才是真正的新生。陈白露只有在死去的时候才能真正拥有"日出"，只有在她死去的时候，我们才看到陈白露这个角色的力量感，这种力量使《日出》在人类命运的思考方面给人留下一种久久的激动。因此"日出"既是一种新社会新生活的象征，但它首先应该与陈白露的命运有着更为紧密的内在关联，而且这种关联才是《日出》最为本质的内涵。

（三）以人的无奈选择、对时代的深度剖析为情感底色

《随想录》是巴金晚年的重要作品，也是当代文学史和思想史上一部里程碑式的作品。《随想录》以自我忏悔的心态和形式，反思"文化大革命"的惨痛教训，探讨在这个全民族的灾难浩劫中个人与群众暴力、个人与极"左"路线之间的关系，提醒当下的人们要警惕这类历史浩劫的再度出现。这是一个复杂且宏大的话题，很多作家、思想家从不同角度进入这一领域，表达他们对于"文革"灾难的总结和反思。巴金与众不同的是从自我忏悔开始，从反省自己的软弱开始，由此进入对全民族的灵魂拷问。《小狗包弟》一文中讲到，包弟为什么会成为全家的累赘，并非真的有什么杀狗的政策文件，而是担心小狗喊叫会引来红卫兵的注意，因为红卫兵（尤其是街坊里爱捣乱的小孩）对小狗很有兴趣，晚上附近的小孩就会经常大声叫嚷，说是要杀小狗。巴金彼时如惊弓之鸟，即便是顽童的游戏之言也让他胆战心惊，并不断联想万一小狗引来了红卫兵，灾难将如何降临，因此百般犹豫煎熬，最终只能将可爱的小狗送上医院的解剖台。这件事应该说并非"文革"期间知识分子受迫害的普遍案例，属于迫害之外的特殊情况，但恰恰是因为这类非常规事件，给巴金带来了更为深重的心灵的痛苦。相比较人的生命而言，一条小狗的生命并非不可牺牲，但巴金却在此展开了对自己灵魂的拷问。巴金在文章中有层次地描写了红卫兵如何从大街上"破四旧"一直到邻居家抄家、批斗，灾难越

巴金:《随想录》作家出版社2005年版

来越逼近。巴金写到自己第一次看到抄家，感受到这一情景的恐惧。再联系巴金对家中其乐融融的氛围的回忆，就可以理解为什么巴金决定放弃小狗，因为他想要保全自己，想要保全一家人。但事实上灾难并未因小狗的消失而消失，大祸仍然如期而至，等到噩梦过去，一切恢复平静的时候，他终于悲哀地发现，家中花园一片衰败，当年最喜欢在草地上散步的亲人已经不见，小狗包弟也白白成了一个牺牲品。为了保全自己家庭的安宁，为了让灾难晚一点到来，巴金牺牲了小狗包弟的生命，他感到灵魂仿佛欠下了很多债，决定要向小狗道歉，要对自己过去十年的苦难生活做个总结。忏悔便从这里起步。真诚的忏悔对过去时代的错误绝不会摆出先知先觉的架势，他们会坦率地承认对那种错误曾经有过的荒谬的赞同，而使这种忏悔成为对时代罪愆做出自我承担的勇士的自白，成为一个善良的灵魂在正直和良知的感召下发出的痛苦呻吟。

《寒夜》是巴金反映抗战时期社会现实的一部长篇小说，它以抗战后期的重庆为背景，描写了一个在社会重压下的家庭悲剧，从而揭示了不带英雄色彩，而又有心灵闪光的小人物怎样不堪黑暗现实的重压，苦闷地窒息在这可怕的社会之中，描写了挣扎在国统区黑暗中的小人物怎样由痛苦的呼喊到被黑暗的浊流吞噬的全过程。这是惨痛的时代悲剧、历史的悲剧、社会的悲剧，但这样的悲剧是通过一个家庭、一个群体、一个小人物的人生悲剧来加以书写和表现的。汪文宣和曾树生这对主人公是万千小人物中的典型，他们是被命运抛入困境而又无力抗争的知识分子，大学的高等教育使他们具有高层次的精神追求，对人生抱有济世的宏图，并拥有相应的才智，但战争、动乱、通货膨胀、低薪、失业、疾病等，却又使他们几乎落入社会乞食者的境地，这种主体素质与社会地位的强烈反差，严重地扭曲了他们的性格，也制造和强化了他们命运的悲剧性。主人公汪文宣、曾树生的灰色暗淡的生活揭示了抗战时期一部分知识分子走过的曲折的人生之路，他们本来是黑暗社会中不安定的因素，但在社会和生活的重压下，为了活命，他们从肉体到精神都成了"饭碗"的异化物，他们的心态、性格反映了抗战后期国统区知识分子的心态、性格；他们的遭遇代表着一群小人物的人生经历，他们受到西方新思潮的影响，坚信个人解放思想，有过美好的憧憬和对事业的抱负。然而，黑暗的现实使他们平凡的理想化为乌有，生计艰难，苦闷彷徨而无路可寻。

巴金：《寒夜》，人民文学出版社2008年版

巴金的性格深处常常陷入痛苦与矛盾之中，他曾说："我的一生也许就是一个悲剧，但这是由性格上来的（我自小就带了忧郁性），我的性格就毁坏了我一生的幸福，使我在苦痛中得到满足。有人说过革命者是生来寻求痛苦的人，我不配做一个革命者，但我却做了一个寻求痛苦的人。我的孤独，我的黑暗，我的恐怖都是我自己去找寻来的。对于这我不能有什么抱怨。"[①] 正是这种悲观的、忧郁的性格，使他对小人物的命运遭际格外敏感。

---

① 巴金：《新年试笔》，载贾植芳等编《巴金专集》(1)，江苏人民出版社1981年版，第242页。

第五章

继承传统与创新精神

受五四新文化运动和白话文学的影响，新文学展现出与古代、近代文学完全不同的风貌，短短数十年，取得翻天覆地的变化。但新文学并不是完全另起炉灶，与传统文学、传统文化毫无瓜葛。作为中华民族千百年发展演变、延续丰富的传统文化，依旧以根深蒂固的影响作用于新文学，新文学是在传统文学与文化的母体中创新和发展的，此外还借鉴了外国文化与文学，呈现出继承与创新的双重特点。五四新文学与百年中国的命运连枝同气，无论是现代语言的变革，文言与白话的争论到文言与白话并存，还是新文学发展历程中形成的既古典又现代的审美倾向、既乡土又城市的双重内涵、既中国又世界的开阔视野，都充分体现了新文学处于古今中西交汇点的历史特征和历史使命。

一、从文白之争到文白并存

白话文是中国现代文化、现代文学开启的重要标志和展现的重要平台，这是因为社会生活如何，决定了语言方式如何，五四开足马力反对文言文，提倡白话文。但是从《新青年》提倡白话文一直到今天，我们放弃文言文了吗？实际上没有，不仅至今没有，而且将来也不可能有。文言文始终是我们语言的精华，几千年中国语言文字的精粹让我们今天还要学习文言文。新文化运动者不可能在短短的几年就把几千年的文言文废掉，即便大家也知道白话文取代文言文是一个趋势，但取代并不代表消灭，文言文与白话文最终走向了一个并存的格局。

（一）新文学何以从白话开始

中国几千年的文学、文化的发展，从来没有像五四那样在语言上有如此大的变革。那么，为何五四新文学要从提倡白话开始？实际上，语言绝不只是形式的问题，语言本身就是内容，如果继续沿用文言文，那就不可能有新文学的产生。"文白之争"作为新文化运动中最重要的一环，正是这一时期思想上吐故纳新的典型表现。

晚清的白话文运动、文学改良为五四白话文运动准备了种子、土壤以及接受的社会心理基础等因素。晚清白话文运动在1896年前后。晚清的白话文运动中提倡白话的文人，大多是先用文言思考，再从文言翻译成白话，而且此运动主要是出自政治的需求，只是戊戌变法的余波之一。早在1887年，诗界革命领袖黄遵宪就已经提出"语言和文字合一""我手写我口"的主张，他指出，东西各国因为语言文字合一，所以"通文者多"，"欲令天下之农工商贾妇女幼稚皆能通文字之用"，必须语言和文字合一。[①] 而五位学术背景不同的语文改良——主要是创制音标文字——先驱都在这个时间段刊布其著作。其中，卢戆章是基督徒，受西式教育于新加坡，在厦门随英国教士麦嘉湖助理编辑《华英字典》。蔡锡勇曾受教于同文馆，研读外语，后随使美国。沈学受学于上海圣约翰学校，其著作先成英文本，后译成汉文。王炳耀是基督徒，曾服务于教会。以卢戆章为例，他在1892年刊行《一目了然初阶》（即《中国切音新字厦腔》），1893年刊行《新字初阶厦腔》，至1896年已售出2000余册。1897年梁启超为《演义报》作序时提出，"日本之变法，赖俚歌与小

[①] 参见谭彼岸《晚清的白话文运动》，湖北人民出版社1956年版，第5页。

说之力"[①]，即便在晚清就有仁人志士提倡白话文，推行语言变革，但晚清白话文与五四白话文之间的根本区别不仅在作用上的"启蒙"与"革命"、性质上的"工具"与"思想"的差别，在地位上也有"辅助"与"主体"的差别。也就是说，晚清白话是文言文的辅助语言，当时正统的、居于主导地位的、通用的、作为汉语语言体系的是文言文，白话主要是口语、民间语言、大众语言，还不能构成完整的书面语体系，白话在思想的层面上还不能独立表达，还必须借助文言文。

1915年，随着《青年杂志》（后改名《新青年》）的创刊，一场以陈独秀、胡适、鲁迅等为代表人物，以提倡科学与民主，反对专制、愚昧和迷信，提倡新道德，反对旧道德，提倡新文学，反对旧文学为核心内容的新文化运动就此展开。新文化运动目标指向中国传统文化和道德观念。随后，陈独秀等又发动"文学革命"，提倡白话文，反对文言文，从内容到形式对封建旧文学持批判否定态度。新文化运动的开展，受到了许多追求思想革新者的欢迎，也受到了一些固守传统文化立场者的抨击，其中最具有代表性的事件则是那场新派诸干将与古文大师林纾之间的"文白之争"。今天看来，这场争论不仅引导了中国文学后来的走向，而且体现了在新旧文化转换之间不同的精神导向与价值认同。

自新文化运动兴起以来，关于"新与旧""传统与现代"的讨论便异常激烈，而"文白之争"则是新文化运动中最重要的一环。1917年，胡适在《新青年》上发表了《文学改良刍议》，正式提出要让与文言文对立的白话文学成为中国文学正宗的观点。此后这场文言文和白话文的较量，在一场硝烟弥漫的论争中此起彼伏，充满了激情、机巧、趣味与智慧。1917年，《新青年》

[①] 梁启超：《〈蒙学报〉〈演义报〉合叙》，《时务报》1897年第44册。

相继发表胡适的《文学改良刍议》和陈独秀的《文学革命论》，提倡白话文和新文学，反对文言文和旧文学，文学革命的大幕就此拉开。而就在《新青年》发表《文学革命论》的同时，还刊载了钱玄同的一封信，在这封信里，钱玄同首次使用了"选学妖孽""桐城谬种"的说法，将矛头直指作为古文代表的桐城和文选两派。作为古文大家，林纾对这种提倡白话文而反对文言文的倡议自然不满，于是愤而作《论古文之不宜废》一文，针锋相对，以表示抗议。文学革命运动中的文言与白话之争，表现为革命文学阵营同封建复古主义者不同文学观点、思想观点的激烈论争。论争从语言形式开始，又及于文学内容，乃至文艺思潮、社会思潮。论争持续很久，大的较量有三次：第一次发生在1917年，主要是对以林纾为代表的所谓"拼我残年极力卫道"的老牌守旧分子的斗争；第二次是在1922年，集中批判以"学贯中西"自诩的"穿西装的复古派"学衡派的复古主义思潮；第三次是在1925年，击退了死灰复燃的公然扬言要取消"白话文学"的顽固的守旧派甲寅派的反扑。经这几次较量，复古派彻底惨败，新文学和白话文的脚跟站得更稳，此后虽然也还不时有某些复古的沉渣泛起，但终究不成什么气候了。

在刊载于1917年1月1日的《新青年》杂志的《文学改良刍议》中，胡适明确主张以白话文代替文言，提出"白话文学之为中国文学之正宗，又为将来文学必用之利器"[1]的观点。林纾认为，"知腊丁之不可废，则马班韩柳亦有其不宜废者。吾识其理，乃不能道其所以然，此则嗜古者之痼也"[2]，也就是说，欧洲文艺复兴也没有将其"古文"——拉丁文废除，白话文运动的倡导者也不必将我们的古文（文言）赶尽杀绝——尽管白话文可以提倡。胡适

---

[1] 转引自顾颉刚、王钟麒《中国史读本》，中国工人出版社2007年版，第308页。
[2] 林琴南：《论古文之不宜废》，《民国日报》1917年2月8日。

当即在《寄陈独秀》中对之反唇相讥："林先生为古文大家，而其论'古文之不当废'，'乃不能道其所以然'，则古文之当废也，不亦既明且显耶？"① 钱玄同的反击则更为激烈，"惟选学妖孽所尊崇之六朝文，桐城谬种所尊崇之唐宋文，则实在不必选读"，"彼选学妖孽、桐城谬种，方欲以不通之典故，肉麻之句调，戕贼吾青年"。② 陈独秀对胡适的《文学改良刍议》大加赞叹并大力支持，称其为"今日中国文界之雷音"，而称胡适为"首举义旗之急先锋"，并于下一期《新青年》上发文响应。在《文学革命论》中，陈独秀提出文学革命的三大主义："曰，推倒雕琢的阿谀的贵族文学，建设平易的抒情的国民文学；曰，推倒陈腐的铺张的古典文学，建设新鲜的立诚的写实文学；曰，推倒迂晦的艰涩的山林文学，建设明了的通俗的社会文学。"③ 胡、陈二人的文章发表后，得到了钱玄同、刘半农、鲁迅、周作人等人的积极响应，也遭到了林纾以及以"学衡派"为代表的反对派的批驳。如钱玄同在胡适文章发表一两个月后连续撰文表态，谓胡适"斥骈文不通之句，及主张白话体文学，说最精辟"，并称一味拟古的旧文学为"选学妖孽，桐城谬种"④；谓胡适"不用典"之论为最精，"实足祛千年来腐臭文学之积弊"，并从语言文字演化的角度说明提倡白话文的必要，力主"言文一致"⑤。在给胡适《尝试集》写的序中，钱玄同认为语言和文字不一致的原因有两个："第一，给那些独夫民贼弄坏的。"比如秦始皇对"朕"字的垄断。"第二，给那些文妖弄坏的。"比如写辞赋而"异常雕琢"的扬雄，"连写封信都要装模作样"的建安七子，等等。⑥

---

① 胡适：《寄陈独秀》，载欧阳哲生编《胡适文集》(2)，北京大学出版社1998年版，第25页。
② 孔庆茂：《林纾传》，团结出版社1998年版，第213页。
③ 转引自胡适《胡适文存》(1)，华文出版社2013年版，第15页。
④ 钱玄同：《通信》，《新青年》1917年第2卷第6号。
⑤ 钱玄同：《通信》，《新青年》1917年第3卷第1号。
⑥ 钱玄同：《尝试集序》，《新青年》1918年第4卷第2号。

不仅如此，钱玄同甚至主张废除汉字："欲使中国不亡，欲使中国民族为二十世纪文明之民族，必以废孔学，灭道教为根本之解决，而废记载孔门学说及道教妖言之汉文，尤为根本解决之根本解决。"① 刘半农在《新青年》第3卷第3号上发表了《我之文学改良观》，对文言与白话则有较现实的看法，他认为"目下应为之事，惟有列文言与白话于对待之地，而同时于两方面力求进行之策"，"于文言一方面，则力求其浅显使与白话相近"，"于白话一方面，除竭力发达固有之优点外，更当使其吸收文言所具之优点，至文言之优点尽为白话所具，则文言必归于淘汰"。② 1918年3月《新青年》第4卷第3号以"文学革命之反响"的标题，刊登了钱玄同、刘半农的"双簧信"——因为白话文运动"始终不曾遇到过一个有力的敌人"，且"桐城选学"也对他们"置之不理"，他们于是未免产生了"寂寞之感"，钱玄同便托名"王敬轩"，模仿旧文人的口吻，集中各种反对派的言论，煞有介事地攻击《新青年》和白话文学是"荡妇所为""狂吠之谈"。刘半农则以《新青年》记者的名义写了《复王敬轩书》予以批驳。此信一出，在社会上引起强烈的反响。林纾则发表《论古文白话之相消长》一文进行反驳，并且写信给北大校长蔡元培，要求将陈独秀、钱玄同从教师中除名，还在《新申报》上发表了两篇短篇小说《荆生》和《妖梦》，讽刺文学革命的领导人。然而这一出双簧戏却更多地引起了青年学子和社会进步人士的喝彩，在论辩中新文学的声势也逐步壮大。这一正一反两篇文章同时出现，结果"旧式文人的丑态是出尽，新派则获得压倒性的辉煌胜利"。一些原来还在犹豫的人都开始倾向新文化了，朱湘和苏雪林都说他们是看了这出双簧戏才变成新派的，可见"双簧信"影响之大。

---

① 转引自余光中《分水岭上》，国际文化出版公司2014年版，第99页。
② 转引自鲍晶编《刘半农研究资料》，知识产权出版社2011年版，第302页。

新知识分子这种主动出击的态度充分地显示了他们的自信,但同时也激起了旧派文人的恼怒。胡适作为白话文运动的主将,反对他的旧派学者很多。一次,黄侃对胡适说:"你提倡白话文,不是真心实意!"胡适问他何出此言。黄侃正色回答道:"你要是真心实意提倡白话文,就不应该名叫胡适,而应该名叫到哪里去。"此言一出,胡适气得无话可说。又一次,黄侃在讲课中赞美文言文的高明,举例说:"如胡适的太太死了,他的家人电报必云:你

黄侃(1886—1935)

的太太死了!赶快回来啊!长达十一字。而用文言则仅需'妻丧速归'四个字即可,仅电报费就可省三分之二。"这一次,胡适回击了,而且巧妙得令人拍案叫绝。也是在课堂上,胡适大讲白话文的好处时,有位学生想起黄侃关于文言文电报省钱的论调,便反驳说白话文语言不简洁,打电报用字多、花钱多。胡适并没有直接作答,而是说道:行政院有位朋友邀他去做行政院秘书,而自己不愿从政,希望同学们用文言文为自己拟一则电文。同学们纷纷拟稿,最后胡适从电稿中挑出一份字数最少的,其内容是"才学疏浅,恐难胜任,恕不从命"。胡适念毕,不无幽默地说:"这份电稿仅12个字,算是言简意赅,但还是太长了。我用白话文只需5个字:干不了,谢谢。""干不了"含有才学疏浅、恐难胜任的意思,而"谢谢"既有对友人费心介绍表示感谢,又有婉拒之意。胡适用一个生动的例子让学生们感受到了只要用字恰当,白话也能做到比文言文更简练。

1918年4月,胡适又发表了《建设的文学革命论》,他认为,中国两千

年"没有真有价值真有生命的'文言的文学'",究其原因在于旧文学都是"用已经死了的语言文字做的",而自《诗经》以来,"中国的文学凡是有一些价值有一些儿生命的,都是白话的,或是近于白话的。其余的都是没有生气的古董,都是博物院中的陈列品"。总之,"死文言决不能产出活文学","中国若想有活文学,必须用白话,必须用国语,必须做国语的文学",要想实现"国语的文学,文学的国语"的根本主张,必须以白话为工具,借助"国语教科书""国语的小说、诗文、戏本"等"国语的文学"。①1918年12月,傅斯年写就《怎样做白话文?》一文,认为理想上的白话文是"'逻辑'的白话文"、"哲学的白话文"和"美术的白话文",要想达到这样理想的境地,就得"拿西洋文当做榜样",所以说,"这理想的白话文,竟可说是——欧化的白话文"。②

在新文化运动者与文化保守派争论"文言"与"白话"存废问题的过程中,1917年是白话文运动的一个重要节点。该年,第三届全国教育联合会呈部请推行注音字母议决案中,提出"……莫如改国民学校之国文科为国语科,将国文程度改浅,国语程度提高,仿语录及说部书之形式,俾文与语之距离渐相接近,成一种普通国语"③。这一年,经过国语研究会的国语运动和《新青年》的新文学运动两大鼓吹,到1918年时,报纸杂志上关于一些论政谈学的文章也渐多用白话文了。

---

① 胡适:《建设的文学革命论:国语的文学——文学的国语》,载赵家璧主编,胡适编选《中国新文学大系·建设理论集》,良友图书印刷公司1935年版,第128页。
② 参见傅斯年《怎样做白话文?》,《中国人的德行》,中国工人出版社2016年版,第200—201页。
③ 黎锦熙:《改学校国文科为国语科》,载林治金主编《语文教育论文选编》(上),青岛出版社2001年版,第61页。

(二)"文白之争"争的是什么

轰轰烈烈的文白之争,到底争的是什么?文白之争的背后是古代和现代的思想观念以及意识形态之争。对于"文学革命"和这场"文白之争"的目的,新文化运动的主将胡适在 1918 年刊发的《建设的文学革命论:国语的文学——文学的国语》一文中有清晰的表述:"我们所提倡的文学革命,只是要替中国创造一种国语的文学。有了国语的文学,方才可有文学的国语。有了文学的国语,我们的国语才可算得真正国语。国语没有文学,便没有生命,便没有价值,便不能成立,便不能发达。这是我这一篇文字的大旨。"[①] 可以看出,"文学革命"的目的是新文学的确立,而新文学的确立则被赋予了国家主义的使命,一个现代民族国家的建立,需要全民的国语认同,如果没有这样的国语(白话文),则需要通过创建"国语的文学",来实现"文学的国语",而只有"有了文学的国语,我们的国语才可算得真正国语"。在这里,新文学的确立被清晰地和民族国家的认同与现代性的叙事联系在一起。

归根到底,新文化运动的提倡者在文白之争中,寻求的一种语言的裂变,实际上是争取思想的断裂,是要与传统、保守、封建的思想断裂开来,这是思想和语言的纠葛。将语言作为本体来看待,强调语言对于主体的影响和作用,这是现代语言哲学的立场,这种思想认为,个人操纵语言不过是一种表象,语言不只是人类的使用工具,语言系统先定了主体的所有可能,人正是通过语言而拥有世界。语言学家洪堡特认为,对心灵来说,每一个外在的对象唯有借助于概念才会获得完整的存在,每一种语言都包含着一种独特的世界观。白话文运动的倡导者之所以提倡白话、反对文言,不光是因为文言作

[①] 胡适:《建设的文学革命论:国语的文学——文学的国语》,载赵家璧主编,胡适编选《中国新文学大系·建设理论集》,良友图书印刷公司 1935 年版,第 128 页。

为一种语言工具晦涩难懂，在国民的表达和理解上造成障碍，更深层的理由在于反对古文中蕴含的古代思想观念和意识形态。文言在古代社会是阶级和权力的象征，由中国的精英文化或曰统治文化支撑和延续。周作人曾将五四白话文运动和晚清的白话文运动区别开来，认为晚清的白话文运动只是将统治阶层的思想和观念以通俗易懂的方式传达给不懂古文的民众，而五四的白话文运动主张国民全体都用白话，白话的作用并不局限于给民众传达浅近的教训和知识，还要以此作为文化建设之用。白话文初始阶段还不够完善，不够高深复杂，有待进一步的精密细微，以便能表达一切高上精微的感情和思想。

　　语言不是一种单纯的符号，语言实质上是一个民族文化的凝结，文白之争争的是中国现代文化发展的性质、方向和追求。语言不仅是一种器械或一种工具，因为工具的本性就在于我们能掌握对它的使用，当我们要用它时可以把它拿出来，一旦完成它的使命又可以把它放在一边。我们永远不可能发现自己与世界相对的意识，并在一种仿佛是没有语言的状况中拿起理解的工具，在所有关于自我的和外界的知识中，我们早已被我们自己的语言包围。表面看来，文白之争是书面语和口语之争，是死语言和活语言之争，事实上远不止此。文言在古代的文化里不仅仅是一种表达工具，而是承载了深厚的思想意识形态和传统文化。新文化运动的倡导者之所以要推翻文言文，是因为看到了文言文会遮蔽新思想和新观念的表达。鲁迅曾说，自己曾看过许多旧书，为了教书，至今也还在看，因此耳濡目染，影响到所作的白话上，常不免流露出它的字句和体格。自己正苦于背了这些古老的"鬼魂"，摆脱不开，时常感到一种使人气闷的沉重。儒家经学中心主义确立之后，文言话语已经超越了生命个体，成为思想的附属物和抽象的权威。权威不仅约束着整个社会，而且将一般民众的生活行为秩序化、规范化。官僚士大夫根据自己的利益压抑那些非正统的思想和情绪，使之成为无名的存在。一般民众的意志和创造力必须受到权威的严格限制与束缚。传统士人屈服于文言话语的权威，在正名求实的伦理征途上完善自己的道德人格，缺乏自己独立的话语和人格，这些都是新文化运动者要肃清的对象。为了白话文学的合法性与正统，胡适做了一番正源清流的工作，《白话文学史》就是其具体成果。其主要观点实际上可以浓缩为一个大判断："今日之文学，当以白话文学为正宗"①，这自然是为了尊体而提出的表述方式。胡适

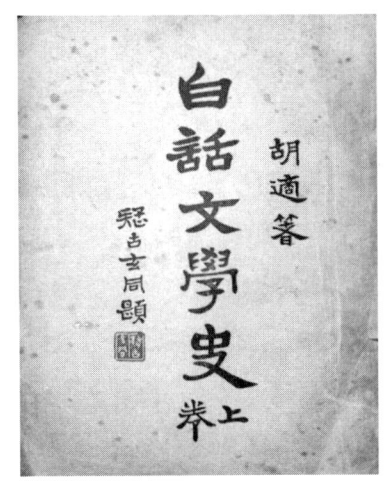

胡适：《白话文学史》，新月书店
1928 年版

巧妙地将其时广受认同的进化论引入文学领域，在学理方面显得无可置疑："'古文传统史'乃是模仿的文学史，乃是死文学的历史；我们讲的白话文学史乃是创造的文学史，乃是活文学的历史。因此，我说：国语文学的进化，在中国近代文学史上，是最重要的中心部分。换句话说，这一千多年中国文学史是古文文学的末路史，是白话文学的发达史。"②

外部情势的压力也推动了白话从边缘向中心位移的进程，白话已逐渐成为救亡图存、启蒙醒世的重要工具，它的价值开始从语言工具向文学领域渗透，而且新文化运动以强力手段促使这一进程摆脱了文学内部演进的自然速率，白话以"活文学"的姿态迈入文坛，占据了进化论语境中的制高点，对

---

① 胡适：《历史的文学观念论》，《新青年》1917 年第 3 卷第 3 号。
② 胡适：《白话文学史》，安徽人民出版社 2019 年版，第 3 页。

"死文学"的态度成了考验时人思想进步与否的重要标志。在新与旧的论辩中，尽管双方都不免有意气用事的成分。而新派所谓"十八妖魔""桐城谬种""选学妖孽"等提法，更刺激了对方本已敏感的神经。钱玄同、刘半农与林纾的公开论辩是现代文学史上著名的公案，以林纾的"理屈辞穷"而告一段落，在很长一段时间里，人们以之为旧派黯然落败的标志。

这场文白之争持续很久，一直到民国结束还没有解决。随着白话文兴起，关于白话文的作法也在讨论中。尤其是文学写作的方法论，很多学者进行了深入探讨，以辅助白话文的传播。梁启超的《作文法》打破了新旧语体的界限，以通透豁达的看法讨论作文之法。他认为文章的作用在于把自己的思想传达给别人，有内容、有系统两个要素，也即"言之有物，言之有序"。把思想传达给别人也须有两个条件，所传达的恰如自己所要说的，令读者恰恰理会我的原意。文章一部分是结构，一部分是修辞，文章能否感人，在乎修辞。新文化运动期间及过后，不少有关文法、文话的著作也都对古文持完全否定和批判的态度，欲将其彻底打翻，推行白话文。

（三）为何文言为不可废

语言是社会的产物，新、旧文学的消长，并不以语言为唯一衡定标准，古文也并非如胡适所说的"死文学"而立即退出历史舞台。就文言发展而言，文言本是古人口语的摘要，在先秦时代就已成熟成型。西汉时，封建统治者独尊儒家学派，记载儒家学派的经典的文言文也成了精英阶层攀升炫技的工具。一方面，圣谕的下达和奏疏的上传等都靠文官拟制的文言文本，文言是权力的象征，是阶层的象征。另一方面，文言与实际生活中的口语距离越来越远，逐渐不能适应社会和语言的发展。白话也一直与之并行，形成两种不同的话语体系和论说模式。唐宋以后，白话文的书面语逐渐兴盛了起来，书面文字中有了比较接近口语的变文、语录一类文体，用来传播佛教教义，再后来出现了元朝和明朝初期的硬译文体，以及白话写成的明清章回小说。但直到清代末年，白话文也未能与文言独尊的局面抗衡。尽管经历了五四，文言文也完全没有退出历史舞台。语言作为人类交流思想和感情的工具，从一个社会到另一个社会，从一个阶段到另一个阶段不断地延续使用，即使有变化也是很微弱的。然而，作为一个社会、民族、地域、国家之共同体的文化，它在为满足人类各种需要提供服务功能的同时，又会时时表现出不能"随时"或者说"随心所欲"地满足人类各种需要的滞后特征。这样，每一个时代的先驱哲人就都要为文化的继承与发展尽职尽责。20世纪初《新青年》同人为反对文言文、提倡白话文所做的努力，就是一个典型的义不容辞的举措。但是，在他们为中华民族现代性演进而不惜代价努力的同时，一个显见的事实是：为了发展，他们的"继"与"承"都勉为其难。过激的情绪和极端的姿态难以让后学对其作一味"进步"的判断。至少，他们矫枉过正的论式必然存在"超常规""跨越式"成分，但这些成分始终没有造成几千年的文言文在现代文学30年的进程中就完全消亡。从几千年一路下来的文学作品、历史文献，我们看到了文言文的精粹与优美，是世界上最成熟和具有美感的语言之一。文言文是典雅，但是白话文通脱、通俗晓畅。过去几千年，文言文写得好的是知识分子群体，老百姓对文言文的掌握程度是不高的，但是到了现代，白话文谁都可以讲，他不需要文言文那么讲究，没有那么多的章法，我口说我话，更加自由。白话文在更大的层次上，符合"生活性"，文言文是有约束的，白话文打破了章法和讲究。什么人都能写，什么人都能看得懂，为什么不用？白话文短短三年就能推广，一定有它的长处，否则是不可能的，但最后的结局是，白话一发而不可收，势不可当，不可逆转。但同时，文言不可废，文言也废不了，就像中国传统文化不可废一样，因此，造成了并存的格局。让我们再回到文白之争的历史现场,林纾作为一介书生和古文家,以文人的固执,挺身捍卫他视作生命的古文化,发表了《论古文之不宜废》《论古文白话之相消长》等文,但其实林纾年轻时就用白话写过诗,所译小说中也常用俗语,他的本意并不反对白话文,只是强烈反对废止古文。民初时期的报刊小说也是语言上文白并存,题材手法上新旧兼用,新体文言小说表现得异常活跃外,传统的文言作品在题材上包罗甚富。1921年,周瘦鹃说:"小说之新旧,不在形式而在精神,苟精神上极新,则即不加新附号,不用她字,亦未始非新。反是,则虽大用她字,大加新附号,亦不得谓为新也。"①实周氏自己早就使用白话,因为不满于胡适等人把白话与文言对立起来,反对把形式绝对化;新式标点符号开始流行时,他有抵触,一直使用"伊"作为女性代词,直到20世纪40年代才改用"她"。但是这段含有"新旧"的话意思是,即使是满纸白话和新式符号,内容可能是"旧"的,反过来使用文言也可表现"新"的内容。这多半在说他自己,即文白兼用,新中有旧,旧中有新。今天如何看待这样的"旧派"?有意思的是,"旧派"是被强加的,面对新文化压力,在这种自我认同中无疑含有压抑感,但对他们来说,称作"旧派"没什么不好,其中蕴含着他们不愿放弃的文化传承的理念。1989年,陈平原著《二十世纪中国小说史》第一卷,专门辟设"文白并存的小说文体"一章,专节论述了"文言小说与白话小说的消长起伏"以及"古文小说与骈文小说"。其实都可以看出,文言的写作形式并未在"文白之争"后就销声匿迹,退出历史舞台,语言的历史性和使用的惯性,使文言至今仍有很大的使用空间。

五四运动以来的百年回望中,中国语言所经历的最根本的变局莫过于由

---

① 鹃(周瘦鹃):《自由谈之自由谈》,《申报》1921年5月22日第14版。

古典文言到现代白话的时代转换。白话凭借其言文一致的实用之便，迅速动摇了沉淀着数千年文化记忆与语言智慧的文言地位，成为现代公民交流思想、表达生活、建构自我的存在方式。然而，语言的使用并未在白话的单行道上高歌猛进。相反，在文言与白话之间、经典与经验之间、保守与激进之间，中国语言的百年演进充满着古与今、承与传、破与立的思想张力，文言与白话最终并存。

陈平原：《二十世纪中国小说史》（第一卷 1897—1916），北京大学出版社 1989 年版

二、既古典又现代的多元审美

新文学作家顺应古今中外交汇的时代而生，他们既注重创新，又懂得继承；既渴求开放，又注重立本；既珍视自由，又懂得责任；既犀利无情地解剖社会、揭露人性的弱点，又严酷地解剖自己并深情地关怀整个人类的命运。这就是五四新文学作家所具备的精神追求和文化品格。五四那代人的四个文化品格，又可以转化为他们同时所拥有的三个头衔：一是新文学作家，二是国学大师，三是外国文学翻译家。

（一）新文学的"新格局"

五四新文学作家开创了新文学与新文化的全新格局，五四所有的"新"，都是那代人的创新和创造。时代的发展，要求文学不断创新、不断发展。作家能否在文学上创新，决定了他在文学史上的地位和影响，决定了能否为新

文学的发展提供一条新的路径。具有独创性的杰出作家，往往能在文学史上产生深远的影响。评价一个作家，就是要看他在前人创造的基础上，有哪些新的开拓、新的创造，提供了哪些前人所未提供过的新东西。

鲁迅的《呐喊》《彷徨》每篇都是一个新的样式。我国现代短篇小说的历史是从鲁迅的第三篇小说《狂人日记》开始的。他的第一篇小说《斯巴达之魂》和第二篇小说《怀旧》，虽然具有若干新特色，但毕竟是由旧到新的过渡时期的产物。《狂人日记》才开了现代短篇小说的先河。当然，并不是说在此之前就没有白话小说。其实，唐之"俗文"就是白话小说。宋之"话本"更是相当成熟的白话小说，但它们属于旧时代，从思想倾向和艺术追求来看都与现代小说有着较大的差距。鲁迅的小说才呈现出崭新的面貌，才能真正算是现代小说。鲁迅以及五四新文学作家所处的时代，是一切都要求革新的时代。汲取外来的新的营养，以打破因循的旧传统，是时代对进步的人们所提出的要求。鲁迅适应时代的要求，站在革命民主主义立场上，深刻地研究了中国的现实和历史，在艺术上，创造出自己的新形式。艺术上的革新，不仅要继承传统，而且要勇于突破传统，鲁迅更强调的是突破传统这一面，同时要勇于汲取"异域"的养料。这就要有眼光，有魄力，能消化它们。这些是为鲁迅的创作实践所证明了的经验。鲁迅在总结汉唐以来文艺创作发展的经验教训时说"要进步或不退步，总须时时自出新裁，至少也必取材异域"[1]。鲁迅是从翻译外国文学走上创作道路的。鲁迅在艺术上成功的原因之一，就在于他的艺术视野广阔。他在小说创作中，把"取材异域"和"自出新裁"结合起来，所以他能创新。他把"冲破"旧传统和创造"新的文艺"结合起来，

---

[1] 鲁迅：《看镜有感》，载鲁迅先生纪念委员会编纂《鲁迅全集》（第1卷），中国人民解放军战士出版社1973年版，第186页。

所以他能为我国现代短篇小说的创作开拓出一条新路。

《狂人日记》描写了狂人的悲剧，这一悲剧的深刻性，在于揭示了封建社会存在一个可怖的"网"，在这张"网"中，无论男女老幼、尊卑贵贱，都有被"吃"的可能。鲁迅以犀利的笔锋揭示了封建礼教以至整个封建制度"吃人"的本质，指出了狂人悲剧的根源在于社会制度，要避免被吃的命运，只有摧毁这张"网"，铲除封建礼教及其所赖以产生的封建制度。这就是从作品的客观描写所能引申出来的结论。《祝福》描写了劳动妇女祥林嫂的悲剧命运。与《狂人日记》相比，祥林嫂的悲剧，是把封建社会这张吃人的"网"具体化了。祥林嫂从鲁四老爷夫妇、婆婆、同族大伯、柳妈、冷酷的听众那里所承受的精神折磨，使她不堪忍受，终于导致了她的死亡。这种种精神折磨来自封建礼教。所以，在《祝福》中所描写的种种人与人的关系，其实，也是一个吃人的"网"，而封建礼教则是"网"上的纲。导致祥林嫂死亡的诸多原因归结为一点，那就是封建礼教吃人。祥林嫂一生，无论怎样挣扎，始终未能逃离这吃人的"网"，其可怖也在这里。在彻底反封建这一点上，这是《金玉奴棒打薄情郎》《杜十娘怒沉百宝箱》等传统小说所不能比拟的。传统的小说虽也写到封建统治阶级对农民的经济剥削和政治压迫，但是，在农民从精神上被打压、被腐蚀这一角度，却并未得到很好的表现。《阿Q正传》在这方面是一个重大突破。鲁迅通过阿Q的悲剧命运，不仅表现了农民在经济上受剥削、在政治上受压迫的严酷事实，而且深刻地表现了农民在精神上被腐蚀的可怕状态，特别是通过阿Q没有"姓"这个细节，更为凸显了阿Q在精神上无所依托的困境，鲁迅在小说中将这三者结合起来，从而说明农民要解除经济上、政治上的枷锁，首先要解除精神上的枷锁，不解除精神上的枷锁，经济上、政治上的解放是毫无希望的。同时，鲁迅还通过对阿Q参加辛亥革命以及"不准革命"，最终"大团圆"的结局，深刻揭示了造成农民悲剧的又一深刻的原因，是资产阶级的软弱及其革命的不彻底性。这在小说写作上，更是一个重大的突破。文艺创作要有所突破，首先要求在思想内容上有所突破，这就要求作者对现实与历史有深入的探索，有崭新的发现。凡是在创作上有重要的突破和创新的作家，往往也是深刻的思想家。

（二）新文学的"旧传统"

五四新文学作家更懂得创新必须以继承为基础，没有继承就没有创新，继承越多创新越多，他们不但没有割断现代与历史的联系，而且极大地推进了国学在新的历史时代的继续发展。鲁迅不仅有《呐喊》《彷徨》，还有《中国小说史略》《汉文学史纲要》，而且他对相当多的中国古代小说的研究至今依然具有相当经典的意义。创新也有着深刻的历史背景和情态。在五四新文学发生发展之前，中国已经有几千年的传统和习惯，照此发展下去也并无不可，但时代的使命已经逼到新文学作家的面前。从人的本性来看，创新都是不得已而为之。从几千年文化的母体中走出，想扔也扔不掉，更何况传统里面有很多好的东西，怎么能不回望，怎么能不把好的东西拿过来放在新的路上。

比如新文学作家对于"美"的追求。究竟什么是美？对于新文学的审美标准而言，是由现代作家首先创造了现代的审美范式吗？显然不是，那么它究竟取决于西方标准，还是参照中国传统美学，以构成我们现代审美的标准。废名是北大外文系出身，但他的艺术修养是在中国传统文化的熏陶中浸润着世界文明之光。废名曾说自己喜欢庾信是从喜欢莎士比亚而来的，因为庾信诗赋的表现手法与莎士比亚戏剧的表现手法从根本上来看是一致的。从语言、意象到文体结构，废名的文学是既现代又古典的。林语堂也是现代的，他用英文写作《京华烟云》，但他作品中表现出的道家情怀，蕴含着东方智慧的幽默情味，都表现出非常浓厚的古典情结，唐弢就曾认为《京华烟云》是直接模仿的《红楼梦》。

诗歌是郭沫若文学创作的主要形态，郭沫若鲜明的诗人气质也渗透到其他文体的创作之中。郭沫若曾说要"扔掉旧皮囊，捡起新的太阳"，可是他的重要诗歌作品《女神之再生》《凤凰涅槃》《天狗》等却在题材意象上借鉴中西方古老的神话传说。他的新诗在诗歌的表

林语堂：《京华烟云》，美国纽约约翰·黛出版公司1939年版

现形式上脱掉了古典诗歌的传统形态，然而在内容和意象上却选择了更加古老的神话内容。郭沫若的历史剧可以被视为诗的又一种形式，同样地，神话也可以视为一种诗的形式。无论是理论研究还是创作实践，我们都可以看到郭沫若笔下神话与诗的高度融合，神话就是诗的又一种表现形态。郭沫若首先对"神话"的概念本身，表现出浓厚的理论兴趣。如果说鲁迅对于神话的研究主要是源于对于中国古小说、古文化的研究和梳理，茅盾对于神话的关注是来自对于西方神话学的引介，以及建立中国民族神话学的学术思路，那么郭沫若对神话的关注与运用不尽相同。郭沫若是以诗人的身份登上中国现代文坛的，《女神》的出版时期也恰恰是他神话研究的早期阶段，所以，郭沫若对于神话的关注更注重于从创作主体本身、从文学的角度来展开自己的思

路。郭沫若在《神话的世界》中提出的主要观点便是:"神话的世界是从人的感性生出,不是从人的智性生出。原始时代的诗人——我故意用这'诗人'一个字——在一切的自然现象之前,感受着多种多样的情绪,而他把这些情绪各各具像化,人格化,遂使无生命的自然都成有生命的存在。这种具像化的工夫便是诗人的创造的想象力的表现,诗人是在自然的镜中投射出自体的精神活用。所以一切神话世界中的诸神是从诗人产生,便是宗教家所信仰的至上神'上帝',归根也只是诗人的儿子。"①《凤凰涅槃》绝佳地体现郭沫若诗歌崇高的美学范畴特征,这首诗重在表达思想意境及真实情绪,它的首要的诗美学价值就在于通过凤凰崇高、悲壮、壮美形象的形塑,充分地表现了五四狂飙突进、破旧立新、解放与新生的时代宏大主题。这首不重修辞,不重审美表现,在精炼度、词汇运用和艺术上不甚精湛的诗歌,已经全然有别于古典诗歌含蓄蕴藉、温柔敦厚的美学品格,显示出粗粝、狂放、崇高的美学风范。它的天问式的大无畏气概,天马行空式的气势,蔑视权威、世俗的勇气,是新的"诗意诗境",是没有崇高、创造体验的岩鹰、孔雀、鸱鸮、家鸽、鹦鹉、白鹤等凡俗之鸟无法体验到的"诗意诗境"和审美体验。在这首诗里,郭沫若以鲜明的对比手法(崇高的凤凰与平凡卑下的俗鸟对比),在五四的特定历史文化时期,唤醒了崇高这种国人久违的主体体验,给中国文学带来了新的审美感受,让读者激动,心灵震撼。

与其他现代派诗人和理论家不同,废名(原名冯文炳)在论及新诗时很少提及西方诗歌的影响,而是更加注重对中国古典诗歌资源的挖掘与追溯。他一向认为,中国文学史上本来就有真正的新文学,不一定是要受到西方文学影响的。废名曾说自己如果能够对新诗有一点自己的意见,那也都来自旧

---

① 郭沫若:《神话的世界》,《创造周报》1923年第27号。

诗。在《谈新诗》讲义中，废名用了大量的篇幅来谈自己对于晚唐"温李"的理解：一方面，他将晚唐诗与其他时期古典诗词相比较，论述"温李"诗词在诗意形成、表达技巧、想象方式和语言特征方面的特殊性；另一方面，他将晚唐诗与各家新诗相类比，建立现代新诗与晚唐诗风的潜在联系。此外，废名同时期散见于《人间世》《明珠》副刊等刊物的多篇诗论也从不同角度论及晚唐"温李"，讨论了晚唐风格、诗歌用典等多方面的问题。废名眼中的新诗应该深深扎根于传统，与传统平等、并行不悖，而不是"打倒"传统。其新诗观念影响了当时集聚在北平的一批新诗人，包括卞之琳、何其芳、林庚、朱英诞等，由此形成了后来被研究者们称作现代派"晚唐诗热"的诗学现象。

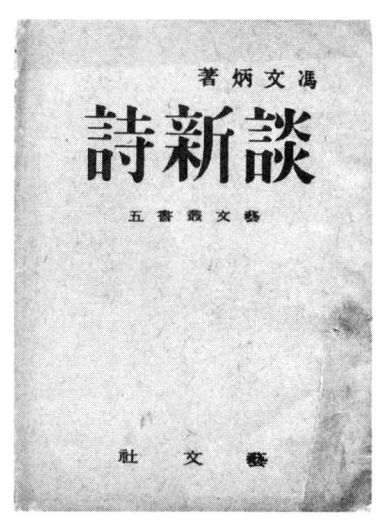

冯文炳：《谈新诗》，北平新民印书馆1944年版

废名对于温李诗词的推崇带有反思白话诗歌语言的意味。他认为"白话"是新诗的必要条件，不是充分条件，新旧诗歌的本质区别应该在于"内容"的分野而不是语言工具的变革，因而不能以"白话"的程度来衡量新旧诗的价值。针对胡适援引元稹、白居易作为白话诗前例的观点，

林庚（1910—2006）

朱英诞(1913—1983)

废名指出从语言形式上给新诗"认祖归宗"是不合理的:无论是"元白"还是"温李",他们的不同本质在于他们所运用的词汇,而不是文法。古典诗歌不可能使用白话诗歌的文法,从这个角度评价新旧诗词是不合理的。针对胡适批判旧文学"文胜质"的论断,废名多次举李商隐诗句为例,认为晚唐诗在思想感情上较前代诗歌有所发展,虽然在形式和语言上繁复华丽,看起来"文胜质",但"其实它的质很重"。总之,"李商隐的诗应是'曲子缚不住者',因为他真有诗的内容。温庭筠的词简直走到自由路上去了,在那些诗里所表现的东西,确乎是以前的诗所装不下的"[①]。通过对温李诗词"内容"的重释,废名认为,白话新诗要有新诗的内容,它所表现的东西与旧诗词不一样,如若内容不同,新诗自然就有自己立足的根基了。"旧诗的内容是散文的,其诗的价值正因为它是散文的。新诗的内容则要是诗的,若同旧诗一样是用散文的内容,徒徒用白话来写,名之曰新诗,反不成其为诗。"[②]

从内容出发,废名通过对李商隐无题诗的解读,发掘古典诗歌含蓄深隐风格的现代内涵,从而转变白话诗运动以来通俗浅白的新诗审美观念。胡适提倡的"作诗如作文",不仅是诗歌语体、格式和音韵的变革,同时还在传达和接受方面反对诗歌"琢镂粉饰",提倡明白易懂。胡适指"李商隐一派"为

---

① 废名:《新诗应该是自由诗》,《文学集刊》第 1 辑,1943 年 9 月。
② 陈建军、冯思纯编订:《废名讲诗》,华中师范大学出版社 2007 年版,第 7—8 页。

"妖孽诗",说《锦瑟》是一千年来没有人能懂的"鬼话",反对诗歌表达上的含蓄朦胧。废名则专门抄引《锦瑟》一诗进行针锋相对的辩论,他认为:"这首诗大约总是情诗,然而我们想推求这首诗的意思,那是没有什么趣味的。我只是感觉得'沧海月明珠有泪,蓝田日暖玉生烟'这两句写得美。"他取"沧海月明珠有泪"一句解读说:"诗人得句是靠诗人的灵感,或者诗有本事,然后别人联不起来的字眼他得一佳句,于是典故与辞藻都有了生命,我们今日读之犹为之爱惜了。"[①] 不仅如此,废名还举出李商隐的《月》《城外》《题僧壁》等诗作,认为这些诗歌的作者似乎无意让我们读懂,但我们却仿佛能够懂得,那种诗歌中的情思和感觉极美,一方面描绘出诗人的惘然之情,另一方面仿佛又能读出诗人的贞操似的。

(三)新文学与新资源

五四新文学始终处于古典文学的发展链条上,新文学作家几乎人人都是国学大师,自幼接受古典文学的浸润,在创作中自然地汲取古典文学资源,但五四新文学的发展更加离不开对西方文学资源的借鉴。五四新文学作家几乎都有留学国外的背景,大多熟练掌握至少一门外语。鲁迅、周作人、胡适、刘半农、郑振铎、许地山、茅盾、郭沫若、郁达夫、徐志摩、林语堂、瞿秋白、田汉等,几乎人人都有专门的系统的翻译和介绍的领地。翻译本身就是一个"再创造"的过程,不仅体现原著作者的风格特色,更有赖于翻译者的审美品位。

李健吾以翻译法国文学闻名,除福楼拜的作品之外,李健吾翻译出版了

---

① 参见废名《以往的诗文学与新诗》,载陈振国编《冯文炳研究资料》,知识产权出版社2010年版,第132页。

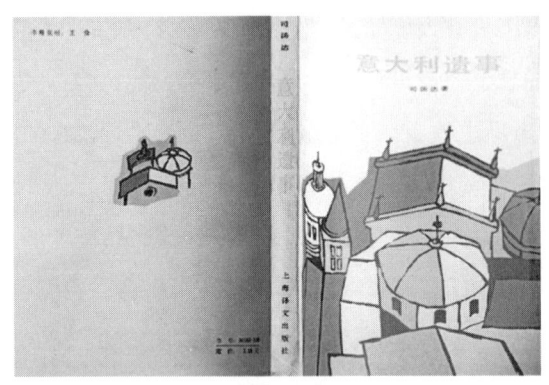

[法]司汤达:《意大利遗事》,李健吾译,上海译文出版社1982年版

莫里哀的剧作。莫里哀一生共创作33部戏剧,其中6部是歌舞性质的宫廷之作,文学意义不大,李健吾除了这6部没有翻译之外,其余27部戏剧都翻译过来。湖南文艺出版社曾将李健吾的全部译本结集成为《莫里哀喜剧全集》出版,全集共分四卷,共有一百多万字。此外,李健吾还译有司汤达的小说《迷药》《箱中人——西班牙故事》《意大利遗事》等,以及罗曼·罗兰的话剧《爱与死的搏斗》、雨果诗剧《宝剑》等。新中国成立之后,李健吾一直致力于巴尔扎克和司汤达的研究。李健吾在翻译中有着独特而执着的美学追求和翻译态度。他认为,一个好的译者应该要把原作者的种种经验呈现出来,持久地、有恒心地把原作用另一种语言忠实而完美地呈现出来,这就要求翻译者要不做作、不苟且,要能体验原作者创作时的心境和意境,并得以抓住作品整体的意境并且组织它的所有成分。并且,他提出,翻译者一定要有艺术家的心志,以及学者的思想和方法。这样的翻译观,在当时直至现在都是比较深刻的。

李健吾早年就读于清华大学外文系时,便自诩"为艺术而艺术",也由此认同福楼拜的艺术主张,并选择福楼拜为自己的研究对象,仿若寻找到一位遥远的、精神相通的至交好友。福楼拜深深影响到了李健吾的文学翻译、文学批评和文学创作。1931年,李健吾赴法国留学,他搜集了大量的材料,包括福楼拜的众多书信。李健吾曾说过,只有真正的艺术家能够了解真正的艺术家，这生动反映了他对于福楼拜的推崇，以及这种跨越岁月和国度的理解与向往。

在中国近现代历史发展的背景之下，翻译往往跟启蒙、救亡等时代社会的主题紧密结合，最早从严复、梁启超等发起"新民运动"开始，中国的启蒙就跟翻译相伴而行，如《天演论》等。鲁迅翻译《苦闷的象征》也含有鼓励文艺创作，并以文艺启迪人心的目的。五四时期，世界各国一些经典的文学名著、文化和理论著作，开始系统地、源源不断地被介绍给中国读者。翻译本身便是搭建中国与西方、古典与现代的一座桥梁，其背后体现出新文学作家的审美心态和创作倾向。

三、既乡土又城市的双重内涵

在现代文学与文化思潮的演进中，"乡村"与"城市"始终作为两股重要的力量相互胶着，"乡"与"城"所衍生出一系列价值取向也总是以对立的方式存在着，比如说传统与现代、东方与西方、农业文明与工业文明，等等。然而在20世纪中国文学整体观当中，乡村与城市其实是作为一个整体，彼此互为镜像，促发着20世纪文学叙事的结构性和差异性。

（一）乡土的愚与昧：五四的现代化批判视角

在五四新文化运动的感发下，一批青年离开了乡村，走入都市。他们或是因欧风美雨的感召，或是为挣脱家庭伦理的束缚，又或是因为怀抱着强国救民的信仰，做出了共同的选择。在这个意义上，包括鲁迅在内的一批人，他们对乡土的逃离，不仅是文化背景的变化和人生体验的更新，而且被附上了从愚昧走向清醒，从专制走向民主，从贫弱走向富强，从古典走向现代的特殊意义。

因此,当他们回过头描写自己的家乡故土,往往带着一种城市的现代性目光,他们对乡村伦理、制度风俗的批判,是一种由现代化思想烛照和催发出来的。因此,我们看五四时期的乡土小说,多呈现出一种愚昧、落后、封建的面貌。

拿鲁迅的《阿Q正传》来说,革命虽然是整个小说的背景,但是与农村依然有着巨大的隔阂,阿Q稀里糊涂地"参加"了革命,又稀里糊涂地因为革命被杀了头,到头来革命究竟是什么?鲁迅留给我们的是一个大大的问号。革命轰轰烈烈,祥林嫂依旧捐着门槛,无数个阿Q们在麻木和愚昧中过着自己的人生,这就是革命后的乡村。闰土一声"老爷",打破的不仅是"我"对闰土的回忆,更是瓦解了"我"对于故乡所保留的那一点朦胧的美好记忆。"我"作为觉醒奋进的知识分子,在"走异路,逃异地"20多年后回到了阔别多年的故乡,感受体验到的是作为启蒙者的孤立和悲哀。王鲁彦的《菊英的出嫁》,通过"冥婚"这一主题,深刻地揭露了中国农村愚昧封建的风俗所造成的悲剧,菊英已经去世整整十年了,但是父母却害怕女儿阴间没有所谓的"名分",所以拿出了全部的财产举办了一场"冥婚"。这种荒唐的行为,在当时的农村却是一种普遍的现象。作家笔下的乡村,是一种封建传统思想和落后的意识的象征,作者通过批判农民一系列不合理行为,揭露了长期受到宗法伦理思想禁锢后人的病态。因此,

王鲁彦(1901—1944)

在这些作家的笔下，典妻、冥婚、偷汉、水葬等一系列的旧风俗都浮出水面，这些小说看上去写的是乡村，但是背后隐藏的是这群走出乡村的觉醒者的批判视角。

问题复杂性的一面在于，这些作家们又不能完全地把自己投入城市，而摒弃乡土的召唤。因此，鲁迅笔下既有《呐喊》的尖锐，也有《朝花夕拾》的温馨，当鲁迅一个人面对着厦门的大海时，"四近无生人气，心里空空洞洞……这时我不愿意想到目前；于是回忆在心里出土了，写了十篇《朝花夕拾》"[①]。恰恰正是在对故乡的逃离中，在追求"别一样的生活"中，他们又潜移默化中完成了自己和故乡的和解。这是困扰了一代知识分子的难题，一边是西方现代化的启蒙烛照，一边是自己落后、蒙昧的故土，乡村既是他们审视"我们的传统出了什么问题"的样本，也是他们终生丢不掉的精神包袱。

（二）京派与海派：乡土与城市的对望

作为全国的两大文化中心，北京和上海无论在文化氛围还是精神气质方面都有着巨大的差异。依傍着这两座城市而生的京派文学和海派文学，自然也呈现出两种截然不同的文化形态。

京派的作品里呈现着这样两种鲜明对立的世界：一是乡村世界，一是都市文明。京派作家普遍有乡土生活的经验，他们把自己的创作情感全部都投入想象中的遥远而宁静的故乡，所以才有了沈从文的湘西世界，废名的湖北风情，师陀的黄河原野，汪曾祺的江南水乡，故乡在他们笔下成为淳朴自然的"乌托邦"。正因为有了这种切实的生活体验，京派作家更注重人和土地、和大自然的整体关系："从审美情趣上看，京派小说家几乎没有一个人不心仪

---

① 鲁迅：《故事新编·序》，《鲁迅全集》（第2卷），人民文学出版社2005年版，第354页。

陶渊明，这种选择使他们在自己的作品中也表现出对田园牧歌情调的倾心向往……但他们的田园牧歌风的小说比西方的自然派作品更讲求自我的逃遁，更讲求情感的客观投影，因而有某种类似非个人的性质，'万物与我为一'的理想正是它的注脚。"① "京派批评家的文学视野所关注的，主要的不是社会或历史的进程与规律，而是个体的人、是主体对生活的体验与领悟。……在京派作家的文学功用观中，人的因素也占据着极为重要的地位——文学对社会施加影响同样是通过人，通过对国民的每一个个体的人格塑造来达成的。"②

海派文学是在海派文化的滋养下成长起来的，与北京文学有很大的不同。表面上看，北京文学是一种市民文化，海派文学也是一种市民文化。但长久以来，北京近官，上海近商，造成了它们之间的市民文化存在很大差别。20世纪30年代爆发的"京派""海派"的论争，就清楚地揭示出两种文化的差异以及这种差异在文学层面上的体现。前面我们已经介绍了北京文化与北京文学的关系，现在我们来考察一下，海派文化对海派文学的辐射和影响体现在哪些方面。海派文学始终注重对上海市民情趣的表现，始终热衷于时尚、摩登的尝试。追赶新潮的兴趣不仅体现在对作品题材的选择上，表现上海都市"文明病"和五光十色的人生世态；还体现在对文学手法的运用上，海派

穆时英（1912—1940）

---

① 许道明：《京派文学的世界》，复旦大学出版社1994年版，第269页。
② 黄键：《京派文学批评研究》，上海三联书店2002年版，第118页。

文学特别注意与世界风潮接轨，大量采用弗洛伊德学说、横光利一等新感觉派加上蒙太奇、潜意识等手法，以表现现代"都市男女"躁动迷惘的心灵状态。比如，穆时英在《上海的狐步舞》中描写"蔚蓝的黄昏笼罩着全场。一只 saxophone 正伸长了脖子，张着大嘴，呜呜地冲着他们嚷。当中那片光滑的地板上，飘动的裙子，飘动的袍角，精致的鞋跟，鞋跟，鞋跟，鞋跟，鞋跟"①。

刘呐鸥（1905—1940）

但有一个值得注意的事实是，这些热衷描写都市的海派作家其实大部分都不是上海人，张资平就是广东梅县人，穆时英是浙江慈溪人，施蛰存出生于浙江杭州，刘呐鸥原籍是台湾台南。就像鲁迅所说的那样："所谓'京派'与'海派'，本不指作者的本籍而言，所指的乃是一群人所聚的地域，故'京派'非皆北平人，'海派'亦非皆上海人。"② 这种身份上的特殊性让海派作家在描写都市的同时，也总会不经意地流露出一种归家的情怀和乡土的意识。例如施蛰存的小说《渔人何长庆》中的菊贞，虽然向往着上海的新奇与繁华，在嫁给长庆之

施蛰存（1905—2003）

---

① 穆时英：《上海的狐步舞》，载穆时英著，严家炎、李今编《穆时英全集》（第1卷），北京十月文艺出版社2008年版，第335页。
② 鲁迅：《"京派"与"海派"》，《鲁迅全集》（第5卷），人民文学出版社1981年版，第432页。

后与人私奔到上海。但当她跑到上海之后，却迷茫堕落了，直到长庆把她接回小镇之后，她恢复了先前的朴素正直，跟长庆过上了稳定和谐的生活。在这里，乡村似乎具有了修复人性的功效，小说讲到菊贞跟人私奔之后，长庆"当然是不欢喜，但也并无什么悲戚"，这种对于人生风波的淡然态度很容易让我们想到废名的风格。而长庆和小镇对于一个做过妓女的女人的包容，也很容易让人想起沈从文笔下的萧萧。事实上，不仅是施蛰存，对乡村的回归也是很多其他海派作家描写的隐含主题，穆时英的《黑牡丹》、刘呐鸥的《热情之骨》等作品都有都市人逃离都市，渴望回到故乡的书写。

无论是京派作家更善于写乡村，还是海派作家更擅长写都市洋场，我们都应该注意到一个事实，那就是这两个流派的书写背后都蕴含着"都市—乡村"的二元评判标准。也就是说，京派作家虽然写的是乡村，但背后隐藏的是对都市的批判；而海派作家写的虽然是十里洋场的光怪陆离，但他们对都市中的人性扭曲的描写，是在乡村的对照下得以映射出来的。

沈从文到了北京才开始回望湘西，身在北京来写湘西，湘西的"美好"是在沈从文看见了都市文明的"丑陋"之后才被唤起的。他一旦建构起了自己的湘西世界，你所看到的就绝不止是对理想人性的诗意描写，而且还有对包括"京城"在内的那些所谓文明大都市的理性反思和批判。我们看到沈从文笔下乡村生活的真善美大多出自虚构和想象，在世外桃源般的湘西世界里，人性善良淳朴，人物各安天命，每个人都敢爱敢恨、纯真自然。而在都市小说的描写中，主人公往往患有肺病、失眠症甚至疯瘫，除了生理上的疾病，更显而易见的是精神上的缺陷，这些形象普遍面色憔悴，道貌岸然。例如，《八骏图》中那位自诩为心灵医生却抵挡不住诱惑的教授，《绅士的太太》中的被称作"废物"，患有疯瘫病和性无能的绅士。正如《八骏图》中达士先生

  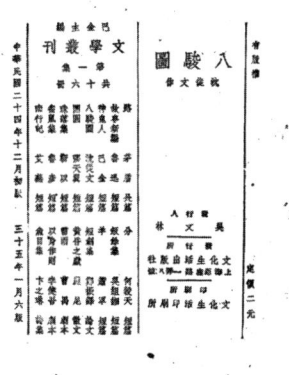

沈从文：《龙朱》，寻乐轩 1931 年版　　沈从文：《绅士的太太》，上海三通书局 1940 年版　　沈从文：《八骏图》，文化生活出版社 1946 年版

所说的"这里的人从医学观点看来，皆好像有一点病"①。沈从文乡土小说中的人物或精力充沛，或内心沉静，《边城》中天保和傩送"结实如老虎"②，龙朱"美丽强壮像狮子"③，而《渔》中吴家兄弟弃仇不报，内心安宁，将"如昔年战士"般的勇敢都用在挥刀斫取鱼类上。但现实中的湘西世界并不像沈从文笔下那么美好，都市也不见得就有那么黑暗不堪。沈从文自己也曾说他笔下的湘西世界是他供奉希腊人性的小庙，那是在残酷现实中一种忧伤而美好的向往。同样，在北京时描写湘西，离开才越来越感受到北京的吸引力和魅力。这种心态和情形在京派作家中是很有代表性的。同样，对于海派作家来说，上海自开埠以来就成为冒险者的天堂，以 20 世纪 30 年代来看，那时候的上海与中国其他城市有着巨大的反差，舞厅、码头、摩天大楼，种种都市化、

---

① 沈从文：《八骏图》，长江文艺出版社 2014 年版，第 10 页。
② 沈从文：《边城》，长江文艺出版社 2014 年版，第 20 页。
③ 沈从文：《龙朱》，《旧梦·石子船·龙朱》，长江文艺出版社 2014 年版，第 266 页。

现代化的意象成为上海的新标志,提供了北京所不能提供的对文学想象的刺激。海派文学热衷时尚、摩登的尝试,无论是在对作品题材的选择上,还是在表现手法上,都与京派作家古典、大气、宁静的牧歌情调很不一样。但是海派作家作品里,也同样存在着对都市文明的矛盾态度,他们表面看来醉心于对都市文明那繁华、喧闹生活之渲染,实际上却是在揭示畸形的城市文明下的人性扭曲。

(三)城乡之间的小镇叙事

小镇叙事是现代文学中一个特殊的现象,当我们细数现代文学的大家,会发现他们绝大多数都是来自小镇,如郁达夫、叶圣陶、朱自清、徐志摩、废名、施蛰存、沈从文、萧红、师陀、沙汀等,小镇不仅是他们回望故乡、追忆童年的重要载体,也是他们情感依托和价值取向。作为都市与乡村的中转站,它不像农村那样闭塞,又不像都市那么先进;小镇与都市、乡村的关系是中国社会中不可缺少的一环,作为中间物,它既受到外来文化的冲击,又保留着乡土模型的社会结构。因此在小镇的叙事里,我们可以观测到一个更加复杂的城乡冲突。

茅盾的《林家铺子》就是一个非常典型的例子。林老板日常往来于上海与小镇之间,从上海进货,到小镇售卖,他在上海学得了现代都会的商业模式,在经营方式上模仿上海大商店的办法,企图通过"大廉价照码九折"打开自己的销路。他们

废名(1901—1967)

依靠着城乡之间流通发迹，又因为卡在中间地带，对于外面的世界信息的捕捉处于一知半解的状态，所以当危机来临时，破产的厄运也随之而来。"赶市的乡下人一群一群的在街上走过了，他们臂上挽着篮，或是牵着小孩子，粗声大气地一边在走，一边在谈话。他们望到了林先生的花花绿绿的铺面，都站住了，仰起脸，老婆唤丈夫，孩子叫爹娘，啧啧地夸羡那些货物。新年快到了，孩子们希望穿一双新袜子，女人们想到家里的面盆早就用破，全家合用的一条面巾还是半年前的老家伙，肥皂又断绝了一个多月。"[1]农民失去了购买力，林老板们的流通也无法完成。就连林老板们处理危机的方式，也带着一些"中间性"，面对着朱三太上门讨息，林老板虽然不想抵赖，但是无奈在多方的压榨逼迫下，只有带着女儿逃走。林老板由于破产、战事导致的危机，也就此转接到了朱三太、陈老七这一类更底层的人身上。而《子夜》中双桥镇的描写也同样重要，曾经有一些学者认为这一部分的写作有些多余，实际上这是对"双桥镇"书写认识的不够到位。吴荪甫是从双桥镇中走出来的，虽然他的生意越做越大，他的野心和雄心也不再受限于整个小镇，但双桥镇仍然是构成吴荪甫形象的一个重要部分。他总想把双桥镇打造成一个理想的模范镇，又是建发电厂，又是开办通源钱庄，但是无端的暴乱、经济的危机，使"三年来我的心血，想把家乡造成模范镇的心血，这一次光景都完了！"[2]双桥镇失陷，直接导致吴荪甫不能及时将资金投入城市金融市场，加速了吴荪甫在金融市场上的失败。

萧红的《呼兰河传》又呈现了另一个不同的小镇，在开篇第一章萧红就写到了这样一条十字街，作为整个城镇的繁华地段，这里有金银饰品店、布

---

[1] 《茅盾全集》(第8卷)，人民文学出版社1985年版，第249页。
[2] 茅盾：《子夜》，北京燕山出版社2017年版，第117页。

料店、粮油店、茶庄、药铺，还有洋人开的牙诊所，这样的繁华与商业已经让这个小镇有了些许都市的味道，但是牙医的"广告在这小城里边无乃太不相当，使人们看了竟不知道那是什么东西"①。这里便点出了呼兰河镇的特殊定位：虽然它初步有了大城市的面貌，有了牙医的广告，但是在内在这里仍然是一个自给自足的传统形态社会。接着萧红不厌其烦地描述了那个让人印象深刻的大泥坑，泥坑折射出的是这个小镇的人生百态：街上有一天卖起了便宜的猪肉，为什么这么便宜呢？美其名曰是跌入泥坑摔死的，后来单纯的孩子说了实话，原来是瘟死的猪，泥坑成了一块遮羞布。而有一天一个小孩掉进了坑里，人们把原因是归结到小孩父亲说"天下雨不是在天的龙王爷下的雨，他说没有龙王爷"②。掉入泥坑是龙王爷给报应与惩罚。泥坑是"万能"的，怪不得即便它给小镇人们的生活造成了这么不方便，也没有人去填了这个坑。

小城镇意识的概念是复杂多重的整合体，这么多作家选择城镇作为题材，以文学的方式书写小镇上的人与事，其实体现了现代作家文化心理结构的"集体无意识"，鲁迅的"鲁镇"、萧红的"呼兰河镇"、沈从文的"边城"、茅盾的"双桥镇"都是如此。这里面的感情更是复杂的，有批判，也有眷恋，有面临危机的思考，也有对未来的期待和向往。我们应该深入时代背景下，去体味小城"过渡人"的复杂心理状态。

---

① 萧红：《呼兰河传》，吉林出版集团有限责任公司2009年版，第3—4页。
② 萧红：《呼兰河传》，吉林出版集团有限责任公司2009年版，第8页。

四、既中国又世界的开阔视野

中国现代文学以五四以来的现实生活为土壤，并充分吸收了中国传统文化和世界文明的精粹，这是现代文学的独特品格和重要特质。形成这种特质的一个首要前提就是新文学的建设者，广大的新文学作家抱定着"最渴求开放，又最注重立本"的宗旨，这一代人学贯中西、通古识今，他们既读过经，又留过洋，这样空前绝后、难以逾越的宝贵经历，赋予了他们既中国又世界的开阔视野，这也决定了现代作家对中国与世界的关系，对中国文学与世界文学的态度，有着独到精准的认识和理解。现代作家自觉地重温中国传统文化发展的历史轨迹，在厚重丰沛的传统文化母体中，提取助益于新文学的精神养料，找寻现代文学发展的"丝绸之路"，同时现代作家走出国门，留学海外，积极融入现代化进程的时代浪潮，在文学创作和理论建构中汇集着丰厚的世界资源，展现其宏阔的世界视野。异域之风吹遍现代文学的各个角落，为现代文学的勃兴赋予源源不断的生机。

（一）学贯中西的独特经历

20世纪的中国文学是在反叛与重建的调和中逐步走向世界的。五四新文学以前所未有之破旧立新的先锋姿态，高扬着现代中国建设新思想、新文学、新文化、新道德以及新的社会秩序的决心。面对席卷而来的世界文明风暴，现代作家通过各种各样的方式融入世界文化的浪潮，汲取新文学发展的艺术资源、思想资源和理论资源，这其中一个重要途径就是走出国门、留学海外。异国文化的熏染和留学生活经历不仅开阔了现代作家的眼界视野，丰富了他们的知识储备，同时也带给他们极大的精神震撼！异质文明给这批留学生群体带来了观念和思想上的巨大冲击，这促使他们以高昂的激情建设新文学，同时也为其今后的创作开辟了更加宽广的思路和更加多元的情致，为现代文学的蓬勃发展注入了新鲜的血液。可以说，世界文明为20世纪中国文学从古典文学过渡到现代文学这一重大嬗变和历史变革，发挥了至关重要的催化作用。

更值得注意的是，现代作家的留学背景构成了现代文学区别于古代文学的一个独特而重要的文化现象，留学经历影响了现代作家对于本民族文学发展的期待，渗透到现代文人对本民族精神建设的思考。在中国近现代社会的一系列历史巨变中，留学生群体发挥了不可忽视的作用，做出了意义非凡的贡献。基于此，王富仁将20世纪的中国文化概括为"留学生文化"，认为："这种文化的基本性质是比较文化，是在中外文化的比较中形成并发展的，从基本概念到整个文化体系实际都是比较文化性质的，它锁定与融合了中外文化，使中国文化与外国文化交织在一起，无可回避地组织进了世界文化的总体格局。"[①] 尽管"留学生文化"难以涵盖20世纪中国社会纷繁复杂的变化，但不可否认的是，留学生文化的确成为影响20世纪中国文化的一个现实因素。以自然科学和社会科学为例，几乎是归国留学生创建了中国的现代数学、现代物理学、现代政治经济学、现代社会学，等等。文学领域同样如此，从海外归来的留学生成为中国现代作家的主力。从日本归来的陈独秀创办了《新青年》；留美的胡适向国内寄来《文学改良刍议》；鲁迅、周作人、郭沫若、郁达夫等诸多留日学生先后归国……此外，巴金、老舍、闻一多、徐志摩、冰心、梁实秋、冯至、艾青、戴望舒、夏衍、钱锺书等都有过留学背景，或求学或工作。据统计，具有留学背景的现代作家占半数以上，这个庞大的数字足以说明现代文学所蕴含的世界视野是毋庸置疑的。

---

① 王富仁：《影响21世纪中国文化的几个现实因素》，《战略与管理》1997年第2期。

五四新文学有好几副面孔，好几种品格，同样每一位现代作家也有好几副面孔，好几种特质，甚至这几种特质是相冲突、相抵牾的。唐弢回忆第一次见到鲁迅时的穿着，"那天他穿的是蓝灰色华达呢皮袍

留美学生合影

子，黑色橡胶底跑鞋，上半截是老人，下半截是青年，从服装看，是很不调和的，然而我必须修正自己的话，在他身上，这一切实在太过调和了。他是一个永远年轻的老人"①。为什么如此"混搭"的风格在鲁迅身上是如此的协调？鲁迅是和新青年、新文学、新文化一起登上中国社会历史舞台的，他的《狂人日记》等重要作品都是在《新青年》上发表的。同时鲁迅也保有青年的情结，五四那代人，都是热血奔涌的，都是青春激昂的。人都是从年轻过来的。鲁迅与青年有着密切的交往，用自己的满腔热忱和实际行动帮扶着青年。据不完全统计，鲁迅一生曾先后为49位青年作家的书稿写序或跋，收到过1200多位青年的来信，并写了3500多封回信，经他帮助或资助过的青年作家、翻译家、木刻家有很多。鲁迅为萧军、萧红的作品作序，帮助他们走上文坛，成为有名的作家。端木蕻良也是如此。这是鲁迅与青年相关的一面，是鲁迅具有青年特质的一面，但实际上鲁迅并不是"新青年"！首先从年龄上看，鲁迅是以"高龄"登上文坛的。为什么说是高龄？如果以1919年来

---

① 唐弢：《第一次会见鲁迅先生》，载刘纳编《唐弢散文选集》，百花文艺出版社2009年版，第154页。

郁达夫留学日本时期的照片

算的话，请记住五四那代人的年龄：李大钊30岁，刘半农28岁，胡适28岁，郭沫若27岁，郁达夫23岁，傅斯年23岁，沈雁冰23岁，徐志摩22岁，罗家伦22岁，郑振铎21岁，冰心最小19岁，鲁迅最大38岁。38岁在当时意味着什么？按照五四干将钱玄同的说法："人到四十便该枪毙。"鲁迅离该"枪毙"只有两年。更重要的一个原因是，茅盾、巴金、老舍等很多作家的处女作，都没有达到像《狂人日记》这样的境地，可以说在中国现代文学史上，鲁迅的创作"一出现就是高峰"！《狂人日记》作为鲁迅的第一篇作品，你说它是现实主义，还是浪漫主义的？是现代主义的，还是象征主义的？什么都是，也什么都不是。这说明鲁迅作品的风格是很难概括的，这种"很难概括"和"混搭"的风格在鲁迅的创作中有最集中最鲜明的体现，但这并不意味着它独属于鲁迅，可以说一代五四作家，整个现代文学都交杂着中国与世界各种艺术和思想的元素，正是这些看似相悖的特质交融成为现代作家的独特风貌，成为我们今天仍在探讨和挖掘现代文学价值的原因所在。现代文学是在古今中外的交汇点和转折点中催生、发展的，这就意味着现代文学的建设者、亲历者、见证者们也都具有融通古今中外文学与思想的素养。鲁迅总是说自己是"从旧营垒中走来"，"旧营垒"的意涵是丰富的，鲁迅对于"旧营垒"的态度也是一分为二的。有学者认为，"鲁迅对于作为现实意识而存在的'现在时'传统文化，终生持猛烈攻击、整体否定的态度"[1]。鲁迅之所以坚决反对作为"现在时"的传统文化原因有二：一是这种作为现实文化思潮的传统文化，比如"复古主义""国粹主义"等，往往作为一种精英文化与平民立场相对，同时又成为政治上的反动势力攻击进步思想的武器，极大阻碍了正在发展中的新文学；二是这类与现实社会发展趋势相违背的传统文化，已经长久地根植于国人的心理和精神，成为一种难以根除的潜意识，就像"阿Q精神"一样，不是一揭露一批判就能彻底消失的，它已经成为一种群体性的、无意识的心理积淀，是一种渗入生命和国民性的"鬼气"，面对这类蚕食精神的传统文化，鲁迅始终坚定不移地抵制、战斗，始终警惕和反思自我是否也沾染了旧习气。但是这"旧营垒"中同时也蕴含着真正有风骨、有品格的伟大作品和伟大思想，王朝的覆灭和制度的溃败并没有掩盖这些文人佳作的光彩，它们穿越时代的风沙，彰显着恒久的魅力。鲁迅正是在如此丰厚博大的优秀传统文化中为中国文学找寻了丰富的艺术资源和思想资源，同时提供了一种学术研究的新思路与新方法。

以鲁迅为代表的新文学作家既具有国学的理论和实践，同时又广泛汲取了外国文学的优长，他们以大量的创作实践和译介工作打通了中西文化的壁垒，实现了中西文化资源的充分流通和内在转化。鲁迅对中国古代文学有着系统的研究和独特的认识，其《中国小说史略》从远古神话传说讲起，一直到清末谴责小说，完整地论述了中国古代小说的源流和演变，对中国各个历史时期的代表性小说作家作品做出了极其精当、相当经典的点评，深刻地剖析了小说文本之间的内在关联和精神延续。鲁迅曾在北大、北高师、女高师均讲授过"小说史"，课程广受欢迎，好评如潮，乡土作家代表王鲁彦曾在北大旁听过鲁迅的小说史，表示："大家在听他的《中国小说史》的讲述，却

---

[1] 徐斯年：《鲁迅和中国传统文化》，《鲁迅研究动态》1989年第7期。

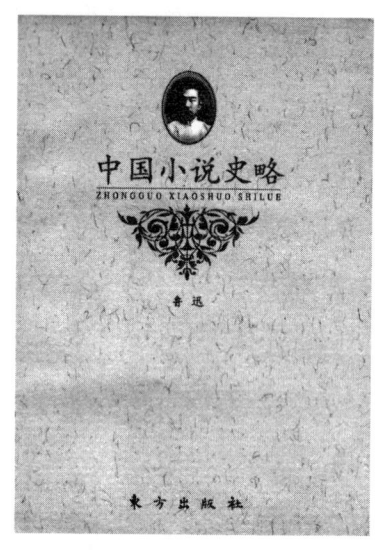

鲁迅:《中国小说史略》,东方出版社1996年版

仿佛听到了全人类的灵魂的历史,每一件事态的甚至是人心的重重叠叠的外套都给他连根撕掉了。"①鲁迅的小说史既注重文史流变的梳理与辩难,同时立足于现实社会和现实人生,针砭古今,引导学生无论是看小说还是看世事,"应如看槛中的狮虎一般,应从这里推知全部状貌"②。1926年,鲁迅离京南下,在厦门大学讲授中国文学史时曾编有讲义,前三篇名为"中国文学史略",后七篇名为"汉文学史纲要"。1938年,讲义收入《鲁迅全集》正式出版,名为《汉文学史纲要》。全稿从文字起源讲到司马相如与司马迁,涵盖对《诗》、老庄、屈原、宋玉、李斯、贾谊、晁错等重要文人、作品、文风和文学现象的评价,是先秦至两汉中期这段文学发展历程的一个提纲。鲁迅认为"文明无不根旧迹而演来",新文学再如何创新,也不可能全然脱离传统文学的影响,因此鲁迅作《中国小说史略》和《汉文学史纲要》,既是为中国文学史的研究开辟了一个新的研究范式和研究路径,更是为今人如何有效地整理国故,如何真正地古为今用做出了探索的典范。

还有一个特别值得注意的现象,那就是许多新文学作家尽管大力提倡白话新诗,但同时也创作了很多具有极高的思想价值和艺术水准的旧体诗,尤

---

① 鲁彦:《活在人类的心里》,载老舍等《大师写给孩子的散文》,江苏凤凰文艺出版社2020年版,第34页。

② 许广平:《鲁迅的讲演与讲课》,《我与鲁迅》,江苏凤凰文艺出版社2019年版,第253页。

其以鲁迅和郁达夫为代表。鲁迅在作品中偶尔会引用自己的旧体诗,以增强情感的力量,丰厚作品的文化容量,如在杂文《为了忘却的记念》中的那首《无题》:"惯于长夜过春时,挈妇将雏鬓有丝。梦里依稀慈母泪,城头变幻大王旗。忍看朋辈成新鬼,怒向刀丛觅小诗。吟罢低眉无写处,月光如水照缁衣。"[1] 尽管鲁迅常言他不喜作诗,甚至说不懂得诗,但许寿裳认为鲁迅在旧体诗上"用力甚勤",旧体诗虽然是鲁迅"乃其余事,偶尔为之"的"闲笔",本身也"不自爱惜",但正如许寿裳所言:"然其意境声调,无不讲究,称心而言,别具风格",他概括了鲁迅旧体诗的四个特点,即"一使用口语,二解放诗韵,三采取异域典故,四讽刺文坛阙失"。[2] 也就是说,鲁迅的旧体诗创作在形式和内容上都有极大的创新,解放了旧体诗创作的固有章法,融入了现代的自由精神和世界的文学资源,自成一派,却气势非凡!以这首经典的《自题小像》为例:

灵台无计逃神矢,风雨如磐暗故园。
寄意寒星荃不察,我以我血荐轩辕。[3]

诗作写于1903年前后,此时中国正处于民族危机空前严重的年代,身处日本的鲁迅受到革命党人爱国热忱的强烈鼓舞,积极投入到反清爱国革命活动中,并在《浙江潮》上发表《斯巴达之魂》,歌颂斯巴达人以生命反抗侵略者,暗讽清朝统治者的软弱无能、丧权辱国,呼吁中国人民奋起斗争抵御外侮,并且毅然剪掉辫子,留影纪念,在照片背面题写了这首诗赠与好友许寿

---

[1] 鲁迅:《为了忘却的记念》,《南腔北调集》,人民文学出版社1973年版,第61页。
[2] 许寿裳:《〈鲁迅旧体诗集〉跋》,《鲁迅传》,北京时代华文书局2015年版,第184页。
[3] 鲁迅:《自题小像》,《朝花夕拾》,百花洲文艺出版社2018年版,第115页。

裳。该诗首句的"神矢"一词便借用了罗马神话爱神的故事,此为许寿裳所指的"采取异域典故"。即便是作中国古典诗歌,鲁迅也自觉地吸收了外国文学的资源,所用典故和意象既新奇别致,同时也贴合全诗的情感和基调。还有一个值得注意的现象,鲁迅的旧体诗与其杂文创作在技巧上存在一种隐秘的内在关联。《答客诮》虽然只是一首短小精悍的七言绝句,但却颇有辩驳体杂文的气势,"无情未必真豪杰,怜子如何不丈夫"一反常人见解,破旧立新;"知否兴风狂啸者,回眸时看小於菟"[1]化用了明代解缙的"虎为百兽尊,谁敢触其怒。唯有父子情,一步一回顾"典故。整首诗铿锵有力,譬喻形象,暗含"客难体"散文的结构和节奏。

此外,郁达夫的作品中也常常出现其创作的旧体诗及其引入的一些外国诗歌,旧体诗体现郁达夫的古典文学情结,外国诗歌彰显了郁达夫外国文学的学养。郭沫若曾言:"他的旧诗词比他的新小说更好。"在郭沫若看来,郁达夫"小说笔调是条畅通达的,而每每一泻无余;他的旧诗词却颇耐人寻味"[2]。从题材内容上看,郁达夫的诗歌内容主要包含两类主题:一是描写国家遭受的苦难,表达对家国山河的痛惜和深沉的爱国之情。《乱离杂诗》以个体的感悟书写国家的忧患:"草木风声势未安,孤舟惶恐再经滩。地名末旦埋踪易,楫指中流转道难。天意似将颁大任,微躯何厌忍饥寒?长歌正气重来读,我比前贤路已宽。"[3]首句通过萧瑟肃杀的景象渲染了危机四伏的气氛,个人身处孤舟所要面临的重重未知险境与民族危机相暗合。尽管形势不容乐观,但诗人仍抒发了长歌正气,表达了对个人和国家未来前途的光明向往。二是郁达夫创作了不少写景诗,这类诗作语言清丽隽永,意境灵动活泼,往往嵌入

---

[1] 鲁迅:《答客诮》,《鲁迅全集》(第 7 卷),江苏凤凰文艺出版社 2020 年版,第 360 页。
[2] 参见郭沫若《序》,载周艾艾、于听编《郁达夫诗词抄》,浙江人民出版社 1981 年版,第 2 页。
[3] 郁达夫:《郁达夫诗词集》,吉林出版集团股份有限公司 2017 年版,第 136 页。

郁达夫的游记散文当中。如《兰溪栖真寺题壁》诗云："红叶清溪水急流，兰江风物最宜秋。月明洲畔琵琶响，绝似浔阳夜泊舟。"①《过兰江》曰："阿奴生小爱梳妆，屋住兰舟梦亦香。望煞江郎三片石，九姑东去不还乡。"②《西游日录》《龙门山路》《皋亭山》等散文中均附有旧体诗。这些诗作既作为散文中的一个部分，与散文的整体风格相映成趣，同时扩充了散文的文化容量，两类文体的互融，互为阐释，形成了"双声表达"的散文结构。学贯中西既是现代作家的求学经历，是他们的知识结构和文学素养，同时也带来了现代作家的反思意识，在对待外来文化和传统文化时都应该采取"拿来主义"的态度。

（二）中外互动中的创作实践

学贯中西赋予了现代文学开阔丰厚的思想意涵和先锋多样的艺术风格，形成了现代文学广泛的创作题材和艺术资源。最直接体现现代文学世界视野的成果，当数以海外留学生活和异域经历为题材的文学作品，比如向恺然（笔名"平江不肖生"）以留日生活为主题的《留东外史》，这不仅是中国现代文学史上第一部留学生小说，还是现代文学史上第一部黑幕小说，揭露了在民族危机空前严重的时局之下，仍然只顾吃喝玩乐、不思进取的浪荡阔少奢靡颓废的生活。此外，郭沫若的自传体小说《行路难》《落叶》、郁达夫的《沉沦》《南迁》、巴金的《复仇》以及钱锺书的《围城》，构成了"留学生活组曲"。还有一些散文作品集中表现了作者在异国游历的见闻和感悟，如徐志摩的《巴黎的鳞爪》《欧游漫录》，朱自清的《欧游杂记》《伦敦杂记》以及瞿

---

① 郁达夫：《郁达夫诗词集》，吉林出版集团股份有限公司2017年版，第82页。
② 郁达夫：《郁达夫诗词集》，吉林出版集团股份有限公司2017年版，第82页。

不肖生：《留东外史》（第8集），民权出版部1922年版　　郭沫若：《落叶》，创造社出版部1926年版　　巴金：《复仇》，新中国书局1932年版

秋白的《饿乡纪程》《赤都心史》等，现代作家在记录异域风光的基础上，融入了对外国文化的体悟和对本民族文化的反思，在文化对比中丰富了现代文学的审美体验和表达视阈。

　　现代文学是在对中国古代文学的反叛中建立的，是在外来文化引力下催生的，因此现代文学的各类文体都体现了中西方文化的交融互渗。以新诗为例，最初的白话新诗，完全无格律的限制和束缚，自由随意，这一方面带来了诗体的大解放，另一方面也导致新诗走向直白肤浅，于是现代诗人自觉地回归传统，从古典诗歌中寻找适合新诗发展的质素，同时紧随世界诗潮，逐步理解和运用法国象征主义朦胧的诗歌意象和非逻辑的语汇联结，形成了中国现代诗歌的象征诗派和现代诗派。冯至被鲁迅称作"中国最杰出的抒情诗人"，读冯至的诗，能感受到一种奇异的冰凉，充满神秘的危机和美丽的诱惑，这种微妙的情愫令人迷恋，在他的名篇《蛇》中：

我的寂寞是一条长蛇，
冰冷地没有言语——
姑娘，你万一梦到它时，
千万啊，不要悚惧！

它是我忠诚的侣伴，
心里害着热烈的乡思：
它在想着那茂密的草原，——
你头上的，浓郁的乌丝。

它月影一般轻轻地，
从你那儿潜潜走过；
为我把你的梦境衔了来，
像一只绯红的花朵！①

　　将对恋人的思念所衍生的寂寞之感比作一条"蛇"，笔触独特别致，甚至有一些阴森鬼魅。然而随着诗人对这条"寂寞之蛇"内心的剖析，我们又感到选取"蛇"这一意象是如此精确，好像换成其他任何意象，都无法传达出诗人难以言喻的心流，"蛇"完美地把主人公对恋人既克制又热烈的情感相统一。如果把"蛇"放置在中西方文化语境中考察，会发现它代表着两种截然不同的寓意。在中国古代，蛇被视为神明，象征着如意吉祥，而在西方

---

① 冯至：《蛇》，载中国作家协会诗刊社编《中国新诗百年志·作品卷》（上），中国工人出版社2017年版，第65页。

徐志摩:《巴黎的鳞爪》,新月书店1927年版

的神话传说中,蛇往往被视为反派角色,在《圣经》中,蛇诱骗亚当和夏娃吃了禁果,使二人遭受了上帝的惩罚,因此在西方历史上,蛇代表着狡猾和邪恶。冯至选用蛇这一在中西方文化系统里充满争议的意象,象征爱而不得的复杂情感,更赋予了全诗一种既矛盾又和谐的情感张力。冯至诗歌的细腻含蓄,深得晚唐诗风和宋词之致。1930年,冯至赴德国留学期间,深受德国诗歌传统的影响,他表示在学习德语时,经常读德国浪漫派的文学作品,尤其是民歌体的谣曲,大都文字简洁,语调自然,对于初学德语者困难较少。另外,歌德从民歌里加工改写的《魔王》和《渔夫》,蕴蓄着自然界不可抗拒的"魔力",他的几首叙事诗,取材于本民族的内容,但形式和风格却类似于西方的叙事谣曲。德国浪漫派善于把充满奇思妙想、大胆自由的民间传说运用到诗歌创作中,冯至的《吹箫人的故事》《帷幔》《寺门之前》《鲛人》等诗作都可视为诗人天马行空的想象力与民间故事相结合的代表作,同时也是德国民谣和中国传奇相结合的典范。留学期间,冯至不仅攻读了文学、哲学和艺术史,还受到了浪漫派诗人里尔克的深刻影响。里尔克在《给一个青年诗人的十封信》里写道:"如果有一种悲哀在你面前出现,它是从未见过的那样广大,如果有一种不安,像光与云影似的掠过你的行为与一切工作,你不要恐惧。你必须想,那是有些事在你身边发生了;那是生活没有忘记你,它把你握在手中,它永不会让你失落……如果你的过程里有一些是病态的,你要想一想,

病就是一种方法，有机体用以从生疏的事物中解放出来；所以我们只须让它生病，使它有整个的病发作，因为这才是进步。"[①] 珍视一切不安、生命中微小的震动和痛苦，这一切都即将凝聚为创作的冲动。冯至认为，美和丑、善和恶、贵和贱已经不是他取材的标准；他唯一的标准却是：真实与虚伪、生存与游离、严肃与滑稽。在里尔克看来，没有所谓不能入诗的素材，诗人需要锤炼的是他的经验，需要一种沉浸世界的观察力和感悟力。里尔克的诗学观念促使冯至在创作中尤为注意把握世间一切事物的灵魂，造就了冯至诗歌独特而深致的抒情景观。

张恬编：《冯至全集》，河北教育出版社 1999 年版

冯至把创作中使用的"洋为中用"方法概括为"吸收外来养分"，这一提法本身强调了在吸收外国文艺的思想和艺术精华的过程中，本民族的文学与文化是主体，择取养分的宗旨都是秉承着中国广大读者所能接受的形式。冯至在《杜甫传》《论歌德》等其他学术论著中都贯彻了"洋为中用"的治学方法。冯至在北京大学担任"西语系"主任期间，每一次教改都要强调两件事：一是西语系的学生必须要打好扎实的外语基础；二是学习外国文学必须要深入了解中国文学。"学外国文学的人要懂得中国文学"，这是冯至从事外国文

[①] ［奥地利］里尔克：《给一个青年诗人的十封信》，冯至译，长江文艺出版社 2019 年版，第 67 页。

学研究的核心观点，冯至认为，中国人搞外国文学研究，并不是为外国人研究，也并非为研究而研究，为学术而学术，而是从本民族的需要出发，根本目的是为中国社会与文化的发展提供借鉴和参考。

中国现代新诗史上完美地熔中西诗艺于一炉的代表诗人，除了冯至，我们还会想到艾青。有学者曾将两位诗人进行对比研究，将他们定位为"精深的冯至与博大的艾青"[①]。在中国新诗发展的百余年历程中，艾青究竟是个什么样的诗人呢？他在现当代诗歌史上占据什么样的地位呢？中国新诗由胡适、郭沫若开启了崭新格局，形成了新诗创作的第一个高潮，此后，经过艰难曲折的发展，经历了自由体诗与格律诗、现实主义与浪漫主义、民族传统与西方文化的并列和碰撞，新诗究竟应该往何处去？20世纪三四十年代，艾青逐渐成为中国新诗的第二个高峰，成为新诗史上的又一个集大成者，他既保持了五四时期郭沫若等人开创的自由体新诗的鲜活，又吸取了闻一多、徐志摩等人讲究格律的中国诗歌传统，强化了新诗内在的韵律，引领了新诗发展的新方向。此外，艾青从"欧罗巴"带回一支"芦笛"，但他吹奏的是极富民族特色的乐曲，他是一位具有世界眼光的诗人，同时又深爱着自己民族的每一寸土地。他留学法国，专攻西洋艺术，深受凡尔哈仑、波特莱尔等诗人的影响，这既开拓了艾青世界性的艺术视野，也加强了艾青世界性的思想眼光。但更为重要的是，艾青的诗歌创作和诗歌理论深深扎根于中国革命现实的土壤里，他对劳苦人民的真挚同情，对革命现实的深刻思考，对光明未来的殷切期盼，都表现出强烈的责任感和使命意识。艾青是一个满含泪水深情关注民族命运的诗人，是一个为了民族的希望用力吹响战斗号角的诗人。

---

① 解志熙：《精深的冯至与博大的艾青——中国现代诗两大家叙论》，《清华大学学报》（哲学社会科学版）2005年第4期。

艾青是一个民族的诗人，更是一个世界的诗人。从踏上诗坛伊始，艾青就满怀着对民族命运的关切，他的诗歌不仅反映了祖国在特定时代经历的重大变革，书写了民众在这场变革中的生存状态和精神风貌，更为重要的是，他的诗歌传达出中华民族对光明与自由永恒不变的追求和信仰，可以说，艾青是一个不折不扣的民族诗人。艾青更是一个世界的诗人，一方面，艾青留学法国，他的诗歌不管在主题、风格还是在技巧、意象上，都大胆地吸收了外来资源，将西方绘画艺术融入诗歌意境，在保留民族特色的基础上更加具备了包容的风度、世界的品格，但这并不是他作为世界诗人的全部；另一方面，艾青的诗歌始终有一种世界眼光，他的《大堰河》是献给全天下"大堰河"的诗篇，他的《古罗马的大斗技场》关心的是全人类的命运，从历史到当下，从民族到世界，艾青的诗歌是有着广博的人道关怀和世界情怀的。

绘画对艾青诗歌创作的影响非常深远，他擅长运用色泽、光彩的渲染以及构图、线条的安排来增加诗歌形象的鲜明性。艾青对色调的运用不同于象征派诗歌从文字表面的色彩组合，而是从生活本身采集而来，是生活实感与诗歌情绪的结合。例如，他运用灰暗褐黄的色调使现实的苦难更加沉重，用浓绿翠蓝让人感受到生的希望，而当生机蓬勃时，他的诗歌中又充盈着鲜红与金色。艾青对色彩的运用，不仅是为了渲染情绪、思想，而是更加具有独立的美感。他的不少诗作就犹如完整的画

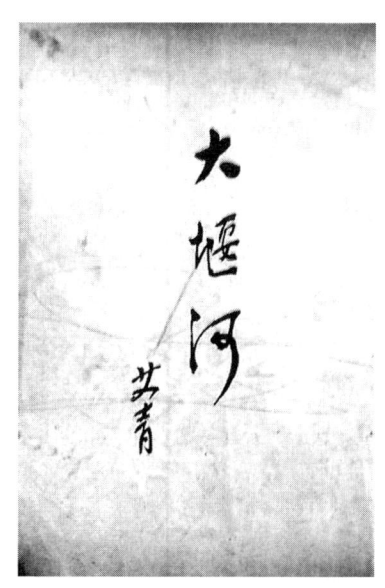

艾青：《大堰河》，文化生活出版社1950年版

幅，以协调的光色以及匀称的构图感染着读者。如《手推车》一诗，诗歌首先铺张开黄河枯干的河底，阴暗的天穹，寒冷静寂的群山等意象，以此为背景，凸显手推车这一中心意象。手推车"唯一的轮子"发出的"使阴暗的天穹痉挛的尖音"和刻画在"灰黄土层上的深深的辙迹"，交织成一幅立体的、有声有色的北方图画。这首诗经典地体现了艾青对法国后印象派绘画的吸取和借鉴，对光与色、声音与线条的调配极为丰富和活跃，达到了通感的艺术效果，形成了一种悲剧气氛浓厚的情调，这不仅是一首诗，更像是一幅油画。

赴法留学归来的艾青，带回来的是一支"欧罗巴的芦笛"，是西方现代艺术的创作方法和表现手法，但是他用这支"欧罗巴的芦笛"吹奏的是民族的乐曲，他的根在自己的民族，他的心在自己的土地。艾青的诗作中不乏对资本主义大都市的描绘，他写巴黎如患了歇斯底里的美丽的妓女，既写它光辉灿烂的革命历史，又写它腐朽没落的现代文化；他写马赛，写维也纳，写柏林，写旧上海，都延续了这一表现手法，并不断有新的扩展。艾青直接受了比利时诗人凡尔哈仑的影响，凡尔哈仑诗歌对资本主义扩张的描绘总是渗透着对农民命运的刻画和对农村经济社会的关心，以此讽刺资本主义工业对农村农民的挤压。艾青曾表示，他最喜欢，也受影响较深的外国诗人就是凡尔哈仑，他认为凡尔哈仑的诗歌深刻揭示了资本主义大都市的无限扩张，以及与此同时，广大农村濒临破灭的景象，而艾青诗歌中同样不乏此类书写。

艾青始终非常重视主体精神在诗歌创作中的作用，他曾坦率地谈到自己学习外国文化的宗旨，他认为，外国的文化艺术正在更为频繁、深入地影响到中国，我们不应该排斥这些影响，而应该以更高的鉴别能力来吸收外国文化中的精粹部分。艾青正是这样做的。他对西方象征主义的借鉴，使他的诗作更富形象感和表现力，但他并未把法国象征派诗歌消极悲观的基调照样搬来，他始终是一个深刻的现实主义者，力求在诗歌中融合他对中国现实最为深刻的观察和批判。与此同时，他的写实又不是纯粹客观的描绘，或纯粹主观的叙事和抒情，他多半借助自然存在的某些意象作为心灵感受的对应物，言在此而意在彼，不仅充实了诗歌的思想内涵，而且使之更富质感和立体感。

艾青的诗歌是广博的、充满现实意味的，他从自己脚下的土地，看到的是整个人类和整个世界。作为中国现当代诗歌史上的第二座高峰，艾青既延续和保持了现代新诗的鲜活，同时又让新诗走向严谨工整。艾青注重诗歌外在的自由，内在的严整，强调诗歌的"散文美"，既有五四新诗的崭新面貌，又保持了古典的传统诗味，这正是艾青对现代新诗最独特的贡献，也是称他为中国新诗史上又一个集大成者的重要原因。

（三）古今层叠的理论建构

中国现代文学对于外国文学与文化的汲取和转化渗透到各个层面，从外国文学作品的译介到话剧等舶来艺术形式的引进，从具体的创作技巧到系统的理论建构，现代作家以开阔的胸怀和眼界吸纳一切有利于本民族文学与文化发展的资源，丰富着现代文学的维度和视阈，现代文学在与世界文化接轨的过程中实现着文学民族化。唐弢主编的《中国现代文学史》中有这样的观点："文学的民族化是一个民族的文学趋于成熟的重要标志。而这种民族化的文学的真正形成，既有赖于深深植根在革命现实生活的土壤之中，也有赖于对古典文学遗产的批判地继承和对外国进步文学的创造性吸收。以新的现实为基础，继承古典文学传统而使之适合于现代需要，吸收外国文学营养而使之民族化，这就是现代文学的发展历史特别是延安文艺座谈会后文学发展历史所证明了的正确的道路。"[①]

---

① 唐弢主编：《中国现代文学史》（一），人民文学出版社 1979 年版，第 23 页。

文艺理论的探索与建构贯穿着现代文学发展的始终，《中国新文学大系·建设理论集》中就收录了倡导新文化运动及如何建设新文学的文论51篇。在文学革命酝酿的过程中，新文学的倡导者就从外国文学运动中得到过启示。胡适留学美国期间，曾受到欧美诗坛意象主义运动的影响，"意象派"要求诗人以鲜明、准确、含蓄和高度凝练的意象生动及形象地展现事物，这一宗旨是对西方传统诗歌繁复之风的反拨，同时也暗合了胡适对诗歌明快晓畅的主张。正是在"意象派"的启发之下，胡适完成了《文学改良刍议》，并在《谈新诗》中进一步提出"抽象的题目用具体的写法"；陈独秀在《文学革命论》中号召要以文艺复兴以来的文学变革运动为楷模，来发动中国的文学革命。外国的文学思潮和文艺理论给闭塞沉寂的中国文坛带来了新鲜的现代气息，值得注意的是，并不是所有的外来思潮都能在本民族落地生根，产生影响，新文学作家对外国的思潮和理论也并非盲目地照搬照抄，全盘移植，他们也是结合了中国社会的实际情况和本民族文学文化的深厚传统择取吸收，现代文学的理论建构是在外国思潮的启发之下，逐步实现中国化的转变。胡适在新文学理论建设初期，为了强化"白话文学"和"建设的文学革命论"，既注重横向的移植，即加紧评介西方的文艺思潮理论，同时注重纵向的继承，即在中国文学的传统中寻找资源和依据，这促使了胡适展开了对中国文学传统的价值重估。1923年，胡适创办了《国学季刊》，提出"整理国故"，即整理"中国的一切的文化历史"，他把这项整理中国文化遗产的工作视为新文学与文化建设的一个重要部分，胡适的《白话文学史》（上）以及关于《红楼梦》《镜花缘》等小说的考证论述，都是对传统文学进行现代阐释。值得注意的是，胡适深受实证主义的影响，主张"大胆的假设，小心的求证"，提出"做学问要在不疑处有疑"，他所说的假设和怀疑，其实是研究当中一种科学的预见性，而非主观臆测，是实验过程中的重要环节。特别的是，胡适以清代朴学的治学方法来理解和印证他所推崇的实验主义，胡适所从事的国故整理工作，实际上运用了大量朴学中考据的方式方法，秉持着"实事求是""无证不信"的原则，对中国传统文学与文化加以整理、校勘、注疏、辑佚等，胡适将杜威的"实验主义"理论与清代朴学的治学方法相结合，体现了现代研究方式熔古铸今的学术品格。

除了研究理论的中西融合，现代文艺理论同样是在外国文艺思潮和创作形式的双重刺激下发生新变，在与本民族文学传统的对话与回溯中，在新文学建设者们观念的辩驳和反思中，逐步构建起现代文学理论的丰富性与复杂性。这里我们以中国现代新诗理论为例，胡适的诗歌观念是以"历史的文学观念"为依据，他认为中国诗歌史上经历了四次诗体解放：第一次是从《三百篇》这类"风谣体"演变为"南方的骚赋文学"；第二次是由骚赋演进为五七言古诗；第三次是由诗转变为词；第四次是由词变为曲，直至迎来了新诗的诗体解放。胡适以历史进化的思路反观中国诗歌的发展历程，一定程度上显示了文学不断演进的趋势，但是文学并不是算法，并非一定不断精进，文学的发展融合了复杂的时代因素、社会因素和人文环境，因此文学并不一定按照所谓螺旋式上升的态势变化，不同时代的文学形式，严格意义上并不存在优劣高低之分，本质上是反映的客观面貌不同，叙写的心境不同，采用的形制不同，并且文学的发展总是呈现层叠式、涟漪式、包容式的面貌，文学在穿越时空的交融中，同时镌刻时代的烙印，才最终构成一个文学段落的完整。1933年，废名在写给胡适的一封信中说过："关于新诗，我因试验的结果，得到一个结论，我们今日的新诗是中国诗的一种。这就是说，白话诗（还是说新诗的好）不应该说是旧诗词的一种进步，而是一种变化，是中国诗的一种体裁，正如诗与词也各为中国诗的一种体裁是一样的。"① 废名认为，现代新诗固然有它的新语言、新技巧和新理论，但现代新诗是无法斩断与古典诗词在精神和味道上的融通的。

---

① 冯文炳:《冯文炳信五通》,载耿云志主编《胡适遗稿及秘藏书信》(第36册),黄山书社1994年版,第569页。

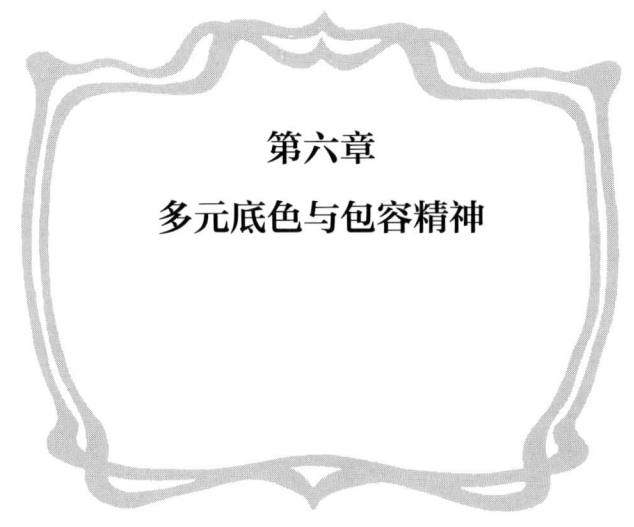

第六章

多元底色与包容精神

五四新文学以中国20世纪厚重的乡土传统与历史变革为背景，呈现出多元包容的文学创作特征，新文学背负着深沉的社会转型与民族独立的焦虑与困境，在多重矛盾的结构中生长，体现在蓬勃而起的地域文化、彼此影响的社团流派、海纳百川的创作姿态、多维关系的文学论争四个方面。伴随着五四新文学而起的，是蓬勃兴起的地域文化，地域、自然、文化和文学的关系，归根结底是一个互动、碰撞、融合的复杂过程，五四新文学充分体现出地域文化对文学的塑造作用。五四新文学发展的历程中，还诞生了诸多文学社团流派，它们彼此之间相互关联、互相融合。中国现代文学社团流派大大小小可以列举出百余个，为中国自古以来所罕见。此外，现代作家纷繁多样的创作姿态，显现了个性鲜明的创作风格。现代文学在每一个发展阶段，都有所谓特定的创作主潮。同时，围绕着某种文学主张、文学思潮、文学形式或某个文学派别、作家作品所展开的大大小小的文学论争几乎从未停息过，其次数之多、参与人数之众、程度之激烈、内容之广泛实为中国文学批评史上所罕见，这些论争构成了中国现代文学史有机体之不可或缺的一部分。

一、蓬勃而起的地域文化

　　在很多闻名中外的经典作家身上，我们都能看到地域文化的影响，例如狄更斯之于伦敦、雨果之于巴黎、陀思妥耶夫斯基之于圣彼得堡、卡夫卡之于布拉格、乔伊斯之于都柏林，等等。20世纪以来的中国文学，地域性对文学的影响有时隐蔽、有时显著，总体上说是非常深刻的：在影响甚至潜在决定了作家的性格气质、审美情趣、艺术特征，以及作品内容、风格、叙述方式的基础上，甚至孕育出特定的文学流派和作家群体。鲁迅是中国的也是绍兴的：他的小说、散文一看就是绍兴人写的。同样，沈从文之于湘西，老舍之于北京，张爱玲之于上海，柳青、陈忠实之于陕秦，萧红、萧军、端木蕻良之于东北……这样的例子不胜枚举。① 注意到地域文化在现代文学中的多元体现，就是充分注意到了文学的文化背景和文化特点，拓展了文学的视野，丰富了文学的内涵。然而，也正是在这一点上，反映出地域文学研究的一个重要缺失，甚至可以说是偏颇，这就是将地域文学与地域文化对应起来，过于强调一方水土与一方文学的固有关系。而事实上，文学与文化的关系是异常复杂的，这种关系不仅有相对程度的稳定性，而且还有相当程度的流变性。文化不仅仅构成了文学的一些背景和特点，更重要的意义在于，文化是文学的深层底蕴与资源，文化的流变与文学的流变还有着深刻的互动性。

（一）现代文学的地域文化特点

《战争与和平》的气势磅礴、《浮士德》的冷峻思辨、《雪国》的唯美幽怨，这些作品特有风格的形成都与其各自民族的文化传统息息相关，作家不仅生活在时代中，更是生活在文化中。文学作品总是一个民族特定的精神生活、思考的产物，有意无意地反映一个民族长期以来所形成的独特的生活方式与认知世界的方式。果戈理曾这样说过："真正的民族性不在于描写农妇穿的无袖长衫，而在表现民族精神本身。"② 这意味着我们所强调的民族性不应该

---

① 参见何志云《文学的地域印记》，《人民日报》2011年12月28日。
② ［俄］果戈理：《关于普希金的几句话》，载果戈理等《文学的战斗传统》，满涛译，新文艺出版社1953年版，第2—3页。

只是语言文字所体现出来的形式方面的民族特色,更是本民族所特有的精神气质与思想意识。

事实上,从五四新文学至今,出色的作家都是在中外文化的共同浸润下成长起来的。在新文化运动中高举反传统文化的大旗,声称"少读或者不读中国书"的鲁迅,若没有深厚的中华传统民族文化积淀,又如何能在小说中用寥寥数笔就将中国几千年来形成的国民劣根性勾勒出来?老舍曾说,"一闭眼,我的北平就完整的,像一张彩色鲜明的图画,浮立在我的心中"[①],但实际上他用文字盖起来的北京城,早已与真正的北平难辨虚实。陈忠实的《白鹿原》尽管被比作中国版的《百年孤独》,但《白鹿原》毕竟还是《白鹿原》,几十年历史的宏阔变迁,几千年民间文化的传承才是《白鹿原》背后的深层次灵魂,那是中国的历史,鲜活的中国人与他们的爱。而迟子建之所以常常被人们与萧红联系在一起,不仅仅是因为她们都是东北女作家,更重要的是她们都忘不了那群黑土地上的人,铭记着他们的痛与爱。

相反,在中国生活了近 40 年的赛珍珠,一生中写下了 70 多部以中国为题材的小说,一部《大地》更是让她问鼎诺贝尔文学奖。尽管她满怀深情地注视和解读着中国这片土地,但她毕竟是一个美国人,中国文化始终难以在她的文化心理结构中代替美国文化的核心位置。鲁迅在 1933 年

陈忠实:《白鹿原》,人民文学出版社 2017 年版

---

① 老舍:《三年写作自述》,《抗战文艺》1941 年第 7 卷第 1 期。

赛珍珠（1892—1973）

致姚克的信中说赛珍珠的《大地》是她所觉得的"还不过一点浮面的情形"，"她亦自谓视中国如祖国，然而看她的作品，毕究是一位生长中国的美国女教士的立场而已"[1]。无独有偶，林语堂用英文创作出来的《京华烟云》曾让他三次获得诺贝尔文学奖的提名，但当我们细细地去品味，发现他讲述的仍然是一个充满道教意味的典型中国式故事。一个作家很难写好另外一个国家的故事，恩格斯曾经在点评莎士比亚的剧作时这样说道："不管他剧本中的情节发生在什么地方——在意大利、法兰西还是那伐尔……总之，你会看到这些情节只有在英国的天空下才能发生。"[2] 所有这些都在说明，民族文化传统对一个作家创作的影响是根深蒂固的。

赛珍珠的作品在中国长期备受冷落，也从读者接受的角度说明了民族性的重要性，长期形成的生活经验和审美体验，能让作品更好地成为作家与读者之间的交流平台。朱自清的《背影》之所以能够在中国读者中久久流传，就是因为文中蕴含了中国独有的父子相处的模式和表达方式，也正因为此，这篇并不长的散文才会让中国读者在阅读过程中感同身受，在一代又一代人心中产生了强烈的审美认同乃至民族认同。民族传统与审美趣味的融合，不仅会让我们很容易对作品产生共鸣，而且甚至会放大作品的价值。这是文学

---

[1] 鲁迅：《331115 致姚克》，《鲁迅全集》（第12卷），人民文学出版社2005年版，第496页。
[2] ［德］恩格斯：《风景》，载《马克思恩格斯论艺术》（第4卷），人民文学出版社1966年版，第395页。

作品的特性，更是民族精神的魅力。

地域、自然、文化和文学的关系，归根结底是一个互动、碰撞、融合的复杂过程。但在今天，不论怎么强调地域性对于文学的意义都不为过。一方面，若是论及文学及其价值，人们有理由首先关注文学中浸染着的地域性灵魂；另一方面，若是发掘文学中带有的普遍性意义，人们也一定需要借助地域特征去作表达和阐释。在全球化和互联网几乎抹平并且遮蔽了所有地域特征的时代，这既是文学抗拒同质化的唯一途径，更是文学保持其源源不断的生命力的不二法门。

赛珍珠：《大地》，张万里、张铁笙合译，北平志远书店1935年版

（二）超地域性：和而不同的思想内核

20世纪80年代以来，地域文学研究明显地受到学术界越来越广泛的重视。其中以湖南教育出版社在1997年前后推出的"二十世纪中国文学与区域文化"系列丛书为标志性成果，包括《江南士风与江苏文学》《"山药蛋派"与三晋文化》《黑土地文化与东北作家群》《湖南乡土文学与湘楚文化》《现代四川文学的巴蜀文化阐释》等。此外，与之相关的成果还有"陕西文学与三秦文化"研究、"齐鲁文学"研究、"吴越文学"研究、"闽粤文学"研究、"燕赵文学"研究以及"京派与海派文学"研究等。在上述研究成果中，最突出的特点就是将文学与文化联系在一起，充分注意到了文学的文化背景和文化特点，拓展了文学的视野，丰富了文学的内涵。

然而，文学的意蕴是复杂的，如果过于强调一方水土与一方文学的固有关系，在某种程度上其实是对文学精神的一种窄化。而事实上，文学从根本上来说是人学，反映的是超越时空的人类某些共通的人性，没有传递出人性中普遍共性的作品不仅不会被世界人民所欣赏，也无法在本民族立足。不是所有人都喜欢吃周作人笔下"故乡的野菜"，但我们都能被这部作品深深打动，这是因为他表达的是人性中共有的思乡的情感，还有那种人类永远难以抹去的童年的记忆，这种记忆是超越一时一地的。至于周作人特有的欲擒故纵、先抑后扬的文章写法，更是中国传统文学含蓄蕴藉之美的显现。鲁迅的《阿Q正传》之所以能享誉世界，不仅仅是因为鲁迅塑造了一个典型的中国人的形象，甚至也不仅仅因为这个形象身上浓缩了中国几千年来的国民劣根性，更在于这种劣根性同样也是整个人性中普遍存在的某些顽疾，并且这些顽疾不是能够轻易铲除的，它不仅在中国国民性中顽固地存在，在整个人类的人性中也同样顽固地存在，所以到今天，从中国到世界，人们普遍地敬仰鲁迅！

而京派也是地域性与超地域性的结合，超地域性强于地域性则是京派文学的独特之处。超地域性并不显示京派文学本身的削弱，恰恰相反，它反映了京派文学深广的蕴涵。作为一种植根于乡土中国的文明理想的代表，今天我们提到"京派"，除了特指20世纪30年代北平的那个特定的文化圈子，以及当年京派作家所共同体现的中立包容、沉稳宽厚的学院派气质与文化姿态，还增加了更多的含义，那就是现代人对自然人性的留恋，对现代都市及工业文明的反讽，对田园牧歌情调的追逐，对清淡、典雅、平和的为文与为人风格的向往。"京派"作为一种普遍的文化现象，已经成为一种超越时间、超越地域的精神追求的象征。而这其中纠葛的"京派"与北京的复杂关系，正是"京派"地域性与超地域性双重属性的集中体现。京派文学的超地域性主要体现在以下两个层面上：首先，京派的超地域性是指随着时代历史的发展，"京派"越来越作为一种文学形态与文学风格的符号被固定和认可。抗战全面爆发后，大部分京派作家离开北平，散布各地。其中，有一大批京派骨干随北大、清华等大学一起，迁到大后方昆明，包括朱自清、闻一多、李广田、卞之琳、冯至、林徽因、沈从文、朱光潜等，在这个遥远的边地，形成了一个新的文学群落，延续着京派的文学理想，并培育了汪曾祺、鹿桥、穆旦、袁可嘉等一大批京派新生力量。虽然时空发生了巨大转换，但这个同时具备了学院与外省特征的作家群落并没有被人们称为"昆明派"，而是更多地被看作"京派"的延续，这便更加凸显出京派的超地域性。其次，从京派作家自身的审美追求来看，其超地域性主要表现在文学审美情趣大于地域色彩上。京派在表现北京文化所体现的某些共同性时，常常超越北京，构成了属于整个中国新文学的一些特殊的东西，比如人们看到了京派文学里面也有"新感觉"，也有心理分析，不光是海派作家有《上海的狐步舞》和《梅雨之夕》，京派也有这种超越传统，超越古典，超越北京地方的东西，如废名的《桃园》与《桥》、萧乾的《梦之谷》、林徽因的《九十九度中》等。

京派除了整体性的超地域性特征之外，作家个人的超地域性特征也很普遍，并更为鲜明突出，从周作人、沈从文、废名、朱光潜、林徽因、萧乾、师陀到李健吾，他们除了共同的审美情趣和相近的文化格调，在各自的创作中，都具体而强烈地表现出与"京"没有什么干系的个人风格，特别是他们各自的乡土情结和历史文化记忆。周作人曾写过《北京的茶食》，也写过北京的《苦雨》，他那篇著名的《故乡的野菜》也是由北京西单菜市场里出现的家乡的野菜引起兴头的，但是，你看看文章中那股一发不可收的故乡的情思，那种走遍天涯海角也永远割不断的故土的情怀，就可以理解无论怎么称周作人是京派的首领，周作人的审美情趣和文化取向，都是远远超越京派的地域性特征的。对沈从文来说,的确是没有"京城"就没有"边城",从某种意义上讲,沈从文笔下充满野性意味的湘西,就是对古典沉郁的京派世界的超越。说废名是京派作家,除了他与周作人的师承关系,他自己固有的风格与京派文化蕴涵的相通,也是重要因素。但废名那些充满现代主义元素的创作,他的新诗及其诗论,包括《竹林的故事》《桃园》《菱荡》等小说,都显示了自身强大的个性张力。这种个性张力,不仅使废名在相当程度上与京派作家有很大不同,而且也使他成为整个现代文坛的一个异数。

(三)地域文学研究的文化空间

从地域文学到地域文化的研究,一个最重要的环节,就是首先要把特定地域的文化根基、文化特点和文化资源查清楚、弄准确。特别要注意的是,地域文学中的"地域"与"文学"不是简单的说明关系,而是包含着多重不平衡的复杂的形态。由地域文学向地域文化的延伸,更凸显了文学研究获得了新的更广阔的空间和资源,但其中也有几个问题是应该特别加以注意的。

首先,如何"坚守"地域性。对于地域文学和地域文化而言,它们之所以有重要的价值和意义,首先在于它们在长期的、特定的社会历史发展进程中,形成了自己稳定的特点,构成了自己相对稳固的发展模式,像京派和海派,不管它们各自形成历史的长短如何,也不管它们所在地域的形态和内容有多大差距,作为一方文学和文化的特点来讲,京派和海派是相对稳定的,这也正是我们对地域文学和文化包括一些文学流派关注和研究的立足点。但是我们对地域性的"坚守",不意味着要回到一个僵化的、不变的地域,而是敏感地关注到地域性本身的鲜活与发展,并且将这种鲜活和发展真正落实到具体的人和事物上,落实到具体的生活场景、文学意象和文学情感中。比如说,20世纪80年代,以韩少功、阿城为代表的作家、评论家将目光转向本土的民族美学，投身于寻根本土文学传统的浪潮，但是寻根文学"寻根"传统并不是将传统奉为圭臬，而是在传统文化的观照下发出了现代人的精神拷问，书写的是现代精神与传统文化的碰撞与交流，追寻的是个人与民族的宿命与未来。

其次，如何"超越"地域性。对于具体的作家和文学流派而言，他们深受自己所属特定地域的文化熏陶，形成了自己先天而来的那种固有的特性，但这种特性显然不是固定不变的，随着作家人生足迹的拓展，人生体验的丰富，随着文学流派在不同历史阶段的发展变化，作家和流派原有的那些固定的特性，也在不断发生着变化。正如孙犁和他的创作永远能让我们在第一时间就想到白洋淀那片水乡的风采，但是当我们通读孙犁整个的文学创作，包括"荷花淀派"作家们的创作，我们又会深切地感到白洋淀绝不是孙犁的全部，甚至也不是"荷花淀派"的全部。新时期的先锋小说曾自觉地追求对本土的"超越"，力图借助西方的叙事方法革新中国文学。如莫言的成名作《透明的红萝卜》，描写了一个少年成长时期的朦胧爱恋，其中渗入了弗洛伊德式的潜意识心理分析。作家在叙事方面的探索显示了文学形式上的"超越"，但是不可忽略的是小说主人公是从中国土地上生长出来的"黑孩""菊子"，写的仍然是一个典型的中国故事。超越本土，绝不能把文学的外在形式作为超越的尺度，而要从文学的内在切入，深入本土的传统积淀、人格构成、文化心理，挖掘根植于本土精神的故事内核与深层底蕴。

最后，如何"对接"世界。我们强调文学和文化的地域性，原本突出的是文学和文化生成的特定环境、独特基础，也就是与其他地域所不同的那些东西，包括本乡本土一些原生态的资源和特色，但是对这方面的强调并不意味着孤立地看待某一特定地域的文化、文学的固有特点。因为，地域是相对整体、相对全球而言的，也就是说地域性和全球性实际上是两个相互参照的关系，它们不是割裂开来的，而是融为一体的。地域性是个客观存在，而所谓全球性，是建立在许多的地域性基础之上的。如果失去了全球性的参照，地域性自身的价值也就无从谈起，尤其是21世纪以来，网络媒体的发达，信息全球化的迅猛发展，本土性已经越来越在全球性的观照之下呈现自己的价值。我们不仅要看到它们各自不同的东西，更要看到它们相互依存的关系，它们在依存中发展，在发展中显示各自的特色。与世界对接，绝不是和世界文学的表象对接，而是要达到深层次的共鸣与交融。沈从文笔下的湘西世界，一个三省交界的边陲小镇，在全球地图上只是渺小的一隅。而就是在这小小的天地中，沈从文书写了他对原始生命力的迷恋，寄托了他田园牧歌式的幻梦，诠释了人性中永恒的美丽与哀愁，因此沈从文才成为从边城走向世界的作家。优秀的本土作品应该能够超越时空，反映着人类某些共通的人性。

还应该强调的一点是，对当下某些在经济利益驱动下的所谓地域文化建设，应该保持冷静的思考和判断，现在许多地方都在用文化搭台，让经济唱戏，这里的关键是你的文化自身有没有戏唱？如果文化自身没戏，那么这个台能搭好吗？由此推想，地域文学也不可避免地会卷入地域文化建设的热潮当中。事实上，许多地方的地域文学已经陷入工程式的地域文化建设框架里面去了，如何保证地域文学自身的独立价值，真正发挥文学的作用，是至关紧要的，是值得认真思考的。

二、彼此影响的社团流派

中国现代文学社团流派不是孤立存在和发展的，彼此之间相互关联、互相融合。1921年以后，新文学社团蜂起，文学研究会、创造社、湖畔诗社、新月社、语丝社、未名社、莽原社、浅草—沉钟社、奔流社、中国左翼作家联盟、中华全国文艺界抗敌协会、七月派、九叶诗派、山药蛋派、荷花淀派等，而进入当代以来，因创作风格、地域特色而天然形成的文学流派还时有耳闻，因文学追求近似而自发组织的文学社团却不再兴起。现代文学在短短30年间兴起文学社团的规模之大、数量之多，成为文学史上昙花一现的重要景观。从微观角度来看，社团流派是由丰富的作家个体构成的，总是伴随着个性与共性、个人与群体的复杂关系；而从宏观角度看，一个社团流派的兴起和发展总是处在一定的社会形态和文化背景之中，受到不同文学主张的相互影响。现代文学社团流派就是在彼此的关联、对立与融合中发展壮大的，主要体现为三个方面：第一，从文学主张的追求来看，不同社团流派尽管有着独立的文学追求，但同时也受到共同的文学影响；第二，从文化姿态的包容来说，尽管不同社团流派的主张不尽相同，但在更为广阔的历史场域下，不同文学主张的背后凝练着相近的文化姿态，最为典型的代表便是京派；第三，从历史延续的脉络而言，现代文学社团流派的发生发展并不是一帆风顺、一马平川的，它往往伴随着民族命运的起伏而存亡，也伴随着时代主题的转变而生发，因而普遍具有了前后相承、互相关联的现象。

（一）独立追求与共同影响

从文学主张的追求来看，不同社团流派尽管有着独立的文学追求，但同时也受到共同的文学影响。创造社的文学主张受到日本"新浪漫主义"的影响，厨川白村在《近代文学十讲》中提到，"新浪漫主义"是19世纪末20世纪初欧洲文艺思潮的主要倾向之一，其基本特质在于主张发挥天赋的个性，充满强烈的主观性，真和美的痕迹明显。事实上，"新浪漫主义"在西方源于浪漫主义，又比浪漫主义更具"现代"色彩，是包含唯美主义、象征主义、神秘主义、非理性主义等世纪末文艺思潮的复合之物。因"新浪漫主义"正值生命历史的高点，厨川突出其和传统浪漫主义关联中积极性的阐释，得到郭沫若、田汉等人的回应后，"新浪漫主义"差一点成了导引中国新文学方向的理论，只因其概念不甚严密，各种理解、概念相对宽泛，没有形成稳定的共识，进入 20 世纪 20 年代末即已名存实亡。在廓清了上述理论背景之后，我们就能更加清楚前期创造社的酝酿和发生，它正是受到"新浪漫主义"的辐射，才在《创造》季刊的发刊词《创造者》中，直接擎起浪漫主义大旗，立志以宇宙狂飙、火山喷发之势力创造新世界，并在创作中呈现出不断贴近浪漫主义范畴的风貌。一战前后，欧洲新浪漫主义文学在日本大量翻译出版，有不少新浪漫主义戏剧被搬上舞台，介绍、阐释的文章及著作更是多如牛毛。此时恰逢中国新文学诞生之时，留日中国学生亲身感受到新浪漫主义的熏陶，并积极向国内引进。与此同时，日本学者关于新浪漫主义的论著也被翻译、介绍到国内，如罗迪先翻译了厨川白村的《近代文学十讲》，里面就包含新浪漫主义等近代西方文学新潮。五四时期，介绍新浪漫主义的主要阵地有《东方杂志》《小说月报》《新潮》《戏剧》以及《觉悟》《晨报副刊》等。而鲁迅、郭沫若、田汉、茅盾、欧阳予倩、宋春舫、徐志摩等新文学先驱对新浪漫主义的译介或尝试也都是不遗余力的。因此，创造社、南国社、未名社、狂飙社和新月社等主要戏剧、文学社团都不同程度地受到了新浪漫主义文学思潮的影响。即便是倡导"为人生而艺术"，以现实主义著称的文学研究会作家中，也有王统照、李健吾等人的新浪漫主义探索。可以毫不夸张地说，在此时，几乎所有的中国作家都对新浪漫主义表现出前所未有的兴趣。

从 1921 年文学研究会、创造社成立以来，学界一直有一个基本的说法：文研会是现实主义的代表，是客观写实的；创造社是浪漫主义的代表，是主观抒情的。以唐弢主编的《中国现代文学史》为例，它充分肯定了文学研究会的现实主义倾向和创造社的浪漫主义特征，认为文学研究会创作的基本态度是主张文学应该反映社会现象，表现并讨论与人生有关的一般问题，而创造社则与之不同，更加侧重表现自我，无论何种文体，都带有浓重的主观抒情的色彩。并进一步把当时的其他社团流派根据这两大社团的倾向，划分为两大类：一类是接近文学研究会的，一类是接近创造社的。可见两个社团在当时乃至后来很长时间在文学观念、创作风格上的深远影响。

中国自古以来没有严格的浪漫主义和现实主义的理论，这两大理论是在五四之后经由日本传入中国的。在中国新文学

厨川白村（1880—1923）

发展过程中，西方现实主义的追求表现为文学为"社会"和"人生"的书写理念；浪漫主义的观念则表现为文学为"个性"和"情感"的创作理想。实际上，这与西方浪漫主义与现实主义的发生缘起已经有了很大差别，中国人对现实主义和浪漫主义实现了高度中国化的理解和接受。中国古代的文艺理论中并没有我们现在所说的浪漫主义和现实主义，但有比较接近浪漫主义和现实主义的文学批评观念，比如"诗言志""诗言情"等。传统文学中"诗言志"的观念是从个体的道德修养、国家的政教宣化两个维度来明晰文学之用。"诗言情"则是对文学抒发个人性灵、彰显个人气质的一种倡导。在文学的"情志"之辨中，"志"指的是偏向实践于社会的"道"；"情"倾向于展现内在的个人吟咏。这两大观念在中国传统文论中占据了相当重要的位置，甚至成为理解中国传统文学观念最主要的两大倾向。无论是"言志"还是"言情"，只是文学之用的某种倾向，经典的文学作品始终是这二者的完美结合，

是个人精神性情的抒发与社会教化意义的统一。因此，孔子提出"兴观群怨"之说，实际上就是要将文学的个性兴发与载道功用相结合，唐代经学家孔颖达所说的"情志合一"也就是这个意思。统观中国古代的文艺理论话语，"诗言志""诗言情""文以载道""独抒性灵"等，文学始终被放置在"个人—社会—家国"的语境中阐发。

五四时期，新文学倡导者以"世界历史进化的眼光"，坚持"一时代有一时代之文学"[①]的进化论视野，将写实主义作为革新社会思想的重要文学观念，推崇写实主义，以达到启蒙大众和促进科学精神发展的目的。五四新文学之后，"写实主义"广泛流行，成为新文学倡导者的一种基本的共同选择。1915年，陈独秀发表在《青年杂志》上的《现代欧洲文艺史谭》一文首次比较系统地介绍了欧洲文艺思潮的流变。陈独秀从进化论的视角去阐释文学从古典主义、浪漫主义到现实主义、自然主义依次递变的发展过程，把中国传统文学阶段看成古典主义和浪漫主义的阶段，把新文学看作现实主义阶段。他认为现实主义与自然主义兴起的原因在于："十九世纪之末，科学大兴，宇宙人生之真相，日益暴露，所谓赤裸时代，所谓揭开假面时代。喧传欧土，自古相传之旧道德旧思想旧制度，一切破坏，文学艺术，亦顺此潮流。由理想主义，再变而为写实主义（Realism），更进而为自然主义（Naturalism）。"[②]陈独秀看重的是现实主义揭露现实，破坏旧思想的作用。

现实主义的写实追求与文学研究会"为人生"和"为社会"的主张相契合，从而现实主义成为文学研究会最具标志性的特点。从文学主张上看，最直接表明文学研究会与现实主义关系的就是其成立的宣言："将文艺当作高兴

[①] 胡适：《历史的文学观念论》，《胡适文存》(1)，华文出版社2013年版，第28页。
[②] 陈独秀：《现代欧洲文艺史谭》，载陈独秀、李大钊、瞿秋白主撰《新青年》(第1卷)，中国书店2011年版，第176页。

时的游戏或失意时的消遣的时候，现在已经过去了。我们相信文学是一种工作，而且又是于人生很切要的一种工作；治文学的人也当以这事为他终身的事业，正同劳农一样。"[①] 将文学视为一种工作，强调文学直接作用于社会现实的功用，成为社会变革的"工具"，可以说是现实主义的"现实"吸引了文学研究会作家，与他们极其现实性的目标有了呼应。文学研究会的作家认为写作不求忠实，是中国文人自古以来的通病，因此他们主张冷静观察与如实书写，反对没有事实根据的向壁虚构，推崇书写真实、平凡的文学作品。浪漫主义的主情追求与创造社的"创造"精神达成了默契，从而浪漫主义成为创造社的显著标志。创造社与浪漫主义之间的等号，是通过"张扬情感"的共同追求来实现的，这是一种文学风格、文学气质上的呼应。浪漫主义把文学中的情感表现放到至高无上的地位。从情感的张扬来看，郭沫若的《女神》，郁达夫"自叙传"小说，成仿吾的"流浪汉"小说等，都是深备浓烈而峻急的情绪，释放想象与灵感的代表作品。此外，创造社成员还是大力翻译西方浪漫主义文学作品的主力军。例如郭沫若看重"主情主义"而翻译了歌德的《少年维特之烦恼》，引起了"维特热"；《创造季刊》开设"雪莱纪念号"集中介绍雪莱、华兹华斯等西方浪漫主义诗人。

真正为创造社插上浪漫主义旗帜的，还是郑伯奇1935年所撰写的《中国新文学大系·小说三集·导言》。这篇《导言》，对"创造社作家的浪漫主义倾向"做了比较详细的分析："第一，他们都是在外国住得很久，对于外国的（资本主义的）缺点，和中国的，（次殖民地）的病痛都看得比较清楚；他们感受到两重失望，两重痛苦。对于现社会发生厌倦憎恶。而国内国外所加给他们的重重压迫只坚强了他们反抗的心情。第二，因为他们在外国住得很久，

---

① 《文学研究会宣言》，《小说月报》1921年第12卷第1号。

对于祖国便常生起一种怀乡病；而回国以后的种种失望，更使他们感到空虚。未回国以前，他们是悲哀怀念；既回国以后，他们又变成悲愤激越；便是这个道理。第三，因为他们在外国住得长久，当时外国流行的思想自然会影响到他们。哲学上，理知主义的破产；文学上，自然主义的失败，这也使他们走上了反理知主义的浪漫主义的道路上去。"①郑伯奇详细分析了创造社与浪漫主义发生关系的社会原因，并明确了二者在追求个性自由和张扬主观精神上的一致性。从此，创造社便与浪漫主义紧密联系在一起。《中国现代文学三十年》再一次明确了这样的结论："'五四'时期以文学研究会为代表的现实主义和以创造社为代表的浪漫主义可以说双峰对峙，各有千秋，共同为新文学做出了巨大的贡献。"②

（二）相近的文化姿态

从文化姿态的包容来说，尽管不同社团流派的主张不尽相同，但在更为广阔的历史场域下，不同文学主张的背后凝练着相近的文化姿态，最为典型的代表便是京派。在中国现代文学社团流派中，京派是一个极为特殊的存在，严格来讲，它并不符合一般文学社团或文学流派的定义。

1946年，《文学杂志》复刊时，朱光潜再次强调办刊的宗旨，即"采取宽大自由而严肃底态度，集合全国作者和读者的力量，来培养成一个较合理想底文学刊物，藉此在一般民众中树立一个健康底纯正底文学风气"③。所谓宽

---

① 郑伯奇：《中国新文学大系·小说三集·导言》，载赵家璧主编，郑伯奇编选《中国新文学大系》（第5集），良友图书印刷公司1935年版，第12页。
② 钱理群、温儒敏、吴福辉：《中国现代文学三十年》（修订本），北京大学出版社1998年版，第17页。
③ 编者：《复刊卷头语》，《文学杂志》1947年第2卷第1期。

大、自由而严肃,与其说是宣扬某种主张,不如说是表达一种宽泛的文化态度,凡是在文艺创作上符合这一标准的皆可纳入其中。严家炎在《中国现代小说流派史》中提出,京派"是指新文学中心南移到上海以后,三十年代继续活动于北平的作家群所形成的一个特定的文学流派。他们处在周作人、沈从文的影响之下,与北方'左联'同时并存,虽未正式结成文学社团,却在全国文学界具有一定的号召力"①。接着提及京派的主要成员,包括三个部分:"一是二十年代末期语丝社分化后留下的偏重

严家炎:《中国现代小说流派史》,人民文学出版社1989年版

讲性灵、趣味的作家,像周作人、废名(冯文炳)、俞平伯;二是新月社留下的或与《新月》月刊关系较密切的一部分作家,像梁实秋、凌叔华、沈从文、孙大雨、梁宗岱;三是清华、北大等校的其他师生,包括一些当时开始崭露头角的青年作者,像朱光潜、李健吾、何其芳、李广田、卞之琳、萧乾、李长之等。这些成员的思想、艺术倾向并不完全一致。"②严家炎追溯京派文人的来源,一是语丝社分化而来,二是新月社分化而来,三是清华大学和北平大学的师生。此外,严家炎特别强调京派是在周作人、沈从文影响之下形成的,且与北方"左联"对立共存。他在此明确提出,京派与语丝、新月不可分割的关系,实际上语丝社后来分裂为两派,以周作人、废名、俞平伯为代表的

---

① 严家炎:《中国现代小说流派史》,长江文艺出版社2009年版,第200页。
② 严家炎:《中国现代小说流派史》,长江文艺出版社2009年版,第200页。

注重性灵、注重趣味的散文追求,和新月派追求格律、强调诗歌形式的整饬和均齐恰恰构成了京派在散文和诗歌写作上的追求。吴福辉明确指出,京派是文学研究会中滞留北方且没有加入"左联"的一些人,后来北平几个大学的师生加入,共同凝聚成了京派。而京派流派意识的体现就是这一群体合办的《骆驼草》《文学月刊》等文学刊物。"特别以一九三三年沈从文执掌主编天津《大公报·文艺副刊》为这个流派确立的标志。'京派'新人萧乾加入编辑事务,一直延续到抗战前,使这个副刊成为北方文坛之重镇和'京派'文学的发祥地。一九三七年五月朱光潜为商务印书馆主编《文学杂志》。此刊在抗战期间停办,一九四七年六月复出,流派壁垒更为分明。汪曾祺早期作品便在这里问世。另一重要之点是《文学杂志》通过《我对于本刊的希望》、《复刊卷头语》等文,直接提出了京派的文学主张和理想,认明文学'是一个国家民族的完整生命的表现',应'使文艺播根于人生沃壤',达到'宽大自由而严肃'。这就使京派文学终于汇成一股独立的、民族和民主的潮流。"① 这里吴福辉对京派的定义已经关注到京派内部新旧传承的问题,如将萧乾视为"'京派'新人",再如注意到汪曾祺作品的问世等等,这样一来,便将京派的文学活动延伸到20世纪40年代。

萧乾(1910—1999)

通常意义上某一文学流派大多集中于

---

① 吴福辉:《乡村中国的文学形态——〈京派小说选〉前言》,《中国现代文学研究丛刊》1987年第4期。

同一文体、近似的风格，例如新感觉派以小说创作为主，九叶诗派以诗歌创作为主，而京派文人涵盖的范围十分广泛，既有小说家、诗人、散文家、戏剧家，也有文学评论家、文艺理论家，杨义指出："周作人在北平延续语丝派遗风，并与新月派合流。在语丝残部向京派过渡之中，较早出现的《骆驼草》散文周刊（1930年5月创刊）已标榜'不谈国事'，'笑骂由你笑骂，好文章我自为之'的超然的文艺态度。周作人开始醉心于民俗研究，在《骆驼草》第一期发表了《水里的东西》，介绍俗称'河水鬼'的水中动物，希望'使河水鬼来做个先锋'，引起大家对于'社会人类学与民俗学'的'调查与研究之兴趣'。可以说，这种人类学、民俗学以及新月派尊崇人性的观念，凝聚成京派文学的文化基调。"[①]

（三）前后相承的文学社团

从历史延续的脉络而言，现代文学社团流派的发生发展并不是一帆风顺、一马平川的，它往往伴随着民族命运的起伏而存亡，也伴随着时代主题的转变而生发，因而普遍具有了前后相承、互相关联的现象。纵观现代文学社团发展的历史，几乎所有的社团都曾遇到过当局审查、刊物停刊、更换主编、出版限制等难题，而在诸多困境之中，多数社团并未停滞不前，而是呈现转向的态势。以往为我们所熟知的典型代表是创造社和新月社，它们无论是创作风格、文学主张还是理论追求，都被鲜明地划分为前后两个阶段。实际上，其他的一些社团，规模或大或小，存在时间或长或短，也普遍存在着转向、过渡的问题。如：文学研究会在1925年之后明显减少了文学活动，会员的文

[①] 转引自郝苏民主编，刘锡诚著《民国文艺学的诗学传统》，上海文化出版社2018年版，第391页。

艺思想和政治倾向也发生了分化；1927年，《语丝》及其发行者北新书局在北京被查禁，鲁迅在上海接编《语丝》半年多之后欲停刊，语丝社的文学活动较创办时期已相差殊远；南国社紧随时代社会发展大势，在1926—1929年多次变更办刊策略与社团发展方向；还有一些社团或前后承续发展，或互相依存并立，如浅草社和沉钟社、晨光社和湖畔社、太阳社和我们社等。

  浅草社、沉钟社是五四新文化运动时期出现的较有影响的文学社团。它们为推动新文学的发展做出了自己的独特贡献，受到了当时及以后文坛的特别关注。由于这两个社团具有较大的影响力和紧密的联系，长期以来，围绕二者之间的关系学术界展开了许多的争论。有学者认为从出现的时间和人员构成上看，二者有着抹不去的因袭联系，是前后相续的一个社团；但也有学者认为二者之间不存在统一性，浅草社和沉钟社是两个独立的社团。1922年年初，林如稷与罗石君以围炉聚话的形式商定拟办杂志。他们的倡议得到了一些爱好文学朋友的积极响应。1923年3月，他们自费印刷出版了《浅草》季刊，但该杂志出版4期后被迫停办。从《浅草》季刊第1卷第4期"长期担任文稿者姓名"来看该杂志的主要投稿者有林如稷、冯至、罗石君、邓君武、游国恩、陈翔鹤、陈炜谟、王怡庵、孔襄我等人。1925年10月，杨晦、陈炜谟、陈翔鹤、冯至四位青年有感于德国戏剧家惠普特曼的戏剧《沉钟》的启示，即艺术的成功在于坚忍不拔的精神，在北京发起创办了沉钟社。

  目前，学界对浅草—沉钟社的研究大致存在三种情况：一是将其视为两个社团进行分别研究。这一观点最早源于浅草—沉钟社的历史当事人陈翔鹤，作为浅草社和沉钟社两个社团共同的成员，也是代表性作家，陈翔鹤曾说过："……或许有人会以为'沉钟'系由'浅草'蜕化而来。但实际呢，也的确并非如是。固然，我同陈炜谟，冯至两兄都曾经在'浅草季刊'上一同发表过文章，不过，我们早先却并无一面之缘；而且那时，我们又都是何等样的一大群的，仅仅只有一小点对于文艺的热情和嗜好，而却对于艺术毫无修养和学植的毛孩子呢。而杨晦兄，则更是在'浅草季刊'已出至第二期以后……我们才有了机会，成为相识。……末后，'浅草'出至第四期，即已停刊。稍一往后，在中间，用'浅草社'名义主编的，起初由王怡庵兄负责，后来又由陈承阴兄负责的，在上海民国日报副刊中，所出的文艺旬刊上，我同陈，冯三人，也还寄过稿去，不过此后，'浅草社'既已不复存在，而我们的精神和趣味，复与它愈离愈远，以至于完全的各不相侔了。"①显然，陈翔鹤刻意强调了浅草

陈翔鹤（1901—1969）

社和沉钟社各自的独立性，并非同一社团。而同样是两个社团共同成员的冯至也曾发表过类似看法。在贾植芳主编的《中国现代文学社团流派》（江苏教育出版社1989年版）中张晓萃撰写"浅草社"和"沉钟社"两章，即认为二者是两个独立的社团。

二是将其视为一个社团进行整体研究。茅盾在《中国新文学大系·小说一集·导言》中说："浅草社除已出版《浅草季刊》及《文艺旬刊》外，在十四年春又改出了《沉钟》周刊。"②鲁迅在《中国新文学大系·小说二集·导

---

① 陈翔鹤：《关于"沉钟社"的过去现在及将来》，《陈翔鹤选集》，四川人民出版社1980年版，第419—420页。
② 茅盾：《中国新文学大系·小说一集·导言》，载赵家璧主编，茅盾编选《中国新文学大系》（第3集），良友图书印刷公司1935年版，第5页。

言》中说浅草社自移入北京后"社员好像走散了一些,《浅草》季刊改为篇叶较少的《沉钟》周刊了"。① 这是在强调浅草社和沉钟社的前后承续关系。如秦林芳的《浅草—沉钟社研究》则将浅草—沉钟社视为一个流派,在梳理其历史流变的过程中也并未把 1924 年前后《浅草》季刊、旬刊的停刊作为分界点,而是以 1927—1928 年为界,将其划分为前期(1922—1927)和后期(1928—1934),认为前期是"人的歌唱与悲鸣"时期,后期是"人的沉潜与挣扎"时期。② 丁亚芳在《中间状态的文学之盟:浅草—沉钟社研究》中也将浅草—沉钟社视为一个社团,认为它是一种介于"人生派"和"艺术派"之间的"中间状态",并以此为核心,对浅草—沉钟社的文学理念、文化姿态、创作主张、情感基调以及文学实践进行了多维的解读与论述。③

三是介于以上两种情况之间,认为它们既是两个独立的社团也有密不可分的联系。如陈永志在《灵魂溶于文学的一群——论浅草社、沉钟社》一书中提出浅草社、沉钟社各自独立又有明显的连续关系,其中"各自独立"是从社团形式、组织上说,而"连续关系"则在于基本成员、对文艺的态度以及创作中的某些特点具有一贯性。④ 论著提出这一观点但并未对此进行展开论述,重心依然放在分别对浅草社和沉钟社历史发展的梳理及评述。但这里的相互独立并不是将二者截然分开,抹杀它们之间的联系。应该说,正是由于二者有许多相同的成员,二者之间前后承续有着紧密的联系和时间顺序,两个刊物的追求也是有着一定的相似之处,才会有这么多人将其视为同一个社团。

---

① 鲁迅:《中国新文学大系·小说二集·导言》,载赵家璧主编,鲁迅编选《中国新文学大系》(第 4 集),良友图书印刷公司 1935 年版,第 5 页。
② 参见秦林芳《浅草—沉钟社研究》,中国社会科学出版社 2002 年版。
③ 参见丁亚芳《中间状态的文学之盟:浅草—沉钟社研究》,中国社会科学出版社 2010 年版。
④ 参见陈永志《灵魂溶于文学的一群——论浅草社、沉钟社》,华东师范大学出版社 1995 年版。

现代文学社团的先后承续是一种特殊的文学史现象，在某一节点处，诸多复杂矛盾的因素交错缠绕、不断爆发，它既不是断然决裂地改变了一个社团的走向，也不是悄无声息地自然滑过，而是作为一个开放的、前后承继的空间，容纳了诸如社团同人之间的分歧，社团与社团之间的论争，出版商与刊物之间的矛盾，包括文学主张和社会发展的错位等诸多矛盾复杂的因素。

三、海纳百川的创作姿态

研究文学这么多年，我们一直试图总结它的内部规律，试图提炼一套方法或者理论，这实际上是一个误区，因为文学是人类最具个性化的，不可重复、不可复制的一项精神活动。如果说文学一定要有规律，那就是没有规律。每个人创作的心理状态和情感状态，创作面貌当然不同，所谓"谱系"，它本身就是不断流动，不断吸纳，不断生发的，因此精神谱系不是指向清晰，而是指向复杂，精神末梢是万万千千，每一个神经末梢都对应一个体验。这个情况下才能看出现代文学的包容博大，看出现代文学的丰厚内涵。这个世界上最具有个性化的事情莫过于写作，没有一个人的创作和另一个人的创作是相同的，创作方法本质上是一个伪命题，莫言的创作方法我们了解以后，我们能把握他以后的创作动向吗？我们掌握了以后，能运用到另一个作家身上吗？这就是文学的特点。一千个人心中有一千个哈姆雷特，一万个作家有一万种写作姿态。

中国现代文学虽然只有30年的发展历程，但充分展现了现代作家纷繁多样的创作姿态，容纳了个性鲜明的创作风格。现代文学在每个发展阶段，都有所谓特定的创作主潮，新文学的第一个十年，尽管文学社团蜂起，文艺主张纷呈，但总体上以文学研究会提倡的"为人生"的现实主义文艺观念为主。

20 世纪 20 年代中期，伴随着中国社会的一系列激变，革命文学思潮迅速占据文坛，成为这一时期文艺的主导思想。相比于前两个十年，第三个十年的现代文学在面貌和内涵上更加丰富，新的历史条件赋予了现代作家更广阔的创作空间、更鲜活多样的创作对象，特别是在《在延安文艺座谈会上的讲话》的引领下，解放区文学创作者极大开掘自身的生活经验和文艺经验，积极发挥主观能动性，创作了一批具有民族史诗品格的优秀文学作品。值得注意的是，每一种创作姿态都不是一成不变的，它们涌动着创作主体不断更迭的话语，看似趋近稳定的创作立场，都蕴含着新变的可能，都交织着另一种言说方式。整体来看，现代作家的创作姿态主要以"为人生"的启蒙姿态、激变时代的革命姿态、超越时空的人性姿态为代表，每一种姿态又存在着交叉、互渗，从一种姿态流向另一种姿态的动向。现代文学正是以海纳百川的胸怀，包蕴着现代作家异中有同、同中有异的创作姿态。

（一）"为人生"的启蒙姿态

1915 年，陈独秀在《青年杂志》上发表了《现代欧洲文艺史谭》，向中国文坛介绍了现实主义的文艺理论。此后，《新青年》《新潮》等杂志，也曾在理论上倡导"为人生"的现实主义文学，以宣扬"为人生"的文艺主张，启蒙国民思想，振奋国民精神，成为现代文学最初的、最主要的一种创作姿态。在新文学第一个十年里，从事现实主义文艺理论建设用力最专最勤的，首推文学研究会。叶圣陶、罗家伦、冰心等创作的"问题小说"，集中体现了现代作家对社会问题和人生问题的热切关注和自觉担当。夏志清曾表示，即使文学革命没有发生，冰心仍然会成为一个颇为重要的诗人和散文作家，甚而还会更有成就，更为多产。家庭环境和成长经历赋予了冰心一颗细腻柔情、善于体察"爱"与"美"的诗人之心，冰心本人也非常了解自己的创作才能，那么冰心为何要去创作自己并不是十分擅长的现实主义题材？这个问题的本质已经超出了作家创作偏好的讨论范畴，它反映的是冰心作为一名现代知识分子，对于文学的责任感和现实焦虑。冰心看到："几乎处处都有问题。这里面有血，有泪，有凌辱和呻吟，有压迫和呼喊……"[①]面对如此紧迫的社会现实，冰心如何能安于清丽梦幻的世界？用文学介入现实，用文学直指问题，就是一种战斗和启蒙的姿态！

在文学研究会内部，真正将西方现实主义思潮的观念基础、叙事法则、审美价值观和创作取向等结合起来，建构起了一个理论系统的，首推茅盾，茅盾的创作动向最直接、最生动、最深刻地反映着现代作家对现实问题的及时追踪和深刻表现。60余年的写作历程中，茅盾始终秉持现实主义创作手法，选取和开掘具有重大意义的题材，描写蕴含丰厚的社会历史内容，刻画人物复杂化的性格和悲剧性的命运。茅盾的创作立场和文学观念依旧在当下起着重要的作用。茅盾的文学创作始终追随中国时代风云，具有中国近现代史的意味。茅盾曾说自己真实地去生活，经历了动乱中国最复杂的社会现实，才开始了创作。正是因为茅盾始终追随社会革命的风云变幻，所以他有很多作品都标明"未完成"，因为这一个现实情况还没表现完，新的社会变革已经登上历史舞台，这足以说明现代作家是怀着历史使命感和责任感才走上文学创作之路的。

"为人生"既然是现代文学的核心主张，就不仅仅局限于文学研究会成员的创作当中，人生是复杂的，"为人生"的呈现方式也是多样的。1942年，丁玲积极响应毛泽东《在延安文艺座谈会上的讲话》的号召，到华北桑干河

[①] 冰心：《从"五四"到"四五"》，载卓如编《冰心全集》（第7卷），海峡文艺出版社1994年版，第37页。

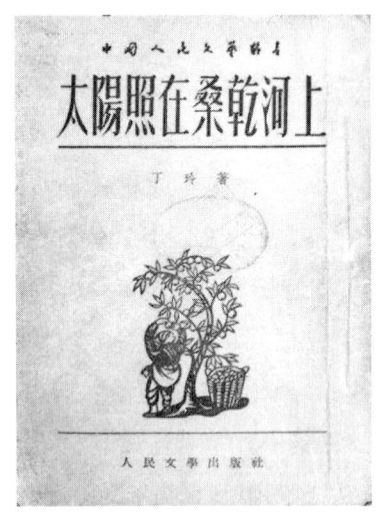

丁玲：《太阳照在桑干河上》，人民文学出版社1952年版

畔深入体验生活、自觉地向工农兵学习。两年的生活体验让丁玲深刻意识到土地制度改革的重要性和艰巨性，这场由中国共产党领导人民推翻封建土地制度的革命斗争，不仅给当时的中国农村带来了翻天覆地的变化，也在中国历史上留下了浓墨重彩的一笔，具有深远的历史意义。在体验生活的过程中，丁玲以土改运动作为主要题材，开始创作长篇小说《太阳照在桑干河上》。这部小说首次出版于1948年9月，不仅是中国现代文学史上较早出现的反映土地改革运动的长篇小说，也是丁玲小说创作道路上一个新的里程碑。土改运动，作为20世纪40年代最重要的社会革命，成为众多文学作品竞相书写的主题，其中最为突出的，便是丁玲的《太阳照在桑干河上》和周立波的《暴风骤雨》。1951年，丁玲的《太阳照在桑干河上》获得斯大林文艺奖金的二等奖（一等奖空缺），周立波的《暴风骤雨》获得三等奖。为什么丁玲的《太阳照在桑干河上》取得了更高的成就呢？

丁玲和周立波的两部作品都是以土改为主要题材。从叙事层面来看，周立波的《暴风骤雨》，结构清晰，层次分明，流畅地记载了东北土改运动波澜壮阔的全过程。从土改工作队组织广大贫苦农民斗争恶霸地主，到由于斗争激烈而引起地主势力的疯狂反扑，最后人民群众在共产党的带领下联合起来，保卫革命斗争的胜利果实。《暴风骤雨》再现了新民主主义革命时期中国农村暴风骤雨般的阶级斗争，表现出农民与地主在土改运动中不共戴天的阶级观念，蕴含着空前浓厚的革命热情和磅礴的斗争气势。周立波和丁玲一样，都是湖南人，但周立波却以地道的东北方言生动描绘了东北地区的风土人情，展现出东北地区的特色风貌，这是丁玲所不及的。那么，丁玲的《太阳照在桑干河上》何以取胜？它是凭借哪种特质在众多土改作品中脱颖而出，获得文坛的赞誉，并流传至今？

丁玲的《太阳照在桑干河上》，以特有的胆识写出了土改运动中农村的真实状况。在《暴风骤雨》中，周立波的叙事意识是较为简单甚至单一的，他自觉站在了无产阶级的立场上，以践行"社会主义现实主义"的写作规范为宗旨，坚定地书写社会主义理想中的土改运动。在这种艺术观的引导下，《暴风骤雨》更多体现了一种政治理念，基本呈现了一个英雄农民和恶霸地主斗争的故事框架，农民在共产党的领导下迅速觉醒，地主不甘失败疯狂反扑，农民和地主之间的阶级立场分明，有着不共戴天的仇怨，你死我活地斗争着。而在《太阳照在桑干河上》中，叙事声音是复杂的，各种不同的思想观念，有差别的阶级立场融汇在同一时空之下，小说充满了多义性，展现出农村的真实状况和农民之间真实的阶级关系。

丁玲笔下的"复杂"存在，不仅得益于她深刻的农村生活体验和对生活的细致观察，更来源于丁玲贯彻始终的责任与担当。丁玲是一名受过五四精神洗礼的女作家，具有强烈的主体意识和个人色彩。即便在20世纪30年代创作转向后，丁玲成为一名革命作家，以政治为导向进行文学创作，但她从来没有放弃对个性主义的自我坚守。一直以来，丁玲都以特有的艺术良心和担当，敏锐地觉察到革命事业中有许多与革命目标不相适应的甚至是消极的落后的愚昧的东西。政策与现实之间的矛盾，本质上反映的是人思想深处复杂、幽微的人性。丁玲凭借其熟练的创作技巧，将人物放在特定的历史条件和具体环境中加以分析，细致剖析了人物复杂的心理活动过程，既歌颂了人民群众翻身做主人的斗争精神,也揭露了他们因循守旧、顾虑重重的性格弱点。土改工作组组长文采,自矜于知识分子身份,在工作中有着严重的教条主义作风,脱离实际,在生活中以一副自以为是的态度待人,装腔作势;张正典,既是治安员,又是地主钱文贵的女婿,在土改工作中表现出小农阶级自私自利的形象特点;黑妮,虽然是地主钱文贵的侄女,但她厌恶钱文贵种种令人不齿的行径,向往自由自在的生活,她喜欢贫穷但正直的大伯钱文富,爱上了善良健壮的长工程仁,拥有自己独立的精神世界。在黑妮这一人物身上,丁玲倾注了较多的情感色彩,流露出作者对人的个人生存超阶级的思考,也在很大程度上反映了丁玲对现实生活的体验和对土改中阶级关系复杂性的理解。《太阳照在桑干河上》写的是土改,但本质上写的是"人改",农民要翻身,更要"翻心"。土改的意义不仅仅在于农民拿到了土地,而且还在于农民如何做好自己土地的主人,这个问题关涉的是思想层面上的讨论和反思,是对五四以来启蒙精神的延续和继承,这是一种高境界的"政治",是在一种特定政治情况下人最真实和最复杂的状态。

(二)激变时代的革命姿态

20世纪20年代后期,随着国民革命的逐渐深入,中国文学界的主流声音也逐渐从"启蒙"转向"革命"。革命文学的不断酝酿与发展,是中国早期共产党人实践的文艺工具,也是文学呼应时代的自觉表现,左翼文学可以说是从革命文学的思潮中脱胎、形成的。革命文学的论争与酝酿为左翼文学的发生创造了外部氛围,同时,有关革命文学核心问题的讨论为左翼文学的发生奠定了思想基础。在左翼文学思潮的影响下,作家对文学与政治、文学与意识形态等诸多问题进行了不断深入的探讨与实践。需要注意的是,左翼文学在特殊的历史语境下有着独特的合理性与重要价值,但是随着时代语境的改变，以阶级论为中心的政治美学不再具备适应性，因而必然要经受挫折或经历转型，例如20世纪中国左翼文学的发生发展过程，在20年代末至30年代可称为革命文学、"左联"文学，40年代在解放区、根据地兴起了工农兵文学，50年代则诞生了社会主义文学，及至当下新左翼文学、底层文学的再度崛起，不同阶段的左翼文学塑造了不同类型的英雄人物与阶级典型。但不可否认的是，在20年代至30年代这一时期左翼文学刚刚兴起的时间范围内，伴随着时代社会的剧烈变化，文学所表达的革命诉求也最为强烈，左翼文学以其丰富广泛的题材、类型多样的体裁和复杂的创作情态，深刻全面地反映了30年代中国的社会生态和精神生态。

从"革命罗曼蒂克"到对"罢工""暴动"等主题的表现再到抗日题材的开掘，现代作家全方位、多侧面表现革命生活的诸多层面。早期革命文学题材是描写现实革命斗争，着力表现无产阶级代表的劳苦大众的不幸生活，充满革命的激情，相比较后期更加成熟的作品而言，早期左翼文学创作存在着题材相对单一、观念大于形象的通病，这其中尤以"革命+恋爱"的创作模式为代表。1931年11月15日，"左联"发布决议，规定中国无产阶级革命文学应该担负起的责任，明确"文学的大众化"这一新路线，反对由"左"倾或右倾而造成的"作品万能主义"和"为革命文学而革命文学"的创作倾向，要求"作家必须注意中国现实社会生活中广大的题材，尤其是那些最能完成目前新任务的题材"[1]。抱定这一文艺创作宗旨，蒋光慈、殷夫、柔石等左翼作家在现代文学各类文体中贯彻对鲜活的现实革命生活的反映和表现。左翼作家在进入都市小说文本的创作过程中，看来带有明显的意识形态的偏见，以《短裤党》为例，小说是在主题先行的情况下进行的文学创作，并且极力

---

[1]《中国无产阶级革命文学的新任务》，《文学导报》1931年第1卷第8期。

柔石（1902—1931）

强调文学为政治服务的宗旨。1927 年 4 月，蒋光慈创作了中篇小说《短裤党》，拉开了左翼作家创作都市小说的大幕。蒋光慈借用法国大革命时期极左又最穷的革命党"短裤党"之名，描写了上海工人阶级组织第二次武装起义的经过，勾勒了第三次武装起义成功后的胜利图景，具有强烈的时代性和高度的革命热情，充分展现了上海三次工人武装起义的过程。但不可避免的是，小说带有艺术粗糙化的痕迹。蒋光慈在自述中声言"花了半个月的工夫，写成了这一本小书。当写的时候，我为一股热情所鼓动着，几乎忘记了自己是在做小说。写完了之后，自己读了两遍，觉得有许多地方很缺乏所谓'小说味'，当然免不了粗糙之讥。不过本书是中国革命史上的一个证据，就是有点粗糙的地方，可是也自有其相当的意义"[1]。

值得注意的是，革命浪潮之下的创作立场并非单一的战斗姿态，并不是"非黑即白"的情感态度，在革命叙事的外衣之下，潜藏着现代作家复杂深刻的人性思考和时代诘问，这些看似"另类"的言说，构成了千姿百态的革命话语，沉淀为革命文学意味深长的特质。以左翼作家殷夫和柔石为例，其文学创作不仅具有左翼倾向，也带有鲜明的个性化色彩，初步实现了宏大叙事和个人叙事的有机统一，在中国左翼文学谱系中具有重要意义。殷夫的诗歌感情高亢激昂，富有宣传鼓动性，充满急促跃动的节奏，语言响亮有力，用

---

[1] 蒋光慈：《短裤党》，《蒋光慈文集》（第 1 卷），上海文艺出版社 1982 年版，第 213 页。

青春热血感应着革命时代的风云变幻，极富浪漫主义色彩。柔石作为极具艺术探索精神的左翼作家，能够把清醒的阶级观念和复杂的人性体验融汇到深沉的抒情笔调里面，真实反映了浙东地区农民思想的封建愚昧，具有现实主义批判功能，避免了20世纪30年代普罗文学的概念化倾向。1930年3月，柔石的《为奴隶的母亲》刊登于《萌芽月刊》第1卷第3期，这是柔石最具代表性的短篇小说，曾经受到埃德加·斯诺、罗曼·罗兰等外国作家的称赞。作品讲述了一个"典妻"故事，主人公春宝娘被丈夫皮货商典给地主李秀才，约定以三年时间为期限来给地主家延续香火。当第二个儿子秋宝出生之后，春宝娘就在两个家庭、两个男人、两个儿子所"撕裂"的复杂关系中痛苦挣扎，封建宗法制的陈规陋习无情剥夺了她的人格尊严。值得注意的是，"典妻"行为已经给春宝娘带来了严重的精神戕害，但柔石并没有简单揭示地主的残酷罪恶，而是匠心独运地表现出地主的温情，被侮辱与被损害的春宝娘甚至对地主产生依赖感。毫无疑问，这种创作主题在30年代是大胆的，也是充满个性化色彩的。"小说以浓重沉痛的笔墨，写出了在贫困和陋俗的夹攻下，贞操可以典当，人格可以典当，神圣的母爱感情也因之被毁灭的社会历史荒谬性，从而以出色的艺术表现力升华出一种严峻警拔的、既是社会的、又是心灵的双重悲剧境界来。"[1]蓝棣之认为，《为奴隶的母亲》的故事文本具有显层结构和潜在结构，"在显层结构里，是一个奴隶母亲屈辱的非人的悲剧故事，是阶级的压迫与掠夺；而在潜在结构里，是一个特殊的爱情故事，在这里，长期受到丈夫奴隶主一样压迫的少妇，与长期受到老婆压抑的秀才，双方都有不幸的婚姻处境，同病相怜，在共同的生活中，又有共同的情敌'大娘'，这样两个婚姻的弱者，得以在感情上互相安抚，并渴望共同长期生

---

[1] 杨义：《中国现代小说史》（第二卷），人民文学出版社1988年版，第297页。

柔石:《为奴隶的母亲》,人民文学出版社1953年版

活下去,却受到无端的妒忌与干预……潜在结构并没有加深显在结构的意义,而是颠覆和瓦解了它"①。《为奴隶的母亲》无论是在揭露社会矛盾的深度上,还是语言表现力度上,都极大超越了20年代中国乡土小说的同类题材作品。柔石没有简单机械地描述矛盾冲突,而是把清醒的阶级观念与复杂的人性体验融入深沉的抒情笔调中,别开生面地揭示了"典妻"制度对农村女性的精神戕害,不但具有浓厚的民俗学色彩,还蕴含着丰富的社会学价值,可以说,正是这种"不彻底"的革命意识和模糊不清的情感态度,成就了该作的经典性,这也是我们今天探讨革命叙事丰富性的前提和意义所在。

(三)超越时空的人性姿态

当今作家的写作能力、写作方法乃至写作水平都超过了现代作家,但为什么现代文学有着永远让人感动和震撼的地方呢?除了具体的作家写作,除了文学的发展演变之外,还有一个根本原因,就是五四那代人他们的人性关怀,长久地感染和影响着我们,很多作家的创作内蕴早已超越现代文学这30年所涵盖的社会现象和现实问题,而是有着长久的情感冲击和生命关切。他

---

① 蓝棣之:《解读〈为奴隶的母亲〉并兼与〈生人妻〉比较》,《中国现代文学研究丛刊》1990年第1期。

们笔下的人物、背景、故事可能是五四式的，但是探讨的命题，承载的思想容量却是当代的、未来的，甚至永恒的。

冰心99岁的人生写了一个"爱"字，足以洗涤人心；而活了31岁的萧红写了一个"恨"字，却更加撼动人心。今天我们为什么要读萧红？是为了走近她敏感细腻的精神世界，为了在她充满灵性的作品中感受命运的苦难与生存的价值。我们阅读萧红，谈论萧红，归根到底，阅读和谈论的是文学与人生的根本关系。萧红是一个特殊的女人，特殊的作家，她来自东北作家群，又超越了东北作家群；来自左翼文学，又超越了左翼文学；她是一位女性作家，又远远超越了女性意识。这印证了一个重要观点：作家的价值不属于类型，永远属于自己。萧红在散文《失眠之夜》中说："那块土地在没有成为日本的之前，'家'在我就等于没有了。"[1] 正因为萧红拥有寂寞孤独的童年，漂泊流浪的生涯，爱情的辗转波折，逃难的寂寥凄凉，才使她能够以一种开阔的悲悯胸怀关注并思考着人的生存境遇和生命意义，才使她能够绘出"北方人民的对于生的坚强，对于死的挣扎"[2]。也正是在这一点上，萧红的作品拥有足够的人性深度，其悲剧意蕴具有了久远的魅力。

在现代女作家当中，与萧红比较接近的是丁玲，她对政治的眼光是萧红所不能及的。萧红没有丁玲那种独特深邃的政治眼光，萧红似乎是远离政治的，萧红是写人性的，她的笔下是生活的原生状态，从生到死，这都是来自人性深处的震撼。萧红是女性主义立场吗？是女性主义立场成就了萧红吗？然而，萧红的成就并不是因为她的性别，萧红的作品是对整个人性的观照。鲁迅为什么重视萧红的《生死场》？只是因为"叙事和写景，胜于人物的描

---

[1] 萧红：《失眠之夜》，《萧红全集》(4)，黑龙江大学出版社2011年版，第173页。
[2] 鲁迅：《序言》，载萧红《呼兰河传·生死场》，译林出版社2015年版，第205页。

写""女性作者的细致的观察和越轨的笔致"吗?在那么多青年作家,包括左翼作家中,鲁迅尤其推荐萧红的《生死场》,不是没有原因的,其中一个重要原因就是鲁迅和萧红在生与死的看法上,有精神相通的地方。《生死场》写得最好的是表现了生死搏击,这也是鲁迅最看重的地方。整部《生死场》紧紧直逼"是生还是死"这个令人窒息的主题,对于东北大地的人民来说这已经不是一个还可以选择、可以思考的问题了,而是一个必须直接面对的不容思考的问题。在"你要死灭吗?"这一节之中,"死"字出现高达 20 次,似乎一切都与死亡连在一起。陈思和在评述《生死场》时说:"她的生命力是在一种压不住的情况下迸发出来的,就像尼采说的'血写文学'。这样的作品,在文学史上具有至高无上的价值,这不能用一般的美学观念去讨论,而要用生命的观念去讨论。"能以生命意志去创作文学、探讨文学,这本身就印证了萧红作品的生命价值和生命力度!

李健吾(1906—1982)

"人性"不仅是成就现代作家文学创作的关键所在,同样也是铸就文学批评经典性的重要因素。为何李健吾的"咀华式"批评可以享誉现代文坛,并至今都有着长久的生命力?一个重要原因在于李健吾始终贯彻着"人性"的批评姿态,始终宣扬"人性"在创作和批评中的重要价值。几乎在每一篇文学批评中,李健吾都会谈及对"人性"的看法,无论是小说创作的内容还是文学批评的艺术中,他始终高举着"人性"的旗帜,践行着他对"人性"的理解和阐释。循着"人性"脉络,不仅可以了解李健吾的创作原则和文学思想，更得以还原一个性情与理性兼具的文艺者形象。为何李健吾如此笃定地将"深厚的人性"作为批评的根据？在《从〈双城记〉谈起》一文中，李健吾指出"性情是一切艺术作品的个别的暗潮"[①]，一部杰作不仅表现着世间丰富多样的生命样态，也蕴藏着作者的性情和态度，作品展示的并非纯粹的客观世界，而是一个带有作者世界观和人生观的主观世界。因此，批评家面对一部作品时，面对的不仅仅是一种文学性的表达或者艺术化的叙事和抒情，本质上面对的是诸多人性的叠加和复合，隐藏在作品之下的作者时而浮现，时而沉潜，时而借人物之口直抒胸臆，时而被人物的命运牵引改变既定的故事走向，批评家需要在这纷繁复杂的人性地图里，找寻作者的本意，或者在此基础上衍生出另一番新颖但也合理的阐释。

以人性为批评的依据，首先需要把握作者的性情与作品风格的关系，这一问题在后文有更为详细的论述，在此我们要明确的是李健吾是如何理解批评家处理这一问题的态度，他认为批评者在杰作面前，并非居高临下的指导或者裁决，而是俯下身来细细品鉴，李健吾用了一个更生动的比喻来形容批评家与作者之间的关系，批评家之于作者好似迎来的一股水流，"小，被大水吸没；大，吸没小水；浊，搅浑清水；清，被浊水搀上些渣滓"，要两相融合，而非一较高下，好似"一个人性钻进另一个人性，不是挺身挡住另一个人性"。[②] 李健吾提倡批评家要敢于表现自己的个性，敢于用自己全部的人生经验去体味作品中构筑的艺术世界和艺术人生，强调批评的沉浸和投入，切忌借批评的权利全然覆盖作者的声音。

[①] 刘西渭（李健吾）：《从〈双城记〉谈起》，载李维永编《李健吾文集》（文论卷1），北岳文艺出版社2016年版，第17页。

[②] 刘西渭（李健吾）：《爱情三部曲》，载李维永编《李健吾文集》（文论卷1），北岳文艺出版社2016年版，第35页。

那么，批评者如何以"深厚的人性做根据"？在李健吾看来，批评者首先需要面对的是自己的人性，在态度上，他要诚实，绝不油滑，他需要反思自己的态度：对于我面前这位作家的创作，我是否真的没有成见，我是否误解了他的表达？一个优秀的批评家要能禁得住自我的拷问，他所拷问的不仅是自我的见识、学识和智识，更重要的是在拷问自我的灵魂，拷问一个批评家所必须具备的坦荡、磊落的灵魂，他要时刻警醒他所展开的是纯粹的文学探讨，而非夹杂主观情感的意气用事。

其次，在摆正态度、敞开心胸的前提下，批评者迎来了真正的挑战——如何做到真正深刻地体味作品的意蕴。出于对丰富绮丽的人性的敬畏，李健吾认为批评者不应轻视任何一部作品，不能放过作品中任何一种存在的可能性，"一个批评者，穿过他所鉴别的材料，追寻其中人性的昭示。因为他是人，他最大的关心是人"[1]。保持对批评敬畏、审慎的态度，是因为批评者的经验不可避免地会与作者的经验产生参差，正如李健吾所感慨的那样，了解一部作品的真正难点，在于了解作者和作品中蕴藏的所有人性，人与人的隔膜是阐释的最大阻碍，但也是批评的兴味所在。在批评的过程中李健吾时常感觉同时代的作家作品往往"打不进去"，一方面，是因为面对和自己处于同一现实环境的写作，致使他或多或少地掺杂自我对现实的判断和态度，他无法像面对古人的创作一样，波澜不惊，予以纯粹的艺术的投射；另一方面，这种不知从何入手、茫然无措的批评困境，更多的是由于没有把握批评对象的特质以及他们对于人生的态度。李健吾以自身的批评体验做出了详细生动的解释：面对巴金和废名，这两类性情和创作风格全然不同的作家，进入其作

---

[1] 李健吾：《叶紫论》，载李维永编《李健吾文集》（文论卷1），北岳文艺出版社2016年版，第159页。

品的路径和姿态也必然不同，巴金是一位热情的战士，只有顺着这股热情的浪潮才能领悟他笔下的人物为何如此思考、如此行动，巴金的爱是为了全人类，他的憎恶是为了制度，只有明白这一前提，怀抱着巴金的态度，才能真正融进他的作品，才不至于误解他所有的忿激；废名是一位超然物外的隐士，世界在他的眼中仿佛一个巨大的隐喻，他全部的艺术充满了冲淡的诗意和难解的哲思，当你不去抱有任何目的，摒弃某种艺术的快感，以抽象的自我、思绪、感觉去进入废名的作品时，才有可能接近他，这便是李健吾所说的"照准他们的态度迎上去"。实际上，以"人性"作为批评的标准和尺度，并非独属于李健吾个人的批评观念，而是整个京派文人群体的共识。朱光潜在《西方美学史》的结束语中总结道："类型说和定型说的哲学基础都是普遍人性论。依古典主义者的看法，文艺要写出人性中最普遍的东西才能在读者或观众之中发生最普遍的影响，才能永垂不朽"[1]，沈从文在《小说作者和读者》中表示："我以为一个作品的恰当与否，必需以'人性'作为准则。是用在时间和空间两方面都'共通处多差别处少'的共通人性作为准则。一个作家能了解它较多，且能好好运用文字来表现它，便会成功，一个作家对于这一点缺少理解，文字又平常而少生命，必然失败。"[2]京派文人不仅用创作实践来诠释他们对于"人性"的不同理解，也在文学批评中阐释着"人性"之于文艺的重要意义。但在20世纪20—40年代的中国，"人性论"作为一种文学观念和思想观念，在不同的社会背景和时代条件下也曾遭受了强烈的攻击，但在中国革命的历程中，"人性论"绝不仅仅是思想反动的论调，当它被利用为向无产阶级革命思想进攻时，它是反动的、落后的，当被用作反帝反封建的武

---

[1] 朱光潜:《西方美学史》(下)，作家出版社1984年版，第730页。
[2] 沈从文:《小说作者和读者》，《战国策》1940年第10期。

器时，它便是进步的，这也提示我们，要以更加客观辩证的态度面对以李健吾为代表的京派批评家宣扬"人性论"时的立场和目的。

四、多维关系的文学论争

作为一种重要的批评形式，文学论争是一种复杂的存在，它在文学的发展过程中发挥着重要的作用。所谓文学论争，就是对文学之"理"所进行的阐发、探讨和衡定。就文学评论方面的论争而言，文学论争通常被理解为对文学创作发展的广泛问题进行讨论，就文学发展过程中的迫切问题发表各种不同的意见，就某些作家或评论家提出的新概念展开讨论，就某个作家或作品展开批评等。

在中国现代文学的发展历程中，由于急剧变动的社会环境、处于中西方文化共同影响下的现代作家往往有不同的文学立场和文学观念，这些差别使中国现代文学30年涌现了众多风格不一的文学流派、文学社团，并引发了从未间断、形态各异的文学论争。1935年，由赵家璧主编，上海良友图书公司出版的10卷本《中国新文学大系》，专门选编了一卷《文学论争集》（郑振铎编选），共收长短论争文章100余篇，这表明新文学的创造者和见证者们已经注意到了文学论争是一个非常突出的现象。事实上，不独新文学第一个十年如此，从1917年"文学革命"至1949年短短30年间，文学论争都是此起彼伏，从未间断。在各种文学论争中，由于立场不同、对文学现状的认识千差万别，所以在论争中会出现各种相互对峙乃至尖锐对立的观点。文学论争是一种批评形态，而且是一种非常规的文学批评形态，作为文学批评诸种形态之一的文学论争推动或帮助了现代文学的发展，各种文学论争也在现代文学发展历史进程中举足轻重。文学论争既是历史事件，又不可避免地带有某种价值判断，其看似简单，其实却并不容易，双方论争的具体问题通常只是表面现象，隐藏在背后的动因则更值得关注。

中国现代文学批评30年就是文学论争不断升级的30年。从1917年白话文运动到1949年第一次全国文代会的召开，围绕着某种文学主张、文学思潮、文学形式或某个文学派别、作家作品所展开的大大小小的文学论争几乎从未停息过，其次数之多、参与人数之众、程度之激烈、内容之广泛，实为中国文学批评史上所罕见。这些或大或小、或整体或局部、或内部或外部、与文学或远或近的论争，与作家作品、文学思潮、文学运动、文学流派、文学现象、文学批评等范畴构成了中国现代文学史有机体之不可或缺的一部分。

（一）五四时期的文学论争

五四时期的文学论争主要是革新的文学观念与守旧、传统的文学观念的斗争。是新文化运动者在批判传统的立场上，展现文化启蒙和思想革命的姿态与决心。现代的自然科学洗礼使五四文学批评家具有较强的批判意识，他们往往对现存事物不满足，对革命、创新和超越具有强烈追求。新文化运动倡导者对折中派、复古派、国故派、学衡派、甲寅派以及鸳鸯蝴蝶派进行批判，已达到批判旧思想、旧道德、旧文化的目的。

五四时期的文学论争充满强烈的话语权争夺的意味，是一群力图再造文明的致力于思想革命的青年对文学话语权的争夺，其中不乏洞明的识见，也不乏激进的姿态。如今我们再来看待当初大大小小的文学论争，既要还原历史现场，明晰论争中各种"发声"背后的目的与诉求，也要跳出历史现场，进一步辨析被新文学阵营反驳和批判的对象，他们的文化观念与文化实践中是否存在合理的部分。

五四文学革命取得初步胜利后，要巩固和发展其成果还必须与各种复古派进行不懈斗争。同时,随着革命形势的变化和发展,新文学阵营内部也在不断地进行着斗争并发生着分化。新文学只有通过与外部封建复古派的斗争和内部矛盾的调整,才能站稳脚跟。新文化运动者通过对"国粹"派林纾的斗争,确立新文学"新"的必要地位。林纾是晚清翻译大家,在晚清文学作品的翻译中所起的作用最大。他以桐城派古文大家的身份和文风翻译外国小说,提高了外国小说在中国知识分子心目中的地位。林纾的翻译多是意译,他不懂外文,靠人讲述后自己用中文重述,且是用文言的形式重述,但因其输入了西方文艺思潮,他的译介之功仍不可磨灭。林纾也是坚定捍卫文言文阵营中的一员。1919年年初,政治形势日趋严峻,保守派便对文学革命以至

林纾(1852—1924)

整个新文化运动发起了疯狂的反攻,林纾也重新披挂上马,发表了致当时北大校长蔡元培的公开信《致蔡鹤卿书》《论古文白话之消长》,攻击《新青年》是"覆孔孟,铲伦常","尽废古书,行用土语为文字"。蔡元培立即写了一封题为"答林君琴南函"的公开信,据理反驳了林纾的责难,并且声明了自己的治校原则:"对于学说,仿世界各大学通例,循'思想自由'原则,取兼容并包主义。"①1919年2至3月间,林纾又在《新申报》上连续发表《荆生》和《妖梦》两篇文言小说,以影射手法攻击

---

① 林焕平:《蔡元培与新文学》,载中国蔡元培研究会编《蔡元培纪念集》,浙江教育出版社1998年版,第496页。

新文化运动。小说以隐喻的方式攻击新文学领袖,影射和诋毁新文学倡导者,希望有侠客和神魔出来痛打或吞噬他们。新文学阵营继续以论战的形式予以回应。李大钊写了《新旧思潮之激战》一文,他运用辩证唯物主义的观点,分析新与旧的斗争,指出林纾之流"总不会堂皇正大的立在道理上来和新的对抗",而是企图"用道理以外的势力,来铲除这刚一萌动的新机",他认为这种"靠人不靠己,信力不信理的民族性"是可耻而又可羞的。李大钊后正告封建复古派:"你们若是不知道这个道理,总是隐在人家的背后,想抱着那位伟丈夫的大腿,拿强暴的势力压倒你们所反对的人,替你们出出气,或是作篇鬼话妄想的小说快快口,造段谣言宽宽心,那真是极无聊的举动。须知中国今日如果有真正觉醒的青年,断不怕你们那伟丈夫的摧残;你们的伟丈夫,也断不能摧这些青年的精神。"[1]他还以俄国革命为例,论述新的革命潮流是不可阻挡的,反动势力的摧残、压制,只会使革命者的斗志更加勇敢和坚强。在同林纾等人的斗争中,鲁迅始终是站在前列的。1918年、1919年鲁迅在他所写的《随感录》中,多次将矛头指向"国粹"派,尖锐地批判了他们的复古谬论。针对林纾等人诬蔑白话文"鄙俚浅陋,不值识者一哂"的观点,鲁迅写了《随感录五十七·现在的屠杀者》,他说:"四万万中国人嘴里发出来的声音,竟至总共'不值一哂',真是可怜煞人。"并严正地指出:"做了人类想成仙;生在地上要上天;明明是现代人,吸着现在的空气,却偏要勒派朽腐的名教,僵死的语言,侮蔑尽现在,这都是'现在的屠杀者'。杀了'现在',也便杀了'将来'。——将来是子孙的时代。"[2]这既是对复古派的一

---

[1] 李大钊:《新旧思潮之激战》,载魏宏运主编《中国现代史资料选编》(1),黑龙江人民出版社1981年版,第39—40页。
[2] 鲁迅:《随感录五十七·现在的屠杀者》,《鲁迅全集》(第1卷),人民文学出版社1981年版,第350页。

个绝妙的画像，又是掷向他们的"匕首与投枪"，不仅将他们的面目揭露给人们看，而且一针见血地指出了他们的本质和危害。在对复古派的斗争中，陈独秀在《新青年》第6卷第1号上发表了《本志罪案之答辩书》，以十分明朗和坚决的态度，表示了对于"德先生"（民主）与"赛先生"（科学）的拥护和坚信，驳斥了封建遗老遗少对于《新青年》的诬蔑与攻击。陈独秀说："要拥护那德先生，便不得不反对孔教，礼法，贞节，旧伦理，旧政治。要拥护那赛先生，便不得不反对旧艺术，旧宗教。要拥护德先生又要拥护赛先生，便不得不反对国粹和旧文学。""我们现在认定只有这两位先生，可以救治中国政治上道德上学术上思想上一切的黑暗。若因为拥护这两位先生，一切政府的迫压，社会的攻击笑骂，就是断头流血，都不推辞。"① 从这篇文章可以看出，陈独秀在反对封建文化方面，态度是很坚决的，也是有勇气的。他对于"科学"与"民主"的倡导，无疑有很大的进步作用。新文化运动和文学革命，顺应历史发展潮流，是中国社会前进的产物，五四运动爆发后，在新的革命洪流面前，林纾等复古派也无力和新文化运动相对抗了，中国的新文化阵营在同复古派的第一个回合的较量中，取得了胜利。

对"学衡"派、"甲寅"派的论争，进一步传播了新文学思想，巩固了

1919年3月4日，李大钊在《晨报》发表《新旧思潮之激战》

---

① 陈独秀：《本志罪案之答辩书》，《新青年》1919年第6卷第1号。

新文学地位。《学衡》杂志于1922年1月创刊，编撰者有吴宓、梅光迪、胡先骕等人，他们都曾留学欧美，学贯中西，是西装革履的复古派。他们认为马克思主义是"陈旧之说"，攻击新文化运动"过于偏激"，维护文言文，主张文化改良。1922年1月，他们创办了

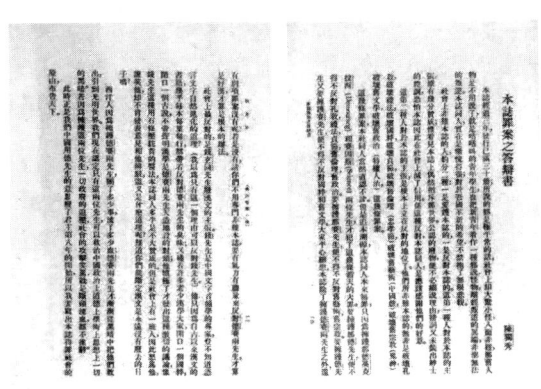

1919年，陈独秀在《新青年》第6卷第1号发表《本志罪案之答辩书》

《学衡》月刊，以"昌明国粹，融化新知"为宗旨，梅光迪在《评提倡新文化者》一文中说西学未必适合于中国，反对急剧的社会变革。胡先骕《评〈尝试集〉》，企图以全盘否定开了白话诗先河的胡适的《尝试集》来打击整个新文学运动。吴宓在《论新文化运动》一文中，将对西方进步思潮的引进诋毁为"专取外国吐弃之余屑"①。梅光迪《评提倡新文化者》则谩骂文学革命的倡导者们是"诡辩者"、"模仿者"和"政客"。新文学阵营及时进行了揭露和回击。鲁迅首先写了《估〈学衡〉》一文，着重揭露其"学贯中西"的假面。文章在列举了《学衡》杂志上许多文句不通的事例之后写道："总之，诸公掊击新文化而张皇旧学问，倘不自相矛盾，倒也不失其为一种主张。可惜的是于旧学并无门径，并主张也还不配。倘使字句未通的人也算是国粹的知己，则国粹更要惭惶煞人！'衡'了一顿，仅仅'衡'出了自己的铢两来，于新文化

---

① 吴宓：《论新文化运动》，《学衡》1922年第4期。

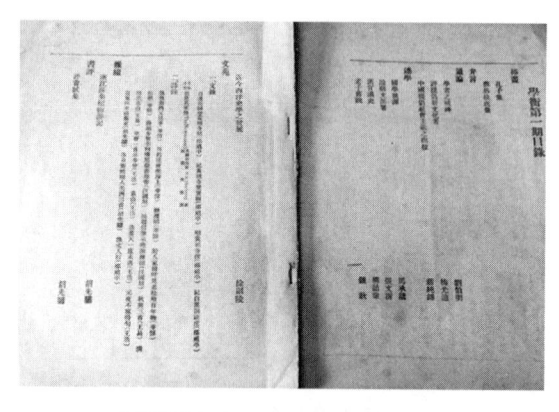

《学衡》杂志，1921年1月创刊号

无伤，于国粹也差得远。"①接着，郑振铎、茅盾、沈泽民等人也都撰文抨击《学衡》的复古主义论调。"甲寅派"因创办《甲寅》周刊而得名。《甲寅》周刊本为月刊，1914年5月创刊于东京，两年后出至第10期停刊。当时该刊有进步倾向，但其主编章士钊后来思想日趋保守，1924年做了段祺瑞执政府的司法总长，翌年4月又兼任教育总长。1925年7月，他以周刊形式复刊《甲寅》。章士钊先是在《甲寅》周刊第1卷第9号上重登了他在1923年发表过的《评新文化运动》，接着，又发表了《评新文学运动》一文，说"吾之国性群德，悉存文言，国苟不亡，理不可弃"②，否认新旧文化的本质区别。鲁迅写了《答KS君》《十四年的"读经"》《古书与白话》等文，深刻概括"甲寅"派的反动本质，辛辣地揭露了他们的种种丑行。成仿吾发表《读章氏〈评新文学运动〉》，列举事实和理论对其言论行了系统的驳斥。甲寅派进行文化复古活动有自己的特点，那就是他们与军阀政权联系密切。章士钊利用军阀政府给他的职权，强令小学以上学校尊孔读经，禁止学生用白话作文。使这次复古思潮较之以往显得来势更为凶猛。新文学阵营为了还击甲寅派的进攻，撰写了许多批驳文章，从不同角度对甲寅派的荒谬论点进行了批驳，对其复古倒退

---

① 鲁迅：《估〈学衡〉》，《鲁迅全集》(第1卷)，人民文学出版社1981年版，第379页。
② 孤桐（章士钊）：《评新文学运动》，《甲寅》1925年第1卷第14号。

的本质进行了揭露,进一步阐明了新文学代替旧文学、白话文代替文言文的原因和依据。在新文学阵营的强大火力打击下,随着段祺瑞执政府的倒台,甲寅派的进攻也很快宣告失败。这可以说是新文学与旧文学、白话文与文言文的最后一次重大战役,自此,新文学和白话文的脚跟站得更稳了。

新文学阵营在同封建复古派斗争的同时,还同当时影响甚大的鸳鸯蝴蝶派做了坚决的斗争。鸳鸯蝴蝶派是近代文学史中的一股潮流,是提倡游戏、消遣和趣味主义的一个流派。它形成于20世纪初,辛亥革命后逐渐发展,到1921年前后,风靡一时,在全国有很多的读者受众。鸳鸯蝴蝶派把文学看作高兴时的游戏或失意时的消遣,以闲书或娱乐品的面貌出现,鼓吹"看起来不费劲,作起来又容易"。这一派作品的内容,离不开鸳鸯和蝴蝶。所谓"蝴蝶粉香来海国,鸳鸯梦冷怨潇湘",或者"卅六鸳鸯同命鸟,一双蝴蝶可怜虫"[①],这是他们的自供状。他们小说的题目,也不外乎《鸳鸯谱》《蝴蝶梦》《红颜薄命》《玉梨魂》等,主要是描写庸俗无聊的男女私情,腐朽颓废的情调和没落苦闷的哀鸣。鸳鸯蝴蝶派的作者有几百人之多,比较复杂。他们既没有团体,也没有什么文艺理论。他们的作品内容和风格大致相同,形成了一个共同的倾向。从1919年起,这一派在上海创办了《小说月报》《小说海》《红》《眉语》《小说丛报》《游戏世界》《礼拜六》《红玫瑰》《紫罗兰》等杂

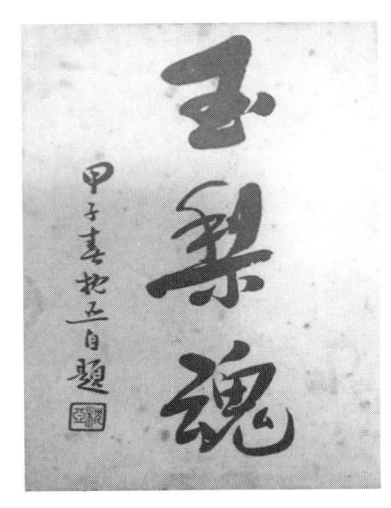

徐枕亚自题"玉梨魂"

---

① (清)魏子安:《花月痕》,福建人民出版社1981年版,第273页。

志,以及《申报》《新闻报》两个副刊。新文学运动对鸳鸯蝴蝶派的批判主要有三次,早在1914年程公达在《学生》杂志第1卷第6号上撰文《论艳情小说》,对当时风行的鸳蝴言情小说予以指责。他说:"近来中国之文士,多从事于艳情小说,加意描写,尽相穷形,以放荡为风流,以佻达为名士。"[①] 随后一年,梁启超也在《中华小说界》上发文《告小说家》一篇,表达了他对以鸳蝴为主潮的小说界的不满和失望,认为整个文坛令人惨不忍睹,作品祸害青年。接着是胡适对鸳蝴派义正词严的攻击。他说"此类文字,只可抹桌子,固不值一驳",像"《海上繁华梦》与《九尾龟》所以能风行一时,正因为他们都只刚刚够得上'嫖界指南'的资格,而都没有文学的价值,都没有深刻的见解与深刻的描写,这些书都只是供一般读者消遣的书,读时无所用心,读过毫无余味"。[②] 鸳蝴派与新文学的第二次交锋主要集中在1920年到1929年的这十年间。到了20世纪30年代初,鸳鸯蝴蝶派中的武侠小说的热潮引发新一波的论争,主要是鲁迅、瞿秋白、郑振铎等人对鸳鸯蝴蝶派的批判,这场论争因为抗日战争的开始而结束。

此外,现代文学第一个十年中,除去对封建复古文学思想的斗争外,新文化内部对各种新的文学观念、社会思潮也做了讨论和辩难。1919年7月,正当五四运动处于高潮时,胡适发表《多研究些问题,少谈些"主义"》,李大钊在《再论问题与主义》一文中批判了胡适的改良主义观点,阐明了马克思主义的革命思想,主张"必须有一个根本解决,才有把一个一个的具体问

---

① 陈平原、夏晓虹编:《二十世纪中国小说理论资料·第一卷(1897—1916)》,北京大学出版社1989年版,第456页。
② 胡适:《建设的文学革命论》,载赵家璧主编,胡适编选《中国新文学大系·建设理论集》,上海文艺出版社2003年版,第135页。

题都解决了的希望"[1]。这场论争,是新文化运动中革命派与改良派、马克思主义者与实用主义者分化的开始,为马克思主义的传播和中国共产党的建立扫除了许多思想障碍。

(二)五四落潮后文学论争的转向

随着五四运动的退潮,现代文学批评家们对自然科学的追求也逐渐转向对社会科学的热衷。一时间各种社会思潮、政治思想,包括无政府主义、新村主义、基尔特社会主义、国家主义、马克思主义纷至沓来,令人目不暇接。随着俄国"十月革命"的胜利,马克思主义吸引了越来越多中国先进分子的关注,并在与其他各种思想的交锋较量中逐渐处于上风。在文学界,后期创造社和太阳社在20世纪20年代末提出要进行一场"奥伏赫变"[2],倡导无产阶级革命文学,他们以激进的姿态全面批判了五四文学革命以来的白话新文学。1927年"四一二"反革命政变和"七一五"反革命政变先后爆发,国共两党合作宣告破裂,阶级矛盾日益尖锐,政治文化成了20世纪30年代文学生成、生存和发展的一个重要生态环境,每个文学生产者都被裹挟其中。

1923年,以胡适、陈西滢、徐志摩等为首的新月社,受自由、独立的"欧风美雨"长期浸淫,对西方的新人文主义崇拜有加,表现为在政治上试图保持"中":不偏不倚、不左不右的中立与独立;在文学上追求"纯""纯艺术""纯文学""纯诗"等。次年年底出版《现代评论》杂志,作为他们的主

---

[1] 李大钊:《再论问题与主义》,载李剑霞选编《李大钊散文》,上海科学技术文献出版社2013年版,第157页。

[2] "奥伏赫变"是黑格尔解释发展过程的基本概念之一。黑格尔认为,在事物的发展过程中,每一阶段对于前一阶段来说都是一种否定,但又不是单纯的否定或完全抛弃,而是否定中包含着肯定,从而使发展过程体现出对旧质既有抛弃又有保存的性质。

要阵地。在《一点比喻》中，鲁迅形象地把"现代评论派"比作领着胡羊走向屠场的山羊，帝国主义、封建军阀"养几匹，却只用作胡羊们的领导，并不杀掉它"；他们"脖子上还挂着一个小铃铎，作为智识阶级的徽章"。①鲁迅还针对现代评论派要把青年引入歧途的阴谋，指出："青年又何须寻那挂着金字招牌的导师呢？不如寻朋友，联合起来，同向着似乎可以生存的方向走。你们所多的是生力，遇见深林，可以辟成平地的，遇见旷野，可以栽种树木的，遇见沙漠，可以开掘井泉的。问什么荆棘塞途的老路，寻什么乌烟瘴气的鸟导师！"②现代评论派在五卅运动、女师大事件、三一八惨案中，充当了帝国主义、封建军阀的打手，鲁迅这时更与之进行了频繁的短兵相接的战斗。1925年，五卅运动兴起，现代评论派竟公然跳出来，反对中国人民提出的"打倒帝国主义"的革命口号，诬蔑这个口号是"时行的口号"，是"分裂与猜忌的现象"，这就充分暴露了他们自己的洋奴卖国贼的立场。鲁迅愤怒地质问他们：难道"中国应该欢迎帝国主义的么？"③陈西滢又在所作《闲话》里，借题发挥，对群众的爱国运动加以辱骂和诬蔑。他嘲笑群众对外国人喊打而不动手是"怯"，并斥之曰："打！打！宣战！宣战！这样的中国人，呸！"④鲁迅认为在陈西滢们看来，中国人就是应该挨打，并且挨了打还不该作声，这是比"怯"更为可耻的"卑劣"。当女师大当局和北洋军阀迫害女师大进步学生时，现代评论派为虎作伥，巧言为之掩饰、辩护，对进步教师和学生，则极尽攻击、诬蔑之能事。鲁迅一面联合部分教师，坚决支持进步学生的革命行动，一面与北洋军阀及其走狗现代评论派论战，这些杂文，都收

---

① 鲁迅：《一点比喻》，《鲁迅全集》（第3卷），人民文学出版社2005年版，第232页。
② 鲁迅：《导师》，《鲁迅全集》（第3卷），人民文学出版社2005年版，第59页。
③ 鲁迅：《无花的蔷薇》，《鲁迅全集》（第3卷），人民文学出版社2005年版，第273页。
④ 西滢：《闲话》，《现代评论》1925年第2卷第38期。

集在《华盖集》及其《续编》中。它彻底戳穿了"现代评论派"的"公理的把戏""多数的把戏"。关于反对现代评论派斗争的价值,瞿秋白在《鲁迅杂感选集·序言》中作了评价,指出:"揭穿这些卑劣,懦怯,无耻,虚伪而又残酷的刽子手和奴才的假面具,是战斗之中不可少的阵线。"①

此外,中国现代文学在第二个十年中,对社会科学越发关注。20世纪20年代末,中国共产党主导的革命文学、普罗文学以及左翼文学,在文学刊物、文学理论、文学创作和文学队伍等方面,都占据了文学领域的重要位置,并产生了很大的社会影响力。仅1929年中国就译出了155种社会科学著作,因此该年被称为"社会科学翻译年",这些著作大部分是直接或间接地介绍苏联早期文学思想的,文学的意识形态化趋势明显。当五四新文化运动从单纯的思想文化启蒙走向政治动员和政党组建时,一种全新的内容被注进了中国的政治生活和社会生活之中,五四的"文学革命"正在向"革命"文学转变。

创造社、太阳社与鲁迅关于"革命文学"的论争,是由创造社发端的,鲁迅后来说:"革命者为达目的,可用任何手段的话,我是以为不错的,所以即使因为我罪孽深重,革命文学的第一步,必须拿我来开刀,我也敢于咬着牙关忍受。"②事实上正是这样,开头是冯乃超,接着是成仿吾,稍后有李初梨等,他们接二连三在《文化批判》和《创造月刊》上发表文章,对鲁迅进行奚落、嘲讽与攻击,如称鲁迅为"老生","从幽暗的酒家的楼头,醉眼陶然地眺望窗外的人生"③,又说:语丝派的"标语是'趣味';我从前说过他们所

---

① 瞿秋白:《〈鲁迅杂感选集〉序》,载林文光选编《瞿秋白文选》,四川文艺出版社2010年版,第185页。
② 鲁迅:《答杨邨人先生公开信的公开信》,《鲁迅全集》(第4卷),人民文学出版社1981年版,第628页。
③ 冯乃超:《艺术与社会生活》,《文化批判》1928年第1号。

矜持的是'闲暇，闲暇，第三个闲暇'；他们是代表着有闲的资产阶级，或者睡在鼓里面的小资产阶级"①。李文中又重抄成仿吾在1927年写的挖苦鲁迅的文字，如说"鲁迅先生坐在华盖之下正在抄他的'小说旧闻'"②，等等。除引用外，并说："他这段文章比趣味文学还更有趣些。"③鲁迅在这一再挑战下，自然不能不出而应战，于是发表了《"醉眼"中的朦胧》，批判他们在创作上不敢正视现实，揭露现实的黑暗，特别是不敢触及蒋介石屠杀革命人民的事实，同时还指出他们在理论同实践上往往陷于逻辑上的自相矛盾。最后对成仿吾给参加革命的作家，先开出了一张必然胜利的保票，用讽刺的口吻提出问题道："倘若难于'保障最后的胜利'，你去不去呢？"④创造社对此文大为恼火，于是对鲁迅发动了总攻击，接连发表了弱水（潘梓年）的《谈中国现在的文学界》、李初梨的《请看我们中国的堂吉诃德的乱舞》、石厚生（成仿吾）的《毕竟是"醉眼陶然"罢了》，等等。很少理论上的争辩，多半是污蔑同嘲骂，如指鲁迅为"唐吉诃德""骑士"，说他的文章"暴露了自己的朦胧与无知，暴露了知识阶级的厚颜，暴露了人道主义的丑恶罢"⑤等。鲁迅为此写了《我的态度气量和年纪》，对他们的战法进行了揭露，并申述自己的一向态度，结尾道："今年偶然做了一篇文章，其中第一次指摘了他们文字里的矛盾和笑话而已。但是'态度'问题来了，'量气'问题也来了，连战士也以为尖酸刻薄。莫非必须我学革命文学家所指为'卑污'的托尔斯泰，毫无抵抗，或者上一呈文：'小资产阶级或有产阶级臣鲁迅诚惶诚恐谨呈革命的"印贴利

---

① 成仿吾：《从文学革命到革命文学》，《创造月刊》1927年第1卷第9期。
② 仿吾（成仿吾）：《完成我们的文学革命》，《洪水》1927年第3卷第25期。
③ 李初梨：《怎样地建设革命文学？》，《文化批判》1928年第2号。
④ 鲁迅：《"醉眼"中的朦胧》，《鲁迅全集》（第4卷），人民文学出版社1981年版，第63页。
⑤ 石厚生（成仿吾）：《毕竟是"醉眼陶然"罢了》，《创造月刊》1928年第1卷第11期。

更追亚"老爷麾下',这才不至于'的确不行'么？"[1]同时太阳社的钱杏邨与创造社采取了同一步调，也对鲁迅发动了攻击，连续发表了《死去的阿Q时代》以及《死去了的鲁迅》等，说他的小说没有反映五四时代的思潮。鲁迅后来在《三闲集·序言》中追述当时的情况道："我当初还不过是'有闲即是有钱'，'封建余孽'或'没落者'，后来竟被判为主张杀青年的棒喝主义者了。""其实呢，我自己省察，无论在小说中，在短评中，并无主张将青年来'杀，杀，杀'的痕迹，也没有怀着这样的心思。"[2]这便是对创造社的答辩。

创造社、太阳社，倡导无产阶级"革命文学"是顺应时代的潮流，符合革命新形势的需要，这个功绩是不能抹杀的。鲁迅后来也曾肯定这一点，他说："只有提出这一个名目来，使大家注意了之功，是不可没的。"[3]中国文坛上这次关于"革命文学"的激烈论争，是一次具有重大历史意义的论争，一方面显示出中国革命的发展，进入了一个新的阶段，再一方面也标志着中国新文学的发展，出现了一个新的历史时期。参加的流派如此之多，而参加的作家也很广泛。通过这次论争，大大推动了革命文学的深入发展，其意义是不可估量的，无产阶级文艺理论得到了初步的宣传与阐发。自然创造社同太阳社这方面的见解，还有不少缺点与错误，但文艺阶级性问题以及文艺应为无产阶级政治服务问题，都初步提出来了。尤其是鲁迅，对革命文学的创作问题，有着许多精辟的见解。由于论争，使人们感到马克思主义文艺论有着深入钻研的必要，特别是鲁迅，不仅个人对之深入研究，并且介绍了苏联的有关名著，后来连同其他人译的，出版了《科学的艺术论丛书》，为无产阶级

---

[1] 鲁迅:《我的态度气量和年纪》,《鲁迅全集》(第4卷)，人民文学出版社1981年版，第110—111页。
[2] 鲁迅:《三闲集·序言》,《鲁迅全集》(第4卷)，人民文学出版社1981年版，第4、5页。
[3] 鲁迅:《300920 致曹靖华》,《鲁迅全集》(第12卷)，人民文学出版社1981年版，第23页。

文学的进一步发展，准备了理论基础。更值得注意的是，这次的论争为1930年"左联"的成立做了必要的准备。

在革命文学的论争大潮中，还有鲁迅与"新月派"的论争、鲁迅等左翼作家与"自由人"与"第三种人"的论争。20世纪20年代末30年代初，以梁实秋为代表的新月社批评家提倡"普遍人性论""天才论"的文艺观，并在否定文学的阶级性和无产阶级文学存在可能性的过程中与鲁迅发生了激烈的论争。鲁迅与新月社的论争，主要是在他与梁实秋之间展开的。梁实秋对左翼文学的不满有很深的思想渊源，他推崇美国评论家白璧德的新人文主义。鲁迅认为文学兼具阶级性和人性，他揭露了新月社潜隐的资产阶级意识及其替国民党政府"维持治安"的心理与意图，为无产阶级文学的存在合理性进行了辩护，进而为中国左翼文学的发生发展提供了强有力的理论支持和宝贵的精神资源。左翼作家对"自由人""第三种人"的批判，是30年代较量时间最长，也最尖锐、激烈的一场论争。分歧主要集中在两个问题上：一是论争的对象——"自由人"胡秋原、"第三种人"苏汶是敌人还是友人？二是论争的中心问题——文艺与政治的关系的论述是否正确？在论争中，"自由人"与"第三种人"都以资产阶级自由主义和文艺自由论来反对文学的阶级性和列宁主义的党性原则，因此"左联"同他们的论争是无产阶级文艺思想同资产阶级文艺思想的斗争，是一场争夺文艺运动领导权的斗争。

（三）第三个十年的文学论争

在现代文学进入第三个十年的过程中，革命文学论争基本尘埃落定，文学的阶级性、民族性得到了确立，围绕新的文学的形式和内容，出现了新的论争。主要有"两个口号"的论争、"民族主义文学"的论争、与战国策派的论争、关于民族形式的讨论等。

中国现代文学史上发生的关于"国防文学"和"民族革命战争的大众文学"两个口号的一场论争,简称"两个口号"的论争。抗日战争全面爆发前夕,中国革命作家内部,就如何建立文艺界抗日民族统一战线问题,展开了一场大讨论。从1935年冬天起,面对日益严重的民族危机,革命文艺界由周扬首先提出了"国防文学"的口号。1936年6月1日,胡风发表《人民大众向文学要求什么》的文章,阐述冯雪峰提出的"民族革命战争的大众文学"口号。此后,周扬、鲁迅、茅盾等陆续发表文章,展开"两个口号"的激烈论争,在上海、北平、东京的革命作家,也参加了这场论争。双方分歧的焦点,是如何建立抗日民族统一战线的问题。以鲁迅、周扬为代表的意见是,在新的形势下,作家在抗日问题上的联合是无条件的,但应坚持独立自主;另一种意见则认为,无产阶级的主体地位,应在实际工作中获得。关于写什么的问题,鲁迅、郭沫若认为,主题最好是与国防有关。大规模的论争持续到1936年10月鲁迅逝世才基本平息。应当承认,"两个口号"的提出,在当时的特定环境下,其初衷无疑是好的。尽管参与论争的双方都带有派别情绪,但不能完全否定这场论争所产生的积极意义。

延安和国统区左翼文艺界关于"民族形式"的讨论主要围绕以下问题展开:第一,"民族形式"与中国革命与现实需要的关系;第二,"民族形式"与五四新文学的关系;第三,"民族形式"与"中国作风和中国气派"的关联。左翼文艺界特别是延安文艺界关于"民族形式"的论争从总体上说是很有成绩的。马克思主义中国化主张的提出使这一讨论有了明确的理论指导,同时,延安文艺界对发展民族文学理论与批评,发展民族新文艺也有着普遍的自觉,在"民族形式"讨论中形成的一些理论观点,比如,如何认识中国传统文艺和五四新文学运动的价值,如何处理外来文化与中国传统文化的关系,如何发掘民族的、民间文学中有价值的东西,如何形成为中国老百姓所喜闻乐见的，有中国作风和中国气派的文艺作品，在今天都具有重要的理论意义。

文学论争在文学发展中扮演着重要角色，它能反映出不同时代文学的风貌及作家和批评家的人格特点，同时也对文学的价值给予了阐释，确立了一定意义上的文学的合法性和规范性。就中国现代文学论争所涉内容而言，不仅局限于文学范畴，还触及社会史、文化史、思想史、政治史、革命史等众多领域，与中国现代史的进程密切相关，特别是与政治紧紧缠绕在一起。文学论争不仅是文学的事情，从中也可以洞见五四新文化运动后 30 年间国人思想、文化、精神、生活等方面历史变化，对认识中国现代史也有非常重要的意义。

结　语
五四精神谱系的延续与发展

一、五四精神没有走远

中国现代文学从五四发生至今,已然走过了 100 多年的历程。100 多年是可以作为一段历史载入史册了。事实上,以五四为标志的现代文学作为一段历史的特质和特征已经越来越明显。当下,提倡国学、弘扬传统文化蔚然成风,这样的文化背景和文化姿态直接影响到人们对待五四新文学的思考:弘扬国学是不是意味着不重视五四新文学了,是不是说五四新文学已经过时了,五四是不是已经离我们远去?不管怎样,五四新文学本身,以及五四新文学的研究和现代文学学科,在传统回归、国学高扬的今天,无可置疑地走向历史,这也是一个既成的事实。但这种历史化不代表五四已经远离我们,如何从历史融入当代,从当代走向经典,从经典走向永恒,这是五四留给我们今天的一个未完成的命题。

(一)五四新文学,还能"新"多久?

从历史逻辑上讲,我们往往将最近发生或者刚刚出现的事物称为"新",已经拥有 100 年历程的"现代文学",显然已经不再"新",更不是"现代进行时",甚至对于当下的很多人来说,100 年前的现代,已经在某种程度上可以算得上"古代"了。那么,我们所谓的五四现代文学,是否会在将来的某一天变成"古代文学"呢?

我们的答案是否定的。因为这不是一个时间远近的问题,而是一种文学性质变化的问题。因为五四新文学是最靠近传统的那个点，所以它的变化也具有根本性，它开启了"现代"的传统，这不是一个简单的文学史冠名问题，而是涵盖了对这段文学根本价值的理解和判断。"现代文学"之"现代"，不是一个延续古代文学而来的自然时间概念，也不是简单的与意识形态相关的某种指涉，而是与中国几千年文学传统截然不同的一种全新的文学形态。我们不妨做一个大胆的判断，将来世界看待中国的文学，很有可能只有两个概念，一个是古代文学，一个是现代文学。这才是五四新文学之所以被称为"现代文学"的根本价值。对这一点的理解和认识，有助于我们深化对五四新文学的认识，重构中国文学自五四文学革命以来的现代转型。

五四文学革命刚刚落幕，就已经出现了不少对五四新文学进行总结的相关论著。但是在这一阶段，如何定义五四新文学还没有形成统一的共识，基本上以"新文学"的概念指代这一时期的文学，用以区别于古代文学，比如说《中国新文学的源流》（周作人，1932）、《中国新文学运动史》（王哲甫，1933）、《中国新文化运动概观》（伍启元，1934）、《中国新文学大系》（赵家璧主编，1935—1936），等等。而进入20世纪50年代，王瑶的《中国新文学史稿》（1951—1953）、蔡仪的《中国新文学史讲话》（1952）以及刘绶松的《中国新文学史初稿》（1956）等文学史著作的出现，基本奠定了现代文学学科的历史资源，"新文学史"逐渐成为指代这一时间段的指称。到了20世纪80年代前后，唐弢的《中国现代文学史》（1979）、林志浩的《中国现代文学史》（1979）、黄修己的《中国现代文学简史》（1984）、钱理群等人的《中国现代文学三十年》（1987）、程光炜等人的《中国现代文学史》（2000）普遍地用"现代文学"取代"新文学"，也是为了突出中国文学进入"现代世界"的含义。事实上，包括"20世纪中国文学"概念的提出，一方面是破除近、现、当代文学的学科分立，主张把20世纪中国文学作为一个不可分割的有机整体来把握，另一方面也是在世界文学和民族文学的双重坐标下重新审视 20 世纪中国文学的价值；即使我们讨论现代民族文学的形成、特征，也不能离开中国文学走向世界、东西方文化大撞击、大交融这个总的文化背景。在此之后，黄修己主编的《20 世纪中国文学史》(1998)，唐金海、周斌主编的《20 世纪中国文学通史》(2003)，严家炎主编的《20 世纪中国文学史》(2010)等一批文学史的出版，都体现了各个学者以整体观审视 20 世纪文学发展脉络、重建文学史研究框架的尝试与努力。

从新文学、现代文学到 20 世纪中国文学，反映的是不同时期的学者们对这段文学史的不同思考，这些思考明显带有各自不同时代的背景特点。而我们所认为的"现代"，不仅是这 30 年的文学发展历史，而是一种从五四生发出来的，开启了与中国几千年传统文学完全不同转型的"大现代"。在这个意义上，"现代文学"是一个才刚刚起步，还远远没有完成，仍然在发展建构当中的概念。以往我们对"现代文学"的这个意义认识不足，将其等同于文学史层面的"现代文学"或"新文学"，其实是不到位的，甚至是两回事情。也正是在这个意义上，我们认为现代文学的"现代"，不会沦为一种时间意义上的"古代"，它将在相当长的一个范围内，与当代文学一起成为正在建构中的"大现代文学"。

(二)"去鲁迅化"是个伪命题

近些年来，在语文教育如火如荼的改革进程中，社会各层面对于"去鲁迅化"的讨论总是间隔性地爆发。在"去鲁迅化"的讨论中暴露了一些问题，如对语文改革过程的不适应问题、一些媒体有意无意地炒作问题等，但更重要的是对鲁迅价值认识的不到位和不准确。

事实上，"去鲁迅化"不仅仅是在教育界单独出现的问题，在研究界也曾

鲁迅：《野草》，北新书局1927年版

经有过"让鲁迅走下神坛"的讨论。在教育环节中再提"去鲁迅化"可以视为这一话题的延展和具体实践，从积极的角度来看，这种讨论是对鲁迅偶像光环的一种祛魅，但是鲁迅是否还有着过剩的偶像光环吗？如果有，那么"去鲁迅化"的讨论确实是有益的；如果不是，那么毫无目标的"去鲁迅化"就是一个伪命题，甚至是别有用心的话题。鲁迅以38岁的"高龄"进入五四新文学阵营，厚积薄发，可谓一出现就是高峰。他的一生，都在持续不懈地批判中国人与中国文化的缺陷，这种痛切的批判，恰恰来自鲁迅对中国最深沉的爱，而这种爱又与对中国社会现实的苦难和黑暗的忧虑紧密相连。他笔下的"狂人"，无论多么明显、多么深刻地受到果戈理、尼采、迦尔洵、安特莱夫等外国作家笔下各类"疯人""超人"的影响，但这些影响绝不是鲁迅笔下狂人形象塑造成功的必然原因，而那个必然原因，只能是鲁迅在受到上述种种影响的过程中，根据本民族的社会历史内涵加之自身的生活感受和内心体验而进行的再创造。今天，我们依然能够看到阿Q，依然绕不过这个形象，这就是鲁迅的价值和魅力。自1913年《小说月报》发表主编恽铁樵的《焦木附志》评价鲁迅的文言小说《怀旧》开始，鲁迅研究至今已有百年历史。经过一个多世纪的学术积累与思想纷争，鲁迅研究仍然彰显出不可动摇的重要地位和有待挖掘的学术空间。王富仁曾说过："事实证明，在此后的鲁迅研究史上，鲁迅研究的其他领域都会发生严重的危机，但唯有鲁迅小说的研究领域是不可摧毁的，而只要鲁迅小说的研究生存下来，它就会重新孕育鲁迅研究的整个生机。只要你能感受到鲁迅小说的价值和意义，你就得去理解鲁迅的思想，你就得去理解他表达自己的思想最明确的杂文，只要你理解鲁迅的前期，你就能理解鲁迅的后期，整个鲁迅研究也就重新生长起来。"① 这段话是对鲁迅小说重要价值的一个强调。

王富仁（1941—2017）

事实上，无论是对于研究界，还是对于教育界，鲁迅小说的意义都是十分重大的，它关涉着我们对于鲁迅精神世界的整体理解。怎么样将鲁迅的小说讲好、讲透，让鲁迅的小说在青年人的阅读中重新焕发出新的生机，这或许才是教育界要考虑的重要问题。

"去鲁迅化"现象的出现和讨论，不仅是教材的调整问题，甚至也不仅是教育层面的问题，更是关系我们这个时代关于国民精神、思想意识形态层面的思考。不仅当今时代需要鲁迅这种探究国民性的精神，任何时代都需要鲁迅这种站在思想的高度清醒地思考的人。鲁迅文章的删减并不意味着鲁迅的没落，鲁迅的时代不会过去，他也不会被撤退；他的文章本身的思想高度和深度让他不具备普及性，但是鲁迅本身的价值并不在"普及"，如果人人都能读懂鲁迅，人人都喜欢读鲁迅，那或许是一个更为悲哀的时代。

（三）绕不过去的五四

那么，我们应该怀抱着怎样的胸襟和眼光去看待五四呢？五四虽然同时开启了新文学、新道德、新伦理、新教育的新纪元，但毫无疑问的是，文学

---

① 王富仁：《中国鲁迅研究的历史与现状》，浙江人民出版社1999年版，第21页。

是其中最突出、最鲜明的一股潮流。五四之所以能够成为一个世纪的精神符号，与五四文学也密不可分。因此，我们要把握五四，首先要把握住五四文学的高度。

这种高度并不仅仅在于现代文学诞生了多少优秀的作家、创作了多少优秀的作品，更集中地体现在诞生于国家风雨飘摇、民族存亡之际的五四新文学，既最大限度地追寻个人精神的自由与解放，又始终肩负着国家民族的使命感和责任感；既对黑暗的现实展开最犀利的批判，又始终对这片土地凝聚着最深情的关怀。鲁迅曾被夏济安称为"善于描写死的丑恶的能手"，他的作品中充斥着大量坟墓、杀头、死刑等死亡的意象，但在这浓厚的死亡氛围中力透纸背的却是一个与死亡完全相对的概念，那就是生存。鲁迅写死亡是为了人类更好地生存，人性更正常地发展。这种向死而生的态度，这种借"死"而知"生"之大义，正是鲁迅的伟大所在，也是五四文学的伟大所在。五四文学背负了 20 世纪中国太多的苦难、责任、痛苦，但贯注其中的是对生存和自由生命最深沉的诉求，五四作家们所坚持的是坚定不移的生命信念。这是一个时代文学的高度，也是这个时代在时隔一个世纪之后，我们仍然能够触摸到的文学温度。

文学代表着五四的高度，但并不是五四的全部。五四是一个空前开放的空间，各种制度、各种思想、各种声音都在相互竞争、相互冲撞、相互激荡。茅盾曾用"尼罗河的大泛滥"来比喻新文化运动初期杂乱的文学活动。这种"泛滥"我们在俞平伯的记述中也可窥见一斑："同学少年多好事，一班刊物竟成三。"一个班内的同学都能因为思想旨趣不同，分为三派创办杂志，更不用说五四整个时代了。五四的最大价值就在于不仅有《新青年》，还有《学衡》《甲寅》《国学月刊》《国学丛刊》；不仅有鲁迅、胡适、陈独秀、李大钊这些新文化阵营的人，还有辜鸿铭、吴宓、胡先骕、梅光迪、汤用彤、陈寅恪等一系列和新文化唱反调的人。即便是新文化阵营内部，蔡元培、陈独秀、胡适、李大钊、鲁迅、周作人是公认的五四新文化代表人物，但他们各自有着各自的理论主张、文学观念和学术道路。胡适不光有《文学改良刍议》，还有《中国哲学史大纲》；鲁迅不仅有《呐喊》和《彷徨》，还有《中国小说史略》和《古小说钩沉》。郭沫若不仅是诗体大解放的诗人，还是在考古、历史、政治等多个领域都做出了开拓性贡献的"球形天才"。郑振铎不仅在文学研究会中高举"为人生"的文学大旗，他所撰写的《中国俗文学史》对中国历代的民歌、变文、诸宫调、散曲、宝卷、弹词、子弟书等民间文学做了系统的梳理……

新文化运动至今已经百余年的时间。百余年的时间足够沉淀一场运动所带来的改变、影响和反思，我们也拥有了一个与前人相比足够宽阔的视野来审视这场运动。不能仅仅站在历史的某一个横截面去判断和评说这一场运动，任何一个片段都不足以窥其全貌，否则就会沦到孙伏园所说的"五四运动的历史意义，一年比一年地更趋明显；五四运动的具体印象，却一年比一年地更趋淡忘了"[①]。我们需要将五四看成一个复杂多元的集合体，只有这样，"文学的五四"不会被推崇得太高，"历史的五四"也才能够得到公正的言说。

二、五四新文学构筑了新的传统

我们往往将最近发生或者刚刚出现的事物称为"新"事物，从一个简单的时间逻辑来看，中国当代文学的发生发展距离我们更近，更有当下性，比较而言是一种更加新质的状态，那为什么我们不把当代文学称为"新文学"，

---

① 孙伏园：《回忆"五四"当年》，《人民文学》1954年第5期。

而将离我们相对较远的、相对越来越历史化的五四新文学称为"新文学"？因为这里不是一个时间远近的问题，而是一种文学性质变化的问题。因为五四新文学是最靠近传统的那个点，所以它的变化也具有根本性，它开启了"现代"的传统，这一传统是不同于几千年古代传统的，是全新的，是会长久新下去的，是在动态中国不断发展中建构的。

（一）新文学与新国学

经历了一百多年来的发生发展，五四面临了太多争议的声音。特别是近些年来，由于社会各界对国学的热情高涨，五四以来的新文学遭到了很大程度上的冷遇。它不像传统文学各种"诗词大会""成语大赛"那样受到追捧，也不像当代文学时不时在国际上获奖的那般热闹，它甚至都不像它本身在20世纪80年代受到新儒学猛烈批判时那样获得足够的关注。我们不得不承认，现代文学已经处在一个边缘化的境地了。然而，于现代文学本身而言，这或许正是一个新的发展机遇。一方面，新文学边缘化的过程恰恰是经典化的过程。冷一冷，静一静，沉一沉，文学才能回归文学本身，才能显现自身的价值。综观世界，不管是艺术还是文学，成为经典的道路是孤独而漫长的，在这一过程中，一个冷静的沉淀过程是至关重要的。另一方面，新文学是在边缘化，但不意味着消失，相反正是在这种边缘化的过程中，我们越来越体会到五四以来的新文学新文化是不可替代的。

一个优秀民族的国学，一定是最能守住传统的，也一定是最追求创新的。它一定是包含了一个国家从过去到现在全部的智慧结晶。这实际上是一个最简单不过的道理，但可惜的是，如今大多数的人仍然将国学的概念不断狭义化，把它限定为古典文学和文化甚至某一个学科身上。如此一来，五四以来的新文学和文化就被排斥在这个国学范围之外，被挤压、被边缘。在这个背景下，王富仁提出的"新国学"构想，就显得尤为重要。

从 2005 年 1 月起，《社会科学战线》连续 3 期刊载了王富仁长达 14.5 万字的论文《"新国学"论纲》。在这篇厚重而系统的文章里，王富仁明确提出："'新国学'不是一种学术研究的方法论，不是一个学术研究的指导方向，也不是一个新的学术流派和学术团体的旗帜和口号，而只是有关中国学术的观念。它是在我们固有的'国学'这个学术概念的基础上提出来的，是使它适应已经变化了的中国学术现状而对之做出的新的定义。"[①] 按照王富仁的说法，现有国学定义存在着明显的局限，认为五四以后生成和发展起来的中国现当代文化，特别是由陈独秀、李大钊开其端的"中国现代革命文化"，以鲁迅为主要代表的"中国现代社会文化"，由从事外国文化的翻译、介绍和研究的学者与教授创造出来的大量学术成果都没有被包含进来。而这些成果，在经历了将近一百年的沉淀之后，理应成为国学的一部分。这是新国学最基本也最核心的观点。

新国学的提出引发了不少争议，有的学者提出，新国学的建构何其庞大，何其复杂。一个漫无边际的学科，是无法建构的。[②] 作为一个成熟的学者，王富仁不可能不知道这个简单的道理。王富仁并非想要真正构建起一个新国学，而是要树立一种学术理念，建立一种"活"的体系。新国学并非与国学对立的概念，因为国学就是国学，国学不分新旧，它是一个整体，但它是一个动态的整体，循环的整体，王富仁提出的新国学，就是提醒我们注意"国学"这个体系本身的动态性和循环性。

当然，现代文学研究学者的这个身份，让很多人认为王富仁对新国学的

---

① 王富仁：《"新国学"论纲（上）》，《社会科学战线》2005 年第 1 期。
② 参见江凌《试论国学和"新国学"》，《山东农业大学学报》（社会科学版）2006 年第 2 期。

建构，是在弘扬国学的大环境下为现代文学谋一条出路。同意者赞叹王富仁的煞费苦心。反对者则认为，五四新文学的根本价值仍在于其现代意义，如果将五四纳入国学的考虑范畴会消解五四的现代意义。[①] 不可否认，王富仁对新国学的建构，一定蕴含着他对新文学名归何处的深层思考，但如果说王富仁构建一个新国学的体系仅仅只是为了让新文学名正言顺，那也未必太兴师动众了。王富仁提倡的新国学，不是为了抹灭新文学的现代性，而是搭建一种传统与现代共存的学术空间。这既是一种对现代文学的坚守，也是一种超越。新文学以来的"现代"只有在古典文学的"传统"对照之下，才得以成立。没有西学，何谓国学？没有传统，何来现代？"不是规定性的，而是构成性的"[②]，这正是新国学和传统国学的内在的质的区别所在。只有在"构成性"的环境中，我们才能更加清楚地看到以新文学为核心的现代文学将被置于何种位置，现代文学与中国文学、现代文化与中国文化之间又是一种什么样的关系。曾经有研究者在挖掘出晚清"被压抑的现代性"后，认定"晚清时期的重要""先于甚或超过'五四'的开创性"，并提出"没有晚清，何来五四"的说法。[③] 国内在长期的研究和教学中确实存在对晚清文学不够重视的情况，作为古代文学的尾声，现代文学的先声，晚清文学在文学史中似乎很少得到过"正声"的待遇，这毋庸置疑是不合适的。但晚清是晚清，五四是五四，它们各自有各自的价值，二者之间的关系不能用"没有……何来……"的逻辑来解释。如果过于强调传统文化的"旧"，那么传统文化也会变得孤立

[①] 参见陈国恩《国学热与中国现当代文学研究》，《福建论坛》（人文社会科学版）2008年第2期。
[②] 王富仁：《"新国学"论纲（下）》，《社会科学战线》2005年第3期。
[③] 王德威：《想像中国的方法：历史·小说·叙事》，生活·读书·新知三联书店2003年版，第3页。

和狭隘起来,失去了传承和发展的活力。相反,如果过于强调五四的"新",那么五四这一起点同样也显得孤立化、唯一化,失去了历史发展的土壤和根系。因此,传统和现代是一对相互构成的关系,传统文化、传统文学和新文化、新文学也是一对相互构成的关系。这种构成性,就是王富仁想要强调的"新国学"之"新"。

距离王富仁"新国学"的提出已经过去十几年了,围绕新国学的讨论仍在继续,与新国学相关的杂志、研究机构也仍然在继续致力于丰富和实践这个理论。但一个显在的事实是,今天大部分致力于新国学理论建构和实践的仍然是现代文学研究者,传统国学的研究者似乎并不热情,更不用提被王富仁先生纳入新国学范围的数学、自然科学这些学科了,他们是否认同自己是新国学研究者?这些问题的答案目前来看仍然是不够明朗的,许多难点还有待深化。但一个观点的提出、一个理论构架的搭建,是需要时间去沉淀的,需要实践去检验的,不是马上就能实施的,也不是在一个人乃至一代人手上就能完成的。我们对"新国学"的理解还需要一段很长的时间,对它的实践可能需要更长的时间。

"国学"扎根于几千年的传统,但这几千年的传统也是一年一年、一个时代一个时代累积起来的,五四既是中国现代性的重要开端,又是一种新的历史传统的定格,如果今天五四不能被容纳,那么传统的构建、国学的发展也就成了一句空话。王富仁先声夺人,率先提出"新国学",但斯人已去,如今的我们是否有足够的信心和底气,将五四以来的新文学如何真正构建和发展"新国学",这是历史赋予后辈学者的重要使命。

(二)新文学之新思考

新文学之"新"不仅是新在语言,新在文体,更加新在它提出了现代的思考。五四以来，面对古老与现代、东方与西方的强烈撞击，中国社会涌现出了很多新问题。这些问题长久地存在于中国社会的历史传统之中，缺乏外来的刺激而无法显现，甚至不被视为"问题"。五四新文学的发生或深或浅地将这些问题揭露出来，引发现代语境下新的时代思考与共鸣。

冰心对"问题"的提出暗含着自我成长的逻辑。"从前我们可以说都是小孩子，无论何事，从幼稚的眼光看去，都不成问题，也都没有问题，从去年以来，我的思想大大的变动了，可以说是忽然觉悟了。眼前的事事物物，都有了问题，满了问题。"①在冰心看来，世间一切的问题都有着贯通性，要解决个人的问题，要连带解决家庭的问题、社会的问题，要解决眼前的问题，连带要解决过去的问题、思考将来的问题，这么多的问题爆炸式堆积，带来了问题小说的一股热潮。冰心的处女作《两个家庭》，采用对比手法提出家庭改良问题，描写留英归来的三哥和陈先生，因妻子教养不同，家庭迥然相异。三嫂是新知识女性，与丈夫相爱相知，"红袖添香对译书"，善治家、懂教育，故家庭、事业美满。陈太太为旧式官宦小姐，整天打扮得珠围翠绕打牌应酬，家政凌乱，儿女啼闹……陈先生整日借酒浇愁，终英年早逝。冰心以此说明女子教育对改良家庭的重要性。《斯人独憔悴》则是反映五四运动期间的父子冲突。热血青年颖铭、颖石兄弟，认为"国家危险的时候，我们都是国民一分子，自然都有一份热肠"，毅然到街头演讲，以唤起国民"鼓起民气"，但是却被封建官僚父亲叱骂为"无君无父"、软禁家中。这两个"黑暗的家庭"叛逆者，只能手捧唐诗，悲痛吟诵："出门搔白首，若负平生志。冠盖满京华，斯人独憔悴……"该作一发表即引起轰动效应，很快被北平学生

---

① 冰心：《一个忧郁的青年》，载卓如编《冰心全集》（第1卷），海峡文艺出版社1994年版，第119页。

剧团改编为话剧，被誉为"情节都不错，演得也好……这剧里明明演的'五四'的故事"。可见作品具有相当的社会代表性和现实感。《秋雨秋风愁煞人》和《最后的安息》则敏锐反映妇女问题。前作中的英云，是德才俱佳高材生，"志向也极其远大"，但是被父母包办许配纨绔子弟，整日"宴会打牌听戏"，"比囚徒还要难受"。后作里的翠儿，为勤劳聪慧的童养媳，成天遭婆婆打骂凌虐。她从来"不明白世界上还有什么叫做爱，什么叫做快乐"。被折磨致死竟满带微笑，仿佛"去到极乐世界"，享受"初次的安息，也就是她最后的安息"。作品以妇女的精神与生命被毁灭的悲剧，揭示出女性在中国"第二性"的悲惨境遇。

《狂人日记》作为五四现代宣言的出场，是新文化先驱对历史和现实、对未来中国所给予的一种充满象征的寓言。鲁迅在小说中的很多判断是非常决绝的，而鲁迅的深刻也正来源于此。

三、五四品格的当代赓续

一个世纪以来，五四的文化品格始终回响在中华民族广袤的精神原野上，成为中国社会的精神符号，肩负着启蒙思想、关怀人性的永恒使命。五四作为一个历史事件，它既是一个在时间的沉淀中不断冷却的概念，但更是一个穿越时空，可以随时被激活、被挖掘的丰富话题。五四就像覆盖了时代风沙的页岩，每一层肌理都深刻地形塑着中国文学未来发展的走向和风貌，即便是已经形成了新的叙事传统和审美形态的当代文学，依然可以从五四新文学中获得艺术资源和思想资源的双重启示，依然以当代的话语方式和表现技巧承续并重构着五四的文化意蕴和历史品格。五四品格是在动态中实现着当代赓续，创作历程跨越现当代的巴金、老舍、郑敏等，记录着风云变迁之下的众生百态和心灵成长，鲁迅、萧红、孙犁影响着莫言、余华、毕飞宇、铁凝、贾平凹等当代作家的创作风格和艺术偏好，成为一代人共同的文学启蒙，五四这座精神富矿至今依然焕发着生气勃勃的魅力。我们每一年纪念五四，并不仅仅是应时之举，更是一种发自内心的深度认同，年复一年纪念五四的根本原因在于，我们的民族、社会、个体，需要五四背后的精神价值和精神鼓舞，需要五四与当代中国接轨和对话，需要意义的互融和更迭。正如陈平原在《触摸历史与进入五四》中所揭示的："与'五四'对话，可以是追怀与摹写，也可以是反省与批判；惟一不能允许的，是漠视或刻意回避。在这个意义上，'五四'之于我辈，既是历史，也是现实；既是学术，更是精神。"[①]

（一）穿越现当代的心灵叙写

现代文学深刻的历史意涵和独异古代文学的新的文学传统，铸就了现代文学长久的震撼力和感召力，这种影响力之所以绵长深厚，一方面得益于其孕育的时代节点和肩负的历史使命。更重要的是，在这短短 30 年内，现代文学名家辈出，群星璀璨，其中更是不乏创作历程横跨现当代的著名作家，巴金、老舍、郑敏等作家的创作道路从现代贯穿到当代，并且始终保持着对时代社会和人民群众的高度敏感和充沛热情，迎来了一个又一个创作高峰，他们构成了沟通现代文学与当代文学最直接、最生动、最宝贵的桥梁，他们把现代文学的责任感、使命感和对人类命运和心灵永恒的、深沉的、博大的关切和热望，毫无保留地注入当代文学的血脉，并在崭新的时代背景之下赋予了现代文学鲜活强大的生命力，同时成为当代文学难能可贵的文学资源。

---

① 陈平原：《文本中见历史 细节处显精神——〈触摸历史与进入五四〉导言》，《鲁迅研究月刊》2005 年第 7 期。

步入当代的现代作家在保持创作个性的同时，开掘了更丰厚的创作主题，艺术表现的形式和技巧也更加纯熟，主要有两个层面的重要贡献。第一个贡献是延续了对人性的考问和探讨，这其中既有对不同社会身份和社会阶层在历史变革大潮下"众生相"的呈现，还包含了对自我内心真诚的叩问和深沉的反思，极大丰富了现当代文学的人性画廊。在第一次文代会上，600多名文艺界代表出席，周恩来总理立马想到了老舍，邀请他速速归国。1949年年底，老舍从美国立刻赶回祖国，在焕然一新的中华大地上，老舍的创作也呈现出全新的面貌。其实新中国成立后大部分的现代作家都自觉表现出积极融入新社会、开辟新的创作道路的倾向和努力，但真正做到将时代主旋律和文艺创作完美结合的经典作品并不多，老舍这一时期的创作为新中国的文坛带来了生机与活力，产生了一批典范之作，如代表作话剧《龙须沟》（1950年）和《茶馆》（1958年），自传体小说《正红旗下》（未完成），其中《茶馆》更是中国话剧史上的一部经典剧作，成为北京人艺的看家剧目，在海内外都产生了深远影响。老舍在《毛主席给了我新的文艺生命》一文中记述了自己回国近三年的思想转变和文艺观念，他表示"首先找到了一部《毛泽东选集》"，"头一篇"读的就是"毛主席《在延安文艺座谈会上的讲话》"，[①] 老舍读完《讲话》后不禁狂喜，激动地表示自己一下子明白"文艺是为谁服务的，和怎样去服务的"。就这样，老舍循着《在延安文艺座谈会上的讲话》的中心思想和指导方向，以及他对人民群众天然的了解和认识，很快找准了创作节拍。1950年下半年，回国仅半年的时间，老舍就开始创作了一部反映北平解放前后发生翻天覆地变化的剧本《龙须沟》，剧作以北京一个小杂院4户人家在社会变革中的不同遭遇为故事主线，表现了新旧时代百姓生活两重天的巨大变

---

① 老舍：《毛主席给了我新的文艺生命》，《人民日报》1952年5月21日。

延安文艺座谈会合照,摄于 1942 年 5 月,延安杨家岭

化。反映社会新旧变化的主题,当属当时文坛的创作热点,也是最容易让作家获得成功的主题,老舍之所以选择这个热门题材,与其说是顺应形势和政策,不如说是老舍内心真情实感的流露。阔别祖国四年,老舍更为强烈地感受到祖国前所未有的新变,新中国的成立带来了一派欣欣向荣的气象,这样"清洁、明亮、美丽"①的北京,让老舍"不能不狂喜,不能不歌颂"②,正是对新中国热烈的喜爱之情,促使老舍写下这部表达"对政府的感激与钦佩"的《龙须沟》。在写作之前,老舍搜集了大量的材料,亲自看过这条奇臭的"龙须",了解了居住这一带百姓的生活情状和具体变化,尽管这些"一手资料"仍没有使老舍感到自己对龙须沟十分了解,但他仍按捺不住内心的激动,所以在老舍心目中,《龙须沟》的创作属于冒险之举,但这个"险"冒得是心甘

---

① 老舍:《我热爱新北京》,载《老舍全集·第14卷:散文 杂文》,人民文学出版社2008年版,第441页。
② 老舍:《我热爱新北京》,北京出版社1979年版,第44页。

情愿，是"不顾成败而勇往直前"[①]。

《龙须沟》一举成功，老舍获得了"人民艺术家"的称号，周总理特别关心老舍的创作，还请毛主席观看过《龙须沟》的演出，党和国家领导人的热切关注，人民群众的喜爱和支持，让老舍受到了极大的精神鼓舞。然而"人民艺术家"的荣光和《龙须沟》的热烈反响，某种程度上给老舍的创作加上了一个无形的"规范"，似乎只有沿着这一"规范"的方向，才是无愧于时代和人民的创作。老舍在谈创作《春华秋实》的心路历程时，坦言自己"总多少抱着这个态度：一篇作品里，只要把政策交代明白，就差不多了。于是，我在写作的时候就束手束脚，唯恐出了毛病，连我的幽默感都藏起来，怕人家说我不严肃"[②]。这种响应政策的创作心态，导致老舍虽然早早有创作"茶馆"题材的想法，但一直苦于找不到合适的背景而暂且搁置。老舍曾有意把茶馆题材放在《一家之主》的第一幕中，曹禺就曾建议老舍把茶馆这部分的戏发展为一个多幕剧，开始老舍还担心这一题材"配合不上"形势和政策，但最终在友人的建议下遵从了内心的艺术感觉，形成了这部反映戊戌变法、军阀混战、抗战胜利后三个时代风云的经典剧作《茶馆》。如果《茶馆》仍旧按照《龙须沟》《春华秋实》的惯性

老舍（1899—1966）

[①] 老舍：《〈龙须沟〉写作经过》，《老舍全集·第17卷：文论》，人民文学出版社2008年版，第554页。

[②] 老舍：《我怎么写的〈春华秋实〉剧本》，《老舍全集·第17卷：文论》，人民文学出版社2008年版，第631页。

创作下去,就不会成就《茶馆》的经典价值,就不会拥有长久的艺术生命力。直到今天,提到老舍的剧作,我们首先想到的就是《茶馆》,这是老舍的代表作,更是中国话剧史上的一座里程碑。其实,《茶馆》的巨大成功来之不易,它并不是一个顺利的产物,而是蕴藏了老舍在艺术与政策之间的摇摆和他激烈的思想挣扎。老舍曾表示,新中国成立前,他最看重作品写得"好不好";新中国成立后,在党的教育和引导下,他认为写得"对不对"更重要。可以说,《茶馆》就是老舍在"好不好"与

电影《龙须沟》海报,1952年印制

"对不对"两种创作标准的交锋下孕育而成的。在《答复有关〈茶馆〉的几个问题》一文中,老舍回应了这样一个建议,那就是"用康顺子的遭遇和康大力的参加革命为主,去发展剧情,可能比我写的更像戏剧。我感谢这种建议,可是不能采用。因为那么一来,我的葬送三个时代的目的就难达到了……我的写法多少有点新的尝试,没完全叫老套子捆住"。[①]可见,在"对不对"与"好不好",在形势政策和艺术意蕴之间,老舍最终还是遵从了自己的艺术感觉。正因如此,《茶馆》的内涵才如此的丰厚,韵味才如此的悠长,那种平实质朴的情感、荡气回肠的气势和史诗般的品格,使《茶馆》至今都有着深长的感染力和影响力,无愧为中国话剧史上的瑰宝。

---

① 老舍:《答复有关〈茶馆〉的几个问题》,《老舍全集·第17卷:文论》,人民文学出版社2008年版,第759页。

老舍对于本民族的国民性与文化，总抱有一种温和的批判和反思，这种态度从老舍的创作初期一直延续到新中国成立后，思考得更为深入透彻，表现方式也更为纯熟自然，这集中体现在老舍的自传体小说《正红旗下》中。很多作家认为《正红旗下》是老舍最伟大的作品，冰心更是感慨这部作品的"未完成"可谓"千古遗恨"[1]。老舍以自传的视角，细致入微地展现了清末旗人的生活习气，即便《正红旗下》没有完成，但我们依然可以从这八万字的篇幅中感受到这座恢宏宫殿华丽气派的一角。从《骆驼祥子》《四世同堂》到《茶馆》《正红旗下》，老舍不仅以饱满的创作热情创造了一个又一个艺术高峰，而且始终以他温情的幽默，含泪的笑，接续着他创作中的人性传统。新旧社会对比，既是老舍结构作品的方式方法，同时是他的历史认知，对于不公社会的强烈憎恨，对于建立一个现代民族国家的强烈渴望，构成了老舍的叙述动机和创作动力。新旧时代的北京社会生活和市民精神面貌，是老舍文学世界的永恒主题，他对这个世界的熟悉、热爱和无奈、反思，交织成老舍作品中悲情的底色。从老舍一生思想发展的轨迹来看，五四是他人生中的第一个重要转折点，他虽然没有直接参加过五四运动，但五四对他的影响是巨大的，正如老舍所言："假若没有'五四'运动，我很可能终身作这样的一个人：兢兢业业地办小学，恭恭顺顺地侍奉老母，规规矩矩地结婚生子，如是而已。"[2] 毛泽东《在延安文艺座谈会上的讲话》成为老舍思想道路的第二个重要转折点，和五四一样，老舍当时虽然没有身处解放区，但是依然以自己深刻的生命体验，实现了对《在延安文艺座谈会上的讲话》精神的创造性领会，孕育了全新的艺术生命，这种思想的演进和创作的发展恰如樊骏所总结

---

[1] 冰心：《读老舍遗著〈正红旗下〉》，《中国民族》1979年第3期。
[2] 老舍：《"五四"给了我什么》，《老舍全集》（第14卷），人民文学出版社2008年版，第636页。

郑敏（1920—2022）

的，老舍既没有投身无产阶级革命文学运动，也没有参加延安文艺座谈会，却仍以自己的方式，以敏锐的时代敏感度、热忱的家国情怀和强烈的社会责任感，一步步深入中国革命，深入革命背后的世态，迈向新中国，加入社会主义文学的建设。①

现代作家在当代的第二个贡献在于艺术形式的探索和理论的建设与开掘，九叶诗派的代表郑敏的诗歌创作便生动地承载了艺术和理论的双轨发展，这其中既蕴含着诗人个性的审美取向，同时传递了新时期和新时代丰富的精神意涵。1939年，郑敏考入西南联大就读哲学系，在此期间她开始了诗歌创作，并得到诗歌评论界的高度认可，1949年出版了第一部诗集《诗集：一九四二——一九四七》。1948年，郑敏赴美国布朗大学攻读英国文学，接受了较为系统的外国文学教育，1955年回国后在中国社科院文学研究所从事英国文学研究，1960年调入北京师范大学外语系任教直至晚年。回顾郑敏的人生轨迹，她毕生致力于中国新诗的创作，同时在中西方诗歌研究、当代西方哲学思想研究、诗歌翻译和教育教学事业方面贡献突出。从20世纪40年代至21世纪，郑敏的创作经历了80年的风雨历程，在新时期的感召和友人的鼓励下，郑敏重返诗坛，在20世纪八九十年代创作了更加精彩的作品，出版了诗集《心象》《寻觅集》以及诗学专著《诗歌与哲学是近邻：结构—解构诗论》，创作活力长盛不衰。

---

① 参见樊骏《从〈鼓书艺人〉看老舍创作的发展》，《中国现代文学研究丛刊》1982年第3期。

《诗集：一九四二——一九四七》可以视作郑敏诗歌创作的起点，这本薄薄的小册子收录了 62 首诗作，奠定了郑敏在中国新诗史上的地位。崭露头角的郑敏在创作之初便已获得一批诗人的关注和赞赏，陈敬容认为郑敏的诗"叫人看出一个丰盈的生命里所积蓄的智慧，人间极平常的现象，到她的笔下就翻出了明暗，呈露了底蕴"①，

第一次中华全国文学艺术工作者代表大会，摄于 1949 年，北平

袁可嘉在《诗的新方向》一文中表示："郑敏诗中的力不是通常意义为重量级拳击手所代表的力，却来自沉潜，明澈的流水的柔和，在在使人心折。"② 真正将郑敏引入诗歌的世界，是诗人冯至。在西南联大学习期间，郑敏选修了冯至讲授的德文课和关于歌德的课程，一次课后，郑敏把自己的诗歌习作呈给冯至指点。多年后，郑敏深情地回忆当时的情景："当时风吹着他的衣裳，我第一次听一位诗人说：这是一条寂寞的路。"③ 这段看似平淡的经历对郑敏的诗歌道路有着两重重要的影响：一是在西南联大所学的哲学课程，为郑敏一生的写作思考提供了源泉和动力，哲学丰富了郑敏的感知，提升了她对于世界认知的高度和深度；二是冯至的诗歌创作及冯至翻译的里尔克诗歌对郑敏诗歌审美的巨大影响。冯至的点拨和里尔克的诗歌让郑敏感受到生命本身和创作这项活动本身无边的寂寞，但这寂寞是如此的丰厚，如此的让人沉醉，于是"寂寞"成为郑敏诗歌最初的主题，并一直延续到后来的创作当中，成为贯穿郑敏创作生命的永恒主旨。郑敏表示："在 40 年代所写的《寂寞》中我

---

① 默弓（陈敬容）：《真诚的声音——略论郑敏、穆旦、杜运燮》，《诗创造》1948 年第 12 辑。
② 袁可嘉：《诗的新方向》，《新路周刊》1948 年第 1 卷第 17 期。
③ 郑敏：《我的爱丽丝》，《联合文学》1993 年第 17 期。

也有过和生命突然面对面相遇之感,世界鲁莽地走进我的心里展开一幕幕的人生的幻景,让我理解寂寞的真谛。80年代我又写了《成熟的寂寞》,在经过近半个世纪的历史风暴,我重新找到了诗和寂寞,感觉到它对一个人心灵的重要,它是心灵深处的圣殿。"① 郑敏用她的一生执着地探索诗歌之于生命的意义,捕捉万事万物蕴藏的哲思和神谕,用诗歌建造一座沟通人类心灵的桥梁,郑敏用她的创作实践和理论建构实现了她的追求——"诗人的诗不只是来自一己的情思,他的耳朵日夜在倾听历史的波涛和人类的心跳。"

(二)是师承,也是家学

现代文学对当代文学的渗透和影响,有各种各样的途径,其中最直接、最生动、最鲜明的承载这种继承和发展关系的方式,莫过于两代人的沟通与交往,这既可以是一位成熟的前辈作家对一位有创作天赋的晚辈的喜爱与扶持,也可以是一个充满浓厚创作氛围的家庭对子女的熏陶和鼓励。无论是师承关系,还是家学渊源,本质上都是我们进入作家文学世界的一种路径,考察一位作家的创作,其实考察的是他背后的一众作家,考察的是一种文学传统的接续和演变,因为"诗人,任何艺术的艺术家,谁也不能单独具有他完全的意义。他的重要性以及我们对他的鉴赏,就是鉴赏他和已往诗人以及艺术家的关系。你不能把他单独评价;你得把他放在前人之间来对照,来比较"②。

提到现代作家对当代作家的帮扶和指点,甚至是构成一种师承关系的,最为人熟知的就是孙犁与铁凝。铁凝的创作始于1978年,她与孙犁相识于

---

① 郑敏:《诗和生命》,《香港文学》1991年第6期。
② [英]托·斯·艾略特著,陆建德主编:《传统与个人才能:艾略特文集·论文》,卞之琳、李赋宁等译,上海译文出版社2012年版,第3页。

1979年，从某种意义上说，孙犁对铁凝的创作起到了引领方向的重要作用。1979年一个秋日的午后，铁凝由百花文艺出版社编辑李克明陪同去看望孙犁，铁凝回忆第一次见到孙犁的印象和情景："他身材很高，面容温厚，语调洪亮，夹杂着淡淡的乡音。说话时眼睛很少朝你直视，你却时时能感觉到他的关注或者说观察。他穿一身普通的灰色衣裤，当他腾出手来和我握手时，我发现他戴着一副青色棉布套袖。接着他引我们进屋，高声询问我的写作、工作情况。我很快就如释重负。我相信戴套袖的作家是不会不苟言笑的，戴着套袖的作家给了我一种亲近感。"① 见到孙犁之前，铁凝很早就读过孙犁的小说《村歌》，被女主人公双眉的美深深诱惑，她敏锐地感觉到小说的描写和自己周围的革命是不同的，双眉的气质"既暧昧又神秘"，以至对铁凝产生了"一种'鬼祟'的美的诱惑"②。孙犁文字独特脱俗的魅力和诗意，成为铁凝文学启蒙中一个重要的回忆。怀揣着对偶像的崇敬，22岁的铁凝初次见到孙犁后，便写信给孙犁，并附上了自己的小说。孙犁很快回信，肯定了铁凝的小说《丧事》，肯定了她创作的方向和思路，并予以他在写作方面极其恳切的分享：

> 铁凝同志：
> 　　昨天下午收到你的稿件，因当时忙于别的事情，今天上午才开始拜读，下午二时全部看完了。
> 　　你的文章是写得很好的，我看过以后，非常高兴。
> 　　其中，如果比较，自然是《丧事》一篇最见功夫。你对生活，是

---

① 铁凝：《怀念孙犁先生》，《让我们相互凝视》，东方出版中心2014年版，第104页。
② 铁凝：《怀念孙犁先生》，《让我们相互凝视》，东方出版中心2014年版，第103页。

很认真的,在浓重之中,能作淡远之想,这在小说创作上,是非常重要的。不能胶滞于生活。你的思路很好,有方向而能作曲折。

创作的命脉,在于真实。这指的是生活的真实,和作者思想意态的真实。这是现实主义的起码之点。

现在和过去,在创作上都有假的现实主义。这,你听来或者有点奇怪。那些作品,自己标榜是现实的,有些评论家,也许之以现实主义。他们以为这种作品,反映了当前时代之急务,以功利主义代替现实主义。这就是我所说的假现实主义。这种作品所反映的现实情况,是经不起推敲的,作者的思想意态,是虚伪的。

作品是反映时代的,但不能投时代之机。凡是投机的作品,都不能存在长久。

《夜路》一篇,只是写出一个女孩子的性格,对于她的生活环境,写得少了一些。

《排戏》一篇,好像是一篇散文,但我很喜爱它的单纯情调。

有些话,上次见面时谈过了。专此

祝好

稿件另寄

孙犁

1979 年 10 月 9 日下午 4 时 [①]

孙犁赞赏了铁凝的创作悟性,肯定了她不"胶滞于生活""有方向而能作曲折"的写作思路,对一位创作刚刚起步的年轻人而言,孙犁的鼓励无疑

---

① 孙犁:《致铁凝信》,《孙犁全集》(第 5 卷),人民文学出版社 2004 年版,第 378—379 页。

给了铁凝继续向前的莫大信心。尽管孙犁与铁凝此前只初见一次,但是两人在文学上亲切的交流和探讨,让孙犁特别珍视铁凝的才华和灵气,自然而然地分享了一些创作上宝贵真切的心得体会。孙犁强调"创作的命脉,在于真实",生活的"真实"和作者思想意态的"真实"是作品具有长久旺盛生命力的关键,是作品能打动人心最珍贵的品质。孙犁又进一步指出,文坛上存在很多"假的现实主义",对流行的现实问题一拥而上,而不进行过滤和反思,这类急功近利的应时之作,可能一时被热捧,但当时代潮汐退却,大浪淘沙之后,又能留存多少经得起沉淀的作品呢?这就是孙犁所指出的,作品要反映时代,"但不能投时代之机",凡是投机之作,终将被时代遗忘。

1979年至1993年间孙犁写给铁凝的信共9封,在信中,孙犁向铁凝分享了他读书与写作的体悟,讲述真实与艺术和生活的关系,指引她领悟语言的明净和节制,偶尔也诉说生活的苦恼。这种亲厚、温暖的关爱和帮扶,让铁凝无比感动,更深刻地影响了铁凝对于创作的理解,影响了铁凝选择走向怎样的创作道路,在《怀念孙犁先生》一文中,铁凝恳切地表示:"时至今日,我想说,徐光耀是我文学的启蒙老师,他在那个鄙弃文化的时代里对我的写作可能性的果断肯定和直接指导,使我敢于把写小说设计成自己的重要生活理想;而引我去探究文学的本质,去领悟小说审美层次的魅力,去琢磨语言在千锤百炼之后所呈现的润泽、力量和奇异神采的,是孙犁和他的小说。"[①] 铁凝也的确不负孙犁的期待,她越写越开阔,越写越有气象。《哦,香雪》的清新隽永使孙犁感到了无比纯净的境界,这让孙犁不禁回想"过去,读过什么作品以后,有这种纯净的感觉呢,我第一个想到的,竟是苏东坡的

---

① 铁凝:《怀念孙犁先生》,《让我们相互凝视》,东方出版中心2014年版,第103页。

《赤壁赋》"①。孙犁之所以如此喜爱《哦，香雪》，是被作品中玲珑剔透又意蕴深长的诗意和情愫吸引，而这种风格正与孙犁一以贯之的革命抒情传统有着内在的延续性，因此，铁凝对孙犁所开创的文学传统的认同、回响与发展，成为他们之间得以深厚交往的根本原因，正如有学者认为："一个作家与另一个作家之所以构成文学互动关系，不仅仅在于通常意义上的前辈对后辈的扶持，更在于两位作家之间高贵的文学审美信任，在于他们艺术理念与创作风格的惺惺相惜。"②

如果说孙犁和铁凝的相识、往来与师承，某种程度上存在一种奇妙且幸运的机缘巧合，那么家庭的熏陶和滋养，使这种文学影响更为直接，更加显化，比如曹禺之于女儿万方。万方回忆童年时代，父母经常出去看戏，常常深夜才回来，并且总是很兴奋。长大后，万方自己也写戏、看戏，她深切懂得了父母当初看戏的兴奋，看到一部好戏是会让人久久沉浸，久久不能忘怀的。万方五六岁时，就看过父亲的《雷雨》，幼年的她虽然不能领会剧作的意韵，但是舞台的神奇和魅力却已经深入她的内心。童年所受到的艺术熏染，使万方很早就与"戏"和"剧"结缘。1978 年，万方从沈阳军区前进歌剧团退伍，并开始在《剧本》担任编辑，两年后，在中央歌剧院担任编剧，至此开始了她编剧的职业生涯，并多次改编父亲的话剧。1985 年，万方担任剧情电影《日出》的编剧。1989 年，又担任歌剧《原野》的编剧，凭此获得了第 3 届慕尼黑国际音乐戏曲研究会"特别荣誉证书奖"，并成为首部在美国肯尼迪艺术中心进行商演的中国现代歌剧。万方真正的个人创作，要从 1994 年，

---

① 孙犁：《谈铁凝的〈哦，香雪〉》，《孙犁选集·理论》，陕西师范大学出版社 2003 年版，第 321 页。

② 张莉：《孙犁、铁凝的文学传承与当代文学的发展》，《中国现代文学研究丛刊》2018 年第 11 期。

发表于《收获》杂志的农村题材小说《杀人》算起,父亲曹禺看过后说:"小方子,你的小说我看了,你行,你还真的行。"父亲的几句鼓励,让万方坚定了走创作这条路,此后万方又创作了《空镜子》《香气迷人》等多部小说,在编剧和作家的身份之间自如切换。曹禺和万方的创作有一个共性,那就是父女俩都偏爱家庭题材,万方之所以热衷于表现家庭,既有父亲剧作的影响,同时也有她自己的情感倾向,她认为:"人在社会上行走,难免戴着各种各样的面具,只有在家是最真实的,这是我喜欢把自己的戏布局在家庭里的主要原因。"①

万方选择与父亲同样的创作道路,并以自己的方式回应着父亲的辉煌。2017年,万方以话剧《新原野》向父亲致敬,该剧改编自万方中篇小说《杀人》,她表示:"作为一出戏剧,它和《原野》没有任何关系;但在我的生命中又是有关系的。很多年前,我心里就萌生过一个愿望,写一部像《原野》那样的戏,戏剧性强烈,人物欲罢不能,冲突的升级难以遏制。说到底,《新原野》讲述的是人性,是人心底的爱与恨。"②时隔80年,这既是一种家学传统的接续,同时又演绎着跨越时代永恒的人性主题。

(三)虽断若续的精神牵引

当代文学是在中国文学传统和外国文学思潮的影响下孕育、生长并枝繁叶茂的,这个传统既包括已经沉淀两千多年的古代文学传统,还特别包含作为一种"新国学"的现代文学。从五四到今天,现代文学已经有一个多世纪的历史,已经形成了一种独特的五四传统,所以把现代文学纳入中国文学传

---

① 《曹禺、万方:父女都爱家庭戏》,《解放日报》2012年5月6日。
② 《万方〈新原野〉致敬父亲曹禺》,2018年5月9日,中国网(www.music.china.com.cn/2018-05/09/content_40322179.htm)。

统的发展链条和谱系脉络中是必要的，也是必然的。与此同时，当代文学的发展也佐证了现代文学作为一种艺术资源和思想资源，已经深入渗透当代作家的创作当中，甚至成为一种文学生命的刻痕，焕发着强大的精神启蒙作用。

一个最鲜活的例子就是，许多著名的当代作家都公开表示过对鲁迅的崇拜及其所赋予的创作启示，关于鲁迅，太多的中国作家表达过这样的意思——虽不能至，心向往之。莫言曾说："我愿意用我全部作品来'换'鲁迅先生的一个短篇小说：如果能写出一部类似《阿Q正传》那样在中国文学史上地位的中篇，那我会愿意把我所有的小说都不要了。"① 一些外国作家也对鲁迅有着由衷的敬佩，甚至将他视为一种信仰。1994年，当日本作家大江健三郎得知自己获得诺贝尔文学奖时，按捺不住心中的兴奋与喜悦，刚进家门便把这个好消息告诉了母亲。当时母亲正在厨房忙活着晚餐，看到儿子兴高采烈的样子，她只是淡淡地问了儿子一句："鲁迅先生得过这个奖吗？"那一刻，大江健三郎仿佛被母亲兜头泼了一瓢凉水，兴奋之情瞬间烟消云散，随即陷入了沉思。大江健三郎在自选随笔集的自序中说："……世界文学中永远不可能被忘却的巨匠是鲁迅先生。在我有生之年，我希望向鲁迅先生靠近，哪怕只能挨近一点点。这是我文学和人生的最大愿望。"② 这足以说明鲁迅的影响力和精神价值。这里还要特别说明一下，阅读鲁迅的作品是有门槛的，领悟鲁迅的伟大需要时间的沉淀，现在的一些中小学生不喜欢鲁迅，害怕鲁迅的文章，是因为还不具备喜欢鲁迅的心态，还不具备喜欢鲁迅的阅历。余华曾坦言，学生时代因为厌恶学校里对于鲁迅的刻板教学，一直不怎么读他的作品，35岁时，当他以一个作家的身份重读鲁迅时，才发现鲁迅是多么的伟大，多

---

① 莫言：《写作要放下包袱，不要让诺奖变成沉重的冠冕》，2017年9月16日，中新网。
② ［日］大江健三郎：《自序 我是怎样写随笔的》，《大江健三郎自选随笔集序言》，王新新等译，光明日报出版社2000年版，第2页。

么的了不起,他被鲁迅语言的力量深深震撼,"叙述在抵达现实时是如此的迅猛,就像子弹穿越了身体,而不是留在了身体里"①。这本质上是读者与作品相遇时间的问题,一部伟大的作品,人人都说好,但如果读者的人生阅历不够丰厚,生命体验不够深入,即便与作品早早相遇,依旧无法感受作品的美妙。

　　作为思想家的鲁迅,他是中华民族乃至世界永恒的精神符号;作为创作者的鲁迅,他写过的小说数量虽不多,但可谓一篇一个样式,好的短篇小说集一定是《呐喊》《彷徨》这样的,千姿百态,但是单篇与单篇之间又存在一种内在的、一以贯之的逻辑和关联,这也是为什么当代作家反反复复地研读鲁迅的作品,因为每一次阅读都会获得新的体悟、新的震撼,以及对鲁迅新的叹服。毕飞宇曾专门分析过他对于《故乡》和《阿Q正传》的理解,谈到一个共同的问题,那就是从小说的氛围和基调来看,毕飞宇提出一个概念——鲁迅小说的"基础体温"是怎样的?冷。不是北风呼啸,大张旗鼓的冷,而是天寒地冻,肃杀寂静的冷。鲁迅选择"呐喊",但不是激情澎湃、汪洋恣肆的,不是"巴金式"的控诉,鲁迅当然控诉,但是鲁迅的呐喊很冷静,"鲁迅的嗓音并不大,和正常的说话没有什么两样,然而,这才是鲁迅式的呐喊……就在这'死一般的寂静'里,鲁迅用非常正常的音量说一句'你得了癌症了',它是'于无声处听惊雷'"②,所以鲁迅呐喊的特点不是嗓门大,而是一语道破。实际上,鲁迅的基础体温是很复杂的,从他的笔法和态度看,当然是冷的,但是从他的内心和目的看,他又是热的,这种热和冷都是极致的、灼人的,但是鲁迅的性格让他选择用一种极度的冷静克制去讲述。还有一个重要问题,那就是鲁迅批判的、思考的,到底是一种怎样的国民性?他笔下

---

① 余华:《文学或者音乐》,译林出版社2017年版,第35页。
② 毕飞宇:《什么是故乡?——读鲁迅先生的〈故乡〉》,《小说课》,人民文学出版社2020年版,第87页。

的祥林嫂、阿Q、爱姑等，本质上都是"被侮辱的"与"被损害的"，鲁迅所批判的国民性的主体，恰恰是这些被统治阶层。在当时绝大部分知识分子都在讨论敌人是谁的时候，鲁迅又提出了一个问题，那就是："我是谁？"这个叩问不仅在当时是石破天惊的，到今天依然回响萦绕在我们的精神深处，这是鲁迅区别于其他现代作家的伟大之处。鲁迅对当代作家产生了巨大的精神牵引，莫言、余华、毕飞宇等都在用各自的理解和方式回望鲁迅，致敬鲁迅。

还有一类当代作家是以学术研究的姿态进入现代作家的精神世界，比如废名之于格非。在格非身上，学者和作家的气质与风度得到一种天然的融合。格非与废名的紧密联系，始于格非的博士学位论文《废名的意义》，他运用西方叙事学理论探究了废名小说的文体意识，对废名研究中的既有定论进行对话和反思。格非认为从叙事学的角度研究废名小说，是真正还原废名小说文化价值的必要途径。

《废名的意义》既为此后的废名研究提供启示，拓展了中国现代小说的叙事学研究，同时论文中很多对于废名艺术上的解读和分析，放置在对格非创作的评价上也并不违和。从《迷舟》《褐色鸟群》到"江南三部曲"，一直以来，格非在小说的结构、文体和修辞方面进行了各种尝试和艺术探索，从文学气质看，废名与格非的作品都有一种与众不同的趣味和诗意，优雅从容，精致纯粹，附着一层淡淡的无名的情愫。技巧层面，废名与格非都体现出对叙事方式的大胆突破，如废名在《莫须有先生传》《莫须有先生坐飞机以后》中对真实世界的先锋书写，如格非在《欲望的旗帜》中，以自己熟悉的学术圈为背景，对知识分子卑琐人性的无情披露，都主动探索自我与外部世界存在何种关系与联结，以及这种联结背后的精神指向。格非对废名的选择，是一个更大的社会氛围和时代背景之下的选择，当时正值世纪之交，日新月异的变化震动着文坛，格非感受到所谓的"实验小说"似乎是一个危险或可疑的名词。从 1994 年到 2003 年，格非暂停写作，对于写什么、怎么写、写给谁看，格非感觉到了迷茫，正是在这种迷茫和无措中，格非想到了冷寂的废名，想到了他的孤傲、明净和坚守的反叛，他选择重返废名，重审知识分子的精神理想，在与废名的对话中，格非也的确找寻到了汉语叙事新的可能性，并实现了与废名创作的精神接轨。

四、五四精神：一个自觉时代的开启

五四新文学通过创造新文化，建构和形成新的民族认同，使中国的民族主义和现代文化有了开放性和与时俱进的特点，摆脱了过去的僵化、封闭和保守。五四是一个自觉的时代，一个通过自觉的思想运动激活新社会的时代，一个以相互对立的立场自觉展开论战并对各种立场进行理论化的时代。而推动五四之文化转向的不仅是从器物、制度的变革方向向前延伸的进步观念，而来自五四新文学再造新文明的觉悟。

（一）新的人与新的文学

五四新文化运动是一场涉及伦理、道德、哲学、文学艺术等的全方位的价值革命。它开启了中国文化的时代变奏曲。传统与现代、中国与西方发生剧烈的文化碰撞，中国传统文化的封闭格局被打破，西方现代观念席卷而入，如个人主义、人道主义等，冲击和摧毁了传统文化的核心观念。钱理群认为，文学革命的意义从文学观念上看是"对'文以载道'、游戏消遣等种种传统的文学思想加以否定，追求表现人生、反映时代，成为一般新文学作者的共同倾向；从文学内容上看，体现着现代民主主义、人道主义思想，充溢着觉醒的时代精神"①。换而言之,对深陷封建主义两千年的中国社会而言,文学革命是一次极具力量的思想冲击。中国现代启蒙主义包含了两个阶段和两种内容:民主国家的启蒙和个人的启蒙,即民族国家意识的发生和个人意识的发生,民族主义知识和个人主义知识的传播和合法化。

五四作为一个时代无疑标志着一种新的文化思想——人的发现与解放——的普遍觉醒。1918年年末,周作人在《新青年》中率先提出了"人的文学"的概念,不久后,他又发表了《平民文学》,指出以个性主义、人道主义与人的文学、平民文学相统一的新的文学主张。关于五四新文学,周作人在《人的文学》一文中解释道:

> 欧洲关于这"人"的真理的发现,第一次是在十五世纪,于是出了宗教改革与文艺复兴两个结果。第二次成了法国大革命……中国讲到这类问题,却须从头做起,人的问题,从来未经解决,女人小儿更不必说了。如今第一步先从人说起,生了四千余年,现在却还讲人的意义,从新要发见"人",去"辟人荒"……我们希望从文学上起首,提倡一点人道主义思想,便是这个意思。②

在五四时代新思潮蜂起之时,其中影响最大的就是这些关于人的自然权利和人的理性自由的思想,并且以"人"为整体话语样式。从整体来看,整个五四时代正是把"人作为人本身"这一人学命题当作思想询唤和知觉构型的总原则。

---

① 钱理群、温儒敏、吴福辉:《中国现代文学三十年》,北京大学出版社2020年版,第13页。
② 周作人:《人的文学》,《新青年》1918年第5卷第6号。

"五四"是20世纪乃至今天中国最富有象征意义的精神符号，不但在历史上激励着中国的有识之士奋发向上，而且作为一种巨大的精神鼓舞着我们一代又一代青年不断进取，推动我们民族前进，完成民族的伟大复兴，五四新文学有着永远让人感动和震撼的地方。五四时期的中国文坛巨星满天，因此形成了一种独特的文学品格。现代文学的"现代"远远超过了30年的意义，它不是随便一个时间和空间的概念所能替代的，五四新文学也不是一场单纯的文学运动，而是广泛涉及整个中国未来发展的全局性的思想解放运动。实际上，五四时期的许多新知识分子对文学本身并无太大兴趣，大家真正关注的是如何改造中国的国民性，如此一来，一套较崭新的现代意义上的民族意识就被建立起来了。

自辛亥革命后中国步入"现代"社会伊始，国家政治、经济、社会结构的变动都可以成为决定国人物质生存与精神诉求的主导力量。现代作家的生存遭遇与精神困境使他们不得不走出纯粹自律的审美空间，将更多关注的目光投向文学之外的存在。现代语境下的中国文学自诞生之日起与现实人生结下了不解之缘，相当数量的作家不仅谈论文学与人生的话题，更将"为人生"视为文学的一种自觉选择。"如何生存下去"已成为混乱状态中的中国最重要的时代主题。在此种时代主题引导下，五四新文学才能真正观察脱离传统的贵族文学，从而观察到"人"的存在。在《中国的文艺复兴》中，胡适表示，五四新文化和新文化运动"与欧洲的文艺复兴有惊人的相似之处"，是"一场理性对传统、自由对权威、张扬生命和人的价值对压制生命和人的价值"的人文主义运动。[①]在特定的社会环境引导下，五四新文学始终充满冲动和躁动。

---

① 参见胡适著，欧阳哲生、刘红中编《中国的文艺复兴》，外语教学与研究出版社2001年版，第181页。

梁启超（1873—1929）

五四新文学从它产生之日起，便注定了它是叛逆的。无论是梁启超的"新民说"还是五四时期提出的"新人"说都有效体现出了新时代知识精英对"国民"精神的改造。但总体而言，"'新'人的心理特质形成了巨大的驱动能量，促使一代青年们自问理想上的'我'应该如何认知这个世界，理想上的'我'应该追求何种价值"①，这就是促使五四知识分子在追求"人"的意义的过程中觉醒的重要推动力。

五四新文化运动，是由挑战、质疑、批判和引进转化、创造、开拓等一系列文化行为组成的全过程。五四的意义虽然是以新文化派的文化创造为标志的，但又并不是这种主流的文化思想所能够完全囊括的。在五四新文化活跃的背景上，有着我们所谓的更大的五四文化圈。就是这个色彩斑斓的文化圈中，展开了现代中国各种思想砥砺、碰撞的宏大图景，中国知识分子从独立思考出发，自由进行如此多方向的关于"现代"中国社会文化建设的设计，在整个中国的历史上，只有春秋战国时代能够相比拟，而在中国现代的历史上，则是第一次，由此而形成了中国现代思想多元格局的基础，既是中国现代知识分子参与文化建设的心理基础和思维基础，又是现代中国社会如何容忍不同观点发生和发展的"体制"基础。②

---

① 王汎森：《从新民到新人——近代思想中的"自我"与"政治"》，载王汎森等著《中国近代思想史的转型时代》，台北联经出版事业股份有限公司 2007 年版，第 172—176 页。
② 参见李怡《谁的五四？——论"五四文化圈"》，载王风、蒋朗朗、王娟编《重回现场：五四与中国现当代文学》，北京大学出版社 2014 年版，第 22—23 页。

活跃的文化交流推进了中国社会现代化的发展,不仅是物质上的现代化,还有精神与审美的现代化。

五四对"人"的发现也包括对知识分子自身的发现,而作为启蒙者的作家也在启蒙性的文学创作中升华了自己的灵魂,在实现自我价值的同时提高了自己作为知识者的文化品位(也包括思想高度)。可以说,五四作家和五四新文学在互动中得到了共同的提升。[1] 以鲁迅及其作品为例,鲁迅在创作中是极为重视"个性本位"的,他在《狂人日记》《长明灯》《在酒楼上》等作品中塑造的"孤独者""先觉者"形象(狂人、疯子、吕纬甫等)与鲁迅笔下长大后"仿佛石像一般"[2]的闰土(《故乡》)等"社会底层人物"皆是鲁迅在探索"人"的意义的过程中总结出来的敏锐且深刻的经验。鲁迅的创作不仅以这些人物艰苦、执着、坚韧地追求一个"人"的可怜生存地位和权力而不得的巨大反差表现出他们命运的艰辛和悲苦,而且以这非人的生活反而被他们视为人生的正途的悖谬揭示出他们灵魂的愚昧和麻木,从而在无尽的悲凉之中又包含着深广的忧愤,在双重的反讽中启示着人们的觉醒。[3] 极具自叙性色彩的现代作家郁达夫也在以自己独特的方式去感受"人"的意义,他创造的"零余者"抒发的不仅是颓败的、沉沦的个人意识,反而是有机地将个人情感与家国情怀联系在一起。在那个社会激烈动荡和新旧交替嬗变的年代,知识者受新的思想和文化的熏陶,逐渐摆脱了传统的认知自我和认知世界的思维方式,萌生新的价值观念和思想体系,开始成为具备现代意义上的自我认识的"觉醒"了的现代知识者。

---

[1] 参见李继凯《"五四"新文学的文化创造》,《文学评论》1999年第3期。
[2] 鲁迅:《故乡》,《鲁迅全集》(第1卷),人民文学出版社1981年版,第483页。
[3] 参见王晓初《在人与非人的对抗中:崇高、悲怆与困惑——"五四"新文学的审美精神与情绪》,《西南师范大学学报》(社会科学版)1992年第4期。

（二）新的民族与新的国家

五四新文化运动对建构中国现代社会的贡献是巨大的，它所确立的"科学""民主"等一系列价值观，使中国社会和文化发生了转型，中国社会的结构和知识谱系、中国人的思维方式和观念都发生了根本性的改变，从此脱离了"古代"类型，真正进入了"现代"，进而融入世界体系之中，并且不可逆转。[①] 其力量具有很强的突破性。虽说中国的五四新文学高举个性解放、自我觉醒的大旗，但是它从一开始就带有一些政治色彩。《新青年》把西方近代的自我、自由、民主、平等思想介绍到中国来的时候，更关注的是国家的危亡。

五四新文学与中国社会意识、民族主义现代化发展是相互影响的。五四新文学的兴起和发展有着非常深刻的、复杂的、多元的文化因素。[②] 这些因素源自中国社会本身的需要。五四新文学寄寓着现代中国人对建构与现代文明相吻合的新的民族国家激情、想象、企盼和忧思，传达出近代中国在驶入现代化发展轨道之后，渴望摆脱贫困，迈入富裕、富强、自由、先进的民族之林的心理欲求与"改造国民性，重铸民族魂灵"的思想文化诉求。从文学表意上看，"先进的中国人"企盼在倡导"我手写我口"的自由表达中，试图谋求对"中国形象"进行新的定位，以唤起民族新生的主体自觉。[③]

五四作家的文学创作大多都在"立人"进而"立国"的文化进向上，作出了多样化的探索。"改造国民性"是当时最重要的时代主题之一。鲁迅从

[①] 参见高玉《五四新文学与古典传统及其评价》，载王风、蒋朗朗、王娟主编《重回现场：五四与中国现当代文学》，北京大学出版社 2014 年版，第 153 页。

[②] 参见刘勇《"五四"新文学的文化底蕴和文化品格》，《华夏文化论坛》（第六辑），吉林文史出版社 2011 年版，第 31—45 页。

[③] 参见黄健《唤起民族新生的主体觉醒——晚清至"五四"新文学重塑"中国形象"之演化》，《江西社会科学》2010 年第 7 期。

"人"的角度去探索改造国民性的方法，首先要有作为"人"的意识才能体察出民族的真正意义。如《药》《孔乙己》等小说中显露的一群以农民为代表的普通民众，他们就是文化启蒙的客体和需要拯救的对象，缺少民族的主体意识和现代国民的自觉性。以鲁迅为代表的现代知识精英们就是在塑造这些"生活在内外交困时代，却缺少民族意识的自觉与对国族身份的认同"的国民形象时对广大人民提出"改造国民性"的神圣民族任务。诚如鲁迅所言："人生意义，致之深邃，则国人之自觉至，个性张，沙聚之邦，由是转为人国。"[①]

中国现代知识分子内心热切的民族责任感形成了五四新文学对于民族的基本意义。梁启超曾将中国古代的"国家与国民"关系归结为"不闻有国家，但闻有朝廷""性奴隶之性，行奴隶之行"。[②] 这种长期存在的腐朽观念一直压抑着中国民族意识现代化发展。而如美国学者杜赞奇所言，"知识分子与国民这两个相互依存的观念，一直使知识分子对民族—国家及其觉醒并进入现代抱有很强的责任感"[③]。正是因为这种特殊的民族责任感与使命感，才能使由觉醒的中国知识分子领导的五四新文化运动在中国掀起如此汹涌的社会浪潮。由于陈独秀、李大钊、胡适、鲁迅等五四新兴中国知识分子率先从"人"的角度去思考和批判现实，又无私地解剖自己的弱点，揭露人性的弊病，且深切关注着人类的命运，才铸就了中国现代文学的根本特质：责任感、使命感以及对艺术境界的不懈追寻。中国新文学运动的真正意旨是试图在意识形态建构当中重新寻找失落的终极关怀，重构新的价值与意义，以支撑起走向现

---

① 鲁迅：《文化偏至论》，《鲁迅全集》（第1卷），人民文学出版社1981年版，第56页。
② 梁启超：《中国积弱溯源论》，载易鑫鼎编《梁启超选集》（上），中国文联出版社2006年版，第11、13页。
③ ［美］杜赞奇：《从民族国家拯救历史：民族主义话语与中国现代史研究》，王宪明等译，江苏人民出版社2009年版，第83页。

代化的现代中国人的价值世界和意义世界。

五四新文化倡导者试图在"国家""民族"的思想意识基础上完成对"中国形象"的重塑。随着中国社会思想文化的巨大变迁，中国人的精神结构也持续发生着彻底的、深层次的结构性转变。塑造与建构国人新的感觉世界与情感世界，包括国人对于自然、社会、自身以及他人的全面的新的感受，成为最重要的任务之一。① 可见，"国家民族"意识受到当时许多五四知识分子的重视。正是因为这种独特的历史境遇与爱国情怀，使中国文学——从五四新文学开始，得以突破传统"载道"观念的束缚，展现出其特有的现代精神气质——感时忧国，一种凝结着家国情怀与人生感慨的时代情绪。这是中国文学迈向现代之初独有的精神风貌。"这种感时忧国精神继而又把主要目光集中到文学的内容上而不是形式上，集中到得天独厚的'现实主义'上……因此，中国现代文学研究负载着中国现代史的重负。"② 如上所述，"改造国民精神"已经成为一个重要的时代主题，而这一主题与家国政治与民族复兴同样密切相关。换而言之，民族与文化双重危机下思想启蒙的现代性，统摄着中国文学现代化的全局，决定着其现代化的历史方向。五四新文学，正式全面承担了这一历史要求的实现。③

五四作家们抛弃了对中国的传统印象，试图建构一个新的"中国形象"。现代文学历程中之所以会出现如鲁迅般弃医从文的心理变迁，"正是源于民国初这种积弱积贫的'中国形象'的心理刺激"。五四新文学对"中国形象"

---

① 参见张先飞《五四"人间感"的发现——新感觉、情感世界与初期新文学主题、形态生成》，《河南社会科学》2016年第4期。
② [美]李欧梵:《现代性的追求:李欧梵文化评论精选集》，生活·读书·新知三联书店2000年版，第177页。
③ 参见胡焕龙《"感时忧国"论与海外中国现代文学史书写——从夏志清到王德威中国现代文学史叙事之比较》，《学术界》2017年第8期。

的重塑，主要围绕三条路径而展开：以激情浪漫的抒情方式展现"中国形象"的新风貌，如郭沫若及"创造社""太阳社"作家的创作；以现实理性的思索方式展现"中国形象"的现实境况，如鲁迅；以叩问忧思的自省方式展现"中国形象"的背面特征，如郁达夫及其自叙传作家的创作。① 例如，以郭沫若为代表的作家创作《女神》《凤凰涅槃》等，企图构造出一个"青春中国"。以鲁迅为代表的作家创作展现出了对"古老中国"及"仁义道德"的深邃反思：

> 中国的文人，对于人生，——至少是对于社会现象，向来就多没有正视的勇气。……然而由本身的矛盾或社会的缺陷所生的苦痛，虽不正视，却要身受的。文人究竟是敏感人物，从他们的作品上看来，有些人确也早已感到不满，可是一到快要显露缺陷的危机一发之际，他们总即刻连说"并无其事"，同时便闭上了眼睛。……聊以自欺，而且欺人，那方法是：瞒和骗。②

> 中国人底心理，是很喜欢团圆的……凡是历史上不团圆的，在小说里往往给他团圆；没有报应的，给他报应，互相骗骗。——这实在是关于国民性底问题。③

---

① 参见黄健《唤起民族新生的主体觉醒——晚清至"五四"新文学重塑"中国形象"之演化》，《江西社会科学》2010 年第 7 期。
② 鲁迅：《论睁了眼看》，《语丝》1925 年第 38 期。
③ 鲁迅：《中国小说的历史的变迁》，《鲁迅全集》(第 9 卷)，人民文学出版社 2005 年版，第 326 页。

而以郁达夫为代表的作家创作则用浪漫抒情的方式展现"中国形象",其塑造的"零余者"形象,传达出获得新生之后的中国在迈向现代文明进程中的种种艰难和曲折性。在《沉沦》中,郁达夫将个人的沉沦和国家的失败之间建立了联系:"祖国呀祖国!我的死是你害我的!你快富起来!强起来吧!"①通过文学想象,郁达夫将个人的命运与国家的命运联系起来。这种对于个人、家、国的关怀和叙述成了中国现代文学的一个最明显的现象。

郁达夫:《沉沦》,上海大新书局1921年版

(三)走向世界的新文学

五四新文学是引导中华民族从"一个自在的民族实体"向"一个自觉的民族实体"转变的起点。五四新文学为何会在国家与民族问题中得到自觉?这极大程度在于五四知识分子对民族性格独特性的关注是处于"中国人要从'世界人'中挤出的'大恐惧'"的。②这是使他们从"发现人""关注国家、民族危亡"到"放眼世界"的关键原因。

文学反映着社会生活和社会精神。五四新文化运动的根本特征是文化与政治之间的相互转化、渗透和变奏。五四文学诞生于传统到现代的历史裂变期,现代文化转型要求它做出相应变革,摆脱旧文学旧思想的桎梏,建立现

---

① 郁达夫著,郁飞编:《沉沦》,百花文艺出版社1986年版,第50页。
② 参见刘纳《五四新文学的文化选择》,《河北学刊》1999年第3期。

代新文学。同时，作为对现代性的回应，新文学也发挥了批判封建文化，宣扬科学、民主的作用，这是时代赋予它的神圣历史使命。唐弢在《中国现代文学史》引言中提到，"文学作为社会意识形态和整个文化的重要组成部分，必然要反映近代中国的这些变化，并使自己适应于这些变化"（文学表现生活）。"'五四'新文学是中国古典遗产与外国异域营养结合的产物，换言之，'五四'新文学为中华民族融灌的是新的思想生命，这无疑使中国新文学呈现出'周虽旧邦，其命维新'的别样姿态，直接推动了中国现代社会与民族意识的发展与改变。"[1] 唐弢有意识地升华了五四新文学与中国现代民族政治的关系，他指出，五四新文学在思想上不但和封建文学形成尖锐的对立，同时也远远高出于封建时代具有民主倾向的文学以及近代一般的资产阶级文学。这样一种彻底反封建而又充满民主觉醒精神、坚决反帝的文学，能够不断地接受无产阶级思想的指导和抵制资产阶级反动思想的腐蚀，也就必然要以社会主义为其发展方向。[2] 这是特定时代赋予五四新文学的民族意义与历史价值。相对地，五四新文学也善于用现代意识、现代观念和现代价值标准观照现实，把握人生，力图在一种总体超越的位置上对社会历史、现实人生及自我意识作出深刻的文化反省与批判。[3]

在个人与家国的矛盾面前，五四知识分子没有选择逃避，反而以更广阔的现代性视野努力地在个人认同与国家民族认同之间取得平衡，这意味着他们的思想将不再被普通的家国意识所局限，而是放眼观察全人类的命运。人对自身身份的定位与他对整个生存世界的感受息息相关，由此出发，构成一

---

[1] 参见唐弢《中国现代文学史》（一），人民文学出版社1979年版，第2页。
[2] 参见唐弢《中国现代文学史》（一），人民文学出版社1979年版，第53页。
[3] 参见黄健《新文化视阈中的"五四"新文学——"五四"新文学的文化意义》，《厦大中文学报》2015年第1期。

个时代文化与文学风貌的重要原因，自然可追溯到人的身份问题。在中国近代社会转型过程中，民族主义思想的兴起蔓延是社会文化的一大特征。与之相关的是知识分子对民族与国家身份新的理解。①而当个人主义思潮兴起，个人主义价值观与国家立场不可避免地产生冲突，会直接导致五四知识分子的国家认同危机。面对危机，五四新文化的支持者探索出一条新的道路，他们逐渐淡化国家观念，以"人"的概念将个体生命与人类直接联系了起来……中国文学作者破天荒地渴望反映"全体人们的精神"，而"不是一国，一民族的"。②

中国正在走向世界，世界也在走向中国。"中国现代文学既是现代经验的一种有力凝聚和重要表达，反过来，它同时又对于现代世界观的成形和传播具有重大的意义。"③而五四新文学在世界上的传播与影响则更多体现在了其海外研究中。与中国古代文学的传播情况不同，由于科学技术的进步，中西方之间的文化交流变得愈加频繁，这就缩短了中国文学向海外传播从产生到目的地的时间，也便利了世界各地汉学家对中国现代文学的研究。④准确而言，欧美各汉学团体从不同的政治立场和意识形态角度论述了中国文化史，并在西方批评理论的视野下定义了中国现代文学史。

从1919年五四运动发展至高潮的文学革命起，到1937年抗日战争的全面爆发，整个中国文学可以说基本上就是一场争取直面现实，征服最广阔的现实领域的斗争。"现实"并不仅仅是外在的现实，同时也包括了人类整个的

---

① 参见李怡、程骥《论五四新文学的认同焦虑及其危机体验》，《天津社会科学》2009年第4期。
② 参见西谛（郑振铎）《新旧文学的调和》，《文学旬刊》1921年第4号。
③ 旷新年：《20世纪中国文学与个人、家、国关系的重建》，《常熟理工学院学报》2006年第3期。
④ 参见邓凤鸣、袁喆、徐克《理论、现象与路径——论中华文化符号的海外传播》，吉林大学出版社2020年版，第58页。

精神世界。这揭示了包括五四新文学在内的中国现代文学的核心：它与中国现代社会现实之间息息相关，它不仅仅是反映社会现实，同时也谋求对社会现实的变革。

后 记

　　北京师范大学鲁迅研究中心与文化艺术出版社认真策划了"中国现当代文学谱系研究丛书",已经陆续完成。这套书是近几年来我们倡导并深耕的现代文学谱系学研究的又一系列性成果。该套书使用"谱系学"的研究方法,既是与西方学术话语进行一种潜在对话,同时也是努力树立起一种适应中国时代文化语境的中国学术话语范畴的尝试。《五四新文学的精神谱系》从更加整体的视角来讨论五四新文学的重要问题,特别注重将"五四新文学"置于传统与现代、本土与西方的交叉点上加以观照,从作为五四新文学核心的"立人精神"、五四新文学的中外思想资源、五四新文学的反思精神、责任使命、多元底色、创新精神等多个方面聚焦五四新文学的精神价值与思想意义。同时,本书以谱系学的方法将"五四新文学"作为研究对象,也是尝试进一步推动谱系学研究方法深入发展的重要实践。我们深切希望本书的完成能够在谱系学理论和实践方面引起更多的关注和研讨。

　　这本书在完成过程中,要感谢乔宇、陈蓉玥、杨晨玥、李昊、林嘉欣、马欣雨在书稿插图、资料等方面做的大量工作,特别向他们表示感谢。

　　我们要特别感谢文化艺术出版社王红等领导和编辑的诚挚关心与大力支持,使这套书顺利完成和出版。在此之前,我们和文化艺术出版社合作出版的《中国现代文学编年史(1895—1949)》获得了2019年教育部第八届高等学校科学研究优秀成果奖二等奖。我们将争取该套书的出版有更好的反响和收获！我们将不辜负文化艺术出版社对我们的信任，一如既往地认真继续合作，力争做出更多的成果！

刘勇　李春雨

2022 年 11 月